南通大学人文社科基金资助出版

汉魏六朝楚辞学名家研究

纪晓建 著

國家圖書館出版社

图书在版编目（CIP）数据

汉魏六朝楚辞学名家研究/ 纪晓建著 .—北京：国家图书馆出版社，2014.12
ISBN 978-7-5013-5478-8

Ⅰ.①汉… Ⅱ.①纪… Ⅲ.①楚辞研究－中国－汉代－魏晋南北朝时代 Ⅳ.① I207.22

中国版本图书馆 CIP 数据核字（2014）第 240985 号

书　　名	汉魏六朝楚辞学名家研究
著　　者	纪晓建　著
责任编辑	南江涛

出　　版	国家图书馆出版社（100034 北京市西城区文津街 7 号） （原书目文献出版社 北京图书馆出版社）
发　　行	010-66114536　66126153　66151313　66175620 66121706（传真），66126156（门市部）
E-mail	btsfxb@nlc.gov.cn（邮购）
Website	www.nlcpress.com →投稿中心
经　　销	新华书店
印　　装	北京华艺斋古籍印务有限责任公司
版　　次	2014 年 12 月第 1 版　2014 年 12 月第 1 次印刷

开　　本	710×1000 毫米　1/16
印　　张	20
字　　数	260 千字

书　　号	ISBN 978-7-5013-5478-8
定　　价	39.80 元

目　录

前　言

以屈原作品为代表的楚辞[①]，是我国浪漫主义诗歌艺术的第一座高峰。随着研究的深入，“楚辞学”已经和“诗经学”一样成为一门专门学向。1978年，学者饶宗颐提议建立“楚辞学”；1985年6月，国家一级学会——“中国屈原学会”成立。“楚辞学”作为一门独立学科，理应包括《楚辞》作家作品研究和楚辞研究史研究，但在漫长的古代学术史上，楚辞研究基本上仅局限于《楚辞》作家作品研究，楚辞研究史研究则极其薄弱。自汉迄今，楚辞研究历时两千多年，相关专著近千部，专题论文难以计数，但有关楚辞学术史方面的论著屈指可数。这在一定程度上妨碍了对屈原和楚辞进行文学、美学和历史的批评，也妨碍了“楚辞学”的发展。20世纪80年代前后，随着学术史热的兴起，有学者涉足楚辞学史研究，如李中华、朱炳祥的《楚辞学史》、易重廉的《中国楚辞学史》、李大明的《汉楚辞学史》等。然而，在整个楚辞学界，学术史的研究还比较薄弱。在剖析楚辞学现象、揭示“楚辞学”发展规律、理清楚辞学者观点之间的矛盾等方面均还有较大的研究空间，楚辞学史上许多的重要学者、重要论著和热点现象均有待进一步深入透彻地研究。

汉代文化有着春秋战国时期文化兼容并包的特色，大一统帝国的政治环境造就了两汉融会百家的学术环境和兼容并包、儒道合糅的文化环境。先秦

---

① “楚辞”这一名称形成于西汉时期，最早见于司马迁《史记·酷吏列传》。当今学术界所言之“楚辞”通常具有三种含义：其一，诗体名，指产生于战国时期楚国的一种诗歌体裁。其二，作品名，指战国时期楚国屈原、宋玉等人以及后来汉代一些文人用上述诗体创作的一批作品。其三，书名，指汉代人对战国时期楚国和汉代文人利用上述诗体创作的诗歌辑选而成的一本书。本书对第三种含义一律加书名号区别之。

时期的楚文化、燕赵文化、齐鲁文化都是构成汉代文化重要因子，而楚文化则是汉文化最靓丽的组成部分。

汉王朝的建立，使在秦代倍受压抑的楚文化有了扬眉吐气的机会。鉴于楚文化自身强烈的抒情色彩和浓郁的抒情意识，对楚文化充满自豪感而又因历史原因早已对秦、晋等中原诸国怀有积怨的故楚文人，便大力张扬、传播楚声、楚辞，因此楚文化的地位在有汉一代日益提高。随着楚人政治势力的发展，到了汉武帝时代，楚辞这种原本战国时期只是属于楚国的地方性文化迅速流传到全国，最终占据了文学正宗的地位。同时，由于作为楚人的汉初统治者对故土文化的依恋，并有意将它作为一种团结凝聚人心的手段，倡导大臣百姓学习效法屈原的忠君爱国情怀，以巩固自己的统治，而源于南方、多写楚国风土人情的楚声和以屈原作品为主的楚辞早已为故楚地区的人们所熟悉，有着广泛的群众基础，上导下应，楚辞便盛行起来。

屈原精神为汉代文人塑造了一个完美的人格典型，同时也提供了一种人生进取的模式。正是屈原精神对汉代文人名士的感召，使得这些在当时有着相当影响力的文人名士或对屈原作品模拟仿效，或对屈原人格褒奖宣扬，或对楚辞作品训诂阐释，从而大大地推动了汉代楚辞研究的热潮。屈原对西汉前期士人品格的影响是明显的。从汉初的贾谊到刘安、司马迁、班固、王逸，都对屈原的人格精神高度敬仰。汉代“楚辞学”的一个重要方面就是对屈原个人遭遇和崇高人格的充分关注，对屈原人生价值取向予以高度赞美。可以这样说，汉人阅读和评价楚辞作品，特别看重的是它所表达的“义”。刘安《离骚传》评《离骚》为“举类迩而见义远”，班固在《汉书·艺文志》中说屈赋“有恻隐古诗之义”，王逸《楚辞章句·离骚序》赞《离骚》“其义皎而朗”等，均是就“义”评价屈原及楚辞的。

学术的演进往往以伟大学者的伟大著作问世作为标志。汉魏六朝楚辞研究者可谓群星璀璨、大家云集。两汉训解楚辞者众多，有史料明确记载的有西汉的刘安、司马迁、刘向、扬雄，东汉的贾逵、班固、马融、王逸等人。第一个以赋的形式来追怀屈原的是贾谊，他在屈原精神感召下创立的骚体文学，以《吊屈原赋》《鹏鸟赋》《惜誓》三篇骚体作品开创了骚体文学的先河并占据汉代骚体文学的巅峰。刘安是比较全面评价屈原《离骚》第一人，他以《离骚传》开楚辞章句训诂与义理阐释之先河，成为汉代“楚辞学”之奠基者。司马迁是第一个为屈原立传的史学家，他的《屈原列传》第一次记载了屈原的生平事迹，为后世屈原研究提供了最珍贵的史料。刘向是第一个汇屈宋的作品和西汉拟骚诗名篇完整结集并名之为《楚辞》的楚辞学者。扬雄、班固大胆突破对屈原人格评价，开屈骚审美评价之先河。王逸集两汉“楚辞学”之大成，全面、系统地为楚辞作注作序，达有汉一代“楚辞学”之巅峰。

时代和文学的发展造就了魏晋南北朝成为文学的自觉时代。这一时期文学的显著特征是文人自我意识逐渐觉醒，文学感情因素和形式美受到空前重视，文学创作注重抒发主观感受，表现情趣意念，展现理想抱负，对现实进行批判等等。因此，这个时代更注重和喜爱纯文学，而楚辞正是符合这种时代审美特点的文学形式。在某些方面，魏晋南北朝文学和楚辞有着惊人的相似。比如，魏晋南北朝时期的作家创作多注重抒发自己的主观感受，从而使得这个时代的文学作品具有明显的浪漫主义特色。虽然这种浪漫主义特色的形成有其时代的原因，但从文学自身看，主要是受楚辞的影响。

同时，由于社会政治环境的变化，魏晋南北朝之际的大部分文人表现了与两汉文人不同的价值取向。他们崇尚老庄精神，追求随性畅达。在此社会风气影响之下，屈原强烈的入世情怀和对政治理想执着追求的精神在一定程度上受到冷落乃至于批评，但此时的文人对其作品的热爱、推重和仿效却是空前的。因此，魏晋时期由于社会动荡以及玄学的兴起，屈原露才扬已的个性品格，屈原作品坎懔咏怀的抒情方式等均得到较大程度的强化。

由于文学自觉时代的来临，魏晋南北朝楚辞学呈现出社会化的突出特点，具体表现为：楚辞接受的多元化倾向明显，楚辞学习研究的全方位展开；楚辞评论突显审美性特色；楚辞成为文学批评的热点。在这个时期，对于楚辞与屈原，文士仰慕其才情而效其体式，民众爱其文辞而老幼诵读，学者研究整理楚辞的热情空前高涨，相关楚风楚俗日渐流行，楚辞对各种文学样式都产生广泛影响。

魏晋南北朝时期的楚辞评价从重情转向了尚辞，楚辞成为文学批评的热点。这一时期的著名的文学评论家如钟嵘、刘勰、萧统等无一例外的也都是著名的楚辞学者。钟嵘《诗品》在骚源视野下对汉魏到齐梁一百二十多位五言诗家“溯流别”“定品第”，其五言诗源于《诗》、骚的观点在楚辞学史上具有特别重大的意义和价值。刘勰以其《文心雕龙》形成了系统观点，构成独具特色的楚辞学说，构建了全面系统“楚辞学”理论，把楚辞研究推向了新阶段，代表了魏晋南北朝时期楚辞研究的最高成就。萧统的《文选》在唯美主义文学观念的指导下，独立骚类，第一次把屈原作品视为纯文学来理解和研究，促进了南朝齐梁文学“重悲尚丽”的审美取向的转变。同时，这一时期的郭璞，开辟了“楚辞神话学”，促进了音韵训诂学的演进，成果卓著，当之无愧地跻身于这一时代的“楚辞学”大家之列。

魏晋六朝时期“楚辞学”著作繁盛，整理楚辞的热情空前高涨，特别重视楚辞音义等形式美之研究，楚辞特殊的声调和音韵尤其受到重视。《隋书·经籍志》首列自汉至隋诸家楚辞著述凡十一部。其中六朝时期楚辞研究著作八部，而有关《楚辞》音义方面的著作三部。晋代郭璞的《楚辞注》是汉王逸《楚辞章句》面世至宋代洪兴祖《楚辞补注》和朱熹《楚辞集注》诞生千载之间最有价值的楚辞学研究专著，此书虽已亡佚，但仍可从众多的典籍中梳理出其特色成就，显示出其不可或缺的学术价值。郭璞注楚辞表现出浓厚的神话学色彩、突出的语言学成就，同时保存了一些罕见的楚辞异文，甚为可贵，对楚辞的流传版本研究及校勘，有着不可或缺的重要价值。

屈原和楚辞对中国文学和文化的影响是极其巨大的。楚辞的思想和风格决定着汉魏六朝文学发展的趋势和走向，带动了新文体的产生。汉赋直接脱胎于楚辞；楚辞从形式到思想内容都成为汉魏六朝文人争相模拟和仿效的对象，因此文学史上出现了一种特有的文学样式——骚体文学（“拟骚诗”“骚体赋”和“悼骚体”），汉代的骚体作品不胜枚举，魏晋南北朝时期纯粹楚骚体的作品达一百六十余篇。建安风骨在托物言志、悲天悯人、忧患时局、建功立业等方面与楚辞都很相似；正始之音则在表现手法上大量地借鉴了楚辞的传统，以香草美人喻表现曲折隐晦的题旨，抒写对现状的不满和无法解脱的苦闷。魏晋辞赋的题材几乎都毫无选择地从楚辞中拿来，曹植《洛神赋》、江淹《别赋》、庾信《哀江南赋》等等莫不如此。魏晋南北朝小说中藐视现实，追求极乐世界的方式也与屈原作品的艺术表现完全一致。钟嵘《诗品》品评汉魏晋宋五言诗，其中上中品诗家出于楚辞者二十二家，而出于《诗经》者仅十五家，楚辞对汉魏六朝诗歌的影响由此可见一斑。屈原强烈的政治热情、经世致用的人生抱负和刚正直谏的人格精神极大地影响着两汉文人；屈原及其作品以其清雅超拔、隽秀飘逸的神采特质广为魏晋南北朝人们所喜爱，魏晋名士甚至把它当成“超逸”风神的象征，屈原成为一种人格典型。

要之，中国“楚辞学”跨越两千余载，以汉魏六朝“楚辞学”最具特色。

两汉时期是中国“楚辞学”的肇始时期，也是高峰时期。这一时期的楚辞研究以研究形式的多样性和全面性、成果的卓著和权威性为以后历代“楚辞学”难望项背。魏晋南北朝楚辞学在楚辞传播和接受社会化的大背景之下，以丰富深刻的审美批评和完备系统的理论构建为主要特色。美学批评精思傅会，理论批评高屋建瓴，成为后世“楚辞学”研究之楷模。

第一章　群星璀璨、名家辈出的汉魏六朝楚辞学

楚辞，作为产生于战国时期楚国的一种新诗体，起初仅在楚国范围内流传，可以说是楚地的“特产”。西汉王朝建立以后，楚辞迅速在全国流行起来，成为人们广泛学习和研究的对象。汉代的统治者，都非常赞赏楚辞；汉代的重要文人都认真学习研究过楚辞，绝大多数也都爱写骚体作品。

汉代楚辞的结集逐步完善，并且对它的思想内容和艺术特色以及屈原的精神品格都作了种种评论。从刘安到司马迁到班固到王逸，他们或者从屈原的作品中找到了思想上的共鸣，作为自己郁郁不得志的精神世界的寄托，因而对屈原及其作品倍加推崇和赞美；或者按照自己的处世经验和艺术修养，对屈原或其作品作出这样或那样的批评和指责。这些都是由于评论者所处的时代环境不同、个人的遭遇互异、文化修养和艺术鉴赏能力的差别而造成的，丝毫不影响其在文学批评方面的价值。尽管他们对屈原这位中国文学史上第一位伟大作家以及他的作品的看法存在分歧，但都在不同程度上发展了文学批评，同时也发展了文学理论，因而构成了文学史上颇为引人注目的现象。

两汉文人训解楚辞者众多，有史料明确记载的有西汉的刘安、司马迁、刘向、扬雄，东汉的贾逵、班固、马融、王逸等人。因为他们在当时均为一代鸿儒，又是楚辞训解名家，影响巨大，所以史留其名。第一个以赋的形式来追怀屈原的是贾谊，他在屈原精神感召下创立的骚体文学，以《吊屈原赋》《鹏鸟赋》《惜誓》三篇骚体作品而占据汉代骚体文学的巅峰。刘安是比较全面评价屈原《离骚》第一人，他以《离骚传》开楚辞章句训诂与义理阐释之先河，成为汉代楚辞学之奠基者。司马迁是第一个为屈原立传的史学家，他

的《屈原列传》第一次记载了屈原的生平事迹，为后世屈原研究提供了最珍贵的史料。刘向是第一个汇屈宋的作品和西汉拟骚诗名篇完整结集并名之为《楚辞》的学者。扬雄、班固大胆突破，对屈原人格进行评价，开屈骚审美评价之先。王逸集两汉楚辞学之大成，第一个全面、系统地为楚辞作注作序，达有汉一代楚辞学之巅峰。

西汉初年的贾谊以其与屈原相似的人生经历和对屈骚深刻而独特的情感体验创作了《吊屈原赋》《鹏鸟赋》《惜誓》等骚体文学名篇，成为汉代文人对楚辞及屈原最早的接受者。贾谊所开创的骚体文学既是模拟楚辞体的文学作品，又是对屈骚的传述与解读，是对屈原及其作品最早的研究形式，既具有一定的文体价值，又有很好的文献价值。

根据目前所能见到的资料，从战国末、秦代至西汉前期，刘安是对屈原作品进行研究整理的第一人。虽然在刘安的时代辞赋名家辈出，对楚辞的研习模拟蔚然成风，但没有一人或一个团体能与刘安相提并论。《汉书·淮南衡山济北王传》云："初，安入朝，献所作《内篇》，新出，上爱秘之。使为《离骚传》。旦受诏，日食时上。"[①] 班固的《离骚序》、王逸的《楚辞章句序》中均有相关记载。《离骚传》既有对《离骚》的思想内容和屈原人格修养的评价，又有对《离骚》原文词句典故的注释和训解，开启了汉代研究楚辞义理阐释和章句训诂之先河。

屈原生平事迹不见于先秦任何一部史书典籍。两千多年来，人们对屈原研究所依据的第一手资料，无一例外都首选司马迁的《屈原列传》。《史记·屈原列传》是现存最早也是最全面地记载屈原生平事迹的文献资料。它比较全面地叙述了屈原的生平事迹，存录了屈原的作品，为后世屈原研究提供了最珍贵的史料，同时还介绍了以屈原为首的楚辞作家群，特别是高度评价了屈原代表作《离骚》，对其创作动因、创作目的、内容形式和思想艺术成就等均作出了精要的论述，特别是揭示了以《离骚》为代表的伟大的楚辞作品产生的情感动因，首次指出"怨"是屈原创造伟大诗篇的艺术力量源泉，并由此阐明了作家的忧思与创作之间的关系，从而创立了著名的"发愤著书"说文学理论，为后世历代文学理论家所推重。

---

① （汉）班固:《汉书》，中华书局 1962 年版，第 2145 页。

在刘向以前，屈原作品集或以屈原作品为主的楚辞辑传本和注本均有存在，即使在王逸作《楚辞章句》的时候，这些辑本仍然继续流传，但这些辑本的体例、内容、篇次和卷数可能各不相同，也并非以“楚辞”为名。是刘向第一次把屈原的所有作品以及从战国到西汉时期代屈原立言的悼屈悯屈的代表作品集名之为“楚辞”的。也就是说，直到刘向辑屈、宋并后世诸家所作分为十六卷,《楚辞》作为书的名称才算正式固定下来。《四库提要》说：“屈宋诸赋，定名《楚辞》，自刘向始也。”[1]王逸撰《楚辞章句》所用刘向的十六卷本《楚辞》就是我们今天看到《楚辞章句》中除去《九思》的所有内容。其中包含了贾谊的《惜誓》、淮南小山的《招隐士》、东方朔的《七谏》、严忌的《哀时命》、王褒的《九怀》、刘向的《九叹》等六篇汉人代屈原立言悼屈悯屈的仿作。这种楚辞观意义极其重大，因为它突破了传统的以地域和时代界定楚辞的观念，而代之以文体特点来对楚辞进行界定，显示出楚辞结集内涵的变化，无论是从楚辞学角度还是从文学理论角度考量，意义和影响都极为深远。

西汉后期的扬雄推崇屈原的人格，同情屈原的遭遇，欣赏屈原的才华。他在 31 岁左右尚未出川赴京时便创作著名悼骚体——《反离骚》，体现了他早期对屈原的态度和评骚思想。从情感上来说，《反骚》实为合《骚》。该文文辞音韵沉涩凝重，刘勰《文心雕龙》称其“思积功寡”“辞韵沉腿”[2]。晚年的扬雄在儒学思想的指导下，效法孔子评价管仲来对屈原志节进行赞美，称赞屈原忠君爱国的品质犹如美玉皎洁华彩而光照后人，是“智”的表现；称赞屈原作品是“诗人之赋”，不仅言辞华丽而内容合乎法度，符合文学的最高准则。

在楚辞研究史上，东汉班固也是一位公认的重要楚辞学者。他少年时精读《离骚》，得其神韵，效《离骚》作《幽通赋》；青年时极其推重屈原之人格才情，充分肯定屈原的诗篇；在《汉书》中，班固置屈原于“上中”（仁人）[3]之列，屡次将其作为评价汉代历史人物的参照，记载了西汉楚辞学的部分成果，对楚辞兴起的地域和时代原因做出剖析，为后世的楚辞研究留下诸多宝

① （清）永瑢等:《四库全书总目》，中华书局 1997 年版，第 1973 页。

② （南朝梁）刘勰撰，范文澜注:《文心雕龙注》，人民文学出版社 1958 年版，第 241 页。

③ （汉）班固:《汉书》，中华书局 1962 年版，第 946 页。

贵的资料。班固不仅在其诗赋中，在奏记中，在《汉书》中，每每念及屈原，赞赏其为人和才情，作为历史学家、辞赋家的班固，虽素不为章句之学，却罕见的著有《离骚经章句》一卷，正面阐释屈原大夫的代表作品，纠正前人诸多误说，此书虽然早已遗失不存，然而留下《离骚赞序》和《离骚序》两文，对屈原之个性品格和《离骚》的思想内容及艺术成就做出比较全面且有一定创见的评价，在楚辞学史上产生较为久远的学术影响，成就了其在楚辞学史上的独特贡献。

汉代楚辞学者刘安、司马迁、刘向、扬雄、贾逵、班固都曾为楚辞作注，只可惜是佚说不存，详情不得而知，只能从王逸《楚辞章句序》中看到一鳞半爪。后汉王逸楚辞研究的集大成之作《楚辞章句》是现存最早也是最权威的楚辞注本。该书承《毛诗》训解体例，先各篇题解，后采用随文释义的传注体训诂方法逐句训诂，在继承《毛传》训诂特色、吸收两汉"传注"体训诂的长处之基础上，又多有创新，形成自己独特的风貌。《楚辞章句》在"依经立义"的基础上以诗训骚，既博采众长、多传古训，又不囿于旧说，敢于创新，可谓既祖述前说而又自有心得。该书注重楚地方言名物训释，开启了楚辞音韵训诂和名物考释的先河。《楚辞章句》在对屈骚从思想内容到艺术成就全面肯定的基础之上注重审美批评，对楚辞中纷繁复杂的文学意象进行较为系统的审美阐释，是两汉楚辞学的总结，是中国楚辞学史上的一座丰碑。

魏晋南北朝时期，随着思想的解放和文人自我意识的觉醒，已逐渐成为中国文学史上"文学自觉的时代"。魏晋南北朝时期文学的自觉帮助人们较深刻地认识、评价了屈作，同时那个时代对屈作的较正确评价也有力地显示了那时文学的自觉。"正是文学的自觉，帮助批评者们比较正确地认识了屈作的价值和美学意义，对屈作做出了超过前代的艺术分析与评论。"①

魏晋六朝时期楚辞学著作繁盛，整理楚辞的热情空前高涨，特别是重视楚辞音义等形式美之研究，楚辞特殊的声调和音韵尤其受到偏爱和重视。《隋书·经籍志》首列自汉至隋诸家楚辞著述凡十一部：《楚辞》十二卷，王逸注；《楚辞》三卷，郭璞注；《楚辞》十一卷，宋何偃删，王逸注；《楚辞九悼》一卷，

---

① 余三定：《文学批评应是用文学眼光的批评——初探魏晋南北朝时期对屈原的评论》，《岳阳师专学报》1985年第3期，第23–26页。

杨穆撰；《参解楚辞》七卷，皇甫遵训撰；《离骚草木疏》二卷，刘杳撰；以及徐邈等五人所撰《楚辞音》五部，均各为一卷[①]。其中六朝时期楚辞研究著作八部，而有关《楚辞》音义方面的著作三部。遗憾的是，以上楚辞的注解之作，均已亡佚。因得益敦煌《楚辞音》残卷、洪兴祖《楚辞补注》的多处引用以及郭璞自己的《山海经注》《方言注》《穆天子注》等著作中的相关注文，《楚辞注》内容得以零散但比较丰富的保存。

晋代郭璞的《楚辞注》是汉王逸《楚辞章句》面世至宋代洪兴祖《楚辞补注》和朱熹《楚辞集注》之诞生千载之间最有价值的楚辞学研究专著，此书虽已亡佚，但仍可从众多的典籍中梳理出其特色成就，显示出其不可或缺的学术价值。郭璞注楚辞表现出浓厚的神话学色彩、突出的语言学成就，同时保存了一些罕见的楚辞异文，甚为可贵，对楚辞的流传版本研究及校勘，有着不可或缺的价值。

魏晋南北朝时期的楚辞研究从两汉重思想转向重艺术表达，从而形成了魏晋南北朝时期由重情向尚辞转变的文学批评主流。这一时期文学批评空前兴盛，文论著作不断涌现，屈原和楚辞都是文论评价的热点。曹丕《典论》、皇甫谧《三都赋序》、挚虞《文章流别论》、沈约《宋书·谢灵运传论》、裴子野《雕虫论》、萧统《文选序》、钟嵘《诗品》、萧绎《金楼子》、江淹《杂体诗三十首序》、颜之推《颜氏家训》等均无一例外地论及了楚辞或屈原。钟嵘、刘勰、萧统等也都是著名的楚辞学者。

钟嵘《诗品》作为一部五言诗专著，在骚源视野下对汉魏到齐梁一百二十多位五言诗家“溯流别”“定品第”，对其中重要或比较重要的三十多位作家均指出其渊源所自，用“其源出于”“宪章”“祖袭”“其体出于”等语追溯诗家历史。这种探究本源的文学批评方法，有助于找出诗人与诗人、诗风与诗风、诗派与诗派之间的传承关系，从而便于揭示出五言诗歌的嗣承及发展渊源。《诗品》最后将所有入品诗人分隶于《国风》《小雅》《楚辞》三条源流，总归于《诗经》《楚辞》两大系统，体现了有汉以来历代诗赋“莫不同祖风骚”[②]的思想。骚派的二十二名诗人无一例外地主要是接受了楚辞的影

① （唐）魏徵：《隋书》，中华书局 1973 年版，第 1055 页。

② （南朝梁）沈约：《宋书》，中华书局 1974 年版，第 1178 页。

响，如曹丕、王粲、陶潜、鲍照、谢朓、江淹、沈约等。《诗》派的十五名诗人也不同程度地受了楚辞的影响，如曹植、阮籍、陆机、左思、谢灵运等。曹植的前期作品展现了报效国家的理想和壮志，在精神内核上和楚辞一脉相承。可见钟嵘《诗品》对屈原及楚辞在文学史上的地位评价之高。钟嵘五言诗源于《诗》、骚的观点在楚辞学史上具有特别重大的意义和价值。

刘勰的《文心雕龙·辨骚》可以说是一篇杰出的楚辞专论。它较为全面而系统地论述了楚辞的文学创新、艺术表现、地位与影响等一系列问题，眼光敏锐独到，态度公允辩证。同时，在《文心雕龙》其他四十九篇中，还有二十多篇共三十多处，内容涉及屈原精神品格及其作品的地位、源流、背景、艺术、影响以及直接对屈原作品引用等各个方面，其论述之全面、论证之深刻可谓空前。刘勰以其《文心雕龙》形成了系统观点，构成独具特色的楚辞学说，构建了全面系统的楚辞学理论体系，把楚辞研究推向了新阶段，代表了魏晋南北朝楚辞研究的最高成就，在楚辞学史上具有里程碑式的意义。

从汉至魏晋南北朝时期，人们对屈原及楚辞的研究，无不受到儒家思想及由此逐渐形成的思维模式的影响。他们通常以“诗”论骚，用儒学经典对照屈原作品，把“经义”作为评鉴屈原作品和思想的准绳。此类评骚的思维模式起自刘安，到王逸发展至极致，直至刘勰也未能脱其窠臼。南朝梁太子萧统打破了两汉以来时代称屈原《离骚》为“经”的传统，一反前人研究屈原作品的“崇圣”“宗经”态度。是他第一次真正地把屈原作品当成纯粹的文学作品看待，突出其文体特征，重视其纯文学性，对华丽的文采、浪漫的神话、比兴象征表现方式和哀怨缠绵的情致都给予充分的肯定，反映了萧统对屈原作品的态度和认识及其进步的文学观，对楚辞研究有着十分积极的意义。萧统在《文选》中既别“骚”于“经”，首视楚辞为纯文学作品，体现“翰藻”文学观，同时又别“骚”于“赋”，展示细腻文体观，推动了“骚类”独立和楚辞作为纯文学的价值定位，在楚辞学史上意义重大。

第二章　屈原精神感召下的骚体文学创立

——贾谊拟骚创作及其楚辞学意义

第一节　贾谊的生平及著述

贾谊，西汉初年著名的政治家、文学家，生于汉高祖七年（前 200），卒于汉文帝十二年（前 168）。按生年计算，贾谊大约晚于屈原一百四十年。[①]洛阳人，少年聪慧博学，“年十八，以能诵诗属书闻于郡中。吴廷尉为河南守，闻其秀才，召置门下，甚幸爱。孝文皇帝初立，闻河南守吴公治平为天下第一，故与李斯同邑而常学事焉，乃征为廷尉。廷尉乃言贾生年少，颇通诸子百家之书。文帝召以为博士”[②]。二十多岁的贾谊就在朝廷事务中显示出非凡的才华。“每诏令议下，诸老先生不能言，贾生尽为之对，人人各如其意所欲出。诸生于是乃以为能不及也。孝文帝说之，超迁，一岁中至太中大夫。”[③]才华横溢的贾谊因此受到文帝的器重，在一年内被越级提拔至太中大夫。贾谊不少改革主张也被文帝采纳，并且参与了文帝“改正朔，易服色，法制度，定官名，兴礼乐”[④]等变革。然而，贾谊的改革主张触犯了当朝权贵周勃等人的权益，他杰出的才能和日趋隆盛的地位也为周勃等所嫉妒不容。他们对贾谊竭

---

① 据郭沫若的推算，屈原约生于公元前 340 年，即楚宣王三十年辛巳。见《沫若文集》卷十二之《屈原考》。

② （汉）司马迁:《史记》，中华书局 1956 年版，第 2491 页。

③ 同②，第 2492 页。

④ 同③。

尽排挤中伤之能事，向文帝进谗云："雒阳之人，年少初学，专欲擅权，纷乱诸事。"[①] 此后文帝逐渐疏远贾谊，后来把他贬往边远的长沙国，做"长沙王太傅"。贾谊曾多次上书，文帝也曾重新将他召回，但文帝再也没有让他参与政治，而是"因感鬼神事而问鬼神之本"[②]，接着又叫他去做梁王太傅，结果因梁王跑马摔死，贾谊抑郁过度而终，年仅三十三岁。

贾谊所处的时代是思想大融合的时代，贾谊的思想也呈现出这样一个时代的特征。他的思想不单属于先秦诸子中任何一个学派，而是兼及儒家思想、法家思想、道家思想和名家思想。司马迁把贾谊思想归于法家，"自曹参荐盖公言黄老，而贾生、晁错明申、商，公孙弘以儒显"[③]。可见，司马迁认为贾谊与晁错同属法家，继承了申不害、商鞅的思想。刘向将其视为道家："贾谊言三代与秦治乱之意，其论甚美，通达国体，虽古之伊、管未能远过也。"[④] 班固则视贾谊为儒家，在《汉书·艺文志》中将其作品"《贾谊》五十八篇"[⑤] 归入儒家类。其实，贾谊思想兼及儒、道、法，用徐复观的话说，贾谊的思想融儒、道、法、墨各家思想于一体[⑥]。在为政上主张儒家的"施行仁政"，在经济上崇尚道家的"休养生息"。

《汉书·艺文志》著录贾谊著作情况为：儒家类：《贾谊》五十八篇。阴阳家类：《五曹官制》五篇[⑦]。赋类：《贾谊赋》七篇[⑧]。今存者仅有《新书》五十五篇；赋五篇，分别是《史记·屈原贾生列传》所载《吊屈原赋》《鹏鸟赋》，王逸《楚辞章句》收录的《惜誓》和《古文苑》收录的《旱云赋》《簴赋》。贾谊的赋作都是直接受屈骚影响的骚体赋。

---

① （汉）班固：《汉书》，中华书局 1962 年版，第 2222 页。

② 贾谊被贬长沙四年之后，汉文帝又召见了他。但已不让他参与政治，而是闻之以鬼神之事。这对政治抱负宏大的贾谊的打击是可想而知的。唐李商隐有诗《贾生》云："宣室求贤访逐臣，贾生才调更无伦。可怜夜半虚前席，不问苍生问鬼神。"

③ （汉）司马迁：《史记》，中华书局 1956 年版，第 1188 页。

④ 同①，第 2265 页。

⑤ 同①，第 1726 页。

⑥ 徐复观：《两汉思想史》卷二，台湾学生书局 2000 年版，第 200 页。

⑦ 班固自注：汉制，似贾谊所条。

⑧ 同①，第 1747 页。

第二节　贾谊骚体作品的创作及其楚辞学价值

以屈原为代表的楚辞对汉代文学的影响，首先表现在骚体文学的产生。可以说汉代骚体作品是对屈原及其创作研究的最早形式。汉代拟骚诗既是模拟楚辞体的文学作品，又是对屈骚的传述与解读，是汉代文人对楚辞及屈原一种比较特殊的接受形式，既具有一定的文体价值，又在研究屈原生平思想诸方面有很好的文献价值。汉代拟骚之作在述屈原之情志中，表达个体的情感，加深了对创作主体个体情感的认识。同时，拟骚诗在寻研屈原作品的基础上，“依而作词”，使得拟骚的作者熟悉了屈原作品独特的表述方式和华丽的词采，对汉赋的形成和发展有重要作用[①]。

贾谊与屈原有相似的遭遇。他曾向汉文帝提出一些重大的改革方案，因触怒权贵被贬南方。这种人生政治经历颇似屈原“信而见疑，忠而被谤”而被流放江南的人生经历。贾谊以其与屈原相似的人生经历和对屈骚深刻而独特的情感体验，创作了《吊屈原赋》《鹏鸟赋》《惜誓》等骚体文学名篇，在两汉骚体文学创作中不仅体裁最为全面，感情最为深刻，而且艺术水准最高，对汉代骚体文学创作具有开创性和示范性意义。

贾谊骚体作品的成就及开创性意义，主要体现在以下诸方面。

一、《吊屈原赋》的开创之功

贾谊在二十岁左右出任博士和太中大夫的一年多时间里，最得文帝信任，仕途最得意。“每诏令议下，诸老先生不能言，贾生尽为之对，人人各如其意所欲出。诸生于是乃以为能不及也。孝文帝说之，超迁，一岁中至太中大夫。”[②]文帝“改正朔，易服色，法制度，定官名，兴礼乐”等改革主张也均出于贾谊。

---

① 黄金明:《屈原作品的传播与西汉拟骚之作》,《中国韵文学刊》2007 年第 4 期，第 93–97 页。

② （汉）司马迁:《史记》，中华书局 1956 年版，第 2481 页。

在此，我们仿佛见到了屈原“入则与王图议国事，以出号令；出则接遇宾客，应对诸侯。王甚任之”[①] 的政治经历。

贾谊杰出的才能和日趋隆盛的地位为朝中周勃等权贵所嫉妒不容。他们对贾谊排挤中伤，向文帝进谗言，故而文帝逐渐疏远贾谊。屈原是因触犯了上官大夫、令尹子兰等人的利益而遭到谗毁。因此，当贾谊被贬谪去长沙做长沙王太傅而经过屈原流放沉渊的湘水之时，强烈的共鸣促使他完成了《吊屈原赋》[②] 这篇中国文学史上首篇拟骚之作，也是最早的悼念屈原的文学作品。此文既是一篇感人的吊文，更是一篇优秀的赋作。它不同于后来堆砌辞藻、追求篇幅的汉大赋，而是一篇触景生情、借追怀古人而抒发身世之感、悲己之不遇的精美恰切的拟骚之作。

《吊屈原赋》是汉初悼骚体拟骚作品的发轫之作，开有汉一代拟骚作品之先河。它所构造的体制句式，所运用的表现手法，所体现的抒情色彩，无不具有屈赋之遗风。

《汉书·贾谊传》云：“既以适去，意不自得，及度湘水，为赋以吊屈原……因以自谕。”[③] 该文文首有序，在序中，贾谊交代了创作该赋的原因——吊屈原。只因自己“既以适去，意不自得”，见屈原沉渊之地而“追伤之，因以自喻”，说明作者因触景生情而引起强烈的感情共鸣，也就是说，贾谊写作此赋的目的是借愍伤屈原之酒杯浇自己人生失意之块垒。

在《史记·屈原贾生列传》中，南朝宋裴骃《集解》引了一条刘向评贾谊《吊屈原赋》“章甫荐履兮，渐不可久”句佚文云：“刘向《别录》曰：‘因以自谕自恨也。’”[④] 刘向此言精准地概括了《吊屈原赋》的创作主旨。所谓“自谕”，是指贾谊创作此文实乃是以屈原自况；而所谓“自恨”，是指该赋借追悼屈原而自悼，抒发自己有志难酬的憾恨和人生多艰之感慨。对于《吊屈原赋》的主旨，裴骃《集解》显然较太史公更为深刻。

这篇赋正文的写法可以说与屈原之作一脉相承。首先，仿效《离骚》之法，比兴象征、铺陈对比，用九种良莠倒置错位的现象，反映世事混浊、是非颠倒、

---

① （汉）司马迁：《史记》，中华书局 1956 年版，第 2481 页。

② 《文选》称之为《吊屈原文》。

③ （汉）班固：《汉书》，中华书局 1962 年版，第 2222 页。

④ 同①，第 2494 页。

黑白不分的社会现实，慨叹自己生不逢时，抒发了世事难堪、时不我予的感慨。其次，文中用自然界的虫鱼鸟兽来比喻现实生活中的各类人，揭露社会的黑暗和不公平，完全是仿照了《离骚》中“香草美人之喻”的笔法。这种借虫鱼鸟兽抒忧愁哀怨，用满腔激情述不满抗争，其境界追步屈原，实为后世同类主题辞赋之始。挚虞《文章流别论》说：“《楚辞》之赋，赋之善者也。故扬子称赋莫深于《离骚》。贾谊之作，则屈原俦也。”①

刘熙载《艺概·赋概》云：“读屈贾辞，不问而知其为志士仁人之作。太史公之合《传》，陶渊明之合《赞》，不独以其遇，殆以其心。”②此言得之。

贾谊在《吊屈原赋》中说：“般纷纷其离此尤兮，亦夫子之辜也。瞝九州而相君兮，何必怀此都也？”而司马迁《史记·屈原贾生列传》云：“及见贾生吊之，又怪屈原以彼其材，游诸侯，何国不容，而自令若是。”③因此，这似乎表现出贾谊对屈原历遭危难而不另谋发展，遭谗见疏而不离开楚国并最终选择“自沉汨罗”行为的不解，也有人认为是在批评屈原不离开楚国到别的诸侯国去寻找实现自己美政理想的机会。

表面上看，贾谊似乎和后来的董仲舒、班固等人一样，对屈原的才华成就极度推崇，对其人格精神高度的敬仰，对其遭际命运寄予深刻同情，但对他自沉汨罗以身殉国，似乎都表示了不同程度的不赞同④。然而，从贾谊的人生经历看，贾谊对屈子投水自沉的责怪只是一种惋惜和赞扬，在思想和行动上，贾谊其实终生均是效法屈原，执着不二的，直至最终献出宝贵的生命。贾谊最终用自己的行动践行了屈原的人生选择。

唐皮日休认为，贾谊之遭谗见疏，较之屈原更甚。《皮子文薮·悼贾序》云：

> 天不佑汉，降、灌兴谤，竟枉其道，出傅湘沅。生自以不得志，哀屈平之放逐。及渡湘，沉文以吊之，故其辞曰：“瞝九州而相君兮，何必

---

① 曾永义、何庆明：《两汉魏晋南北朝文学批评资料汇编》，台北编译馆1978年版，第198页。

② （清）刘熙载撰，袁津琥注：《艺概注稿》，中华书局2009年版，第431页。

③ （汉）司马迁：《史记》，中华书局1956年版，第2503页。

④ 董仲舒《士不遇赋》云：“观上世之清晖兮，廉士亦茕茕而靡归。……若伍员与屈原兮，固亦无所复顾，亦不能同彼数子兮……孰若反身于素业兮，莫随世而轮转。”班固《离骚序》云：“且君子道穷，命也。……故《大雅》曰：既明且哲，以保其身。……今若屈原，露才扬己……忿怼不容，沉江而死，亦贬絜狂狷景行之士。”

怀此都？”噫！余释生之意矣。当战国时，屈平不用于荆，则有齐、赵、秦、魏矣。何不舍荆而相他国乎？余谓平虽遭靳尚、子兰之谗，不忍舍同姓之邦，为他国之相，宜矣。然则生之见弃，又甚于平。①

由此不难理解为什么《吊屈原赋》之抒情言志能深得屈骚之神髓。太史公《史记》将其和屈原合传也就是理所当然了。司马迁把贾谊和屈原放在一起作传，于是有《史记·屈原贾生列传》。这不仅由于二人的政治经历相似，更重要的是，他们的爱国精神、政治才华、文学造诣处在同样的高度，值得钦佩和景仰。

司马迁《史记·贾生列传》云："贾生既辞往行，闻长沙卑湿，自以寿不得长。又以适去，意不自得。及渡湘水，为赋以吊屈原。"② 班固《汉书·贾谊传》则说得更为具体深刻："谊既以适去，意不自得，及度湘水，为赋以吊屈原。屈原，楚贤臣也，被谗放逐，作《离骚赋》。其终篇曰：'已矣！国亡人，莫我知也。'遂自投江而死。谊追伤之，因以自谕。"③班固准确看出《吊屈原赋》是贾谊借悼屈原以自悼，借伤屈原以自伤，这是两汉拟骚悼屈愍屈之作的共同主题。《吊屈原赋》之开创之功由此可见一斑。

《吊屈原赋》是汉代赋体文学中最先凭吊屈原的一篇赋作。刘勰《文心雕龙·哀吊》说："自贾谊浮湘，发愤吊屈，体同而事核，辞清而理哀，盖首出之作也。……扬雄吊屈，思积功寡，意深文略，故辞韵沈膇。班彪、蔡邕，并敏于致语，然影附贾氏，难为并驱耳。"④ 刘勰认为，《吊屈原赋》作为汉代首篇追悼屈原的赋作，其体制与屈原辞赋相同，所记史实典核可考，且文辞清丽、感情哀婉。其后扬雄的《反离骚》以思辨见长而功力不足，班彪的《悼离骚》、蔡邕《吊屈原文》等均追随贾谊的《吊屈原赋》，但却难以与之比肩。

二、《鹏鸟赋》的旷达之语

贾谊被贬长沙后，一直郁郁不乐。两年后的一天，一只被认为是不祥之

① （清）纪昀：《四库全书》第 1343 册，上海古籍出版社 1987 年版，第 110 页。

② （汉）司马迁：《史记》，中华书局 1956 年版，第 2492 页。

③ （汉）班固：《汉书》，中华书局 1962 年版，第 2222 页。

④ 周振甫：《文心雕龙注释》，人民文学出版社 1981 年版，第 241 页。

物的鹏鸟（猫头鹰）飞入他的住所，引起了他的感叹，认为自己“寿不得长”，于是写下了《鹏鸟赋》。

创作《鹏鸟赋》时，正值贾谊人生的最低谷。《鹏鸟赋》采用人禽问答体的结构形式，由自然界的万物变化联想到历史上祸福相倚的事例，从天地散合无常的自然特征而谈到人世间的“品庶每生”的规律，从而得出“德人无累，知命不忧”的人生哲理。赋中“祸兮福所倚，福兮祸所伏”，“夫祸之与福，何异纠缠”，“真人恬漠，独与道息”等老庄名句，流露出是贾谊因长期心情抑郁导致的对老庄“虚无”、“无为”思想的共鸣。因此可以说，赋中提出的祸福之说、恬静无为和“真人”的概念只是贾谊因一时遭贬而发的牢骚。

《史记·屈原贾生列传》载：“贾生为长沙王太傅三年，有鸮飞入贾生舍，止于坐隅。楚人命鸮曰‘服’。贾生既已适居长沙，长沙卑湿，自以为寿不得长，伤悼之，乃为赋以自广。”[①] 班固《汉书·贾谊传》：“谊为长沙傅三年，有服飞入谊舍，止于坐隅。服似鸮，不祥鸟也。谊既以适居长沙，长沙卑湿，谊自伤悼，以为寿不得长，乃为赋以自广。”[②]

可见司马迁和班固一致认为贾谊作此赋之目的在于自我安慰，是为了借此来排遣自己内心的苦闷情怀。

后来比较多的人都认为是此时的贾谊是用道家的老庄思想来安慰自己失意的情怀。近代学者刘光汉说：

> 贾生此赋（《鹏鸟赋》）半出于楚骚，半源于庄列。[③]

“出于楚骚”是就言其文体近似于楚辞；“源于庄列”是言其反映出道家超然物外的洒脱情怀。因此有人认为，贾谊深受道家，尤其是庄子思想的影响，这使得他能够从低落的情绪、凄凉的心情中摆脱出来，对前途、生死与吉凶采取超然的态度，从而获得一种超越的人生境界。

《鹏鸟赋》云：“其生兮若浮，其死兮若休。澹乎若深渊之靓，泛乎若不系之舟。”这种人生追求是以道家的隐逸思想来安顿身心，借玄思以作心灵的解脱。又云：“祸兮福所倚，福兮祸所伏……千变万化，未始有极。”“至人遗物，

---

① （汉）司马迁：《史记》，中华书局 1956 年版，第 2496 页。

② （汉）班固：《汉书》，中华书局 1962 年版，第 2226 页。

③ 刘光汉：《贾生鹏赋多佛家言》，《国粹学报》第 1 卷第 1 期，1905 年 2 月。

独与道俱。……真人恬漠，独与道息。”① 体现出对道家人生无常论、祸福相依观和慎独思想的倾慕。可见，《鹏鸟赋》明显流露出自己在政治失意后对道家学说的依托。故而清代何焯《义门读书记》称其“原本道家之言，多用老庄绪论”②。

贾谊《鹏鸟赋》把富于哲理色彩的道家思想引入骚体赋中，对汉代徘徊于儒道两家之间的士人产生了很大的影响。董仲舒《士不遇赋》、扬雄《太玄赋》、崔篆《慰志赋》、冯衍《显志赋》、班固《幽通赋》、张衡《思玄赋》等都借鉴了贾谊在骚体赋中表达哲理之思的写法，显示了道家思想对两汉文人心灵的浸润。

其实，《鹏鸟赋》中这些内容都是贾谊在对仕途完全失望之后的自我宽慰。表达方式和屈原的《远游》并无二致，与《卜居》亦多相合，所表达的情感态度都不是他们自己内心情怀的直白体现。故章太炎《国故论衡·辨诗》云：“汉世自贾生……《鹏鸟》亦方物《卜居》。”③ 显然，《吊屈原赋》和《鹏鸟赋》中都没有反映出贾谊真实的思想情态，如果以之来佐证贾谊在哲学思想上主要继承了先秦黄老思想，显然是不合适的。贾谊《鹏鸟赋》故作旷达语，实则愤激至极。

《鹏鸟赋》与《吊屈原赋》成为两篇彪炳文学史册的骚体文学作品。

三、《惜誓》的瑰玮文词

在现存的楚辞典籍中，《惜誓》最早见于东汉王逸的《楚辞章句》，关于其著作权的问题，历来虽有所争论，但多归于贾谊。王逸云：“《惜誓》者，不知谁所作也。或曰贾谊，疑不能明也。”④ 后世洪兴祖、朱熹、王夫之等都认为该文为贾谊所作。王逸虽言“疑不能明也”，但指出了贾谊创作的可能性，并且置《惜誓》于《大招》之后，而于所有拟骚作品之首。须知，在王逸之前，刘安、刘向、扬雄、贾逵、班固等众多汉代鸿儒均训解过《楚辞》，王逸曰“或

---

① 同②，第 2227–2228 页。
② （清）何焯：《义门读书记》，《两汉文学史参考资料》引，中华书局 1962 年版，第 2 页。
③ 章太炎：《国故论衡》，上海古籍出版社 2003 年版，第 91 页。
④ 黄灵庚：《楚辞文献丛刊》第 3 册，国家图书馆出版社 2014 年版，第 263 页。

云贾谊”，说明在此之前已有部分人认定此篇乃贾谊所作。再者，《楚辞章句》置此篇于汉代拟骚作品之首，而紧接其后的是淮南王宾客淮南小山的《招隐士》，而在刘安之前，考之才华与经历，只有贾谊具备作此赋之条件。

宋洪兴祖《楚辞补注》云：“赋（贾谊《吊屈原赋》）云：‘所贵圣之神德兮，远浊世而自藏。使麒麟可系而羁兮，岂云异夫犬羊。’又曰：‘凤凰翔于千仞兮，览德辉而下之……横江潭之鳣鲸兮，固将制于蝼蚁。’与此语义颇同。”[①]洪兴祖用《吊屈原赋》与《惜誓》中有众多类似的语句为证，意在证明《惜誓》与《吊屈原赋》同出一人之手，也即《惜誓》是贾谊的作品。明代王夫之在《楚辞通释》中则完全认定此篇为贾谊的作品。他说：“今按贾谊渡湘水，为文以吊屈原[②]，其词旨略与此同。谊书若《陈时政疏》《新书》，出入互见，而辞有详略。盖谊所著作，不嫌复出类如此，则其[③]为谊作审矣。”[④]王夫之用贾谊的《陈时政疏》与《新书》有许多词语相似甚而至于重复来证明《惜誓》因与《吊屈原赋》有诸多相似与重复而认定《惜誓》也为贾谊所作。洪兴祖、王夫之的看法是很有道理的。其实，屈原的作品中词句相近或相同也不少，有人也曾用此方法证明《远游》是屈原作品。

游国恩先生认为，洪兴祖、王夫之的理由比较薄弱，因为古人著作模仿抄袭的现象时而有之，比如宋玉的《九辩》文句多模仿《离骚》和《九章》，司马相如《大人赋》模仿抄袭屈原的《远游》等等。因此，游国恩认为《惜誓》为贾谊所作的理由有三：其一，贾谊的政治境遇与屈原相似，且谪居于屈原自沉之乡数年之久。在他初过湘水的时候便作《吊屈原赋》，至长沙数年后再作《惜誓》追悼许愿是极有可能的。其二，《惜誓》与《吊屈原赋》主旨相同，都是哀悼屈原不能高举远游，有违全身避害之道。其三，《惜誓》词句明白晓畅，能够很好地把散文形式融合在“骚体”中，只有从楚辞到汉赋过渡的第一个作家贾谊才既有可能具有这种才能和作《惜誓》的资格。[⑤]游氏从写作背景、作品内容主题以及作品的形式风格三方面分析后将《惜誓》的著作权归

① （宋）洪兴祖：《楚辞补注》，中华书局 1983 年版，第 227 页。

② 此指《吊屈原赋》。

③ 此指《惜誓》。

④ （清）王夫之：《楚辞通释》，上海人民出版社 1975 年版，第 159 页。

⑤ 游国恩：《游国恩楚辞论著集》第三册，中华书局 2008 年版，第 169 页。

于贾谊，较之洪兴祖、王夫之等仅仅根据《惜誓》与《吊屈原赋》中部分文句相同或相似而认定其为同一人所作的论断明显更具有说服力。

关于《惜誓》之题旨及其含义，王逸《楚辞章句·惜誓序》云：

> 《惜誓》者，不知谁所作也。或曰贾谊，疑不能明也。惜者，哀也。誓者，信也，约也。言哀惜怀王与己信约，而复背之也。古者君臣将共为治，必以信誓相约，然后言乃从，而身以亲也。盖刺怀王有始无终也。①

王夫之《楚辞通释·惜誓序》云：

> 惜誓者，惜屈子之誓死而不知变计也。谊意以为原之忠贞既竭，君不能用，即当高举远引，洁处山林，从松乔之游。而依恋昏主，迭遭谗毁，致为顷襄所窜徙，乃愤不可惩，自沉汨罗，非君子远害全身之道，故为致惜焉。②

王夫之认为《惜誓》之题旨乃"惜屈原之誓死而不知变计也"。相较而言，王逸之说有嫌牵强，王夫之所云较为允当。怀王对屈原先任后疏，本无誓约可言。自汉而下的拟骚诗，在主旨上均是代屈原立言，或为借悼屈原而自悼。贾谊悼屈子生逢乱世而不能全身远祸，以致最终伤身无功，故"惜屈子之誓死而不知变计也"。况且船山之释亦可在屈原作品中找到内证。《离骚》"虽九死其犹未悔"，《涉江》"余将董道而不豫兮，固将重昏而终身"等等都是著例。

刘熙载《艺概·赋概》云：

> 《惜誓》，余释以为"惜"者，惜己不遇于时，发乎情也；"誓"者，誓己不改所守，止乎礼义也。此与篇中语义俱合。王逸注："哀惜怀王与己约信而复背之，其说似浅。"③

刘熙载不仅超脱了传统视《惜誓》为伤屈愍屈之作的窠臼，指出其主旨是贾谊借伤屈原以自伤，而且指出王逸之注牵强与浅显，较之传统观点，可谓更加深刻而准确。

---

① 黄灵庚：《楚辞文献丛刊》第3册，国家图书馆出版社2014年版，第263–264页。

② （清）王夫之：《楚辞通释》，上海人民出版社1975年版，第159页。

③ （清）刘熙载撰，袁津琥注：《艺概注稿》，中华书局2009年版，第429页。

贾谊的这篇骚体作品，在构思上对屈原《离骚》《远游》《九章·惜诵》等有很大程度的借鉴。姜亮夫先生对此评论云："在贾谊的《惜誓》中那么些地方是很清楚地说明着屈原艺术构思的要义的。"①

贾谊此作之构思大体可以分成三个层次：首先是发抒现实的愿望，展示自己的理想；其次是在现实中理想愿望得不到实现，于是只好去远游追寻；最后再回到自己的故乡。其艺术成就受到古今历代楚辞学者的一致肯定。王逸《楚辞章句》收入汉代拟骚作品七篇，分别是贾谊《惜誓》、淮南小山《招隐士》、东方朔《七谏》、严忌《哀时命》、王褒《九怀》、刘向《九叹》和己作《九思》。朱熹在《楚辞集注》中将王逸书中所收的汉代拟骚诗七篇删去《七谏》《九怀》《九叹》《九思》等四篇，只保留了《惜誓》《哀时命》《招隐士》三篇，同时又增加了贾谊的《吊屈原赋》和《鹏鸟赋》两篇。这样，在朱熹的《楚辞集注》收录的汉代拟骚作品中，贾谊之作占了百分之六十。朱熹在《楚辞辩证》（上）中解释自己增删的理由说："《七谏》《九怀》《九叹》《九思》，虽为骚体，然其词气平缓，意不深切，如无所疾痛而强为呻吟者。就其中《谏》《叹》犹或粗有可观，两王则卑已甚矣。故虽幸附书尾，而人莫之读，今亦不复以累篇帙也。贾傅之词，于西京为最高，且《惜誓》已著于篇，而二赋尤精，乃不见取，亦不可晓，故今并录以附焉。"②

清人王夫之很赞成朱熹在《楚辞集注》中删减汉代拟骚诗的做法。他在《楚辞通释·序例》中说："允哉朱子删之。"他在《楚辞通释·惜誓》中亦云："顾其文词，瑰玮激昂，得屈宋之遗风，异于东方朔、严夫子、王褒、刘向、王逸之茸阘无情。且所以惜原者，珍重贤者而扳留之，亦有合于君子爱惜人才之道，故今所存去，尽删《七谏》《九怀》以下诸篇，而独存《惜誓》。"③

贾谊《惜誓》，情辞慷慨瑰丽，深得屈骚之神髓。深受后人推崇。王夫之《楚辞通释》认为，《惜誓》"文词瑰玮激昂，得屈宋之遗风"。刘熙载《艺概·赋概》云："屈子以后之作，志之清峻，莫如贾生《惜誓》。"④章太炎《国

① 姜亮夫：《楚辞今绎讲录》，北京出版社 1983 年版，第 109 页。
② （宋）朱熹：《楚辞集注》，上海古籍出版社 1979 年版，第 172 页。
③ （清）王夫之：《楚辞通释》，上海人民出版社 1975 年版，第 159 页。
④ （清）刘熙载撰，袁津琥注：《艺概注稿》，中华书局 2009 年版，第 431 页。

故论衡·辨诗》云:“贾生《惜誓》，上接楚辞。”[①]

虽然汉代拟骚作品的艺术成就参差不齐，在思想和艺术上卓有成就的也不少，如贾谊《惜誓》的气象博大、用语奇崛;司马迁《悲士不遇赋》的愤激切直、自然情深;司马相如《长门赋》的幽怨哀思;班婕妤《自悼赋》的低徊婉诉等等，但相当数量的拟骚作品思想境界不高，艺术上少有创新，情感表达也难以动人心弦，更难与贾谊的拟骚作品相提并论。个中缘由，朱熹曾作过极其精彩的论述。他说:“谊有经世之才，文章盖其余事，其奇伟卓绝，亦非司马相如辈所能仿佛。而扬雄之论，常高彼而下此，韩愈亦以马、扬厕于孟子、屈原之列，而无一言以及谊，余皆不能识其何说也。”[②] 清刘熙载《艺概·赋概》:“屈子之赋，贾生得其质。”[③] 清程廷祚《骚赋论》云:“贾生以命世器，不竟其用，故其见于文也，声多类骚，有屈氏之遗风。若其雄伟卓荦，冠于一代也。”[④] 堪为的论。

---

① 章太炎:《国故论衡》，上海古籍出版社 2003 年版，第 91 页。

② （宋）朱熹:《楚辞集注》，上海古籍出版社 1979 年版，第 159 页。

③ （清）刘熙载撰，袁津琥注:《艺概注稿》，中华书局 2009 年版，第 431 页。

④ 王运熙、顾易生:《中国历代文论选·清代文论选》，人民文学出版社 1999 年版，第 471 页。

第三章　汉代楚辞学的奠基

——刘安及其《离骚传》

第一节　刘安的生平及著述

刘安，汉高祖刘邦之孙，淮南厉王刘长之子，约出生于文帝元年（前179）。祖母原为赵王张敖美人，因贯高谋反事件，无辜受牵连而自杀，父亲刘长又因谋反而获罪，在流放途中绝食而死。父亲死后，刘安被汉文帝封为阜陵侯。公元前164年刘安十六岁时，以华陵侯晋封淮南王，王都治寿春（今安徽寿县）。元狩元年（前122），刘安因“谋反”罪自杀，时年五十七岁，在位四十三年。

刘安历文、景、武三代，成年后正值西汉盛世，博学多才，擅长文章歌赋、天文历法、方术技艺，是汉武帝时期最具有文才和学识的诸侯王。汉初承战国百家争鸣之遗风，王侯重臣养士之风盛行。刘安折节下士，广纳贤才，门下宾客多达数千人，成为当时最具有影响力的区域文化集团领袖。刘安带领众宾客著书立说，著述甚富，在当时就名震天下。王逸《招隐士·序》中说：“昔淮南王安博雅好古，招怀天下俊伟之士，自八公之徒，咸慕其德而归其仁。各竭才智，著作篇章，分造辞赋。”①

《汉书·艺文志》载：“淮南王赋八十二篇”“淮南王群臣赋四十四篇”“淮

① 黄灵庚：《楚辞文献丛刊》第3册，国家图书馆出版社2014年版，第273页。

南歌诗四篇”。[①] 刘安及众门客的辞赋，约占《汉书·艺文志》所列屈原赋类的三分之一。根据后人考证，古代典籍从《别录》《汉书》到《四库全书总目》，官私书目著录的刘安及宾客的著述，共计四十九种。[②] 特别是《淮南子》的编纂使得他在中国文学史上永远占据一席之地。

第二节 《离骚传》的开创性意义

根据目前所能见到的资料，从战国末、秦代至西汉前期，刘安是对屈原作品进行研究整理的第一人。虽然在刘安时代，辞赋名手风起云涌，对楚辞的研习模拟蔚然成风，但没有一人或一个团体能与刘安相提并论。

淮南王刘安都城寿春（今安徽省寿县），是战国时期楚国的最后一个都城，可见其在当时曾是楚文化的中心。这为刘安对楚辞的编辑及其研究提供了非常有利的条件。

尊崇的王侯地位和深厚的文学素养为他搜集整理楚辞作品，研究屈原人格精神提供了无与伦比的优越条件。可以这样说，在当时的淮南国，形成一个以刘安为中心的庞大的楚辞创作、研究中心。

一、楚辞的收集传习之功

《楚辞》成书的时间，历来是困扰楚辞学界的一个学术难题。

王逸《楚辞章句》卷首云：“汉护左都水使者光禄大夫臣刘向集，后汉校书郎臣王逸章句。”[③] 这说明王逸作《楚辞章句》所用的底本是刘向编辑的本子，可见《楚辞》一书在王逸之前已经存在。

从汉代王逸之后直至现当代，不少学者依据王逸《楚辞章句》中的“光禄大夫臣刘向集”而判定《楚辞》的最初编辑者是西汉的刘向，这种观点值

① （汉）班固：《汉书》，中华书局 1962 年版，第 1747 页、1754 页。

② 漆子扬：《刘安及宾客著述考略》，《古籍整理研究学刊》2006 年第 1 期，第 38–41 页。

③ （宋）洪兴祖：《楚辞补注》，中华书局 1983 年版，第 1 页。

得商榷。王逸之语只能说明他作章句用的是刘向的辑本，最多说明刘向的《楚辞》辑本是当时较好或者最好的楚辞辑本，但并不表示刘向所编《楚辞》是最早的楚辞辑本，所以据此判定《楚辞》最早成书于刘向的说法是站不住脚的。

汤炳正先生提出，汉初流传着屈原《离骚》和宋玉《九辩》的合集，编辑者可能就是宋玉，这个合集流传在吴越一带。刘安及宾客在合集的基础上增辑了他们收集的作品，“并将这个增辑本定名为《楚辞》”，这个增辑本子是刘向以前《楚辞》通行本。① 姜亮夫先生也肯定了刘安对《楚辞》的首次编辑之功，他认为：“屈、宋之作辑录为一书，当出刘安。”②

此说在楚辞学界虽然未为定论，但影响甚大，今世学者多遵从之。《楚辞》是否为刘安命名，史无确证，但淮南王刘安对楚辞的搜集和专习确有独到贡献。

刘安曾广招宾客，组织庞大的写作班子，致力于著书立说，前引王逸《招隐士·序》可证。《汉书·地理志》的记载则更能有力地证明在刘安时已有辑本存在，而且很有可能就是刘安所辑。《汉书·地理志》云：

> 汉兴，高祖王兄子濞于吴，招致天下之娱游子弟，枚乘、邹阳、严夫子之徒兴于文、景之际。而淮南王安亦都寿春，招宾客著书。而吴有严助、朱买臣，贵显汉朝，文辞并发，故世传《楚辞》。③

不难看出，班固认为楚辞在汉代初期的兴盛由于两方面的原因，其一是淮南王刘安招“宾客著书”；其二是严助、朱买臣等因爱好楚辞而得官的影响。既然经历此事之后楚辞逐渐流行，那么也应该会有楚辞辑本传世。此时的淮南王刘安手下有一支庞大的文学编辑和创作团队，而且刘安还作了第一部楚辞训诂之作——《离骚传》，所以这个时代所流行的楚辞辑本，为刘安及其宾客所整理编辑最有可能。

二、《离骚传》的开山之举

西汉前期楚辞传播的兴盛为楚辞的训解提供了契机。据有关史料记载，

---

① 汤炳正：《屈赋新探》，齐鲁书社 1984 年版，第 85–109 页。

② 姜亮夫：《楚辞通故》，齐鲁书社 1985 年版，第 204 页。

③（汉）班固：《汉书》，中华书局 1962 年版，第 1668 页。

两汉训解楚辞的学者很多，如西汉之刘安、司马迁、刘向、扬雄等，东汉之贾逵、班固、马融、王逸等。因为他们在当时均为一代鸿儒，同时又是楚辞训解名家，故而影响很大，所以史留其名。此外，尚有诸多楚辞训解佚说，王逸《楚辞章句》中常常引用，并用“或曰”“一曰”“一云”等词语标注，可见这些训解在当时也是颇有影响的。据现有资料来看，刘安实为西汉楚辞训释第一人，同时也是楚辞评论第一人。他的《离骚传》在楚辞学史上便具有开山的作用。

刘安曾奉汉武帝之命作《离骚传》，史有确载。《汉书·淮南王传》云：

> 初，安入朝，献所作《内篇》，新出，上爱秘之。使为《离骚传》，旦受诏，日食时上。①

班固《离骚序》云：

> 昔在孝武，博览古文。淮南王安叙《离骚传》，以《国风》好色而不淫，《小雅》怨诽而不乱，若《离骚》者，可谓兼之。蝉蜕浊秽之中，浮游尘埃之外，皭然泥而不滓；推此志，虽与日月争光可也。②

荀悦《汉纪·孝武纪》：

> 初安朝，上使安作《离骚赋》，旦受诏，食时毕。③

高诱《淮南鸿烈解·序》：

> 诏使为《离骚赋》，自旦受诏，日早食时已。④

南朝梁代刘勰在《文心雕龙》之《神思》《辨骚》中也说“淮南终朝而赋（创作之意）骚”，“昔汉武爱骚而淮南作传”。⑤并且引用了班固《离骚序》原文。

《隋书·经籍志》：

> 始汉武帝命淮南王为之章句，旦受诏，食时而奏之，其书今亡。⑥

由此可见，刘安曾受汉武帝之命撰文研究《离骚》，时间是武帝建元二年，

---

① （汉）班固：《汉书》，中华书局 1962 年版，第 2145 页。
② （宋）洪兴祖：《楚辞补注》，中华书局 1983 年版，第 49 页。
③ （汉）荀悦：《汉纪》，见《四库全书》第 303 册，上海古籍出版社 1987 年版，第 317 页。
④ 刘文典：《淮南鸿烈集解》（序目），安徽大学出版社 1998 年版，第 2 页。
⑤ （南朝梁）刘勰撰，陆侃如译注：《文心雕龙译注》，齐鲁书社 1995 年版，第 126 页。
⑥ （唐）魏徵：《隋书》，中华书局 1973 年版，第 1056 页。

刘安时年四十一岁。淮南王刘安能在四五个小时内就完成《离骚传》(或云《离骚赋》)，可见他对楚辞理解之透彻，才思之敏捷，文学鉴赏能力之高强。

刘安奉汉武帝之命而作的研究楚辞的作品叫《离骚传》又称《离骚经章句》。对于这篇《离骚传》的具体内容，从班固的《离骚序》可知其一二,《离骚序》云：

> 昔在孝武，博览古文。淮南王安叙《离骚传》，以《国风》好色而不淫,《小雅》怨诽而不乱，若《离骚》者，可谓兼之。蝉蜕浊秽之中，浮游尘埃之外，皭然泥而不滓；推此志，虽与日月争光可也。斯论似过其真。又说：五子以失家巷，谓五子胥也。及至羿、浇、少康、贰姚、有娀佚女，皆各以所识有所增损，然犹未得其正也。[①]

从班固的《离骚序》可以清楚地看出，刘安所作《离骚传》既有对《离骚》思想内容和屈原人格修养的评价，也有对《离骚》词句典故的注释训解。联系王逸的《楚辞章句》，可以作如下推断:《离骚传》有一总序，其中对《离骚》的思想内容和屈原思想均有评价。“《国风》好色而不淫,《小雅》怨诽而不乱，若《离骚》者，可谓兼之。蝉蜕浊秽之中，浮游尘埃之外，皭然泥而不滓，推此志，虽与日月争光可也”当出于其中。在对《离骚》的训释中，刘安认为“五子以失家巷”句中的“五子”为伍子胥；还对《离骚》中的“羿”“浇”“少康”“贰姚”“有娀佚女”等人名也都作出了与时人不同的解释。

余嘉锡先生说：“刘安奉诏所作之《离骚传》，据班固言有解五子、羿、浇、少康、贰姚、有娀佚女之语，颜师古谓解说之如《毛诗》传，其说确不可易。以其创通大义，章解句释，故王逸及《隋志》均谓之章句，非列传之传也。”[②]

不难看出，刘安的《离骚传》承汉代《毛诗训诂传》释诗之体例，是现在可考最早的楚辞训释著作，对当时及后代楚辞研究影响巨大。

王逸《楚辞章句序》云：

> 至于孝武帝，恢廓道训，使淮南王安作《离骚经章句》，则大义粲然。[③]

王逸所说的刘安作《离骚经章句》，实即刘安奉汉武帝之命而作的《离骚

---

① （宋）洪兴祖:《楚辞补注》，中华书局 1983 年版，第 49 页。

② 余嘉锡:《余嘉锡说文献学》，上海古籍出版社 2001 年版，第 39 页。

③ 黄灵庚:《楚辞文献丛刊》第 2 册，国家图书馆出版社 2014 年版，第 467 页。

传》，而不是于《离骚传》外的另一部《离骚》释义训诂之书。

那么，为什么刘安明明作的是《离骚传》而王逸却称之为《离骚经章句》呢？因为在汉代整理古代典籍时，“训诂大义”与“章句之学”虽有区别却又不甚严格。例如，王逸的《楚辞章句》，其内容既有“章解句释”，也有“训诂大义”。可能王逸因为刘安的《离骚传》跟自己的《楚辞章句》体例比较相近，所以将这篇被班固称之为《离骚传》的注释性文字名之为《离骚经章句》。因此，刘安奉汉武帝之命对《离骚》所作的这篇注释性文字，班固称之为《离骚传》，王逸称之为《离骚经章句》。可以这样说，在汉人为《离骚》作章句训释的历史上，刘安是其肇始者。刘安的《离骚传》为后来王逸楚辞训释的集大成之作《楚辞章句》奠定了基础。

据现有资料，刘安还是第一个对屈原进行了肯定性评价并较全面评价屈原代表作品《离骚》的人。司马迁在《史记·屈原贾生列传》中云：

> 屈平之作《离骚》，盖自怨生也。《国风》好色而不淫，《小雅》怨诽而不乱。若《离骚》者，可谓兼之矣。上称帝喾，下道齐桓，中述汤武，以刺世事。明道德之广崇，治乱之条贯，靡不毕见。其文约，其辞微，其志洁，其行廉，其称文小而其指极大，举类迩而见义远。其志洁，故其称物芳。其行廉，故死而不容自疏。濯淖污泥之中，蝉蜕于浊秽，以浮游尘埃之外，不获世之滋垢，皭然泥而不滓者也。推此志也，虽与日月争光可也。①

对于司马迁的这段话，班固《离骚序》、刘勰《文心雕龙》均视为刘安《离骚传》之内容。刘勰《文心雕龙·辨骚》云：

> 自风雅寝声，莫或抽绪，奇文郁起，其《离骚》哉！固已轩翥诗人之后，奋飞辞家之前，岂去圣之未远，而楚人之多才乎！昔汉武爱《骚》，而淮南作《传》，以为“《国风》好色而不淫，《小雅》怨诽而不乱，若《离骚》者，可谓兼之。蝉蜕秽浊之中，浮游尘埃之外，皭然涅而不缁，虽与日月争光可也。”②

今人汤炳正先生甚至认为，今本《史记·屈原列传》中从“《离骚》者

① （汉）司马迁：《史记》，中华书局 1956 年版，第 2482 页。

② （南朝梁）刘勰撰，陆侃如译注：《文心雕龙译注》，齐鲁书社 1995 年版，第 126 页。

犹离忧也”至“虽与日月争光可也”一段，以及从“虽放流”至“岂足福哉”一段均为刘安《离骚传》中之文字，后人分割窜入《史记》。[①]这两段文字，先释“离骚”命名，次论屈原作《离骚》用心，再论《离骚》内容、文采，然后论屈原之志，最后说明怀王不听忠谏的结果，以再明《离骚》之旨。[②]因此，上文所引司马迁《史记·屈原贾生列传》中对屈原及《离骚》的这段评价性文字，学界基本将之归为刘安对屈原的评价。刘安对《离骚》及其作者的评价文字虽不多，但却从《离骚》的思想内容到艺术形式，从屈原的作品到屈原的人品都作了肯定性评价，是相当全面的作家作品评价。刘安认为，在思想内容上，《离骚》兼具《诗经》中《国风》和《小雅》的“好色而不淫”、“怨诽而不乱”的优点；“上称帝喾，下道齐桓，中述汤武，以刺世事。明道德之广崇，治乱之条贯，靡不毕见”，强调了《离骚》的讽谏作用，指出《离骚》合乎儒家诗教的要求。在艺术上，《离骚》“其文约，其辞微，其志洁，其行廉。其称文小而其指极大，举类迩而见义远”，说明《离骚》具有文约旨大，言近义远的特色，也是对屈原在《离骚》中发展了《诗经》的比兴手法而形成象征手法的肯定。对于屈原的人格精神，刘安概括为“其志洁，故其称物芳。其行廉，故死而不容自疏。濯淖污泥之中，蝉蜕于浊秽，以浮游尘埃之外，不获世之滋垢，皭然泥而不滓者也。推此志也，虽与日月争光可也”，可以说是对屈原人格精神的全面肯定和极度推崇，评价之高无与伦比。

刘安对屈原的评价，对当时及后世楚辞研究产生重要影响。稍后的司马迁在《史记·屈原列传》中就借用了刘安对屈原及其作品的评论。甚至有人认为，司马迁的《史记·屈原列传》就是以《离骚传》为主要材料而予以新的意义的。[③]到了东汉，王逸在《离骚章句序》中对刘安评价意义和影响的作了精辟的概括。其《离骚章句序》云：“至于孝武帝，恢廓道训，使淮南王安作《离骚经章句》，则大义粲然；后世雄俊，莫不瞻慕，舒肆妙虑，缵述其辞。”更是对刘安楚辞研究的全面肯定。

---

① 汤炳正：《屈赋新探》，齐鲁书社 1984 年版，第 1–3 页。

② 李大明：《两汉〈楚辞〉训解佚说考》，《贵州教育学院学报》1990 年第 2 期，第 7–17 页。

③ ［日］谷口洋：《〈史记·屈原列传〉与刘安〈离骚传〉——兼谈及围绕楚辞文学的汉初文化情况》，《云梦学刊》1993 年第 1 期，第 8 页。

第三节 刘安《离骚传》所引起的学术争鸣

关于淮南王刘安奉武帝之命所作训释《离骚》之文的名称，在汉代即有三种说法：一是最早由班固在《汉书·淮南王刘安传》和《离骚序》中所说的“离骚传”；二是荀悦《汉纪·孝武纪》和高诱《淮南鸿烈解·序》中所说的“离骚赋”；三是王逸《楚辞章句》中所说的“离骚经章句”。王逸在《楚辞章句序》云：“孝章即位，深弘道艺，而班固、贾逵复以所见，改易前疑，各作《离骚经章句》。其余十五卷，阙而不说。”[①]可见，《离骚经章句》是对汉人训释《离骚》文体的总称，并非刘安、班固、贾逵的对《离骚》训释之文都叫这个名称。因此，刘安所作之文在当时应称“离骚传”或“离骚赋”。

到了清代，王先谦《汉书补注》云：

> 王念孙曰：传（傳）当为傅，傅与赋古字通。《皋陶谟》“敷纳以言”，《文纪》作傅，僖二十七年《左传》作赋。《论语·公冶长》：“可使治其赋也”，《释文》：“赋，梁武云《鲁论》作傅。”“使为《离骚傅》”者，使约其大旨而为之赋也。安辩博善为文辞，故使作《离骚赋》，下文云安“又献颂德及长安都国颂”。《艺文志》有《淮南王赋》八十二篇，事与此并相类也。若谓使解释《离骚传》，则安才虽敏，岂能旦受诏而食时成书乎？《汉纪·孝武纪》云：“上使安作《离骚赋》，旦受诏，食时毕。”高诱《淮南鸿烈解序》云：“诏使为《离骚赋》，自旦受诏，日早食已。”此皆本于《汉书》，《御览·皇亲部十六》引此作《离骚赋》，是所见本与师古不同。[②]

在此，王先谦引用王念孙的观点，认为刘安作的是《离骚赋》，也就是说《离骚》作于汉代，作者是西汉的刘安而不是战国时期的屈原。理由有二：一是“传”（傳）实为“傅”之误写，而“傅”“赋”相通，所以刘安作的是《离骚赋》而非《离骚传》；二是刘安在从旦至日食之这么短的时间内（大约是四个半小时）是不可能为《离骚》作注的。

---

① 黄灵庚：《楚辞文献丛刊》第 2 册，国家图书馆出版社 2014 年版，第 467–468 页。

② （清）王先谦：《汉书补注》，中华书局 1983 年版，第 1025 页。

王先谦的观点是很难站得住脚的。首先，无论是从班固的《离骚序》还是王逸的《离骚经章句序》都可以看出，刘安奉武帝之命所作之文既有对《离骚》的思想内容和屈原人格修养的评价，又有对《离骚》词句典故的训解和阐释。其内容既有“章解句释”，也有“训诂大义”，上承汉初《毛诗诂训传》释诗之体例，所以班固称之为《离骚传》而王逸名之为《离骚经章句》。

其次，即使刘安所作之文为《离骚赋》，也是对《离骚》的训释性传注文字而非《离骚》，因为《楚辞章句》中有些注文采用的是四字一句、隔句用韵的形式，它既是对离骚的训释，又兼有以《离骚》为素材的文学作品性质，所以刘安受帝命而对《离骚》的传注既可称“传”或“章句”，也可称“赋”。裘锡圭先生用1993年江苏连云港市东海县尹湾村西汉晚期墓葬中出土的写在竹简上西汉时期俗赋《神乌傅》证明在汉代时“傅”“赋”是相通的，而四字一句隔句用韵的训释“在形式上完全可以看作赋”，与《九章·橘颂》的情况相似。①

再者，刘安奉诏作传，时间紧迫，故而不可能太详，只能相对简略。“王逸为《离骚》作的章句可谓集汉人训释之大成，也不过15000字左右。淮南王刘安在汉武帝时，还属于为《离骚》作注的草创期，凭依既少，字数不会很多。”② 所以在四五个小时内完成是完全可能的。而日本汉学家小南一郎也认为，如果刘安的注是采用韵文形式的固定句式，那么“对原作品精通的人是可以在短时间里完成的”。

因此，在早期的学术讨论中，虽然有些学者认为刘安所作《离骚传》或被认为是《离骚赋》，但基本上都认为《离骚赋》也是对《离骚》的训释性作品，也没有涉及《离骚》著作权的争议，更没有人怀疑屈原存在的真实性。然而，在辛亥革命及五四运动之后，一些学者怀疑屈原的存在，否定屈原作过《离骚》《九章》《天问》等诗篇。这种观点，被日本学者稻畑耕一郎称为“屈原否定论”③。围绕着“屈原否定论”的学术争论在楚辞学界一直持续了七八十年之久。

---

① 连云港市博物馆:《尹湾汉墓简椟综论》，科学出版社1999年版，第1–7页。

② 张继海:《淮南王作〈离骚传〉考》,《古籍整理研究学刊》2006年第6期，第12–15页。

③ 黄中模:《现代楚辞批评史》，湖北教育出版社1990年版，第1页。

众所周知，自清末维新到五四运动时期，在中国学术领域内曾出现过疑古思潮。这种疑古思潮在楚辞研究领域内的表现就是“屈原否定论”。在上世纪初的代表人物是廖季平和胡适。廖季平认为：“旧说以《楚辞》为屈原作，予则以为秦博士作，文见始皇本纪三十六年。《楚辞》为辞章之祖，汉人恶秦，因托之屈子。”[①] 胡适1922年9月发表于《努力周报》增刊《读书杂志》上的《读〈楚辞〉》一文说：“传说中的屈原，若真有其人，必不会生在秦汉以前。”[②]

胡适的主观意图在于通过否定屈原其人其文来达到否定历史上把屈原用作忠臣的代表和将《楚辞》作为“君臣大义”的学说来读的目的。他说：“我想，屈原也许是二十五篇《楚辞》之中的一部分作者，后来渐渐被人认作这二十五篇全部的作者，但这时候屈原还不过是一个文学的箭垛。后来汉朝的老学究把那时代的君臣大义读到《楚辞》里去。就把屈原用作忠臣的代表，从此屈原就又成了一个伦理的箭垛了”，“故我们必须推翻屈原的传说，打破一切村学究的旧注，从《楚辞》本身上去寻出他的文学兴味来，然后《楚辞》的文学价值可以有恢复的希望。”“总期使这部久被埋没，久被‘酸化’的古文学名著能渐渐地从乌烟瘴气里钻出来，在文学界里重新占一个依傍名教的位置。”[③] 可见，胡适否定屈原的目的，在于对缠绕在二千多年屈原及楚辞研究中传统观点的否定，表现出“五四”时期的革新思想，是有一定价值的。但遗憾的是，胡适否定传统观点的同时，将屈原是战国时期开创了楚辞新诗体人物的历史事实也给否定掉了，这是一种重大的失误。“我们一方面批评他们在反传统的总的疑古思潮下将科学编码下的历史事实否定掉的重大失误，另一方面也肯定他们参加时代反传统斗争、思想敢于突破旧有传统的价值。”[④]

到了20世纪三四十年代，许笃仁、何天行、卫聚贤、丁迪豪等人试图将胡适等人的推测证明为事实，从而使这场关于屈原存在与否以及《离骚》著作权归属的学术争论达到高潮。许笃仁、何天行妄图否定屈原存在的最直接证据就是刘安作《离骚》论。

---

① 黄中模：《现代楚辞批评史》，湖北教育出版社1990年版，第7页。

② 胡适：《读〈楚辞〉》，《读书杂志》第1期，载《努力周报》1922年9月3日。

③ 同①，第18页。

④ 朱炳祥：《“词语扇面”论——兼评现代楚辞学史上两场重大学术论争》，《江西社会科学》1995年第9期，第66–70页。

许笃仁在1935年的《浙江省图书馆馆刊》第四卷第四期上发表一篇名为《楚辞识疑》的文章。此文的第一部分的中心论点就是宣扬“刘安作《离骚》”论。为了证明刘安作的是《离骚赋》而不是《离骚传》，许笃仁将《离骚》与《淮南子》进行机械类比，并认为《离骚》是对《淮南子》的承袭。其主要立论依据有三：1.《离骚》中地名一一见于《淮南子》。2.《离骚》与《淮南子》均“援引神话以写超越人世之飘忽玄念”。3.《离骚》的全篇大意与《淮南子》相同。此后，卫聚贤、何天行、丁迪豪等人相继撰文追随许笃仁“刘安作《离骚》”的观点，甚至抄袭了许笃仁的论据。1938年在上海出版的《楚辞研究》中，收入了卫聚贤的《〈离骚〉的作者——屈原与刘安》、何天行的《楚辞新考》与丁迪豪的《离骚的时代及其他》等文章，就是这种观点的集中体现。

同时，何天行《楚辞作于汉代考·〈九歌〉作于汉代诸证》认为“《九歌》必为司马相如等人所作”，其理由有二：

其一，“郭茂倩《乐府诗集》中列《九歌·山鬼》篇为《相和曲》之一。又据《宋书》说‘相和’汉旧曲也。而《郊祀歌》中又有不少与《九歌》类同的句子。因知《山鬼》篇等，必作于汉代无疑。”

其二，“武帝定郊祀礼时‘多举司马相如等数十人造为诗赋’，又‘使童男女七十人俱歌’；而所乐者之一即为《太一》，又说‘九歌毕奏’；由此可见，《九歌》必为司马相如等人所作，殆无疑义。而《九歌》之作于汉代庙堂文人，于《郊祀歌》‘《九歌》毕奏斐然殊’一句，便可得一铁证。而且由‘斐然殊’三字来看，更非《云中君》等等文辞妙曼的《九歌》莫属！”①

对此，吴明贤先生通过将《乐府诗集》中《今有人》一诗歌与《山鬼》进行详细比对认为：“郭茂倩《乐府诗集·相和歌辞》所列‘今有人’一诗并非真正的《楚辞·九歌·山鬼》，而是从《楚辞》中钞出并经过改造的《九歌·山鬼》。”并经过严密论证，从而得出“《楚辞·九歌·山鬼》既不是西汉时的作品，更非司马相如所作，《汉郊祀歌》十九章既不是《楚辞·九歌》，也不是司马相如等人所作”②。论据充足，不容辩驳。

1948年，何氏的《楚辞新考》改名《楚辞作于汉代考》，由中华书局再版。

---

① 何天行：《楚辞作于汉代考》，中华书局1948年版，第77页。

② 吴明贤：《〈九歌〉为司马相如所作辨误》，《四川师院学报》1984年第3期，第30–33页。

到了20世纪七八十年代，日本一些汉学者对二三十年代屈原否定论者观点进行介绍。其中最有代表性的是日本早稻田大学稻畑耕一郎的《屈原否定论系谱》[①]。此书称何“提出‘屈原＝淮南王刘安’的见解”是“最周密、最系统”的“屈原否定论”。从而使屈原是否存在以及《离骚》《九章》《天问》等屈原作品著作权等问题重新在楚辞研究界成为争论的焦点。

在这一时期，持“屈原否定论”的多为日本的汉学者。如铃木修次、三泽玲尔、冈村繁等。他们一般都是将屈原与楚辞分割开来。也就是说，他们一般不否认屈原其人的存在，但却不承认《离骚》《天问》《九章》《九歌》等作品为屈原所作。如铃木修次认为，《离骚》是南方的楚国的一些歌唱悲愁的歌曲与屈原传说结合起来的产物；三泽玲尔则认为《楚辞》是“民间歌谣”；冈村繁却用屈原作品不同风格来否定屈原是楚辞的伟大作家这个“往古传统观点”。

随着考古学的发展，具有无可辩驳的新出土文献资料的面世，证明了许笃仁等“刘安作《离骚》”的观点是完全荒谬的。例如，长沙马王堆汉墓出土的天文学资料《五星占》，以它对战国末年的天文现象的实测记录，证明了《离骚》中的“摄提贞于孟陬兮”是先秦时期的岁星纪年法，而非汉代历法。[②]

再如，据一九八三年《文物》第二期发表的《阜阳汉简简介》：

> 阜阳简中发现有两片《楚辞》，一片为《离骚》残句，仅存四字；一为《涉江》残句，仅存五字，令人惋惜不已。另有若干残片，亦为辞赋之体裁，未明作者。

“经考古界的分析，出土文物上有‘女（汝）阴侯’铭文及漆器铭文纪年最长为‘十一年’等资料，确认墓主是西汉第二代汝阴侯夏侯灶。夏侯灶是西汉开国功臣夏侯婴之子，卒于汉文帝十五年（前165）。故阜阳汉简的下限不得晚于这一年。”“据《史记·淮南衡山列传》，孝文十六年，始封刘安为淮南王，孝武建元二年（前139），淮南王刘安入朝。……如果何氏这个说法得以成立，人们不禁要问，死于刘安作赋以前二十六年的汝阴侯墓中，为什么

---

① ［日］稻畑耕一郎：《屈原否定论系谱》，《重庆师范学院学报》1983年第4期，第19–30页。

② 黄中模：《谁是“刘安作〈离骚〉”论的始作俑者？——评许笃仁的〈楚辞识疑〉》，中州学刊，1984年第4期，第71–75页。

会出现《离骚》汉简残片呢？可见，刘安作《离骚》之说，证之以新的出土文物，也是完全违反历史事实的。”[①] 至此，终于给这场持续了半个多世纪的学术争论画上了句号。

刘安对屈原的代表作品《离骚》的思想内容和艺术特色的研究，开两汉楚辞学之先河，标志着汉代楚辞学的形成，从此楚辞研究成为一门专门的学问。刘安对屈原人格精神及其代表作品《离骚》的高度评价和赞美，是迄今为止我们能够见到的最早楚辞研究文字记载。就此而言，刘安当之无愧地成为两汉楚辞研究的奠基人，是中国楚辞学史上第一位训诂家和评论家。刘安的楚辞研究，实现了西汉文人对楚辞由口诵、摹拟到章句训诂和义理阐释的跨越，“奠定了后世楚辞研究的基础，标志着汉楚辞学的基本形成。”[②]

第四节　刘安及其宾客创作对屈骚的吸收和继承

一、刘安及其宾客的骚体文学创作

《汉书·艺文志》载“屈原赋之属”共计三百六十一篇，其中“淮南王赋八十二篇。淮南王群臣赋四十四篇。淮南歌诗四篇”。[③] 淮南王刘安及其宾客赋作共计一百二十六篇，占《汉书·艺文志》所列屈原赋类的三分之一多。此类赋作应该多属于拟骚之作或与屈原作品有关。这些作品均已亡佚，唯有淮南小山《招隐士》借刘向辑录的十六卷本《楚辞》得以保存至今。

《招隐士》作者为淮南小山，然淮南小山为何？历代学者莫衷一是。王逸认为“小山”既是文章类别的名称又是人物类别的统称，而高诱等则认为“小山”是人名。王逸《招隐士序》云：“《招隐士》者，淮南小山之所作也。昔淮南王安，博雅好古，招怀天下俊伟之士。自八公之徒，咸慕其德，而归其仁，各竭才智，著作篇章，分造辞赋，以类相从，故或称小山，或称大山。其义

① 汤炳正：《〈离骚〉决不是刘安的作品，再评何天行〈楚辞作于汉代考〉》，《求索》1984年第3期，第73–82页。

② 李大明：《汉楚辞学史》，中国社会科学出版社2004年版，第62页。

③（汉）班固：《汉书》，中华书局1962年版，第1747、1754页。

犹《诗》有《小雅》《大雅》也。”[①]可见“小山”为文章类别无疑。然而王逸接着又说：“小山之徒，闵伤屈原……故作《招隐士》之赋，以章其志也。”可见淮南小山为一类人，即淮南王刘安的宾客。高诱《淮南子序》亦云：“初，安为辨达，善属文……于是遂与苏非、李尚、左吴、田尤、雷被、毛被、伍被、晋昌等八人，及诸儒‘大山’‘小山’之徒，共讲论道德，总统仁义。”[②]由此看来，小山似乎又是人名。然细审之，“小山”似乎既非人名亦非文章类别的名称，而可能是以刘安为首的学术团体内部分文人的统称，有似于当今的学术“团队”或“小组”。六朝直至唐宋类书，均认为《招隐士》为刘安所作。如《文选》卷三十三录《招隐士》，题作者即为“刘安”。

关于《招隐士》的题旨，按照王逸的理解，凡被收入《楚辞》中的汉人作品均为代屈原立言的闵伤屈原之作。故王逸《楚辞章句·招隐士序》云：“小山之徒，闵伤屈原，又怪其文升天乘云，役使百神，似若仙者，虽身沉没，名德显闻，与隐处山泽无异。故作《招隐士》之赋，以章其志也。”[③]朱熹《楚辞集注》采王逸之说，其《招隐士序》云：“此篇视汉诸作最为高古，说者以为亦托意以招屈原。”[④]然而朱熹对王逸的闵屈主题说是持有保留意见的。《朱熹集》卷一《招隐操·序》云：“淮南小山作《招隐》，极道山中穷苦之状，以风切遁世之士，使无遐心，其旨深矣。其后左太冲、陆士衡相继有作[⑤]，虽极清丽，顾乃自为隐遁之辞，遂与本题不合。故王康琚作诗以反之[⑥]。虽正左、陆之误，而所述乃老氏之言，又非小山本意也。”[⑦]此处，朱熹视《招隐士》为招“遁世之士”之作，较之《楚辞集注》“招屈原”说确为更切题旨。王夫之认为王逸曲说牵附、不达文旨，因为丝毫看不出《招隐士》内容与屈原有何关系。再者，屈原忠君恋国的情感、刚正直谏的个性品格、自沉殒身的人生选择也与“隐士”一词无涉。王夫之《楚辞通释》云：“今按此篇，义尽于招隐，

---

① 黄灵庚：《楚辞文献丛刊》第 3 册，国家图书馆出版社 2014 年版，第 273–274 页。

② 刘文典：《淮南鸿烈集解》，安徽大学出版社 1998 年版，第 2 页。

③ 黄灵庚：《楚辞文献丛刊》第 3 册，国家图书馆出版社 2014 年版，第 274 页。

④ （宋）朱熹：《楚辞集注》，上海古籍出版社 1979 年版，第 167 页。

⑤ 左思、陆机均作过《招隐诗》，见《文选》卷二十二。

⑥ 王康琚有《反招隐诗》，见《文选》卷二十二。

⑦ （宋）朱熹撰，郭齐、尹波点校：《朱熹集》，四川教育出版社 1996 年版，第 1 册，第 6 页。

为淮南召致山谷潜伏之士，绝无闵屈子而章之之意。”并释文中“王孙游兮不归”云：“王孙，隐士也。秦、汉以上，士皆王侯之裔，故称王孙。”①

淮南小山《招隐士》，突破一般拟骚诗对屈骚因袭模拟之弊，艺术上有诸多创新，句式上突破了楚骚的四六格式，显得长短错落，节奏急促有力，表现了革新精神。该篇还表现出重描写的倾向，尤其是对自然景物描写比较细致。“通过对山之幽深、山气巃嵸、山石险峻、溪谷崭岩、猿狖群啸、青莎杂树、树轮相纠、虎豹相斗、熊罴咆哮自然景物铺排细致的描写，成功地营造了幽深、奇崛而又恐怖的氛围。”②

宋代沈作喆《寓简》：“《招隐士》一章，奇险独出，恨不知小山为谁氏，深惜之。”③

严羽《沧浪诗话·诗评》：“《楚词》，惟屈宋诸篇当读之外，此惟贾谊《怀长沙》（即《吊屈原赋》）、淮南王《招隐操》（即《招隐士》）、严夫子《哀时命》宜熟读。此外亦不必也。”④

明代胡应麟《诗薮》：“淮南《招隐》，迭用奇字，气象雄奥，风骨棱嶒。拟骚之作，古今莫追。”⑤

清刘熙载《艺概·赋概》：“诗人之优柔，骚人之清深，后来难并亦。惟奇倔一境，虽亦诗、骚之变，而尚有可广，此淮南《招隐士》所以作与？”“屈子以后之作，志之清俊，莫如贾生《惜誓》，情之绵邈，莫如宋玉‘悲秋’，骨之奇劲，莫如淮南《招隐士》。”⑥

王夫之《楚辞通释》更是只保留了贾谊和淮南小山之作，并阐释其因云：“其可以附类《离骚》之后者，以音节局度，浏漓昂激，绍楚辞之余韵，非他词赋之比。虽志事各殊，自可嗣音屈宋。”并在《招隐士序》中称：“《七谏》以下，无病呻吟，蹇涩肤鄙之篇，虽托屈子为言，其漠不相知，徒劳学步。

---

① （清）王夫之：《楚辞通释》，中华书局 1959 年版，第 165 页。

② 王浩：《汉代拟骚诗在文体层面对屈骚的继承与新变》，《辽东学院学报》2009 年第 6 期，第 91–95 页。

③ 吴文志：《宋诗话全编》，凤凰出版社 1998 年版，第 5697 页。

④ 何文焕：《历代诗话》，中华书局 2004 年版，第 698 页。

⑤ （明）胡应麟：《诗薮》，上海古籍出版社 1958 年版，第 5 页。

⑥ （清）刘熙载：《刘熙载文集》，江苏古籍出版社 2001 年版，第 124 页。

正使湘累有灵，实应且憎。”[①]

二、《淮南子》对屈骚的吸收和继承

淮南王刘安及其门客集体撰写的《淮南子》是一部对中国文化影响深远的著作，《汉书·艺文志》云：“淮南内二十一篇。淮南外三十三篇。”现存二十一篇。该书主要的宗旨倾向于道家，并将儒、墨、法、阴阳诸家思想糅合一体。宋高似孙《子略》曾评《淮南子》云：“淮南之奇，出于离骚；淮南之放，得于庄列；淮南之议论，出于不韦之流。”[②] 此说虽未必允当，但指出《离骚》对《淮南子》的影响，是非常有见地的。

《淮南子》中袭用仿效《楚辞》之处甚多。如《兵略》云：“象日月之运行，若春秋有代谢。”《离骚》有云：“日月忽其不淹兮，春与秋其代序。”《原道》云：“令雨师洒道，使风伯扫尘。”《九歌·大司命》云：“令飘风兮先驱，使涷雨兮洒尘。”不胜枚举。而《淮南子》受《天问》的影响则异常明显而深刻，它“在创作动机、思维方式等方面受《天问》影响十分强烈”[③]。

《淮南子》记载了大量的历史人物。在对历史人物的褒贬态度方面和《楚辞》有着极大的相似性。在对勤政爱民的华夏民族先祖黄帝、颛顼、帝喾、帝尧、帝舜的颂扬，对任人唯贤善于纳谏的君主齐桓公、周文王的褒奖，对残害忠良、荼毒天下的桀纣等暴君的批判等方面都明显继承和发挥了屈原《离骚》和《天问》中的观点，体现了相似的治世理念，即从朝代兴衰中总结经验教训。

《淮南子》是继《山海经》之后比较系统地记载中国上古神话的重要典籍，其中《地形》一篇集中阐述了中国昆仑神话系统。而《淮南子》中昆仑神话系统的建立，是以屈原作品《离骚》《天问》《涉江》《远游》等篇目中的相关记载为基础的，有的则明显是对屈原作品中的相关记载的拓展和落实，从而成为后世《楚辞》注家训释的依据。比如：

---

① （清）王夫之：《楚辞通释》，中华书局 1959 年版，第 165 页。

② （清）纪昀：《四库全书》第 674 册，上海古籍出版社 1987 年版，第 518 页。

③ 马庆洲：《论〈天问〉对〈淮南子〉的影响》，《清华大学学报》2004 年第 3 期，第 60–62 页。

《离骚》云："邅吾道夫昆仑兮，路修远以周流。"《九歌·河伯》云："登昆仑兮四望，心飞扬兮浩荡。"《九章·涉江》云："登昆仑兮食玉英，与天地兮同寿，与日月兮齐光。"《地形》云："昆仑之邱，或上倍之，是谓凉风之山，登之而不死；或上倍之，是谓县圃，登之乃灵，能使风雨；或上倍之，乃维上天，登之乃神，是谓太帝之居。"

《天问》云："昆仑县圃，其居安在？增城九重，其高几里？"《地形》云："掘昆仑虚以下地，中有增城九重，其高万一千里百一十四步二尺六寸。"王逸《楚辞章句》直接引《淮南子》注云："《淮南》言昆仑之山九重，其高万一千里也。"[①] 洪兴祖补："《淮南》云：昆仑虚中，有增城九重，其高万一千里百一十四步二尺六寸。"[②]

关于《淮南子》对《楚辞》的继承，陈广忠先生《论〈楚辞〉、刘安与〈淮南子〉》一文曾作过详细论述，并将其归纳为十个方面：第一，道家思想对《楚辞》、刘安及《淮南子》有很大影响。第二，《楚辞》《淮南子》中神仙思想是一致的。第三，《楚辞》和《淮南子》中记载的神话属于南方昆仑神话系统。第四，两书在记载天文星位，使用时令历法，对一些自然天象如望舒、飞廉、雷师、飘风、云霓、冻雨等的解释，几乎是一致的。第五，两书使用的方言词语有一致性。第六，两书对神话传说中的地理位置记载相同。第七，两书对神话传说中的人物记载相同。第八，两书对战国前许多历史人物的生平遭遇、治政功过等的记载相同。第九，两书记述的草、木方面大致相同。第十，《楚辞》中体现出来的治世思想和政治理想与《淮南子》有很多相同点。此外两书在音乐、神怪、习俗、动物、韵律等方面尚有一定的关系。[③]

---

① 黄灵庚：《楚辞文献丛刊》第 3 册，国家图书馆出版社 2014 年版，第 50 页。

② （宋）洪兴祖：《楚辞补注》，中华书局 1983 年版，第 92 页。

③ 陈广忠：《论〈楚辞〉、刘安与〈淮南子〉》，《中国文化研究》2000 年第 4 期，第 86–92 页。

第四章　屈原史料的建立及骚怨精神的揭橥

——司马迁及其《屈原列传》

第一节　司马迁的生平及著述

司马迁，字子长，西汉夏阳（今陕西韩城，一说山西河津）人。因陕西韩城西南靠近龙门，所以司马迁在《史记・太史公自序》中说“迁生龙门”[①]；我国西汉伟大的史学家、思想家、文学家；生于汉景帝中元五年（前145），一说生于汉武帝建元六年（前135），卒年不详。10岁时，司马迁随父亲司马谈到长安，开始了对古代文献的研读。约在汉武帝元光、元朔年间，向今文家董仲舒学《公羊春秋》，又向古文家孔安国学《古文尚书》。20岁时，从京师长安南下漫游，考察民情风俗，采集轶闻传说，游历足迹遍及长江淮河流域和中原地区。《史记・太史公自序》云：“年十岁则诵古文。二十而南游江、淮，上会稽，探禹穴，窥九疑，浮于沅、湘；北涉汶、泗，讲业齐、鲁之都，观孔子之遗风，乡射邹、峄；厄困鄱、薛、彭城，过梁、楚以归。”[②]不久任郎中，多次随驾西巡，曾出使巴蜀等地。元封三年（前108），司马迁继承其父司马谈之职，任太史令，得以遍观“石室金匮之书”，开始阅读文献，整理史料，准备写作；公元前104年，司马迁在主持历法修改工作的同时，正式开始撰写《史记》。后因替投降匈奴的李陵辩护，获罪下狱，受宫刑。出狱后任中书令，

① （汉）司马迁:《史记》，中华书局1956年版，第3293页。

② 同上。

忍辱负重，继续发愤著书，到太始四年（前93）基本完成《史记》全部写作，共历十六年。

《史记》又称《太史公书》或《太史公记》，是中国第一部纪传体通史。全书包括十二“本纪”，三十“世家”，七十“列传”，十“表”，八“书”五个部分，五十二万六千多字。记载了上自中国上古传说中的黄帝时代，下至汉武帝太初四年（前100），共三千多年的历史，对后世史学和文学影响深远。

司马迁还撰有《报任安书》，记述了他下狱受刑的经过和著书的抱负，为历代所传颂。

第二节　《屈原列传》的楚辞学价值

司马迁楚辞学研究内容见之于《史记·屈原列传》《史记·太始公自序》和《报任安书》等。《史记·屈原列传》是现存最早也是最全面的记载屈原生平事迹的文献资料。此外司马迁在《史记·楚世家》和《史记·张仪列传》中也记载了屈原的一些事迹和言行。

《史记·屈原列传》云：

> 屈原者，名平，楚之同姓也。为楚怀王左徒。博闻强志，明于治乱，娴于辞令。入则与王图议国事，以出号令；出则接遇宾客，应对诸侯。王甚任之。
>
> 上官大夫与之同列，争宠而心害其能。怀王使屈原造为宪令，屈平属草稿未定，上官大夫见而欲夺之，屈平不与。因谗之曰：“王使屈平为令，众莫不知，每一令出，平伐其功，曰：以为‘非我莫能为’也。”王怒而疏屈平。
>
> 屈平疾王听之不聪也，谗谄之蔽明也，邪曲之害公也，方正之不容也，故忧愁幽思而作《离骚》。“离骚”者，犹离忧也。夫天者，人之始也；父母者，人之本也。人穷则反本，故劳苦倦极，未尝不呼天也；疾痛惨怛，未尝不呼父母也。屈平正道直行，竭忠尽智以事其君，谗人间之，可谓穷矣。信而见疑，忠而被谤，能无怨乎？屈平之作《离骚》，盖自怨生也。

《国风》好色而不淫，《小雅》怨诽而不乱。若《离骚》者，可谓兼之矣。上称帝喾，下道齐桓，中述汤、武，以刺世事。明道德之广崇，治乱之条贯，靡不毕见。其文约，其辞微，其志洁，其行廉。其称文小而其指极大，举类迩而见义远。其志洁，故其称物芳。其行廉，故死而不容自疏。濯淖污泥之中，蝉蜕于浊秽，以浮游尘埃之外，不获世之滋垢，皭然泥而不滓者也。推此志也，虽与日月争光可也。

屈平既绌。其后秦欲伐齐，齐与楚从亲，惠王患之，乃令张仪详去秦，厚币委质事楚，曰："秦甚憎齐，齐与楚从亲，楚诚能绝齐，秦愿献商、於之地六百里。"楚怀王贪而信张仪，遂绝齐，使使如秦受地。张仪诈之曰："仪与王约六里，不闻六百里。"楚使怒去，归告怀王。怀王怒，大兴师伐秦。秦发兵击之，大破楚师于丹、淅，斩首八万，虏楚将屈匄，遂取楚之汉中地。怀王乃悉发国中兵以深入击秦，战于蓝田。魏闻之，袭楚至邓。楚兵惧，自秦归。而齐竟怒不救楚，楚大困。

明年，秦割汉中地与楚以和。楚王曰："不愿得地，愿得张仪而甘心焉。"张仪闻，乃曰："以一仪而当汉中地，臣请往如楚。"如楚，又因厚币用事者臣靳尚，而设诡辩于怀王之宠姬郑袖。怀王竟听郑袖，复释去张仪。是时屈平既疏，不复在位，使于齐，顾反，谏怀王曰："何不杀张仪？"怀王悔，追张仪不及。

其后诸侯共击楚，大破之，杀其将唐眛。

时秦昭王与楚婚，欲与怀王会。怀王欲行，屈平曰："秦虎狼之国，不可信，不如毋行。"怀王稚子子兰劝王行："奈何绝秦欢！"怀王卒行。入武关，秦伏兵绝其后，因留怀王，以求割地。怀王怒，不听。亡走赵，赵不内。复之秦，竟死于秦而归葬。

长子顷襄王立，以其弟子兰为令尹。楚人既咎子兰以劝怀王入秦而不反也。

屈平既嫉之，虽放流，眷顾楚国，系心怀王，不忘欲反，冀幸君之一悟，俗之一改也。其存君兴国而欲反复之，一篇之中三致志焉。然终无可奈何，故不可以反，卒以此见怀王之终不悟也。人君无愚智贤不肖，莫不欲求忠以自为，举贤以自佐，然亡国破家相随属，而圣君治国累世而不见者，其所谓忠者不忠，而所谓贤者不贤也。怀王以不知忠臣之分，故内惑于郑袖，外欺于张仪，疏屈平而信上官大夫、令尹子兰。兵挫地削，亡其六郡，身客死于秦，为天下笑。此不知人之祸也……

令尹子兰闻之大怒，卒使上官大夫短屈原于顷襄王，顷襄王怒而迁之。

屈原至于江滨，被发行吟泽畔。颜色憔悴，形容枯槁。渔父见而问之曰："子非三闾大夫欤？何故而至此？"屈原曰："举世混浊而我独清，众人皆醉而我独醒，是以见放。"渔父曰："夫圣人者，不凝滞于物而能与世推移。举世混浊，何不随其流而扬其波？众人皆醉，何不哺其糟而啜其醨？何故怀瑾握瑜而自令见放为？"屈原曰："吾闻之，新沐者必弹冠，新浴者必振衣，人又谁能以身之察察，受物之汶汶者乎！宁赴常流而葬乎江鱼腹中耳。又安能以皓皓之白而蒙世之温蠖乎！"乃作《怀沙》之赋。

……（略《怀沙》全文）

于是怀石遂自投汨罗以死。

屈原既死之后，楚有宋玉、唐勒、景差之徒者，皆好辞而以赋见称；然皆祖屈原之从容辞令，终莫敢直谏。其后楚日以削，数十年竟为秦所灭。

太史公曰：余读《离骚》《天问》《招魂》《哀郢》，悲其志。适长沙，观屈原所自沈渊，未尝不垂涕，想见其为人。及见贾生吊之，又怪屈原以彼其材，游诸侯，何国不容，而自令若是。读《鹏鸟赋》，同死生，轻去就，又爽然自失矣。①

该文比较全面地叙述了屈原的生平事迹，存录了屈原的作品，介绍了以屈原为首的楚辞作家群。特别是高度评价了屈原代表作《离骚》。对其创作动因、创作目的、内容形式和思想艺术成就等均作出了精要的论述。

《屈原列传》中有两段论《骚》之言。第一段从"屈平疾王听之不聪也"到"虽与日月争光可也"；第二段从"屈平既嫉之"到"岂足福哉"。这两段论《骚》文字合起来堪称中国文学史上第一篇《离骚论》，也可以说是中国文学史上第一篇较完整的作家作品论。它是司马迁运用自己特有的"龙门笔法"创作的一篇富有抒情意味的传记文学，可谓深湛精确，声情并茂，真气动人。其中第一大段论述了《离骚》的创作动机和《离骚》创作的情感动因，阐明了作家创作是由其品格、身世、情志诸因素合力而成的。最后，从作品的思

① （汉）司马迁：《史记》，中华书局 1956 年版，第 2481–2503 页。

想内容和表现手法两方面对《离骚》进行思想分析和艺术评论。第二大段主要论述了屈原存君兴国的情怀和对真理追求的执着态度，以及“一篇之中三致志焉”忠贞恳挚的思想感情。最后说明怀王不听忠谏的结果，再明《离骚》之旨。“后世纵有数百十家论《骚》笺《骚》之作，他们只是结合自己的时代（社会现实），个人的身世，政治的需要进行一番新探讨，或对其山川地理名物草木鸟兽虫鱼、文字音韵训诂方面作些考证训释功夫，或在章句方面作些疏通演绎通俗化工作罢了。至于对屈原其人的评议，对《离骚》其文的思想内容，艺术成就、美学价值的研究评价的深度，从未有出其右者。”[①]

需要指出的是，由于在班固的《离骚序》中有“淮南王安叙《离骚传》，以‘《国风》好色而不淫，《小雅》怨诽而不乱，若《离骚》者，可谓兼之。蝉蜕浊秽之中，浮游尘埃之外，皭然泥而不滓。推此志，虽与日月争光可也’，斯论似过其真”的论述，刘勰《文心雕龙·辨骚》中也有几乎完全相同的提法，因此有人认为《屈原传》中由“离骚者犹离忧也”到“虽与日月争光可也”，与“虽放流”到“岂足福哉”这两大段文字，乃全部引用淮南王刘安的《离骚传》之语。[②] 甚至有人认为，司马迁的《史记·屈原列传》就是以刘安的《离骚传》为主要材料而予以新的意义的。[③] 作为一种学术讨论，这些提法是可以的，但在没有铁的证据而作出定论以前，我们认为《屈原列传》中这段论《骚》文字虽有少许字句采用了淮南王刘安之语，但并不能因此认定这些都是刘安对《离骚》的评价，甚至于认为这两大段是司马迁全部抄袭或移植淮南《离骚传》的论《骚》原文。其主要观点、基本倾向，仍然应该是司马迁的。司马迁在《屈原列传》中引用了刘安《离骚传》的文字，说明他对刘安的观点是认同的，但如果将司马迁的这一段文字同班固《离骚序》所引刘安《离骚传》的存留文字相比较，可以见出两者的区别：司马迁虽然吸收了刘安评论屈原的观点，可是并未局限于他的观点，而是有了新的角度和新的高度。刘安强调儒家诗教局限的一面，司马迁则发挥孔子评诗积极的一面，这正是他们二人之区别所在。由于司马迁接受了贾谊、刘安的思想，同时也受到他父亲道家

---

① 徐克文：《司马迁与屈原——读〈屈原列传〉》，《辽宁大学学报》1984 年第 5 期，第 74–78 页。

② 汤炳正：《屈赋新探》，齐鲁书社 1984 年版，第 85–109 页。

③ ［日］谷口洋：《〈史记·屈原列传〉与刘安〈离骚传〉》，《云梦学刊》1993 年第 4 期，第 8 页。

思想的影响，他的屈原传不无超俗避世思想影响的痕迹，但是，他的主体思想还是肯定了屈原的抗争精神，而这一点，恰恰是司马迁论屈原的高出前人之处。①

司马迁在《屈原列传》还介绍了以屈原为首的楚辞作家群：

> 屈原既死之后，楚有宋玉、唐勒、景差之徒者，皆好辞而以赋见称；然皆祖屈原之从容辞令，终莫敢直谏。其后楚日以削，数十年竟为秦所灭。②

由此可知，由屈原开创的新的诗歌体式——楚辞，在战国时期就产生了非常广泛的影响，有着众多的诗歌创作追随者，特别是宋玉、唐勒、景差等人对这种新诗体有所继承和发扬，从而形成了一个规模可观的楚辞创作作家群，成为中国文学史上第一个文学流派。从此，楚辞这种独特的文学样式在几千年的中国文学史上，代有所逐，经久不衰。

其次，在创作楚辞这种新诗体的作家群中，作为领袖屈原的作品，以其独特的刚正直谏的思想内容为后世追随者所不及，从而成为在楚辞创作中几乎唯一能够将作品思想内容和艺术表现完美统一的大家。屈原在其作品中所表现的刚正直谏的精神被后人所遗弃，而这种直谏精神的缺失正是最终导致楚国灭亡的原因之一，可见屈子作品中所蕴含的刚正直谏人格精神的社会意义是何等巨大，而司马迁的《史记》正是在这种“直谏”精神感召和影响下的产物。鲁迅先生曾评价《史记》云：“史家之绝唱，无韵之《离骚》。”③他在这里要强调的不仅仅是《史记》同时具备极高的史学价值和文学价值，也在更深的层次上肯定了在《史记》中蕴含了司马迁不屈的直谏精神，而这种精神正是司马迁对屈原精神的继承，也是司马迁创作《史记》的指导思想。诚如明人杨慎所说：“太史公作《屈原传》，其文便似《离骚》。其论作《骚》一节，婉雅凄怆，其得《骚》之旨趣也。”④

《屈原列传》文末的赞语抒发了读屈原作品的感受：

> 余读《离骚》《天问》《招魂》《哀郢》，悲其志。适长沙，观屈原所

---

① 戴志钧：《千古第一知音——屈原之与司马迁论略（之一）》，《云梦学刊》1998 年第 2 期，第 1–6 页。

② （汉）司马迁：《史记》，中华书局 1956 年版，第 2491 页。

③ 鲁迅：《鲁迅全集》第 8 卷，人民文学出版社 1963 年版，第 308 页。

④ 韩兆琦：《史记选注集说 · 前言》，江西人民出版社 1982 年版，第 4 页。

自沉渊，未尝不垂涕，想见其为人。及见贾生吊之，又怪屈原以彼其材，游诸侯，何国不容，而自令若是。读《服鸟赋》，同死生，轻去就，又爽然自失矣。[①]

在《史记》所写的所有历史人物中，司马迁着力描写的人物数以百计，而“想见其为人”者，只有孔子和屈原二人而已。《史记·孔子世家》云：

太史公曰：《诗》有之：“高山仰止，景行行止。”虽不能至，然心乡往之。余读孔氏书，想见其为人。适鲁，观仲尼庙堂车服礼器，诸生以时习礼其家，余只回留之不能去云。……中国言《六艺》者折中于夫子，可谓至圣矣！[②]

而说到“未尝不垂涕”者仅屈原一人而已，可见司马迁对屈原之“志”推崇之高，被屈原为人感动之深，对其道德情操激动和共鸣之强。清代刘熙载说：“太史公屈原传赞曰：‘悲其志’，又曰：‘未尝不垂涕，想见其为人。’‘志’也，‘为人’也，论屈子辞者，其斯为观其深哉！”[③]刘熙载的评论非常精当。屈原之“志”，是为了“存君兴国”而“竭忠尽智”；屈原之“为人”，是一位“正道直行”的忠臣。可见，司马迁对屈原的理解，比贾谊、刘安的认识都深刻得多。

司马迁对屈原作品最大的感受是“悲其志”，也就是说被其作品中所体现的刚正的直谏精神、炽烈的爱国热情、忠贞的道德情操所感动，从而产生强烈的感情共鸣。司马迁在传中还表达对屈原坎坷的政治遭遇和悲惨的人生经历的同情，对其品德和人格的缅怀和追慕，最后通过对贾谊在《鹏鸟赋》中对屈原选择自沉的人生归宿“怪”的评价，表达对屈原人生选择的理解。需要指出的是，对于“及见贾生吊之，又怪屈原以彼其材，游诸侯，何国不容，而自令若是！读《鹏鸟赋》，同死生，轻去就，又爽然自失矣”的理解，古今学者多有所误。这里既不是史迁借贾谊《吊屈原赋》之意表达自己“怪”屈原“沉渊殉国”的人生选择，也不是对贾谊在《鹏鸟赋》中“怪”屈原的看法“从同情和惋惜屈原的角度一时可以接受贾谊的看法，而从根本评价屈原的角度，他又不能同意贾谊的这种观点”[④]，更不是借《鹏鸟赋》之道家意绪来解释屈原之死，从而进行自解与自慰。在这个语段中，从“贾生吊之”到

① （汉）司马迁：《史记》，中华书局 1956 年版，第 2503 页。

② 同①，第 1947 页。

③ （清）刘熙载：《刘熙载文集》，江苏古籍出版社 2001 年版，第 59 页。

④ 戴志钧：《千古第一知音——屈原之与司马迁论略》，《云梦学刊》1998 年第 2 期，第 1–6 页。

“而自令若是”是一个层次，这句子的主语是贾谊。司马迁在这里是转述了贾谊在《鹏鸟赋》中对屈原自沉的看法。“读《鹏鸟赋》，同死生，轻去就，又爽然自失矣”是第二层次，主语是“我”（司马迁）。写司马迁在读了贾谊的《鹏鸟赋》后，明白了贾谊是在“同生死，轻去就”的人生观的指导下而对屈原自沉作出“怪”的不当评价。也就是说这段话是司马迁对贾谊不赞同屈原人生选择的分析，从根本上是对贾谊在《鹏鸟赋》中对屈原态度的委婉否定，表达了司马迁对屈原人生遭际的同情，对其以身殉道人生选择的推重。

《屈原列传》是一篇融叙事、议论、抒情于一体的人物传记，是司马迁在《史记》中倾注感情最深的一篇历史人物传记，也是中国文学史上第一篇作家传记，同时也是最早的作家专论。整篇《屈原传》就是司马迁与屈原共同抒发悲剧命运的抒情诗。屈原生平事迹，不见于先秦任何一部史书典籍。司马迁的《屈原列传》是我们研究屈原生平、思想及其作品最直接也是最有价值的材料。两千多年来，人们对屈原研究所依据的第一手资料，无一例外都首选司马迁的《屈原列传》。联系《太史公自序》《报任安书》等有关篇章的相关论述可知，司马迁是在广阔的历史背景上，从不同角度对屈原作出了前所未有的深刻评价。这些见解，为屈原研究奠定了坚实的基础，从楚辞学史的角度来看，他确实起到了奠基的作用。

第三节　司马迁对楚辞学的贡献

司马迁对屈原研究的杰出贡献主要体现在以下诸方面：

一、第一次记载了屈原的生平事迹，为后世屈原研究提供了最珍贵的史料

司马迁为我们保存了有关屈原的众多珍贵资料。《屈原列传》中的相关记载是现存的关于屈原生平事迹的最早最完备的资料。《楚世家》《张仪列传》《报任安书》中也有不少有价值的记载。通过这些材料，司马迁为我们勾画了较为详细的屈原生平轨迹，描绘了屈原的事迹图谱。从屈原的姓字、家世到官

履、政绩以及人生遭际，可以说既简练精确而又完备详赡。关于屈原姓字，《屈原列传》曰：“屈原者，名平。”对于屈原家世，《屈原列传》曰：“楚之同姓。”《史记·楚世家》云：“楚之先祖出自帝颛顼高阳。高阳者，黄帝之孙，昌意之子。”① 关于屈原官履，《屈原列传》云：“为楚怀王左徒。”又云：“渔父见而问之曰：‘子非三闾大夫欤？何故而至此？’”关于屈原的政绩，《屈原列传》分别记载了屈原“造为宪令”和出使齐国等重要的内政外交事务。同时，《屈原列传》还比较清楚地描绘了屈原一生的悲剧经历，勾画了屈原长达二三十年之久政治生涯的轨迹。从他任职时的“博闻强志，明于治乱，娴于辞令”“入则与王图议国事，以出号令；出则应对诸侯，接遇宾客”以及“造为宪令”而帮助楚怀王变法图强，到遭到上官大夫、宠姬郑袖和用事者靳尚等人的嫉妒而受谗言降职被迁，直至最后自沉殉国，“怀石遂自沉汨罗以死”。对于屈原被疏以后的人生轨迹，《屈原列传》之记载虽不算详赡，但线条清晰，屈原这一阶段之经仍历清晰可辨。诚如林庚先生所言：“我们在两千多年之下所以还可能比较清楚地知道屈原的生平，老实说，首先就是靠这篇传记。何况这两千多年来我们并没有发现比《史记》更早更可信的有关屈原的资料，那么这一篇传记应当怎样地被我们珍重尊敬才是。”②

二、从作品的思想内容和表现手法两方面对《离骚》作出高度评价

对于《离骚》的思想内容，史迁云：

> 《国风》好色而不淫，《小雅》怨诽而不乱，若《离骚》者，可谓兼之矣。上称帝喾，下道齐桓，中述汤武，以刺世事。明道德之广崇，治乱之条贯，靡不毕见。③

司马迁首先引用刘安的话称赞《离骚》兼有《国风》和《小雅》之长，再由作品之具体内容进行分析论证，指出《离骚》的“刺世”思想以及在推

---

① （汉）司马迁：《史记》，中华书局 1956 年版，第 1689 页。

② 林庚：《诗人屈原及其作品研究》，古典文学出版社 1958 年版，第 30 页。

③ 同①，第 2482 页。

广道德教化和进行治国安邦等方面所起到的巨大作用。在屈原创作动机上，司马迁将其定位于“讽谏”。《史记·太史公自序》云：“作辞以讽谏，连类以争义，《离骚》有之。作《屈原贾生列传》第二十四。”①《屈原贾生列传》亦云：“屈平疾王听之不聪也，谗谄之蔽明也，邪曲之害公也，方正之不容也，故忧愁幽思而作《离骚》。”

对于《离骚》之表现手法，史迁云：“其文约，其辞微……其称文小而其指极大，举类迩而见义远。”“文约辞微，指大义远”不仅仅是《离骚》的表现手法，也是屈赋最重要的艺术特点。这种表现手法其实就是由《诗经》开创的比兴手法，然而到了屈原手中，已进行了重大的发展和创新。在《诗经》中对比兴手法的运用还仅仅局限于像朱熹定义的那样：“比者，以彼物比此物也。兴者，先言他物以引起所用之辞也。”②用法单纯，形式单调，往往仅仅是片段，比兴事物之双方都是独立存在的客体，缺乏精神或气质上的内在联系。这种比兴，充其量就是我今天所说的比喻和联想。屈原在其作品中，已经将《诗经》开创的比兴手法发展成为象征体系。楚辞中的象征体系有动物系统、植物系统、事物系统、人物系统等等。在物我交融、情景相生的比附和寄托中，实现了事物和情感、现实和理想的完美统一。这种象征手法还表现为屈赋独有的“香草美人之喻”，即利用男女关系象征君臣关系，从而在远游“求女”的情境下表达对政治理想、道德理想、美学理想的追求。

这种从作品到作家，再从作家到作品内容和形式的概括性论述，虽然不如我们今天相关文学评论的细致与全面，但较之刘安关于《离骚》兼风雅之长的评价已有较大程度的发挥。

三、记录了战国时楚辞作家群的创作及当时楚辞传播方式

关于楚辞诞生后是怎么传播的问题，一直是楚辞学的谜团之一。司马迁《屈原列传》的相关记载，为我们研究楚辞在战国时候的传播提供了材料。《史

---

① （汉）司马迁：《史记》，中华书局 1956 年版，第 3314 页。

② （宋）朱熹：《诗集传》，中华书局 2011 年版，第 2、6 页。

记·屈原列传》云："屈原既死之后，楚有宋玉、唐勒、景差之徒者，皆好辞而以赋见称。然皆祖屈原之从容辞令，终莫敢直谏。"

可以这样说，屈原创作的楚辞，经过宋玉、唐勒、景差之流的学习仿效模拟，形成了中国文学史上第一个文学流派。他们对屈原作品的学习仿效对屈赋的保存和传播起到了至关重要的作用。

宋玉、唐勒、景差等人的材料，典籍保存甚少。关于宋玉其人，除《史记》外，汉初《韩诗外传》和刘向的《新序》也有零星记载。《韩诗外传》卷七云："宋玉因其友见楚襄王，襄王待之以无异，乃让其友。其友曰：'夫姜因地而生而不因地而辛，女因媒而嫁而不因媒而亲。子之事王未耳，何怨于我？'宋玉曰：'不然，昔齐者有狡兔，曰东郭鵕，盖一日而走五百里。于是齐有良驹曰韩庐，亦一日而走五百里。使之瞻见指注，虽良驹犹不及众兔之尘。若摄缨而纵绁之，则狡兔亦不能离也。今子之属臣也，摄缨纵绁与？瞻见指注？'其友曰：'仆人有过，仆人有过。'"[①] 刘向《新序·杂事》有类似记载，仅是文字稍异。屈原主要活动是在楚怀王时代，可见宋玉的确稍晚于屈原。这里引荐宋玉于顷襄王的"友人"是谁呢？东晋史学家习凿齿所著《襄阳耆旧记》云："宋玉者，楚之鄢人也。故宜城有宋玉冢。始事屈原，原既放逐，求事楚，友景差。景差惧其胜己，言之于王，王以为小臣。玉让其友，友曰：'夫姜、桂因地而生，不因地为辛；美女因媒而嫁，不因媒而亲。言子而得官者我也，官而不得意者子也。'"[②] 可见宋玉的这位朋友就是景差。习凿齿《襄阳耆旧记》称宋玉与屈原存在师徒关系的说法源自后汉王逸。王逸《楚辞章句·九辩序》云："宋玉者，屈原弟子也……"[③] 然此说后世存疑者甚众。

关于唐勒的事迹，典籍无载。值得幸运的是，1972 年 4 月，山东临沂银雀山汉墓出土了载有先秦古籍的汉简。其中在一号墓竹简中有唐勒赋残简十枚，存有 120 多字；[④] 吴九龙整理成《银雀山汉简释文》一书，考订定为唐勒赋内容计二十二简，共存二百零二字之多，编号 0184 的唐勒赋首简开头就说：

---

① （汉）韩婴撰，许维遹校释：《韩诗外传集释》，中华书局 1980 年版，第 259–260 页。

② （清）纪昀：《四库全书》第 879 册，上海古籍出版社 1987 年版，第 160 页。

③ 黄灵庚：《楚辞文献丛刊》第 3 册，国家图书馆出版社 2014 年版，第 184 页。

④ 罗福颐：《临沂汉简所见古籍概略》，中国古文字研究会：《古文字研究》第 11 辑，中华书局 1985 年版，第 38–39 页。

"唐革（勒）与宋玉言御襄王前，唐革先爯（称）曰……"① 可见唐勒此人的确存在，且与宋玉同时。凡此种种，都证明司马迁《史记》的记载是准确可靠的。"银雀山一号汉墓唐勒赋残简的问世，使被淹没已久的唐勒赋终于一露其庐山真面目，也给人们提供了由唐勒赋而论宋玉赋的珍贵机会"②。

《史记·屈原列传》云：

> 屈原至于江滨，被发行吟泽畔。颜色憔悴，形容枯槁。渔父见而问之曰："子非三闾大夫欤？何故而至此？"屈原曰："举世混浊而我独清，众人皆醉而我独醒，是以见放。"渔父曰："夫圣人者，不凝滞于物而能与世推移。举世混浊，何不随其流而扬其波？众人皆醉，何不餔其糟而啜其醨？何故怀瑾握瑜而自令见放为？"屈原曰："吾闻之，新沐者必弹冠，新浴者必振衣，人又谁能以身之察察，受物之汶汶者乎！宁赴常流而葬乎江鱼腹中耳，又安能以皓皓之白而蒙世俗之温蠖乎！"③

《楚辞·渔父》内容与之基本相同。

综合屈原作品创作时间考证可知，屈原绝大部分作品都是作于其被疏或流放过程中。其中《离骚》是作于楚怀王时他被谗见疏之后，《史记·屈原列传》有明确记载；《九歌》是屈原在流放的过程中，见楚国南郢之邑，沅、湘之间"俗人祭祀之礼，歌舞之乐，其词鄙陋。因为作《九歌》之曲，上陈事神之敬，下见己之冤结，托之以风谏"。④ 关于《天问》创作背景，王逸说："屈原放逐，忧心愁悴，彷徨山泽，经历陵陆，嗟号旻昊，仰天叹息。见楚有先王之庙及公卿祠堂，图画天地山川神灵……休息其下，仰见图画，因书其壁，呵而问之，以渫愤懑，舒泻愁思。"⑤《九章》也是屈原流放江南时所作，王逸云："屈原于江南之野，思君念国，忧思罔极，故复作《九章》。"⑥ 因此，屈原的作品，绝大多数是在流放的过程中"行吟"而作，最早是由民间之人感其忠义而加以传诵，后来才逐渐为当时好辞赋之文人，诸如宋玉、景

---

① 吴九龙：《银雀山汉简释文》，文物出版社 1985 年版。

② 廖名春：《从唐勒赋的出土论宋玉散体赋的真伪》，《求索》1991 年第 4 期，第 99–102 页。

③（汉）司马迁：《史记》，中华书局 1956 年版，第 2486 页。

④ 黄灵庚：《楚辞文献丛刊》第 3 册，国家图书馆出版社 2014 年版，第 5 页。

⑤ 同④，第 43–44 页。

⑥ 同④，第 84 页。

差、唐勒之徒仿效模拟，到汉代以后才陆续传抵宫廷。同时，由汉代屈原及其作品盛传的不同地域也可见屈原辞赋最初是传播于民间的。屈原流放的长沙湘江流域，贾谊正是在这里听闻了屈原的事迹和传说，或聆听目睹了屈辞；司马迁也正是在这里被屈原事迹所感动。① 在淮南的寿春一带，淮南王刘安及其宾客继宋玉之后又一次编辑了“楚辞”，② 距寿春不远的安徽阜阳出土的汉文帝时期简中发现了《离骚》《涉江》残句，③ 都是对屈原作品曾在此地流传的很好证明。④

因此，由司马迁的《史记·屈原列传》的相关记载可知，屈原的大部分作品是在流放的过程中“行吟”而作，创作后首先在民间传播，同时为当时众多爱好辞赋的文人学习模仿，这就是楚辞在战国时期的传播方式。直到汉代，由于统治者的喜好和大力提倡，楚辞才由民间逐渐传播至宫廷。

四、阐明了屈原的品德修养与政治活动对创作的影响

对于屈原的人格精神，《屈原列传》云：

> 其志洁，其行廉……其志洁，故其称物芳。其行廉，故死而不容自疏。濯淖污泥之中，蝉蜕于秽浊，以浮游尘埃之外，不获世之兹垢，皭然泥而不滓者也。推此志也，虽与日月争光可也。⑤

屈原之志，是强烈深厚的爱国热情，追求美政的崇高理想和孤傲独立的完美人格，体现于忠贞刚直的“直谏”精神和对庸君奸臣的无情揭露。正是这种俊洁完美的人格精神和忠贞独立的品行使得他能够在《离骚》中滋兰树蕙，在政治舞台上和现实生活中“死而不容自疏。濯淖污泥之中，蝉蜕于秽浊，以浮游尘埃之外”，从而成为“不获世之兹垢，皭然泥而不滓

---

① 司马迁《史记·屈原列传》云：“余读《离骚》《天问》《招魂》《哀郢》，悲其志。适长沙，观屈原所沉渊，未尝不垂涕，想见其为人。”

② 汤炳正：《屈赋新探》，齐鲁书社 1984 年版，第 85–109 页。

③ 阜阳汉简整理组：《阜阳汉简简介》，《文物》1982 年第 2 期，第 21–24 页。

④ 廖群：《“行吟泽畔”：屈辞传播方式考索》，载《中国楚辞学》第十七辑，学苑出版社 2011 年版，第 96 页。

⑤ （汉）司马迁：《史记》，中华书局 1956 年版，第 2482 页。

者也”。史迁在此用刘安的评论称道屈原之精神品格“虽与日月争光可也”是非常精当的。

《尚书·尧典》云:“诗言志。”[①]司马迁在《史记·屈原列传》中告诉我们:屈原“忧愁幽思而作《离骚》”是由于政治上遭受到迫害。正是由于情志的高尚，诗人才能够做到行为方正，至死都不向邪恶势力妥协。也就是说，屈原以实际行动告诉我们:“高贵的品德产生健康的情志，健康的情志构成作品中进步的思想内容。……作为政治家的屈原，他虽最终是失败者，而作为战斗的诗人，他却在古典文学史上树立了第一面光辉的旗帜。”[②]司马迁是第一个真正地把握了屈原精神的人，他对屈原及其作品的认识和体悟达到前所未有的深度。他不仅颂扬了屈原的崇高的人格精神，更阐明了屈原的品德修养与政治活动对于创作的关系，对后世的屈原研究和文学理论研究均产生深远的影响。

五、揭示了《离骚》产生的情感动因，创立“发愤著书”说文学理论

《屈原列传》云:

> 屈平疾王听之不聪也，谗谄之蔽明也，邪曲之害公也，方正之不容也，故忧愁幽思而作《离骚》。“离骚”者，犹离忧也。夫天者，人之始也；父母者，人之本也。人穷则反本，故劳苦倦极，未尝不呼天也；疾痛惨怛，未尝不呼父母也。屈平正道直行，竭忠尽智以事其君，谗人间之，可谓穷矣。信而见疑，忠而被谤，能无怨乎？屈平之作《离骚》，盖自怨生也。[③]

此中“屈原之作《离骚》，盖自怨生也”一句，当出自《毛诗序》“乱世之音怨以怒，共政乖”[④]。在此，司马迁把儒家诗教和“怨”赋予了新的内涵，揭示了《离骚》乃至一切伟大作品产生的情感动因。从此以后，千百年的文

---

① 《十三经注疏》，浙江古籍出版社1989年版，第131页。

② 陆侃如:《汉人論〈楚辞〉》,《山东大学学报》1963年2期，第29–45页。

③ （汉）司马迁:《史记》，中华书局1956年版，第2482页。

④ 《十三经注疏》，浙江古籍出版社1989年版，第270页。

人士大夫们不仅仅喜爱模拟屈原作品，而且热衷于更直接地评论屈原，这些评论往往都离不开司马迁所提出的“怨”。在这里，司马迁突破了刘安以儒家诗教观评价屈原及其作品的局限，强调了对不合理的抗争是伟大作品面世的直接感情动因。“王听之不聪”“谗陷之蔽明”“邪曲之害公”“方正之不容”“信而见疑，忠而被谤”催生了屈原的“怨”。正是这种对不合理的社会现实的“怨”孕育了带有强烈的揭露和批判价值的伟大作品——《离骚》的诞生。“屈平之作《离骚》，盖自怨生也”一语，彻底地揭示出屈子作《离骚》的思想底蕴，从而予以肯定，在当时来说，确属石破天惊之谈。①

这种思想，司马迁在《史记·太史公自序》和《报任安书》予以进一步阐发。司马迁强调了作家的忧思与创作之间的关系，且从此出发，进而探索一切作品的写作动机，从而形成了文学理论领域著名的“发愤著书”说。

《史记·太史公自序》云：

> 夫《诗》《书》隐约者，欲遂其志之思也。昔西伯拘羑里，演《周易》；孔子厄陈蔡，作《春秋》；屈原放逐，著《离骚》；左丘失明，厥有《国语》；孙子膑脚，而论《兵法》；不韦迁蜀，世传《吕览》；韩非囚秦，《说难》《孤愤》；《诗》三百篇，大抵贤圣发愤之所为作也。此人皆意有所郁结，不得通其道也，故述往事，思来者。②

《报任安书》中也有几乎完全相同的一段论述：

> 盖文王拘而演《周易》，仲尼厄而作《春秋》；屈原放逐，乃赋《离骚》；左丘失明，厥有《国语》；孙子膑脚，《兵法》修列；不韦迁蜀，世传《吕览》；韩非囚秦，《说难》《孤愤》；《诗》三百篇，大抵贤圣发愤之所为作也。此人皆意有郁结，不得通其道，故述往事，思来者。乃如左丘无目，孙子断足，终不可用，退而论书策，以舒其愤，思垂空文以自见。③

在此，司马迁把屈原与周文王、孔子相提并论，把《离骚》看成是和《周易》《春秋》一样的“贤圣发愤之所为作”，是“述往事，思来者”的典范。在《报任安书》中，司马迁几乎完全重复《史记·太史公自序》中的这段文

---

① 徐克文：《司马迁与屈原——读〈屈原列传〉》，《辽宁大学学报》1984年第5期，第74–78页。

② （汉）司马迁：《史记》，中华书局1956年版，第3300页。

③ （南朝梁）萧统：《文选》，上海古籍出版社1986年版，第1864页。

字，并且在后面又增加了“乃如左丘无目，孙子断足，终不可用，退而论书策，以舒其愤，思垂空文以自见”。《九章·惜诵》云：“惜诵以致愍兮，发愤以抒情。”这里的“舒其愤’和“发愤以抒情”是司马迁在遭受到“腐刑”之后，结合历史上众多立言者的惨淡人生历程而反复“深惟”体会到的认识。在这里，司马迁已经由强调屈原的“怨”，而广泛联系文学史上的历史事实，总结出创作的一条普遍的规律：一切伟大的作品的产生都是“此人皆意有郁结，不得通其道也，故述往事，思来者”的“怨”的产物，既有历史的高度，又有理论的深度。从文化史的宏阔视野上升到规律的总结，从而形成了他的“发愤著书”说理论。[①] 这不仅仅是对屈原研究的贡献，也是对文学理论的重大贡献，广为后世楚辞学者继承和发扬。班固《离骚赞序》：“屈原以忠信见疑，忧愁幽思而作《离骚》。”[②] 王逸《楚辞章句·离骚序》：“屈原执履忠贞而被谗邪，忧心烦乱，不知所诉，乃作《离骚经》。”[③]《后汉书·崔寔传》载崔寔《政论》对屈原的评价，其中有云：

> 圣人执权，遭时定制，步骤之差，各有云设。不强人以不能，背急切而慕所闻也。……是以受命之君，每辄创制；中兴之主，亦匡时失。昔盘庚愍殷，迁都易民；周穆有阙，甫侯正刑。俗人拘文牵古，不达权制，奇伟所闻，简忽所见，乌可与论国家之大事哉！故言事者，虽合圣德，辄见掎夺。何者？其顽士闇于时权，安习所见，不知乐成，况可虑始，苟云率由旧章而已。其达者或矜名妒能，耻策非己，舞笔奋辞，以破其义，寡不胜众，遂见摈弃。虽稷、契复存，犹将困焉。斯贾生之所以排于绛、灌，屈子之所以摅其幽愤者也。[④]

崔寔将屈原与贾谊并列，同作为“达者或矜名妒能，耻策非己”牺牲品的例证，其实是有感于司马迁《史记·屈原列传》中“忧愁幽思而作《离骚》”之事，故称“屈子之所以摅其幽愤者也”，而“其达者或矜名妒能，耻策非己，舞笔奋辞，以破其义，寡不胜众，遂见摈弃”云云则与《史记·屈原列传》中“上官大夫与之同列，争宠而心害其能。怀王使屈原造为宪令，屈平属草

① 戴志钧：《千古第一知音——屈原之与司马迁论略》，《云梦学刊》1998年第2期，第1–6页。
② （宋）洪兴祖：《楚辞补注》，中华书局1983年版，第51页。
③ 黄灵庚：《楚辞文献丛刊》第2册，国家图书馆出版社2014年版，第406页。
④ （南朝宋）范晔：《后汉书》，中华书局1965年版，第1726页。

稿未定。上官大夫见而欲夺之，屈平不与，因谗之曰：‘王使屈平为令，众莫不知，每一令出，平伐其功，曰：以为“非我莫能为”也。’王怒而疏屈平”以及“令尹子兰闻之，大怒。卒使上官大夫短屈原于顷襄王。顷襄王怒而迁之”等内容相一致。崔寔视《离骚》为屈原政治失意后的舒愤之作可谓一语中的。

司马迁的这种创作精神，许结先生称之为“骚怨”精神，它贯穿着中国古代文学史长河。就汉代而言，有三个明显的阶段。一是自汉初贾谊“过湘水，投书以吊屈原”，到刘安《离骚传》，再到司马迁《史记》对屈原人格及作品“盖自怨生”之个性情感的推崇。二是西汉末、东汉初刘向、扬雄、班固对屈原之认识由心灵感受向理性批评的转化。三是东汉中后期时代的衰变与骚学的复兴。这一时期的作家如冯衍、崔骃、马融、苏顺、张衡、王逸、蔡邕、赵壹等，皆好为骚辞以抒心怀，而其中又以王逸作《楚辞章句》与张衡制《思玄赋》最为典型。[①]

明焦竑《澹园集・雅娱阁集序》云：“古之称诗者，率羁人怨士、不得志之人，以通其郁结，而抒其不平，盖《离骚》所从来也。”[②]清人程廷祚《骚赋论》云，屈原以经物之才，遭遇怀王昏惑，流离放逐，愿尽忠而不得，哀悼恻怛，发而为文。这些都是对屈原开创“骚怨”精神的直接肯定。

司马迁之所以能够对《离骚》的思想内容和艺术表现评价如此之高，对屈原人格魅力如此推重和景仰，对屈原《离骚》的创作动机和情感动因揭示得如此深刻，主要是由于他们具有相似的政治遭遇和相同的忠贞直谏的爱国思想和刚正的人格精神。从创作动机和情感动因上讲，司马迁创作《史记》和屈原创作《离骚》是完全相同的。司马迁在《太史公自序》与《报任安书》中就一再表示，屈原以及一些有作为的著述家的创作都与“大抵贤圣发愤之所为作也”的《诗》三百篇的作者一样，是“此人皆意有郁结，不得通其道也，故述往事，思来者”的。他认为自己写《太史公书》像屈原放逐而著《离骚》一样，也是用来“以舒其愤思，垂空文以自见”的。所以，后世之人或称《史记》为“谤书”，或称之为“发愤之作”，都是说《史记》的创作和司马迁在《屈

---

① 许结：《离骚学与中国古代文论》，《西南师范大学学报》，1994 年第 4 期，第 65–70 页。

② 蔡景康：《明代文论选》，人民文学出版社 1991 年版，第 245 页。

原列传》评价《离骚》创作那样："盖自怨生也。"

《屈原列传》揭示了以《离骚》为代表的伟大的楚辞作品产生的情感动因，首次指出"怨"是屈原创造伟大诗篇的艺术力量源泉，并由此阐明了作家的忧思与创作之间的关系，从而形成了文学理论中著名的"发愤著书"说，得到后世楚辞学者和文学批评家的一致肯定和推崇。吴楚材、吴调侯批注《古文观止·屈原列传》云："要之穷愁著书，史公与屈子，实乃同心。"[①]此类评价可谓确矣。

第四节　司马迁屈学成就的社会历史原因

一、时代和职业为他的楚辞研究提供了契机

司马迁生活在武帝时期，上距屈原生活的时代不到二百年，当时有关屈原事迹和创作的资料可能还得以较好的保存，关于屈原的传说还在楚地广泛流传。同时，在刚刚兴起的大汉王朝中，忠君爱国广为提倡。楚辞这种在战国时代仅仅在楚国范围内流传的新诗体，到了汉代迅速地在全国流行起来，从宫廷到民间，从文人到帝王都热衷于对楚辞的吟诵、学习和创作。作为史官的司马迁，出于职业的原因以及对屈原特殊的情感，自然对这种文化现象给予特殊的关注。史官的身份使得他能够查询到有关屈原生平和著作的资料，同时他又亲自到湖南翻阅"石室金匮之书"，广泛而细心地收集有关屈原的资料和传说。《太史公自序》云："二十而南游江、淮，上会稽，探禹穴，窥九疑，浮于沅、湘，北涉汶、泗，讲业齐、鲁之都，观孔子之遗风，乡射邹、峄，厄困鄱、薛、彭城，过梁、楚以归。"[②]《屈原贾生列传》亦云："适长沙，观屈原所自沉渊，未尝不垂涕，想见其为人。"可见，司马迁曾经临楚地，游沅、湘，到长沙、悼汨罗。这些行动都有利于搜集有关屈原的资料和传说，为《屈原列传》的撰写提供了充分的材料和情感准备。

---

① 洪本健:《解题汇评古文观止》，华东师范大学出版社 2002 年版，第 279 页。

② （汉）司马迁:《史记》，中华书局 1956 年版，第 3293 页。

二、相似的悲剧命运和相同的人格修养使得司马迁成为屈原千古第一知音

贾谊《吊屈原赋》作为最早的拟骚之作，是在屈原精神感召下写成的。然而，贾谊对屈原的理解和认知终究不够深透，他虽然和屈原有着相似的人生遭际，对屈原有着无限的敬仰和深切的同情，但对屈原眷恋宗国、以身殉理想精神却持保留态度。《吊屈原赋》云："般纷纷离此邮兮，亦夫子之故也！历九州而相其君兮，何必怀此都也？"[①] 可见，贾谊之《吊屈原赋》在很大程度上只是以屈原自况，借对屈原的追悼而抒发自己的怀才不遇之情，所以他对屈原的人格精神的认识和评价不可避免地存在着局限性。

作为西汉楚辞研究第一人的刘安，在《离骚传》中认为《离骚》兼有《国风》《小雅》之长，屈原之精神可与日月争光，可以说对屈原作品和人格精神给予了至高无上的评价，在楚辞学史上确有开创之功。然而，刘安在这里是用儒家的诗教标准来评价屈原之作品，以道家超尘脱俗的观点称道屈原的人格精神，因此，刘安对屈原及其作品的理解的局限和不足也是显而易见的。

由于身世遭遇的相似，使得司马迁能够深刻理解屈原的悲剧人生。他的《悲士不遇赋》云："悲夫士生之不辰，愧顾影而独存……何穷达之易惑，信美恶之难分。时悠悠而荡荡，将遂屈而不伸。"可见，司马迁对屈原那种怀才不遇、遭谗见疏、流放江南、投身汨罗的悲惨命运和悲剧人生感同身受。司马迁从自己和屈原相似的遭遇中，发现了他们心灵的相通，于是，他把自己独特的生命体验和对屈原同情与相知全部倾注在《屈原列传》中，从中寄寓了司马迁复杂的情绪和人生感喟。

明代的户部尚书赵南星平生酷爱屈原的《离骚》与司马迁的《屈原列传》，故将《离骚》与《屈原列传》合在一起笺注，名之为《离骚经订注》。后因被魏忠贤所害，被贬死于戍所。其《离骚经订注·自序》云：

> 司马子长天才侔于屈子，而愤世嫉俗之意，异代一揆。故为之立传。叙次其事，才及数行，不胜怆惘，辄为论议，又复叙次，未几复论议焉。

---

① （宋）朱熹:《楚辞集注》，上海古籍出版社 1979 年版，第 158 页。

且泣且诉，且唱且叹。子长以前作史者，亦无此体也。要之，世有屈子，乃能为《离骚》，为屈子作传，必以子长之文。亦惟子长乃能传屈子耳！[①]

明人杨慎说："太史公作《屈原传》，其文便似《离骚》。其论作《骚》一节，婉雅凄怆，真得《骚》之旨趣也。"[②]

清代李景星说《屈原贾生列传》"通篇多用虚笔，以抑郁难遏之气，写怀才不遇之感，岂独屈贾二人合传，直作屈、贾、司马三人合传读可也"[③]。

李晚芳说："司马迁作《屈原传》，是自抒其一肚愤懑牢骚之气，满纸俱是怨辞。"[④]

陶必铨说："《屈贾传》顿挫悲壮，读之如见其人，《史记》后传中之最佳者也。"[⑤] 李长之先生在评《史记》时曾指出："从来的史书没有像这样具有作者个人的色彩的，其中有他自己的生活经验、生活背景，有他自己的情感作用，有他自己的肺腑和心肠。所以，这不但是一部包括古今上下的史书，而且是司马迁自己的一部绝好传记。因此，我们必须能把握住《史记》中司马迁之主观的用意，才能理解这部书，才能欣赏这部书。"[⑥] 也正因为如此，"所以他的历史，乃不唯超过了政治史，而且更超过了文化史，乃是一种精神史，心灵史了"。[⑦]

相同的人格修养和忠君报国之志也促进了司马迁与屈原的相通相知。司马迁在《屈原列传》中四次提到屈原之志："其志洁，其行廉，其称文小而其指极大，举类迩而见义远"；"推此志也，虽与日月争光可也"；"一篇之中三致志"；"余读《离骚》《天问》《招魂》《哀郢》，悲其志"。由是观之，司马迁所言屈原之志是那种"深固难徙""独立不迁"的俊洁孤傲的人格，是一种高洁的情操与不渝的爱国情怀。这种"志"在司马迁与屈原身上共同体现就是他

---

① （明）赵南星：《离骚经订注·自序》，戴锡琦、钟兴永：《屈原学集成》，中央编译出版社 2007 年版，第 46 页。

② 张大可：《〈史记〉百家汇评本》，长江文艺出版社 2007 年版，第 604 页。

③ 杨燕起：《史记集评》，华文出版社 2005 年版，第 512 页。

④ 同③。

⑤ 陶必铨：《萸江古文存卷三：屈贾合传论》，《历代名家评史记》，北京师范大学出版社 1986 年版，第 616 页。

⑥ 李长之：《司马迁之人格与风格》，三联书店 1984 年版，第 204 页。

⑦ 同⑥。

们都将“忠”与“谏”完美地统一。他们都敢于“直谏”。而“直谏”则是他们尽忠的重要表现，他们不独自己勇于“直谏”，同时还在各自的作品中，高扬敢于冒死的“直谏”精神。[①] 司马迁在《史记·太史公自序》中写道：“作辞以风谏、连类以争义，《离骚》有之。”[②] 可见，司马迁认为“讽谏”是屈原作《离骚》的写作动机，而以“讽谏”作为动机和手段要达到的目的是“争义”，这里的“义”，从广义地讲是正义、真理，从狭义角度看就是屈原的政治理想。屈原写《离骚》是想通过“讽谏”来表达自己说“信而见疑，忠而被谤”的不平，表达无辜被“疏”之“怨”，希望从而使国君觉悟，实行美政，找回已经失去的政治舞台来实现自己的政治理想。因此，弘扬屈原的“直谏”精神是司马迁写作《屈原传》的基本主题，司马迁写《史记》也就是效法屈原《离骚》的“讽谏”精神。因此，宋代洪兴祖在《楚辞补注》认为司马迁是屈原的“深知己者”[③]。清代学者章学诚曾在其《文史通义·知难》中指出：“人知《离骚》为辞赋之祖矣，司马迁读之而悲其志，是贤人知贤人也。夫不具司马迁之志，而欲知屈原之志……则几乎罔矣。”[④] 清代萧穆也说：“余以为：千古之第一知《骚》者，莫如太史公……学者但熟读太史公《屈原列传》，可深得屈原各篇精义之所在。”[⑤]

相似的悲剧命运和相同的人格修养使得司马迁成为屈原千古第一知音。在《屈原列传》中，司马迁以满腔的激情颂扬屈原崇高的人格修养，高度评价《离骚》的思想内容和艺术成就，在《太史公自序》与《报任安书》中，则对屈原“发愤以抒情”尽情赞赏，三者相互补充，相得益彰。司马迁创作《屈原列传》是出于对屈原的崇拜，他是屈原的知己。《史记》在指导思想上师法相传为孔子所作的《春秋》，而在创作的感情动因和美学意义上，则无疑是师法了屈原的《离骚》。刘熙载《艺概·文概》云：“文如云龙雾豹，出没隐见，

---

① 戴志钧：《共同悲剧命运异代相连高峰——屈原之与司马迁论略（之三）》，《学术交流》2000年第1期，第115–121页。

② （汉）司马迁：《史记》，中华书局1956年版，第3314页。

③ （宋）洪兴祖：《楚辞补注》，中华书局1983年版，第51页。

④ （清）章学诚撰，叶瑛校注：《文史通义校注》，中华书局1985年版，第366页。

⑤ （清）萧穆：《敬孚类稿》，黄山书社1992年版，第66页。

变化无穷，此皆庄、骚、太史所同。”[①]鲁迅先生在《汉文学史纲要》中谈到司马迁及《史记》时说：“恨为弄臣，寄心楮墨，感身世之戮辱，传畸人于千秋，虽背《春秋》之义，固不失为史家之绝唱，无韵之《离骚》矣。”[②]语虽不多，却对《史记》作了准确的评价。这些评论准确地指出了屈原与司马迁的密切关系。诚如戴志钧先生所言：“历封建时代两千年，屈原和他的作品，评论者众多，可是真正的知音则寥寥可数。贾谊、刘安、王逸、刘勰、洪兴祖、朱熹、蒋骥等，对屈原都怀有同情、崇敬之情，对其作品也有相当的认识，但却缺乏真正的心灵沟通。而只有司马迁堪称屈原最早的、真正的、最深的知音，他们的心灵契合了。”[③]

在人格情志上，司马迁不仅继承了屈原刚正直谏的精神，而且也继承了屈原发愤抒情的悲剧意识。刘熙载说：“学《离骚》得其情者为太史公，得其辞者为司马长卿。”[④]钱基博说：“司马迁以史笔抒骚情。”这情，不仅仅是贯穿在《史记》人物传记中的“直谏”精神，更是强烈的发愤抒情的悲剧意识，《史记》就是这样成为“无韵之《离骚》”的。可以这样说，司马迁是汉代的屈原，《史记》是汉代的《离骚》。诚如李长之先生所言：司马迁“直然是第二个屈原”[⑤]。

总之，司马迁不仅是早期屈原研究的代表人物之一，也是对屈原及其作品理解最深刻，评价最正确的学者之一。司马迁对屈原及其作品的评价，是楚辞学史上最早的最值得珍视的一批成果，对后世持久发生着影响，《屈原列传》被视为中国楚辞学的重要基石。

---

① （清）刘熙载：《刘熙载文集》，江苏古籍出版社 2001 年版，第 64 页。

② 鲁迅：《鲁迅全集》第 8 卷，人民文学出版社 1963 年版，第 308 页。

③ 戴志钧：《千古第一知音——屈原之与司马迁论略》，《云梦学刊》1998 年第 2 期，第 1-6 页。

④ 同①。

⑤ 李长之：《司马迁之人格与风格》，三联书店 1984 年版，第 18 页。

第五章 《楚辞》的最终编辑和命名

——刘向、刘歆的楚辞研究

第一节 刘向、刘歆父子生平及著述

刘向，本名更生，字子政，沛（今江苏省沛县）人，约生于汉昭帝元凤四年（前77），卒于汉哀帝建平元年（前6）。他是高祖同父异母弟楚元王刘交的四世孙，其父曾为阳城侯。刘向出身贵族，从小在皇帝身边受训练和教育，自幼好古，博闻强志，聪慧过人，性情宽厚，精于经术。据《汉书·楚元王传》记载："为人简易无威仪，廉靖乐道，不交接世俗，专积思于经术，昼诵书传，夜观星宿，或不寐达旦。"[①]十二岁以父荫任为辇郎，二十岁时以修饬擢为谏大夫。宣帝时曾因"通达能属文辞，与王褒、张子侨等并进对，献赋颂凡数十篇"[②]。后因自请铸金事未成，犯死罪，因汉宣帝惜其才得以免死，被征召于石渠阁讲论《五经》，复拜郎中，迁谏大夫。汉元帝即位后，刘向被提拔为宗正，与太傅萧望之、少傅周堪、侍中金敞四人共同辅政，不久因忤弘恭、石显下狱，免为庶人。公元前32年，汉成帝即位，刘向又得以被重用，被任命为中郎，兼管三辅都水。不久，官拜光禄大夫，改名为向。河平三年（前26），刘向奉诏领校中《五经》秘书，领导校书、分类、编目等皇家图书馆图书的编辑整理工作。后又任中垒校尉，直到病逝。

---

① （汉）班固:《汉书》，中华书局1962年版，第1963页。

② 同①，第1928页。

刘向有三子，史称“皆好学”，而以“少子歆，最知名”①。

刘歆，字子骏，后改名秀，字颖叔，刘向第三子。约生于公元前53年，卒于公元23年。刘歆幼时思维敏捷，聪明过人，表现出广泛的兴趣爱好，勤于钻研学问，以通《诗》《书》、善属文著称，很受皇帝赏识。少年时代，被诏为黄门郎，与王莽、扬雄同事。据《汉书》本传记载：“河平中，受诏与父向领校秘书，讲六艺传记，诸子、诗赋、数术、方技，无所不究。”②从此，刘歆奉诏与其父一起编校皇家图书馆藏书。历时十九年，在接近完成图书的编校任务时（前6），刘向去世。于是，刘歆复为中垒校尉，继承父志，继续校订其父未能校完的典籍。哀帝时，为侍中太中大夫，迁骑都尉、奉车光禄大夫，复领《五经》，集六艺群书，撰成了我国第一部综合性分类目录《七略》③。《汉书·艺文志》云：“会向卒，哀帝复使向子侍中奉车都尉歆卒父业。歆于是总群书而奏其《七略》。”④王莽改制后，为国师封嘉新公，后谋劫王莽降汉，以事泄自杀身亡。

刘向、刘歆父子是我国西汉时期的经学家、文学家、目录学家、校雠学家和编辑学家。成帝河平三年，刘向受命领导了我国历史上第一次大规模的皇家图书馆藏书整理编辑工作。对经传、诸子、诗赋之类书籍分类校雠整理。刘向每校完和编辑完成一部书后，都要为所校之书写出一篇《叙录》附于书后，然后连同样书一起呈送皇帝御览。《汉书·艺文志》云：“至成帝时，以书颇散亡，使谒者陈农求遗书于天下。诏光禄大夫刘向校经传诸子诗赋，步兵校尉任宏校兵书，太史令尹咸校数术，侍医李柱国校方技。每一书已，向辄条其篇目，撮其旨意，录而奏之。”⑤刘向在《叙录》中对其所编定书籍的方方面面都介绍得非常详细，大致相当于今日所说的解题、提要。这对于读者阅读、理解原书大有裨益。《叙录》大致包括以下内容：篇目编次、校勘说明、作者介绍、评论思想内容、探究学术源流、考辨真伪、权衡价值等。⑥正如孙钦善

---

① （汉）班固：《汉书》，中华书局1962年版，第1966页。

② 同①，第1967页。

③ 即《辑略》《六艺略》《诸子略》《诗赋略》《兵书略》《术数略》《方技略》。

④ 同①，第1701页。

⑤ 同④。

⑥ 踪凡：《刘向父子的汉赋研究》，《文献》2002年第1期，第12–23页。

先生所说："至于校理群书而撰叙录，以刘向为始，从此开解题目录之先河，对后世产生了深远影响。"[①] 最后，刘向又总撰各书之《叙录》汇编为一集，名之曰《别录》。《别录》全书共分二十卷，详细记载了图书的分类、源流、错讹辨证等。从现代角度看，它既是汉代皇家图书馆藏书的总目提要，又是先秦至西汉时所有图书文献的综合性记录，同时也是记载我国编辑事业的第一部编辑学术专著。[②] 刘向父子通过对当时古籍进行辨真伪、订讹误、创编目等编辑整理，较好地恢复了典籍的原生面目，也为后人对典籍的查阅创造了良好的条件。非常遗憾的是，《别录》今已不存，依《汉书·艺文志》当可窥其大概内容。同时，在严可均《全汉文》、马国翰《玉函山房辑佚书》、姚振宗《快阁师石山房丛书》等书中亦有《别录》佚文。

《汉书·艺文志》未录刘歆著述，冠以刘向名之著述有：

六艺略书类：刘向《五行传记》十一卷。

诸子略儒类：刘向所序六十七篇，《新序》《说苑》《世说》《列女传颂图》。

道家言类：刘向《说老子》四篇。

诗赋略赋类：刘向赋三十三篇。

《汉书·艺文志》中另有小注说明为刘向著述，如下：

六艺略书类：刘向《稽疑》一篇。

六艺略春秋类：《新国语》五十四篇，记曰：刘向分《国语》。[③]

清人严可均辑《全上古三代秦汉三国六朝文》则说刘向"有《尚书洪范五行传论》十一卷、《五经通义》九卷、《五经要义》五卷、《世说》二卷、《七略》《别录》二十卷、《列女传》十五卷、《列仙传》三卷、《新序》三十卷、《说苑》二十卷、《集》六卷"。[④]

刘歆一生之最大成就在于首次编辑了按学科门类将图书分门别类的《七略》，该书以《别录》为基础编纂而成，共有七卷，成书于公元前 6 年。《七略》在《别录》的基础上，将古籍目录分为六类，为古代文献典籍的分类开创了"六分"的先河。这不仅是我国第一部图书分类法，而且也是世界上最早的图书

---

① 孙钦善：《中国古文献学史》，中华书局 1994 年版，第 109 页。

② 杨勇：《刘向、刘歆父子的典籍编辑初探》，《汉中师院学报》1989 年第 1 期，第 69-73 页。

③ 邱明华：《刘向、刘歆著述考》，《社会科学动态》1998 年第 11 期，第 95-98 页。

④（清）严可均：《全上古三代秦汉三国六朝文》，中华书局 1958 年版，第 321 页。

分类法，对后世影响深远。

《七略》在唐以后佚失，由“删其要”而成的《汉书·艺文志》可知其分类体系为六略三十八种。详情如下：

辑略

六艺略：易、书、诗、礼、乐、春秋、论语、孝经、小学；

诸子略：儒、道、阴阳、法、名、墨、纵横、杂、农、小说；

诗赋略：屈原赋、陆贾赋、孙卿赋、杂赋、歌诗；

兵书略：兵权谋、兵形势、阴阳、兵技巧；

数术略：天文、历谱、五行、蓍龟、杂占、形法；

方技略：医经、经方、房中、神仙。

《隋书·经籍志》著录刘向、刘歆著述凡十二部，亡书三部，迭见者一部。

刘向将所校群书《叙录》汇集成的《别录》和刘歆编写的《七略》，开创了我国古代目录学之先河。《汉书·艺文志》部分保存下来的《别录》和《七略》，堪称我国最早的目录学著作。二者从书目体例、分类方法、校勘程序、编目特点等方面对我国古代文献进行了详细的整理、分类。刘向采取的“本校法”和“对校法”，为后来的校雠学奠定了基础。在编目方面，采取一一条其篇目，撮其旨意，撰写叙录，然后排比分类，将学术源流的考辨、学术著作的评价、学科范围的划分具体应用到书目的编纂中，逐步形成了后来的目录学。在分类方面，将古代文献划分为六类，对后世文献“四分法”和“七分法”的形成起到了借鉴作用。[①]

刘向父子奉召领导校勘和编辑了西汉时代所存的典籍，有效地衔接了由于秦朝焚毁书籍而造成的中国文化的断层，对我国乃至世界的编辑学都产生深远影响。历代学人均以目录学家、校雠学家和编辑学家看待他们。刘向父子对中国文化的巨大贡献为他们赢得了崇高的声誉。从班固到章太炎，都将刘氏父子与孔子并称。章太炎说：“孔子殁，名实足以抗者，汉之刘歆。”[②]

同时，刘向和刘歆父子都是西汉后期重要的辞赋家，他们的骚体赋创作均有传世名篇。《汉书·艺文志》录刘向赋三十三篇，归入“屈原赋之属”，

---

① 曹玉兰：《刘向、刘歆父子整理文献之功》，《河南图书馆学刊》2007 年第 5 期，第 126–128 页。

② 章太炎：《章太炎全集》，上海人民出版社 1984 年版，第 425 页。

可见其赋作师承屈宋，以骚体为主。然其今存骚体赋数仅有《九叹》一篇。刘歆辞赋，今存《遂初赋》《甘泉宫赋》和《灯赋》三篇，其中《甘泉宫赋》为残篇断简，无法窥其全貌；《灯赋》为体物之作，篇幅短小；惟《遂初赋》为规整的骚体赋，是刘歆赋作传世名篇。

第二节　刘向对屈原精神的接受和继承

一、相似的政治经历促成刘向对屈原精神的接受

刘向生活的西汉王朝元帝、成帝年间和屈原生活的战国时楚国楚怀王、顷襄王时代非常相似。汉元帝于公元前 48 年至公元前 33 年在位，其间帝王耽于声色，皇亲贵戚竞相奢侈挥霍，朝政尽付宦官中书令和仆射石显。“民众久困，连年流离，离其城郭，相枕席于道路”[①]，以至于“人至相食”[②]。在此期间，年仅三十的刘向被擢升为散骑宗正给事中，成为皇族事务机关的长官，可不久就在与后党权奸斗争中遭受陷害而免官下狱。《汉书·刘向传》云：

> 元帝初即位，太傅萧望之为前将军，少傅周堪为诸吏光禄大夫，皆领尚书事，甚见尊任。更生年少于望之、堪，然二人重之，荐更生宗室忠直，明经有行，擢为散骑宗正给事中，与侍中金敞拾遗于左右。四人同心辅政，患苦外戚许、史在位放纵，而中书宦官弘恭、石显弄权。望之、堪、更生议，欲白罢退之。未白而语泄，遂为许、史及恭、显所谮愬，堪、更生下狱，及望之皆免官。[③]

后来，萧望之被迫自杀身亡，元帝悔悟，擢周堪为光禄勋，任命周堪弟子张猛为光禄大夫。弘恭、石显屡次诬陷谮毁。刘向于是上书《封事》，向元帝直谏。恭弘、石显因此对刘向等人更加怨恨，约同外戚子弟史高等人内外进谗刘向、周堪、张猛三人。后石显专权，将周堪、张猛迫害致死，刘向由

---

① （汉）班固:《汉书》，中华书局 1962 年版，第 2833 页。

② 同①，第 3070 页。

③ 同①，第 1929–1930 页。

此被废黜长达十多年。

汉成帝是历史上有名的风流才子，于公元前 32 年至公元前 5 年在位。其间帝王荒淫腐败、横征暴敛；朝廷挥霍无度，外戚骄奢不法；后党权奸专政、祸国殃民；百姓饥寒交迫，饿死于路者达数万之众。《汉书 · 谷永传》记载当时国家的状态是“公家无一年之蓄，百姓无旬日之储”。

对于这种帝王荒淫、后党权奸弄政、国危民困的时代，刘向在《九叹》中也发出了“哀余生之不当兮，独蒙毒而逢尤”“丁时逢殃，可奈何兮。劳心悁惓涕滂沲兮”[①] 的慨叹。它和屈原在《离骚》中对当时楚国百姓的悲惨生活发出“长太息以掩涕兮，哀民生之多艰”的哀叹是多么相似。

此时朝廷内外戚与宦官的矛盾斗争加剧，不久宦官在斗争中失败，石显被成帝夺去重权，勒令回籍，死于道中。刘向“乃复进用”，拜为中郎，使领护三辅都水，迁光禄大夫。然而“是时帝元舅阳平侯王凤为大将军秉政，倚太后，专国权，兄弟七人皆封为列侯”[②]。刘向作为王室后裔，对外戚专权日益严重的朝廷状况深感不安，担心其终将危及刘氏政权。他锲而不舍，曾多次上封事“极谏”，又屡次作书讽谏。汉成帝虽知刘向忠诚，也多次想任用他为九卿，然而由于外戚权奸阻挠作梗，刘安始终未能在仕途上再有所迁升。《汉书 · 刘向传》记载此事云：

> 向自见得信于上，故常显讼宗室，讥刺王氏及在位大臣，其言多痛切，发于至诚。上数欲用向为九卿，辄不为王氏居位者及承相御史所持，故终不迁。居列大夫官前后三十余年。[③]

刘向的政治命运和屈原一样是坎坷不平的。他任大夫官职前后长达三十多年，长期做皇帝侍从和谏官。谏书屡上却收效甚微，而且时常遭到权奸谗毁，不是罢官，便是废黜，还曾两次下狱，一度被免为庶人，废弃十五年之久。然而，他就像屈原一样，具有强烈的政治责任感，对国家王朝的命运充满担忧之情，对时局有着清醒而深刻的认识，有着屈原一样刚正不阿的抗争精神和慬道直行的政治品格。他从屈原“余将董道而不豫兮，固将重昏而终身”“虽

---

① 黄灵庚:《楚辞文献丛刊》第 3 册，国家图书馆出版社 2014 年版，第 419 页。

② （汉）班固:《汉书》，中华书局 1962 年版，第 1949–1950 页。

③ 同②，第 1966 页。

体解吾犹未变兮，岂余心之可惩”的诗句中得到力量，不屈斗争。

二、以文为谏是刘向对屈原精神的继承

相似的政治经历和相同的宗室大臣身份促成刘向对屈原精神的接受，当他处于人生顺境时，就秉持屈原的直谏精神，当他政治上遭受打击之后，就借著文来“依兴古事，悼己及同类”，同时对皇上进行讽谏。

汉元帝时，对于宦官弘恭、石显的专权和对自己及中正大臣的屡次诬陷谮毁，刘向于是上书《封事》，进谏皇帝要从古往今来的治乱史实中吸取教训，指出当时朝中的情况是“贤不肖浑，白黑不分，邪正杂糅，忠谗并时”，“佞邪与贤臣并在交戟之内，合党共谋，违善依恶，歙歙訿訿，数设危险之言，欲以倾移主上”，建议皇上“放远佞邪之党，坏散险诐之聚，杜闭群枉之门，广开众正之路，决断狐疑，分别犹豫”，认为只有如此才能“使是非炳然可知，则百异消灭，而众祥并至，太平之基，万世之利也”。在他被诬陷谮毁被捕入狱后，被降官乃至免为庶人，离开政坛近十年的闲居生活中，他不仅潜心读书治学，更是以辞赋作为进谏的手段。当周堪、张猛被石显迫害致死，自己又被废黜之后，刘向便创作了代言体式的政治抒情组诗《九叹》，借追悯屈原的不幸来讽刺社会现实，从而达到讽谏的目的。此阶段相关赋作不少，《汉书·艺文志》载“刘向赋三十三篇”[①]，《汉书·刘向传》有云：“显诬谮猛，令自杀于公车。更生伤之，乃著《疾谗》《擿要》《救危》及《世颂》，凡八篇，依兴古事，悼己及同类也。遂废十余年。”[②] 虽然这八篇文字没留存下来，但从残存的篇目中，我们可以推断它们应该和《九叹》是同一主题的。

成帝即位后，刘向复得进用，召拜为中郎，使领三辅都水，后迁光禄大夫。此时因成帝正“精于《诗》《书》，观古文”，故于河平三年乙未（前 26）“诏刘向领校中《五经》秘书”。

刘向“见《尚书·洪范》，箕子为武王陈五行阴阳休咎之应。向乃集合上古以来历春秋六国至秦、汉符瑞灾异之记，推迹行事，连传祸福，著其占验，

---

① （汉）班固：《汉书》，中华书局 1962 年版，第 1748 页。

② 同①，第 1948 页。

比类相从，各有条目，凡十一篇，号曰《洪范五行传论》，奏之”[①]。公元前23年，在刘向年已五十五岁时，见王室无后继之人，外戚专权，还上了一篇《极谏外家封事》。《汉书·刘向传》：“时上无继嗣，政由王氏出，灾异浸甚……而外家日盛，其渐必危刘氏……吾而不言，孰当言者？”[②]《极谏外家封事》开篇就指出皇帝用人不当，权臣误国的危害：“臣闻人君莫不欲安，然而常危，莫不欲存，然而常亡，失御臣之术也。夫大臣操权柄，持国政，未有不为害者也。”[③]虽然汉成帝心知刘向的忠诚，也曾多次想任用他为九卿，然而由于刘向经常显讼宗室，讥刺外戚，所以屡屡受到宦官外戚等权奸的作梗，终不得升迁。

同时刘向还收集整理和编写文学故事集，供皇帝及后妃阅读，以起到规劝讽谏的目的。《汉书·刘向传》对此有明确记载：

> 向睹俗弥奢淫，而赵、卫之属起微贱，踰礼制。向以为王教由内及外，自近者始。故采取《诗》《书》所载贤妃贞妇，兴国显家可法则，及孽嬖乱亡者，序次为《列女传》，凡八篇，以戒天子。及采传记行事，著《新序》《说苑》凡五十篇奏之。数上疏言得失，陈法戒。书数十上，以助观览，补遗阙。上虽不能尽用，然内嘉其言，常嗟叹之。[④]

由此可知，较之屈原，刘向的进谏精神更为执着，方法技巧也有较大改进。他既能依《尚书》而谏，又能“序次为《列女传》，凡八篇，以戒天子”，且著《新序》《说苑》五十篇“以助观览，补遗阙”。他继承了屈原忠君爱国的精神，运用的是《诗经》中讽谏的方法，进谏方法虽委婉含蓄，但“戒天子”“言得失”“陈法戒”的目的异常明确。

值得一提的是，在《新序·节士》中有一篇关于屈原的小文，这篇文章通篇以叙为主，完全可以看作是一篇《屈原小传》，相关内容可以和司马迁《史记·屈原列传》及《史记·楚世家》内容互证。该文在记载屈原出使齐国的时间，受谗的原因等方面与《史记·屈原列传》记载有异。究其原因，可能是因为“成帝下令征集天下图书，刘向有可能见到司马迁未曾寓目的资料。因此，两人叙述出来的屈原生平却有好些个不尽一致的地方”。这“是刘向补

① （汉）班固：《汉书》，中华书局1962年版，第1950页。
② 同①，第1958页。
③ 同②。
④ 同①，第1957–1958页。

《史记》之不详与纠《史记》之不确处”[1]，在屈原生平研究方面甚有价值。

明张溥在《汉魏六朝百三家集》之《刘子政集·题辞》中论刘向云：

> 夫屈原放废，始作《离骚》，子政疾谗，八篇乃显[2]，同姓忠精，感慨相类，左徒当日，谏书不传，彼盖争之口舌，其著者，张仪一事耳。子政苦口，终身不倦，年七十余，惓惓汉宗，感灵异而论《洪范》，戒赵魏而传《列女》，鉴往古而著《新序》《说苑》，其书皆非无谓而作者。虽《九叹》深雅，微逊《骚经》。其他文辞宏博，足相当矣。太史公《屈原传》云："原死后，楚日以削，竟为秦灭。"孟坚亦云："子政卒后十三岁，王氏代汉。"此两人系社稷轻重为何如哉。[3]

张溥在此将刘向与屈原并提，指出他们同为王室同姓，同有忠君精神，同在政治生涯失意之时发愤著文，以文为谏，并用司马迁《屈原列传》所说“原死后，楚日以削，竟为秦灭”和班固《汉书》中“子政卒后十三岁，王氏代汉”指出二人对于国家社稷的重要性，由此可见刘向是以屈原的人格精神为自己的人生坐标，刘向对屈原的接受堪称是全方位的。

第三节　刘向编辑《楚辞》考论

刘向对中国楚辞学的最大贡献当是其编辑了十六卷本《楚辞》，它使得刘向成为汉代楚辞学的奠基人之一。刘向十六卷本的《楚辞》的编辑，开创了以作家为纲编定文集新体例之先河，在楚辞学史上具有标志性意义。《四库全书总目·集部总叙》云："集部之目，《楚辞》最古。"[4] 也就是说，刘向所编的十六卷本《楚辞》是我国古代“经、史、子、集”四部分类中的“集”部编辑的开始。然而，关于刘向编辑《楚辞》一事曾引起楚辞学界较为广泛的学术争论。

---

① 易重廉：《中国楚辞学史》，湖南出版社 1991 年版，第 48 页。

② 据《汉书·楚元王传》，刘向在宣帝明帝时因言黄金事和反对外戚宦官专权而两次下狱，曾“著《疾谗》《擿要》《就危》及《世颂》，凡八篇，依兴古事，悼己及同类也”。

③（明）张溥撰，殷孟伦注：《汉魏六朝百三家集题辞注》，中华书局 2007 年版，第 20 页。

④（清）纪昀：《四库全书总目》，中华书局 1997 年版，第 1970 页。

一、刘向编纂《楚辞》的学术疑案

目前传世最早的楚辞辑本是后汉王逸作注的《楚辞章句》，是书题有“汉护左都水使者光禄大夫臣刘向集，后汉校书郎臣王逸章句”[①]。同时，王逸《楚辞章句序》云：

> 屈原履忠被谮，忧悲愁思，独依诗人之意而作《离骚》，上以讽谏，下以自慰，遭时暗乱，不见省纳，不胜愤懑，遂复作《九歌》以下凡二十五篇。楚人高其行义，玮其文采，以相教传，至于孝武帝，恢廓道训，使淮南王安作《离骚经章句》，则大义粲然。后世雄俊，莫不瞻仰，摅舒妙思，缵述其词。逮至刘向，典校经书，分为十六卷。孝章即位，深弘道艺，而班固、贾逵复以所见，改易前疑，各作《离骚经章句》。其余十五卷，阙而不说。又以壮为状，义多乖异，事不要括，今臣复以所识所知，稽之旧章，合之经传，作十六卷《章句》。[②]

据此，自东汉王逸以来的传统说法，均认为刘向是《楚辞》编辑之集大成者，王逸《楚辞章句》所依据的底本就是由刘向编集而成的十六卷本《楚辞》。

然而，南宋著名理学家吕祖谦认为，王逸所记刘向典校经书所分《楚辞》之“十六卷”，乃是分屈作《离骚》为十六卷，而非刘向自编十六卷本《楚辞》。同时代的赵希弁在其《读书附志·楚辞类》录吕祖谦《离骚章句》并申其论云：

> 左吕成公所分也。以《离骚经》一篇为十六章。公谓王逸尝言刘向典校，分《离骚》为十六卷。班固、贾逵各作《离骚章句》，唯一卷传焉，余十五卷阙而不录。今观屈平所作凡二十有五，各有篇目，独此一篇，谓之《离骚》。窃意刘向所分即此篇，犹一篇之中有数章焉。故尝因逸之言，即《离骚》一篇。反复求之，考其文之起伏、意之先后，固有十六章次第矣。因而分之为十六章。[③]

这是迄今为止之我们能够见到最早否定刘向编辑十六卷本《楚辞》的论

① （宋）洪兴祖：《楚辞补注》，中华书局 1983 年版，第 1 页。

② 黄灵庚：《楚辞文献丛刊》第 2 册，国家图书馆出版社 2014 年版，第 466–468 页。

③ （宋）晁公武撰，孙猛校证：《郡斋读书志校证》，上海古籍出版社 2005 年版，第 1167 页。

述。当代楚辞学者黄灵庚先生以吕祖谦、赵希弁论断为据，认为“刘向纂辑《楚辞》十六卷本并不存在”“王逸《离骚后叙》没有说过刘向集《楚辞》十六卷的话。无论是五代时期的《楚辞释文》十七卷本，还是今传《楚辞章句》十七卷本，皆非刘向所为”[①]。

不难看出，吕祖谦的理解是有问题的。首先，王逸《楚辞章句序》说屈原作有《离骚》及“《九歌》以下凡二十五篇”，刘向典校经书，将其“分为十六卷”。显然，刘向所分之十六卷《楚辞》包括屈原全部作品二十五篇而非仅仅《离骚》一篇。同时王逸又说后世之班固、贾逵等“各作《离骚经章句》。其余十五卷，阙而不说”。这里的“其余十五卷，阙而不说”显然是指班固等对刘向所辑十六卷《楚辞》中除《离骚》以外的屈原作品没有进行章句训解。

近代古文经学家章太炎先生则认为《楚辞》之定本出自淮南王刘安之手。他在《訄书·官统中》中考证云：“屈原称其君曰‘灵修’，此非诡辞也。古铜器以‘灵终’为‘令终’，而《楚辞》传自淮南，以父讳，更‘长’曰‘修’，其本‘令长’也。”他还自注云：“《楚辞》传本非一，然淮南王刘安为《离骚传》，则知定本出于淮南。”[②]

20 世纪 20 年代起，又有学者因《楚辞》不见录于《汉书·艺文志》而对刘向编辑《楚辞》提出质疑。顾实先生撰《汉书艺文志讲疏》时指出：“旧本《楚辞》亦题‘护左都水使者光禄大夫臣刘向集’，集部之名，盖自此。惟《班志》无《楚辞》，岂以原本《七略》而从略耶？”[③]随后，朱东润先生发挥此说云：

> 王逸《楚辞章句》题：“汉护左都水使者光禄大夫臣刘向集。”此书如出刘向所集，其后向子刘歆《七略》，班固复本《七略》作《汉书·艺文志》，皆不应不收入。今《汉书·艺文志》无此书，此其可疑者。[④]

不仅依凭《七略》而编成的《汉书·艺文志》没有《楚辞》之目，刘向《别录》也见不到《楚辞》的“叙录”的影子。明代张溥所辑《刘子政集》亦无关于刘向编辑《楚辞》的记载。清人严可均辑《全上古三代秦汉三国六朝文》说

---

① 黄灵庚：《〈楚辞〉十七卷成书考辩》，《复旦学报》2008 年第 3 期，第 2–9 页。

② 章太炎：《訄书》，转引自金开诚：《屈原辞研究》，江苏古籍出版社 1992 年版，第 18、19 页。

③ 顾实：《汉书艺文志讲疏》，上海古籍出版社 1987 年版，第 169 页。

④ 朱东润：《楚歌及楚辞》，作家出版社编辑部：《楚辞研究论文集》，作家出版社 1957 年版，第 336 页。

刘向著述“有《尚书洪范五行传论》十一卷，《五经通义》九卷，《五经要义》五卷，《世说》二卷，《七略》《别录》二十卷，《列女传》十五卷，《列仙传》三卷，《新序》三十卷，《说苑》二十卷，《集》六卷”[①]。唯独没提及刘向所编辑之十六卷《楚辞》。直至 1947 年钱穆编著《刘向刘歆父子年谱》一书，也只字未提刘向编集《楚辞》。于是，刘向究竟有没有编集过《楚辞》，便成了一悬案。

因此，近代以来曾有多人提出“《楚辞》非刘向所集”[②]的见解。也有人认为“《楚辞》的汇集成书，亦未必出于刘向之手”[③]，甚至说王逸《楚辞章句》题为刘向集，是其“假以自重”[④]。例如：汤炳正先生提出：“《楚辞》一书是由战国到东汉这一漫长的历史时期中经过很多人的继续编纂增补而成的；至于刘向则不过是纂辑者之一，而且不是重要的纂辑者。”[⑤]金开诚、葛兆光先生虽然肯定“淮南王幕府对‘楚辞’有收集传习之功”，但认为首次编订者是王逸。[⑥]董乃斌等先生则认为，不仅首次编订者是王逸，“正式确立了‘楚辞’这一文体专名”也是在王逸之时。[⑦]

二、刘向编辑《楚辞》真相探微

虽然班固依刘歆《七略》而成的《艺文志》无《楚辞》之目，明代张溥《刘子政集》无刘向编集《楚辞》的记载，清严可均辑《全上古三代秦汉三国六朝文》亦未提刘向编辑《楚辞》之事，但刘向编辑十六卷本《楚辞》是可以确定的史实，因为刘向具备着得天独厚的机遇和条件，诸多典籍对此事都有明确记载，刘歆《七略》不录刘向所辑之《楚辞》是因为无论从体例上还是从内容上考量均无录入的必要。

---

① （清）严可均：《全上古三代秦汉三国六朝文》，中华书局 1958 年版，第 321 页。

② 王云渠：《〈楚辞〉非刘向所集一个新证据》，《北平晨报》1932 年 1 月 12、14、15、18 日。

③ 何天行：《楚辞作于汉代考》，中华书局 1948 年版，第 7 页。

④ 沈知方：《读〈楚歌及楚辞〉》，作家出版社编辑部：《楚辞研究论文集》，作家出版社 1957 年版，第 407 页。

⑤ 汤炳正：《屈赋新探》，齐鲁书社 1984 年版，第 85–109 页。

⑥ 金开诚、葛兆光：《古诗文要籍叙录》，中华书局 2005 年版，第 13 页。

⑦ 董乃斌：《中国文学史学史》卷一，河北人民出版社，2003 年版。

（一）得天独厚的条件机遇

首先，从刘向自身及所处时代的主客观因素来看，他编辑《楚辞》有着得天独厚的条件机遇。

刘向生活的西汉王朝，成帝元帝耽于声色、荒淫腐败，朝廷挥霍无度，外戚娇奢不法；后党权奸专政；百姓饥寒交迫。对这样的时代，刘向在《九叹》表达的感受是“丁时逢殃，可奈何兮。劳心悁悁，涕滂沲兮”，“哀余生之不当兮，独蒙毒而逢尤”。这和屈原所处的“长太息以掩涕兮，哀民生之多艰”的战国时期楚国怀王、顷襄王时代极其相似。同时，刘向又是汉王朝的宗室，屈原是“楚之同姓”。刘向的政治命运和屈原一样是坎坷不平的。刘向长期做皇帝侍从和谏官，谏书屡上却收效甚微，时常遭到权奸谗毁，不是罢官，便是废黜，还曾两次下狱，一度被免为庶人，长达十五年之久。这种相似的社会环境和人生经历，相同的王朝宗室大臣的身份，都很能够唤起刘向强烈的政治责任感以及对国家王朝的命运担忧之情，促成刘向对屈原精神的接受。《九叹·离世》云：“不顾身之卑贱兮，惜皇舆之不兴。出国门而端指兮，冀壹寤而锡还。”《九叹·思古》云：“兴《离骚》之微文兮，冀灵修之壹悟。还余车于南郢兮，复往轨于初古。”可见，刘向是以屈原的人格精神为自己的人生坐标，当他出于人生顺境时，就秉持屈原的直谏精神，当他政治上遭受打击之后，他就借校书编书对皇上进行讽谏，来寄寓自己忧国忧民的情怀和扶国济世的理想。

其次，独特的人生机遇也为刘向编辑《楚辞》提供了及其难得的有利条件。据《汉书》本传，与刘向编《楚辞》关系密切的有两件事。其一，刘向的父亲刘德在汉武帝年代曾参子治淮南狱，因此很可能获得刘安的著作。刘安谋反，其书不传，故“世人莫见”，“更生幼而读诵，以为奇。”[①] 刘向对刘安的著作倾慕至极，所以他在评价屈原和理解《离骚》的问题上不取司马迁之说，而从刘安之论。其二，汉成帝河平三年，刘向始受命领校中《五经》秘书，主持经传、诸子、诗赋的校雠，时间长达二十年，这给他编辑《楚辞》提供了常人所不具备的便利条件。[②] 可见，刘向具备了一般人难以具备的编辑《楚

---

① （汉）班固：《汉书》，中华书局 1962 年版，第 1935 页。

② 董运庭：《论楚辞流传与“屈原一家之书”的〈楚辞〉结集》，《云梦学刊》2005 年第 3 期，第 28-34 页。

辞》的主客观条件。他编辑出为王逸撰写《楚辞章句》所采用的在当时比较权威的十六卷本《楚辞》是完全可能的。

（二）诸多典籍的明确记载

历代典籍对刘向编辑《楚辞》之事记载甚确。例如，王逸《楚辞章句·离骚叙》中说："逮至刘向，典校经书，分（《楚辞》）为十六卷。"这是刘向编辑《楚辞》的最早记载。

宋陈振孙撰《直斋书录解题》记录刘向、刘歆著述凡六见，包括杂史类、传记类、儒家类、道家类、神仙家、楚辞类、别集类。楚辞类云：

> 《楚辞》十七卷，汉护都水使者光禄大夫刘向集，后汉校书郎南郡王逸叔师注，知饶州曲阿洪兴祖庆善补注。逸之注虽未能尽善，而自淮南王安以下为训传者今不复存，其目仅见于隋、唐《志》，独逸注幸而尚传，兴祖从而补之，于是训诂名物详矣。①

明王世贞《楚辞序》云：

> 梓《楚辞》十七卷。其前十五卷，为汉中垒校尉刘向编集，尊屈原《离骚》为经，而以原别撰《九歌》等章。及宋玉、景差、贾谊、淮南、东方、严忌、王褒诸子，凡有推传原意而循其调者为传。其十六卷，则中垒所传《九叹》，以自见其意。前后皆王逸通故为章句。最后卷则逸所传《九思》以附于中垒者也。②

刘本《楚辞》十六卷，具体篇目《四库全书总目》有录：

> 初，刘向裒集屈原《离骚》《九歌》《天问》《九章》《远游》《卜居》《渔父》，宋玉《九辩》《招魂》，景差《大招》，而以贾谊《惜誓》、淮南小山《招隐士》、东方朔《七谏》、严忌《哀时命》、王褒《九怀》及向所作《九叹》，共为《楚辞》十六篇，是为总集之祖。③

《四库全书总目》详细列出了刘向所编十六卷《楚辞》的具体篇目，而且还明确认定将以屈原作品为主的这种兴起于战国中后期楚国的新诗体的集子首次定名为"楚辞"也是刘向。

---

① （宋）陈振孙：《直斋书录解题》，上海古籍出版社 1987 年版，第 433 页。

② 戴锡琦、钟兴永：《屈原学集成》，中央编译出版社 2007 年版，第 678 页。

③ （清）永瑢等：《四库全书总目》，中华书局 1997 年版，第 1974 页。

“现代新儒家”的代表人物徐复观先生说：“按《艺文志·诗赋略》，有刘向赋三十三篇。其中有踵继屈原之《九歌》《九章》及宋玉之《九辩》而作《九叹》，盖自伤其遭遇与屈原相同，悼屈原，实所以自悼。更‘哀集屈宋诸赋，定名《楚辞》’，为总集之祖。应当都是此一废弃期间的产物。”[①] 此说甚为允当。

当代楚辞学大师姜亮夫先生《楚辞书目五种》也确认“哀集屈、宋、景差、贾谊、淮南小山、东方朔、严忌、王褒以下为书十六卷者，则始刘向”。又说：“今其书已亡。而后世或自王逸十七卷中录出为书，或即题王逸本为刘向集，盖名实多乱矣。”[②]

（三）《七略》《汉志》不载《楚辞》自有其因

既然如此，那么为什么《汉书·艺文志》不载刘向十六卷本《楚辞》呢？林维纯先生认为：《汉书》的《艺文志》与《刘向传》均未提及刘向编集《楚辞》一事的最大可能是班固当时并未见到刘向所集《楚辞》一书，看来这书在刘歆时代亦未完稿成书。[③] 力之先生则认为，《汉书·艺文志》之所以未见《楚辞》目录，是因其已单独著录《屈原赋》25 篇及诸多代屈原立言之作，故不重复著录刘向十六卷本《楚辞》。[④]

其实，《汉书·艺文志》不载《楚辞》是由于其本于刘歆《七略》，既然《七略》未载，故《汉书·艺文志》也不得新入。关于这个问题，顾实先生有翔实考证。顾先生在《汉书艺文志讲疏·例言》说：“又如《连山》《归藏》、焦赣《易林》、刘歆《洪范五行传》、辕固《齐诗·内外传》、叔孙通《汉仪》、严彭祖《公羊春秋》……大都班氏所亲见之书，而概不新入。”包括“《楚辞》旧题刘向集”，由于“志本《七略》，故俱无之”[⑤]。王以宪先生认为，《楚辞》是刘向自己编辑新书，可能是出于个人的爱好，既不是整理旧藏，也未必希冀进入秘阁，不一定非要写“叙录”向天子奏明不可，而《七略》本于刘向之《别录》，故刘向《楚辞》不见录于《七略》及《汉书·艺文志》。[⑥]

---

① 徐复观：《两汉思想史》，华东师范大学出版社 2001 年版，第 37 页。

② 姜亮夫：《楚辞书目五种》，上海古籍出版社 1993 年版，第 4 页。

③ 林维纯：《刘向编集〈楚辞〉初探》，《暨南学报》1984 年第 3 期，第 86–92 页。

④ 力之：《〈楚辞〉研究二题》，《云梦学刊》1999 年第 1 期，第 6–7 页。

⑤ 顾实：《汉书艺文志讲疏》，上海古籍出版社 1987 年版，第 2 页。

⑥ 王以宪：《刘向与“九体”之骚》，《创作评谭》2005 年第 6 期，第 36–39 页。

《七略》是刘歆以其父刘向校书时附于所校之书后的《叙录》汇编而成的《别录》为基础编辑而成的图书分类著作。该书在唐以后已经佚失，由“删其要”而成《汉书·艺文志》可知，《七略》将周秦西汉共分成六略三十八种。其中第三类“诗赋略”，据班固《汉书·艺文志·诗赋略》内容详下：

1. “屈原赋二十五篇”，下隶赋二十家，作品三百六十一篇；
2. “陆贾赋三篇”，下隶赋二十一家，作品二百七十四篇；
3. “孙卿赋十篇”，下隶赋二十五家，作品一百三十六篇；
4. “客主赋十八篇”，下录杂赋十二家，作品二百三十三篇；
5. 歌诗，计二十八家，三百一十六篇。[①]

《汉书·艺文志·诗赋略》依作家分类，第一类为“屈原赋”，又分之为20家。包括：屈原赋25篇，唐勒赋4篇……王褒赋16篇，凡20家，361篇。[②]唐勒、宋玉、庄忌、贾谊、司马相如、淮南王刘安和群臣及武帝皆属之。可见其学术分类极其严谨，其内容较之刘向所编《楚辞》要丰富得多。由今本传世各种《楚辞》看来，《楚辞》作为书名，收集的是屈原的全部作品，以及由战国到汉代屈原立言的经典作品，也就是今天所说的纪念屈原的作品。而由《汉书·艺文志》所能够反映的《七略》是严格按作家分类的，其收录范围较今本流传之《楚辞》要广泛得多，也就是说，刘向所编十六卷《楚辞》之内容已完全包含在《七略》中，因此，刘向所编的《楚辞》无论从体例上还是从内容上考量均无录入《七略》的必要。

同时，成帝河平三年刘向受命领导校书工作，是对当时收集进入皇家图书馆所藏之经传、诸子、诗赋之类书籍分类校雠整理，用我们今天的话说，就是对当时的古籍进行编辑整理。校雠的内容包括：1. 校正书篇的脱误、重复和错乱。2. 订正章节的重复错乱。3. 订正简的脱缺。4. 订正章句的次序、错乱和谬误。5. 订正字的脱、误。[③]刘向自己所编纂的十六卷本《楚辞》不属于古籍的范围，故不该校。同时又不会存在上述五方面的问题，故不需校。既然该书不在所校之书的范围，在刘向的校书《别录》中当然不会有所谓的《楚

---

① 顾实：《汉书艺文志讲疏》，上海古籍出版社1987年版，第2页。

② （汉）班固：《汉书》，中华书局1962年版，第1747页。

③ 杨勇：《刘向、刘歆父子的典籍编辑初探》，《汉中师院学报》1989年第1期，第69–73页。

辞叙录》。而《七略》是以《别录》为基础,《汉书·艺文志》又本于《七略》,故《汉书·艺文志》不载刘向编《楚辞》是理所当然的事情。

(四)“楚辞”作为集名始自刘向

虽然刘向编辑十六卷《楚辞》,但并不代表在此之前没有相关的屈原作品集。清戴震《屈原赋注》序云:“屈赋汉初传其书,不名楚辞。”[①]说明屈原及其风格相近的作家作品在汉代初年就得以流传,也有可能被人结集,但不是以“楚辞”为集子名称。此说甚确。汤炳正先生认为,《楚辞》一书是由战国到东汉这一漫长的历史时期中经过很多人的编纂增补而成的;最早的编纂者是战国时期的宋玉,汉武帝时期的淮南王刘安也曾编过屈原的作品集,至于刘向则不过是纂辑者之一。[②]这种开创性的论证极有说服力。但我们有足够的理由证明,即使宋玉、淮南王刘安都编过以屈原作品为主的集子,但集子的名称也并非一定叫《楚辞》。

《汉书·地理志》云:

> 始楚贤臣屈原被谗放流,作《离骚》诸赋以自伤悼。后有宋玉、唐勒之属慕而述之,皆以显名。汉兴,高祖王兄子濞于吴,招致天下之娱游子弟枚乘、邹阳、严夫子之徒,兴于文、景之际。而淮南王安亦都寿春,招宾客著书。而吴有严助、朱买臣,贵显汉朝,文辞并发,故世传《楚辞》。[③]

不难看出,早在汉初文、景之时,由于众多辞赋名家对以《离骚》为代表的诗体的仿效,楚辞开始在中原地区就已广泛流传,并多为仿效。但这里的“楚辞”却并非是书名,而是对汉代辞赋名家的“拟骚诗”的称呼,而屈原及宋玉等战国时期的作品还被称为“赋”。直到王逸撰写《楚辞章句》时还在屈原所有作品题名下注“离骚”,而在其他所有代屈原立言的仿作下注“楚辞”。

而到了汉武帝的时候,因其喜爱辞赋,自己亦善作辞,于是开始对“楚辞”进行收集整理,《汉志》云:“自孝武立乐府而采歌谣,于是有代赵之讴,秦楚之风并敬为座上之宾。”可见,此时尚无楚辞定本,否则,也就不需让乐府采“楚风”了。

---

① (清)戴震:《屈原赋注》,中华书局 1999 年版,第 134 页。

② 汤炳正:《〈楚辞〉编纂者及其成书年代的探索》,《江汉论坛》1963 年第 10 期,第 49–57 页。

③ (汉)班固:《汉书》,中华书局 1962 年版,第 1668 页。

不仅如此，汉武帝还对善为楚辞者进行封官晋爵。

《史记·酷吏列传》云：

朱买臣，会稽人也。读《春秋》。庄助使人言买臣，买臣以《楚辞》与助俱幸，侍中，为太中大夫，用事。[①]

《汉书·朱买臣传》亦云：

会邑子严助贵幸，荐买臣。召见，说《春秋》，言《楚词》，(武)帝甚说之，拜买臣为中大夫，与严助俱侍中。[②]

由此我们可以推断出，楚辞的名目最迟在汉武帝的时候就已经存在了，但此时的楚辞极有可能只是一种诗体名称而非书名，而且它和屈原作品之间也并不一定有着直接的关系。

学界有人认为刘安是《楚辞》的最早编辑者，这只是一种比较合理的推断，并无史料确证。《汉书·刘安传》明确记载的，只是刘安曾奉武帝之命作《离骚传》，这是当今可考的最早的对《离骚》训诂评价之作。和刘安同时代的严助、朱买臣、王褒等一批楚辞爱好者，也都是以诵读"楚辞"或创作骚体赋而著名。据《汉书·王褒传》记载，直到武帝之后一二十年的汉宣帝之时，还要"征能为'楚辞'九江被公，召见诵读"。如果此时楚辞已有一种或几种结成文集的本子广泛流传，能为楚辞者就不应该还显得这样珍贵和稀缺。而且，司马迁在《史记·屈原贾生列传》曰："余读《离骚》《天问》《招魂》《哀郢》，悲其志。"[③] 此处也并未将屈原作品称之为楚辞，也未曾提及屈原作品与楚辞之关系。由此不难推断出：这时所传的"楚辞"，极有可能只是一些散行的单篇，尚未集结成集。同时，"楚辞"的名称虽已产生，但所指称的也并非屈、宋的个人作品。

然而，这并不意味着在汉代刘向集十六卷本《楚辞》之前就没有其他屈原作品的辑本流传。王逸《楚辞章句·离骚后序》云："屈原履忠被谮，忧悲愁思，独依诗人之义而作《离骚》。……复作《九歌》以下凡二十五篇。楚人高其行义，玮其文采，以相教传。"可见，在先秦时候的楚国，就有人推重屈

① （汉）司马迁：《史记》，中华书局 1964 年版，第 3143 页。

② （汉）班固：《汉书》，中华书局 1962 年版，第 2791 页。

③ 同①，第 2491 页。

原作品的思想及艺术并予以教授与学习，那么这时就很有可能有相关的辑本，但其篇目、次第都已无可查考。王逸《楚辞章句序》又云："至于孝武帝，恢廓道训，使淮南王安作《离骚经章句》，则大义粲然。后世雄俊，莫不瞻仰，摅舒妙思，缵述其词。"[①]可见，从淮南王刘安起，不仅训解屈原作品的学者不少，而且注解训释的版本也非常多。同时，从古代不同的《楚辞》辑本及屈原作品被引用中可以发现有诸多异文。例如，《史记》中"屈原至于江滨"一节与王逸《楚辞章句·渔父》虽是同一作品但文辞有多处相异；《史记》所录《怀沙》与王逸《楚辞》注本《怀沙》文字相异达四十多处；《史记》所录《怀沙》还多出"曾吟恒悲兮，永叹慨兮。世既莫吾知兮，人心不可谓兮"四句，为王逸注本所无。这些情况说明，楚辞在西汉前期主要以单篇散行为主，抑或有一些不同的辑本流行，但在当时却没有比较权威的辑本流传。这种比较权威的《楚辞》辑本的出现，应该就是刘向编辑的十六卷本《楚辞》。

综前所论，刘向编辑了十六卷本《楚辞》的史实应该是不容置疑的，而且是刘向第一次把屈原的所有作品以及从战国到西汉时期代屈原立言的悼屈悯屈的代表作品集名之为"楚辞"的。也就是说，直到刘向辑屈、宋并后世诸家所作分为十六卷，《楚辞》作为书的名称才算正式固定下来。正如《四库提要》说"屈宋诸赋，定名楚辞，自刘向始也"。

同时，我们还有理由认定，在汉代楚辞学者的观念中，认为楚辞不仅仅指屈原、宋玉等战国时代人的作品，也可包含后代人悼屈悯屈的仿作的楚辞观也是源自刘向，因为王逸《楚辞章句》中录入自己的《九思》在体例和立意上都是模仿刘向《九叹》的，而王逸自己的《九思》又正好是《楚辞章句》的第十七卷。也就是说，王逸撰《楚辞章句》所用的刘向的十六卷本《楚辞》就是我们今天看到的《楚辞章句》中除去《九思》的所有内容。其中包含了贾谊的《惜誓》、淮南小山的《招隐士》、东方朔的《七谏》、严忌的《哀时命》、王褒的《九怀》、刘向的《九叹》等六篇汉人代屈原立言悼屈悯屈的仿作。这种楚辞观意义极其重大，因为它突破了传统的以地域和时代界定楚辞的观念，而代之以文体特点来对楚辞进行界定，显示出楚辞结集内涵的变化，无论是从楚辞学角度还是从文学理论角度考量，其意义和影响都极为深远。

---

① 黄灵庚:《楚辞文献丛刊》第2册，国家图书馆出版社2014年版，第467页。

第四节 《九章》的编辑及命名

在屈原的作品中，有两组以“九”命名的组诗：《九歌》和《九章》。《九歌》作为一组祭神乐歌，其名称由来已久。《山海经·大荒西经》：“西南海之外，赤水之南，流沙之西，有人珥两青蛇，乘两龙，名曰夏后开。开上三嫔于天，得《九辩》与《九歌》以下。此天穆之野，高二千仞，开焉得始歌《九招》。”[①]郭璞注“九辩”“九歌”云：“皆天帝乐名也，开登天而窃以下用之也。”据此可知，《九歌》名称在夏代已经存在，本为天庭神乐名称，夏后启给天帝献以美女，而从天上偷下了《九辩》与《九歌》供自己享乐，从此《九歌》便流传于民间。屈原《九歌》是在沅湘民间长期流行的祭祀神灵颂歌基础上重新创作的组诗，其名称古有所依。

《九章》是屈原九篇不同时期政治抒情诗组的名称。这些诗歌原是单篇流传的。宋代朱熹说：“屈原既放，思君念国，随事感触，辄形于声。后人辑之，得其九章，合为一卷。”[②]那么，将屈原这九首不同时期的诗歌合为一卷的时间和人物，至今还都是个谜。武帝时期的司马迁在《史记·屈原列传》中云：“太史公曰：余读《离骚》《天问》《招魂》《哀郢》，悲其志。适长沙，观屈原所自沉渊，未尝不垂涕，想见其为人。”[③]在这里，司马迁列举了屈原《哀郢》而不言《九章》，由此可以推断，此时《九章》尚未合卷，还是以单篇流传的。《九章》之名，始见刘向《九叹》：“叹《离骚》以扬意兮，犹未殚于《九章》。长嘘吸以于悒兮，涕横集而成行。”[④]这是“九章”名称的第一次出现。王逸《楚辞章句·九辩序》云：“屈原怀忠贞之性，而被谗邪，伤君暗蔽，国将危亡，乃援天地之数，列人形之要，而作《九歌》《九章》之颂，以讽谏怀王。明己所言，与天地合度，可履而行也。”[⑤]说明《九章》在王逸作《楚辞章句》前就已经辑

---

① （晋）郭璞注：《山海经》，上海古籍出版社 1989 年版，第 113 页。

② （宋）朱熹：《楚辞集注》，上海古籍出版社 1979 年版，第 73 页。

③ （汉）司马迁：《史记》，中华书局 1956 年版，第 2491 页。

④ 黄灵庚：《楚辞文献丛刊》第 3 册，国家图书馆出版社 2014 年版，第 423 页。

⑤ 同④，第 183–184 页。

成一卷，也就是说，《九章》的编辑者不可能是王逸。由于王逸撰《楚辞章句》用的是刘向的《楚辞》辑本，因此，马茂元认为“九章”之名，出于刘向之手。他说：“刘向是《楚辞》第一个编辑人，不难想象，这《九章》之名是他加上的。”[①] 也就是说，在刘向编辑十六卷本《楚辞》的时候，他首次将屈原作品中一些语言风格与表现形式相近、文辞大体相当、内容均与作者身世相关联的单篇汇集在一起，冠以总名曰“九章”。[②]

对于刘向《九叹》“犹未殚于《九章》”一句，后人之理解多有不同。王逸《楚辞章句》云：“言己忧愁不解，乃叹吟《离骚》之经以扬己志，尚未尽《九章》之篇，而愁思悲结也。”[③] 王逸之语，似乎屈原《九章》并没有完成，后人便有申而论之，认为《九章》后四篇《思美人》《惜往日》《桔颂》《悲回风》乃后人伪作。[④] 李大明先生则认为：“刘向之意是说《离骚》所扬之‘意’在《九章》里也没有表达完，并不是说《九章》没有完成。”[⑤] 其实，《九章》素有“小离骚”之称。它在主题和表现方法上均与《离骚》一致，属于自传体政治抒情诗，而与《九歌》等其他屈原作品不同。刘向辑屈原《离骚》之外与《离骚》同主题的九篇作品并名之为《九章》，是认为这九篇作品是《离骚》中屈原竭忠尽智、上下求索、九死不悔的人格精神的进一步深化和补充，故而有《九叹》“叹《离骚》以扬意兮，犹未殚于《九章》”之句。

第五节　刘向、刘歆父子的骚体文学创作

一、感慨相类、文辞宏博——刘向《九叹》的成就及价值

《九叹》是刘向模仿屈原《九歌》而创作的代言体政治抒情诗组。在表达对屈原的深切的怀念的同时，也间接的倾吐出了对自己生活遭际的幽怨情怀。

---

① 马茂元：《楚辞选》，人民文学出版社 1980 年版，第 116 页。

② 王以宪：《刘向与“九体”之骚》，《创作评谭》，2005 年 6 期，第 36–39 页。

③ 黄灵庚：《楚辞文献丛刊》第 3 册，国家图书馆出版社 2014 年版，第 423 页。

④ 刘永济：《屈赋通笺》，中华书局 2007 年版，第 168–169 页。

⑤ 李大明：《汉楚辞学史》，中国社会科学出版社 2004 年版，第 212 页。

王逸《楚辞章句·九叹序》云：

《九叹》者，护左都水使者光禄大夫刘向之所作也。向以博古敏达，典校经书，辩章旧文，追念屈原忠信之节，故作《九叹》。叹者，伤也，息也。言屈原放在山泽，犹伤念君，叹息无已，所谓赞贤以辅志，骋词以曜德者也。①

关于《九叹》的作意，王逸《楚辞章句·九叹序》认为是为了“追念屈原忠信之节”，这固然没错，但由于与屈原相似的宗室身份和政治遭遇，刘向此作之目的还在于借愍屈而自愍，即通过闵伤屈原的不幸遭遇来排解自己政途不遇的慨叹和对汉家宗室的忧虑。

刘向之身份经历，与屈原有诸多相似，刘向匡扶汉室的拳拳之心，犹如屈原之于战国之际的楚国。《九叹》之宗旨和作意，至此不言自明。虽然刘向之于汉室没有屈原之于楚国之重，生平遭际不如屈子坎坷壮烈，忧愤也难敌屈子之深婉、凄怆，但刘向借伤屈原而自伤，借悼屈原而自况之情，在《九叹》中表露无遗。其于家国社稷款款之心堪为真挚。在这一点上其于屈子又何其相似。

关于“九”的含义以及刘向作《九叹》之目的，王逸《楚辞章句·九辩序》云：

九者，阳之数，道之纲纪也。故天有九星，以正机衡；地有九州，以成万邦；人有九窍，以通精明。屈原怀忠贞之性，而被谗邪，伤君暗蔽，国将危亡，乃援天地之数，列人形之要，而作《九歌》《九章》之颂，以讽谏怀王，明己所言，与天地合度，可履而行也。宋玉者，屈原弟子也。悯惜其师，忠而放逐，故作《九辩》以述其志。至于汉兴，与刘向、王褒之徒，咸悲其文，依而作词，故号为“楚词”。亦承其九以立义焉。②

这种对“九”的解释，是汉儒诗教思想和宇宙观的反映，屈原、宋玉是否具有此意还是值得推敲的。因为《九歌》之名源于夏代，《九章》也非屈原所名，《九辩》是夏启时代的乐曲，宋玉依曲填词是为了哀悼屈原，表达自己的志向，所以屈原在作《九歌》、宋玉在作《九辩》时，对于数字“九”是否有这种看法还很难说。然而，在刘向的思想中是存在这种观念的。刘向之所

① 黄灵庚：《楚辞文献丛刊》第3册，国家图书馆出版社2014年版，第372–373页。

② 同①，第183–184页。

以汇集九篇不同时期的屈作而成《九章》。并以之为范式而作《九叹》，确实是认为“九者，阳之数，道之纲纪”，故“依而作词”，“亦采其九以立义焉”，既追悯屈原的不幸，也依凭之以讽刺社会现实。[①]

从思想内容看，《九叹》(《逢纷》《离世》《怨思》《远逝》《惜贤》《忧苦》《愍命》《思古》《远游》) 的九篇作品，都是代屈原抒情言志的代言体诗歌。全诗以代言体的形式，传述《离骚》《九章》之意。如首篇《逢纷》开头转述《离骚》开篇屈原自述身世、修名和美德云：“伊伯庸之末胄兮，谅皇直之屈原。云余肇祖于高阳兮，惟楚怀之婵连。原生受命于贞节兮，鸿永路有嘉名。齐名字于天地兮，并光明于列星。”

全诗大量因袭屈原作品的语句，或稍作改换，或模仿化用，拟仿屈原《离骚》《九章》非常明显。刘永济《屈赋通笺》云：“刘向尝说《楚辞》，其作《九叹》，往往有叙述屈子行谊之文，殆同屈传。”[②] 如《逢纷》《离世》《怨思》等。又有直接借古抒怀，讽喻现实自言体，如《惜贤》《愍命》《思古》等。刘向与屈原有着相似的人生经历，他代屈原立言，实质上就是因为屈原的政治遭遇引起自己强烈的共鸣，因此他在写《九叹》的时候就不自觉的由借他人的酒杯浇自己的块垒而转为直接的慨叹人生、批判现实了。因之，《九叹》的内容既如自东汉王逸以来的许多学者所说的那样既是“追思屈原忠信之节”，同时又是以代屈原立言来讽喻现实，借屈原精神来反复进谏，所以在《九叹·愍命》中，刘向大胆地植入了“韩信蒙于介胄兮，行夫将而攻城”的汉代史实。这种写法表现了强烈的现实针对性，是其他的拟骚诗所没有的。

《九叹·愍命》云：“哀余生之不当兮，独蒙毒而逢尤。”从全篇的郁结悲凉情调看，《九叹》当写于周堪、张猛被石显迫害致死，自己又被废黜这十余年中。因为《汉书·刘向传》中记刘向“著《疾谗》《擿要》《救危》及《世颂》凡八篇，依兴古事，悼己及同类也”。这八篇文字没留存下来，但从残存的篇目中，可知它和《九叹》是同一主题的。[③] 在王逸《楚辞章句》所录汉代拟骚诗中，以“九”名篇的有王褒的《九怀》、刘向的《九叹》和王逸的《九

① 王以宪:《刘向与“九体”之骚》,《创作评谭》2005 年第 6 期，第 36-39 页。

② 刘永济:《屈赋通笺》，中华书局 2007 年版，第 169 页。

③ 林维纯:《刘向编集〈楚辞〉初探》,《暨南学报》1984 年第 3 期，第 86-92 页。

思》，相比较而言，以《九叹》最有价值。朱熹《楚辞集注》将王逸书中所收的七篇汉代拟骚诗删去《七谏》等四篇，只保留了《惜誓》《哀时命》《招隐士》三篇，另增了贾谊的《吊屈原赋》和《鹏鸟赋》两篇。然朱熹在《楚辞辩证（上）》中又说："就其中《谏》《叹》犹或粗有可观，两王则卑已甚矣。"[①] 这里的"两王"就是指《九怀》作者王褒和《九思》作者王逸。朱熹还是承认《九叹》比《九怀》和《九思》要高出许多的。明张溥在《汉魏六朝百三家集》之《刘子政集·题辞》中论刘向云："虽《九叹》深雅，微逊《骚经》。其他文辞宏博，足相当矣。"[②] 张溥将《九叹》与《离骚》相比，虽然稍微逊色，但行文用语，恢弘博大，可见其艺术水准还是达到了相当高的程度的。

二、感今思古，情词美亹——刘歆《遂初赋》特色及影响

从西汉后期开始，相继出现一批纪实性的述行赋。刘歆的《遂初赋》是汉代纪实性述行赋的开山之作，也是中国文学史上第一篇纪实性赋作。该赋仿骚体形式写作，写景与抒情结合较为紧密，是有相当艺术水准的骚体赋。

《遂初赋》作于汉哀帝建平元年（前6）。刘歆校点皇室秘书时，力主置《左氏春秋》《毛诗》《逸礼》及《古文尚书》于"学官"，因今文博士之冷漠态度而愤作《移让太常博士书》进行批评，因此触怒了众权贵老臣，为避祸而离京补吏河内太守，后因"宗室不宜典三河，徙守五原，后复转在涿郡，历三郡守"[③]。在由河内徙守五原途中经历三晋故地之际，思古感今，因作此赋以记行抒怀。

《汉魏六朝百三家集》卷九载《遂初赋》并序。其序云：

> 《遂初赋》者，刘歆所作也。……是时朝政已多失矣，歆以论议见排摈，志意不得，之官经历故晋之域，感今思古，遂作斯赋，以叹征事，而寄己意。[④]

此赋创作背景和屈原之《离骚》《九章》极其相似，都是在君王不明、朝

① （宋）朱熹：《楚辞集注》，上海古籍出版社1979年版，第172页。
② （明）张溥撰，殷孟伦注：《汉魏六朝百三家集题辞注》，中华书局2007年版，第20页。
③ （汉）班固：《汉书》，中华书局1962年版，第1972页。
④ （清）纪昀：《四库全书》第1412册，上海古籍出版社1987年版，第223页。

政荒乱、遭谗见疏、流放他乡之际。作赋旨意是为“感今思古，遂作斯赋，以叹征事，而寄己意”。

《遂初赋》开篇云：“昔遂初之显禄兮，遭闾阖之开通。跖三台而上征兮，入北辰之紫官。备列宿于钩陈兮，拥大常之枢极。总六龙于驷房兮，奉华盖于帝侧。”此段模仿屈原《惜往日》，回忆自己早期仕途通达、才智尽显、相伴帝侧、治国安邦的美好经历，此亦篇名“遂初”之本意。其中“三台”“北辰”“紫宫”“列宿”“钩陈”“驷房”均为星象术语，此乃以天庭喻朝廷，极言其初仕之顺。

纪述行程是《遂初赋》的主干部分。“驰太行之严防兮，入天井之乔关。历冈岑以升降兮，马龙腾以超摅。无双驷以优游兮，济黎侯之旧居。心涤荡以慕远兮，回高都而北征。”抒情主人公翻越了巍峨的太行山，跨过了雄壮的天井关，进入了丘陵地带，极尽旅途之艰辛，以显其险恶境遇中的旷达情怀，同时又引出对历史的追忆与感慨。这不禁令人想起《涉江》中屈原对流放历程的描述。《涉江》云：

> 乘鄂渚而反顾兮，唉秋冬之绪风。步余马兮山皋，邸余车兮方林。乘舲船余上沅兮，齐吴榜以击汰。船容与而不进兮，淹回水而疑滞。朝发枉陼兮，夕宿辰阳。

《遂初赋》很好地继承了《涉江》的艺术构思，通过一路行程连缀来感今抒怀：

> 野萧条以寥廓兮，陵谷错以盘纡。飘寂寥以荒昒兮，沙埃起之杳冥。回风育其飘忽兮，回飑飑之泠泠。薄涸冻之凝滞兮，茀溪谷之清凉。漂积雪之皑皑兮，涉凝露之降霜。扬雹霰之复陆兮，慨原泉之凌阴……①

此段寂寞苍凉、萧瑟凄清的自然物象描写明显借鉴于屈原《涉江》之中的相关描写。《涉江》云：

> 入溆浦余儃佪兮，迷不知吾所如。深林杳以冥冥兮，猿狖之所居。山峻高以蔽日兮，下幽晦以多雨。霰雪纷其无垠兮，云霏霏而承宇……

而在以景寄情、寓情于景的艺术表现上，《遂初赋》则深得宋玉《九辩》之神韵。

---

① （清）纪昀：《四库全书》第1412册，上海古籍出版社1987年版，第224页。

该篇通过景物描写来烘托心境，通过历史典故来寄寓褒贬、感慨明志。这种写法为此后的班彪在《北征赋》中得以全面的继承。班昭的《东征赋》、蔡邕的《述行赋》也都明显受到刘歆此作的影响。

汉代的骚体赋虽有不少是代屈原立言之作，但都是以个人身世之感、时事生存贯穿全篇，较为全面而真实地展现了汉代文士的内心世界。《遂初赋》虽为述行之作，却蕴含着丰富的历史和人生内涵。作者在对行程的记述中，因触史迹而兴叹，由感于个人遭际而抒怀，全篇洋溢着强烈的个性情感色彩。

《遂初赋》云：

> 剧强秦之暴虐兮，吊赵括于长平。好周文之嘉德兮，躬尊贤而下士。骛驷马而观风兮，庆辛甲于长子。哀衰周之失权兮，数辱而莫扶。执孙蒯于屯留兮，救王师于途吾。过下虒而叹息兮，悲平公之作台。背宗周而不恤兮，苟偷乐而惰怠。枝叶落而不省兮，公族阒其无人。曰不爨而俞甚兮，政委弃于家门。载约屦而正朝服兮，降皮弁以为履。宝砾石于庙堂兮，面隋和而不眂。始建衰而造乱兮，公室由此遂卑。[①]

此段叙写途经故晋之地所见所感，悼古伤今之情浸润在字里行间，饱含着对汉王朝命运走向的忧虑。刘歆虽遭受迁徙离外之患，但心系庙堂的拳拳之心跃然纸上。宋章樵评注此段曰："叹宗周衰微，晋平不能嗣伯业，以尊周室，卒致晋公室卑，为三卿所灭。其伤汉之心切矣。"[②]

此外，《遂初赋》引经据典，博采史传，开魏晋以后文章大量征引历史典故之先。据张宜迁先生统计，该赋征引典故多达 48 条，其中《左传》14 条、屈原作品 10 条、《史记》6 条、《论语》4 条、刘向作品 4 条、《诗经》2 条、贾谊作品 2 条、《易经》《周礼》《礼记》《韩非子》《战国策》《春秋繁露》各 1 条。[③]广泛征引典籍，既增加了作品的历史厚重感，也有利于深化对历史和现实的思考，增强作品表现力和感染力。

《遂初赋》词采华美，体现出作家鲜明的个性特征和充沛的情感。悲世之情、愤世之感、悠闲自得之意、对历史深沉反思等等无不融入其中。何沛雄

① （清）纪昀：《四库全书》第 1412 册，上海古籍出版社 1987 年版，第 224 页。

② （清）纪昀：《四库全书》第 1332 册，上海古籍出版社 1987 年版，第 610 页。

③ 张宜迁：《〈遂初赋〉与两汉之际赋学流变》，《阜阳师范学院学报》2000 年第 2 期，第 15–18 页。

先生评此赋为“情词美亹”[①]，可谓得其神髓。“纵观西汉后期辞赋之创作，摹拟文风盛行所导致辞赋情感的淡化及衰竭，却在《遂初赋》中得到了一种反拨，这是显而易见且多为人忽视的事实。自是之后，抒情赋渐兴，并在东汉后期形成了辞赋文学创作主流，倘究其肇始之功，刘歆《遂初赋》允宜珍视。”[②]刘歆《遂初赋》历述所经之地有关史事，以悼古讽今之笔法抒发对世事的感慨，感今思古，寄托愤懑的情绪，感叹抒怀，形成一种固定的格式，开启了后世“述行赋”的创作。对后世辞赋创作影响深远。魏晋南北朝时期潘岳《西征赋》、庾信《哀江南赋》“皆自《遂初》出”[③]。

---

① 何沛雄:《汉魏六朝赋家论略》，台湾学生书局 1985 年版，第 4 页。

② 张宜迁:《〈遂初赋〉与两汉之际赋学流变》,《 阜阳师范学院学报》2000 年第 2 期，第 15–18 页。

③ 黄侃:《文选平点》，上海古籍出版社 1985 年版，第 37 页。

第六章　貌异心同，辞韵沉腿

——扬雄的楚辞研究

第一节　扬雄的生平及著述

一、扬雄的生平

扬雄字子云，蜀郡成都人，生于汉宣帝甘露元年（前53），卒于王莽天凤五年（18），西汉末年著名思想家、文学家、语言学家，《汉书》卷八十七有传。扬雄自幼因有口吃缺陷而不善言谈，但他勤奋好学，酷爱圣贤之书。《汉书·扬雄传》称他“自有大度，非圣哲之书不好”[①]。扬雄一生经历了频繁的五朝更代，宣、元、成、哀、平及新莽五朝相继更替，政治剧烈动荡，帝王屡屡病弱无能，外戚频频擅权妄为。扬雄的思想及创作随着政治变化和宦海沉浮也有所变化。对于扬雄的生平经历，张震泽先生在《扬雄生平、作品评价及其他有关问题》一文中将其分为如下四个阶段：[②]

1. 蛰居蜀中，初有成就期

这一阶段是扬雄四十二岁以前未出蜀时期。他在宿学老师指导下读书学习，辞赋创作方面达到成熟的阶段，为以后的事业奠定了基础。这时扬雄依傍屈原《离骚》作了《广骚》，又作了《畔牢愁》；悲屈原不为世所容沉江而死，作《反离骚》自岷山投诸江流以吊屈原；因爱司马相如赋之弘丽温雅，故每作

---

① （汉）班固：《汉书》，中华书局1962年版，第3514页。

② 张震泽：《扬雄生平、作品评价及其他有关问题》，《辽宁大学学报》1992年第3期，第91–95页。

赋常拟之以为式；又曾作《县邸铭》《绵竹颂》《成都四隅铭》等文。

2. 出蜀见识，创作鼎盛期

此阶段指自成帝元延元年（前 12）扬雄四十二岁出蜀中到京师至元延三年四十四岁约两年多时间。这一阶段虽然只两年多的时间，但却是扬雄辞赋创作最成熟、成就最高的阶段。元延二、三年两年中，扬雄分别奏上《甘泉赋》《河东赋》《羽猎赋》《长杨赋》四篇有名的大赋。这四篇代表了自司马相如以后大赋的新发展，也开创了东汉大赋写作的新途径。

3. 给事黄门，潜心著述期

自成帝元延四年至王莽称帝（8 年）共十七年为第三阶段。元延三年中四赋既奏，成帝大好之，乃除扬雄为郎，给事黄门。从此，扬雄为黄门郎二十多年，中间成帝、哀帝崩逝。董贤、王莽先后为大司马，位在三公，尊贵显赫。许多善吹捧诈伪之人，都做了大官，有的起家至二千石，有的封侯，而扬雄毫不动心，自甘淡泊，除著《方言》外，即在兰台石室饱览秘籍。

4. 王莽新政，年老贫困期

自王莽初始元年（8）扬雄六十一岁至王莽天凤五年（18）扬雄七十一岁卒为第四阶段。这一阶段，扬雄已经年逾花甲，有二子先后夭亡，他很伤心，两次亲自将爱子灵柩送回成都，因而家境越来越贫困，门庭冷落，少有人来。建国五年（13）王莽母新室文母皇太后死，莽诏雄作诔。时雄六十六岁，不敢违命，作《元后诔》，稍后又作《剧秦美新》，雄因此多为后人所诟病。五年后，即天凤五年（18），扬雄七十一岁，卒于长安。

二、扬雄著作

扬雄是我国古代少有的毕生从事著述的作家和学者。今存著作有《太玄》《法言》《方言》《蜀王本纪》及散篇赋、颂、箴、铭及奏疏等数十篇。关于他的著作，《汉书》中有记载。《艺文志》“小学家类”录有《训纂》一篇，班固原注曰：“扬雄作”；“儒家类”录有“扬雄所序三十八篇”，班固原注云：“《太玄》十九，《法言》十三，《乐》四，《箴》二。”[①]“陆贾赋类”有“扬雄赋十二

① （汉）班固：《汉书》，中华书局 1962 年版，第 1727 页。

篇”[①]。《汉书·扬雄传》载有《反离骚》《甘泉》《河东》《羽猎》《长杨》《解嘲》《解难》等赋以及有目无文的《广骚》《畔牢愁》[②]，此等赋作之目已包含于“陆贾赋类”之“扬雄赋十二篇”中。此外《陈遵传》有《酒箴》；《匈奴传》有“谏勿许单于朝”文；《元后传》有“元后诔”（仅四句）；《赵充国传》有“赵充国颂”；《五行志》有“对灾异问”。[③]

扬雄的作品，在其生前就流传甚广，影响很大，甚至连汉成帝也特别喜爱其辞赋。同朝刘向受命领校秘书时，在《别录》中著录了扬雄之《太玄》。刘向去世后，刘歆复受命典校秘书，以《别录》为基础编纂而成我国第一部综合性分类目录《七略》。在《七略》之《六艺略》中录有扬雄的《训纂》；在《诸子略》中著录了“扬雄所序三十八篇，计《太玄》十九、《法言》十三、《乐》四、《箴》二”；在《诗赋略》中著录了“扬雄赋”十二篇。刘歆当时还曾想录扬雄之《方言》于《七略》，因扬雄拒而不与而未能如愿。扬雄之著述在当时影响之大，由此可见一斑。

第二节　《反离骚》所代表的扬雄早期评骚思想

扬雄对屈原及《离骚》的态度和评价集中体现在其《反离骚》和《法言》等作品中。据《汉书》记载，扬雄作《反离骚》是在三十一岁至三十二岁居郫县治学的青年时代，尚未离蜀进京；而《法言》则作于王莽建国元年或二年（9或10），此时雄年六十二岁或六十三岁。两者相差三十年，从中也体现了扬雄评价屈原及其作品逐渐成熟的过程。

一、《反离骚》的内容及结构

《反离骚》为扬雄骚体文学名篇，所引起的学术争鸣也最大。王先谦《汉

---

① （汉）班固：《汉书》，中华书局1962年版，第1749页。

② 同①，第3515页。

③ 王以宪：《扬雄著作系年》，《湘潭大学社会科学学报》1983年第3期，第96–104页。

书补注》引王念孙曰："'离'字涉上下文而衍。曰《反骚》，曰《广骚》，其篇名皆省一'离'字。"[①] 因此，扬雄的《反离骚》又被称为《反骚》。

《反离骚》全文（含序文）如下：

又怪屈原文过相如，至不容，作《离骚》，自投江而死。悲其文，读之未尝不流涕也。以为君子得时则大行，不得时则龙蛇，遇不遇命也，何必湛身哉！乃作书，往往摭《离骚》文而反之，自岷山投诸江流以吊屈原，名曰《反离骚》……其辞曰：

有周氏之蝉嫣兮，或鼻祖于汾隅，灵宗初谍伯侨兮，流于末之扬侯。淑周楚之丰烈兮，超既离虖皇波，因江潭而淮记兮，钦吊楚之湘累。

惟天轨之不辟兮，何纯絜而离纷！纷累以其淟涊兮，暗累以其缤纷。

汉十世之阳朔兮，招摇纪于周正，正皇天之清则兮，度后土之方贞。图累承彼洪族兮，又览累之昌辞，带钩矩而佩衡兮，履欃枪以为綦。素初贮厥丽服兮，何文肆而质䶦！资娵娃之珍髢兮，鬻九戎而索赖。

凤皇翔于蓬陼兮，岂驾鹅之能捷！骋骅骝以曲囏兮，驴骡连蹇而齐足。枳棘之榛榛兮，蝯貁拟而不敢下，灵修既信椒、兰之唼佞兮，吾累忽焉而不蚤睹？

衿芰茄之绿衣兮，被夫容之朱裳，芳酷烈而莫闻兮，（固）不如襞而幽之离房。闺中容竞淖约兮，相态以丽佳，知众嫭之嫉妒兮，何必飏累之蛾眉？

懿神龙之渊潜，竢庆云而将举，亡春风之被离兮，孰焉知龙之所处？愍吾累之众芬兮，飏烨烨之芳苓，遭季夏之凝霜兮，庆夭悴而丧荣。

横江、湘以南淮兮，云走乎彼苍吾，驰江潭之泛溢兮，将折衷虖重华。舒中情之烦或兮，恐重华之不累与，陵阳侯之素波兮，岂吾累之独见许？

精琼靡与秋菊兮，将以延夫天年；临汨罗而自陨兮，恐日薄于西山。解扶桑之总辔兮，纵令之遂奔驰，鸾皇腾而不属兮，岂独飞廉与云师！

卷薜芷与若蕙兮，临湘渊而投之；棍申椒与菌桂兮，赴江湖而沤之。费椒稰以要神兮，又勤索彼琼茅，违灵氛而不从兮，反湛身於江皋！

累既攀夫傅说兮，奚不信而遂行？徒恐鷤鴂之将鸣兮，顾先百草为

① （清）王先谦：《汉书补注》，上海古籍出版社 2009 年版，第 364 页。

不芳！

初累弃彼虑妃兮，更思瑶台之逸女，抨雄鸩以作媒兮，何百离而曾不壹耦！乘云霓之旖柅兮，望昆仑以樛流，览四荒而顾怀兮，奚必云女彼高丘？

既亡鸾车之幽蔼兮，(焉)驾八龙之委蛇？临江濒而掩涕兮，何有《九招》与《九歌》？夫圣哲之(不)遭兮，固时命之所有；虽增欷以于邑兮，吾恐灵修之不累改。昔仲尼之去鲁兮，斐斐迟迟而周迈，终回复于旧都兮，何必湘渊与涛濑！溷渔父之餔歠兮，絜沐浴之振衣，弃由、聃之所珍兮，跖彭咸之所遗！[①]

《反离骚》共有五十句，六百七十五言。根据文意可以将其内容分为四个层次。

第一层："有周氏之蝉嫣兮……度后土之方贞。"共八句。仿《离骚》而自叙身世，感屈原生不逢时而罹祸，庆幸自己身处政治清明、世道太平之时，故而能够为文以吊屈原。

第二层："图累承彼洪族兮……吾累忽焉而不蚤睹？"共八句。慨叹屈原虽出生高贵、文才非凡、懿德高行却为时地所困，遭到君王疏远、小人妒忌陷害，却未能早有预见、全身远害。

第三层："衿芰茄之绿衣兮……何有《九招》与《九歌》？"共二十八句。就《离骚》之文而分节反之。历数品行高洁却不为时人所许，不知隐德自藏而露才遭忌，远游求女却又终于无所遇，不听神灵谕示而沉身殒命的经历，表现作者对屈原人生遭际的同情，对其最终选择赴水沉身、怀沙殉志的痛惜。

第四层："夫圣哲之不遭兮……跖彭咸之所遗！"共六句。引圣人孔子因不为鲁国所用，于是因时而动周游列国而最终回鲁为例，再次表达对屈原不能效法许由、老子之道保身待时，却从彭咸之遗则沉渊而死做法的怜惜与批评。

二、由《反离骚》引起扬雄对屈原评价的争论

扬雄通过《反离骚》表达了对屈原怎样的态度评价呢？后汉王充《论

① （汉）班固：《汉书》，中华书局1962年版，第3515–3521页。

衡·案书》云:“扬子云反《离骚》之经，非能尽反，一篇文往往见非，反而夺之。”[①] 稍后的刘勰在《文心雕龙·辨骚》中评价扬雄云:“扬雄讽味，亦言体同诗雅。”[②] 意思是说扬雄虽然对屈原的人生选择不是十分认同，但他依然肯定《离骚》在形式和内容上符合《诗经》的雅正之道，也就是说扬雄在《反离骚》中对屈原不能隐德自珍，最终选择怀沙自沉的做法是不认同甚至“讥刺”的。

这种比较中庸平和的论调一直是后汉魏晋隋唐乃至北宋时期对扬雄《反离骚》评论的主流。不意到了南宋时期，洪兴祖在《楚辞补注》中首先发难，对扬雄及其《反离骚》激烈批驳；稍后的朱熹也在《楚辞集注》中对扬雄及其《反离骚》痛加挞伐，谓扬雄为“屈原之罪人”,《反离骚》乃“《离骚》之谗贼”。虽有明代李贽、胡应麟、清代方苞等人不遗余力地为扬雄及《反离骚》辩解，认为子云在《反离骚》中表达了对屈子尊敬、同情与惋惜之情，但由于《楚辞补注》及《楚辞集注》在楚辞学史上影响巨大，故李贽、胡应麟等仍属势微力寡，未能动俗。直至当今，洪兴祖、朱熹之说在学界的影响仍然很大。

洪兴祖引孔子“乐天知命，有忧之大者”为据，从儒家忠君爱国的观点出发，完全认同并极力赞赏屈原沉江殒身的做法，认为屈原“有死而已”，而“无可去之义”。他说：

> 楚无人焉，原去则国从而亡。故虽身被放逐，犹徘徊而不忍去。生不得力争而强谏，死犹冀其感发而改行，使百世之下闻其风者，虽流放废斥，犹知爱其君，眷眷而不忘，臣子之义尽矣。非死为难，处死为难。屈原虽死，犹不死也。……仲尼曰:“乐天知命，故不忧。”又曰:“乐天知命，有忧之大者。”屈原之忧，忧国也；其乐，乐天也。[③]

洪兴祖认为，屈原为“爱君”“忧国”而死，“虽死，犹不死也”，这种忠君爱国的精神在本质上与宁武子、仲山甫、微子三位去国者是一致的，只是行为选择的方式不同，即使遇到孔子，也会将屈原与宁武子、仲山甫、微子三人相提并论，共同称道的。因此，他认为扬雄在《反离骚》中表现的思想是对屈原的不理解。他说:“屈子之事，盖圣贤之变者。使遇孔子，当与三仁

---

① 北京大学历史系:《论衡注释》第四册，中华书局 1979 年版，第 1645 页。

② （南朝梁）刘勰撰，陆侃如译注:《文心雕龙译注》，齐鲁书社 1995 年版，第 127 页。

③ （宋）洪兴祖:《楚辞补注》，中华书局 1983 年版，第 50 页。

同称雄，未足以与此。”[①] 不仅如此，洪兴祖还嘲笑扬雄依附王莽之事，认为有污臣节，他在《楚辞补注》中注《离骚》“跪敷衽以陈辞兮，耿吾既得此中正”句时，引扬雄《反离骚》，并说：“余恐重华与沉江而死，不与投阁而生也。”[②] 讥刺之意溢于言表。

洪兴祖虽是从儒家忠君的封建德纲常角度去批评扬雄，但他认为屈原沉江殒身是出于“忧国”，具有一定的进步意义和合理性。朱熹的《楚辞集注》则走得更远。他在洪兴祖批评扬雄的基础上，彻底否定扬雄《反离骚》及其对屈原的评价。他把扬雄《反离骚》和他作《剧秦美新》及“投阁”之事联系在一起，骂扬雄贪生惜死。他在《楚辞后语》卷第二《反离骚第十六》之《题解》中称扬雄为“新莽诸吏中散大夫”，并云：“然则雄固为屈原之罪人，而此文乃《离骚》之谗贼矣。”[③] 朱熹还将扬雄与失身匈奴的蔡琰相比较，说扬雄写《反离骚》是对屈原及“反讪”。朱熹《楚辞后语·目录跋》云：

> 至于扬雄，则未有议其罪者，而余独以为是其失节，亦蔡琰之俦耳。然琰犹知愧而自讼，若雄则反讪前哲以自文，宜又不得与琰比矣。今皆取之，岂不以夫琰之母子无绝道，而于雄则欲因《反骚》而著苏氏、洪氏之贬词，以明天下之大戒也。[④]

朱熹在此所说的“前哲”即是指屈原，这里的“自文”即是指扬雄所作的《反离骚》，“反讪”是说扬雄在《反离骚》中对屈原的表现出来的态度是讥讽的，而扬雄“反讪前哲以自文”之“罪”就如其“失节”一样，应该昭告天下，引以为戒。

朱熹还说，自己之所以在《楚辞后语》中录入蔡琰的《胡笳》，不是为了贬斥蔡琰，而是为了突出扬雄的“恶”。其《楚辞后语》卷第三《胡笳第二十》之《题解》云：“琰失身胡虏，不能死义，固无可言。然犹能知其可耻，则与扬雄《反骚》之意又有间矣。今录此词，非恕琰也，亦以甚雄之恶云尔。”[⑤]

扬雄评骚有不当之处是可以批评的，但朱熹的全面否定未免有失公允。

---

① （宋）洪兴祖：《楚辞补注》，中华书局 1983 年版，第 51 页。

② 同①，第 25 页。

③ （宋）朱熹：《楚辞集注》，上海古籍出版社 1979 年版，第 237 页。

④ 同③，第 9 页。

⑤ 同④。

用扬雄晚年作《剧秦美新》及“投阁”等事来斥骂他早年的文章，说他早年就有“贪生惜死之心”，这种评论脱离了二者产生的具体环境和条件，应该说不是一种实事求是的态度。这说明朱熹对扬雄的批评，失之过当，反映了朱熹用儒家思想来评论具有道家思想的《反离骚》的局限性。[①]

然而，以明代李贽、胡应麟、清代方苞为代表的一些文艺理论家则对扬雄及其《反离骚》充分肯定。他们大胆反对以洪兴祖、朱熹为代表的传统儒家观念，反对朱熹等认为的《反离骚》是对屈原的“反讪”和指责。他们强调扬雄是“爱原极切”，扬雄在《反离骚》中对屈原的遭遇是“可惜”“痛念”。

李贽《焚书》卷五《读史·反骚》云：

> 朱子曰：“雄少好辞赋……往往摭《离骚》文而反之，自岷山投诸江流以吊屈原云。”李生曰：《离骚》，离忧也；《反骚》，反其辞，以甚忧也，正为屈子翻愁结耳。彼以世不足愤，其愤世也益甚；以俗为不足嫉，其嫉俗愈深。以神龙之渊潜为懿，则其卑鄙世人，驴骡下上，视屈子为何物，而视世为何等乎？盖深以为可惜，又深以为可怜，痛原转加，而哭世转剧也……若执（伯）夷之清而欲兼柳（下惠）之和，有惠之和又欲并夷之清，则惠不成惠，夷不成夷，皆假焉耳。屈子者夷之伦，扬雄者惠之类，虽相反而实相知也，实未尝不相痛念也。彼假人者，岂但不知雄，而亦岂知屈乎？[②]

首先，李贽肯定《反离骚》是扬雄“痛原”的“哭世”之作。扬雄是借反《离骚》表达“甚忧”“愤世也益甚”“嫉俗愈深”的思想情怀，其目的是“为屈子翻愁结耳”，是对屈原的“痛念”。扬雄对屈原的态度既“深以为可惜”而又“深以为可怜”。其次，李贽认为屈原之品德犹如“以饿死为快”的伯夷，而扬雄之品德则犹如“以不见羞污为德”的柳下惠，二者表面上似乎是“相反”而实际上是“相知”。也就是说，扬雄的《反离骚》和屈原的《离骚》虽字面上是相反的，但其表达的情怀是相同的。最后，李贽说：“彼假人者岂但不知雄，而亦岂知屈乎？”这里的“假人”即前文的“朱子”，也就是朱熹。朱熹在《楚辞后语》中对扬雄横加指责不仅说明他不理解扬雄，也说明他不

---

① 黄中模：《扬雄的〈反离骚〉及其引起的论争》，《江汉论坛》1982年第6期，第39-44页。

② （明）李贽：《焚书·续焚书》卷五，岳麓书社1990年版，第196页。

理解屈原。

李贽作为明代杰出的文艺理论家，由于他能够突破儒家传统思想的束缚，因而对扬雄《反离骚》基本精神的理解是比较准确的，对扬雄在《反离骚》中对屈原评价的认识是比较中肯的，对朱熹批判扬雄的论点作出的反驳是比较有力的。正如晁补之所云："《反离骚》非反也，合也。盖原死，知原惟雄……《离骚》之义待《反离骚》而益明。"[①] 因此，所谓不理解者，实真理解也；扬雄《反离骚》者，是反《离骚》之辞而合屈子之心也。

明代胡应麟和清代方苞对《反离骚》有过与李贽相近评价。胡应麟《诗薮》杂编卷一云："盖深悼三闾之沦没，非爱原极切，不致有斯文。"又谓"似反原而实爱原，与女媭之骂同"。[②] 方苞《书朱注楚辞后》曰："吊屈子之文，无若《反骚》工者；其隐病幽愤，微独东方、刘、王不及也，视贾、严尤若过焉。……则知雄之言虽反而实痛也。"[③]

不难看出，历代文艺理论家，在围绕着评价屈原问题进行论争的同时，也对扬雄在《反离骚》中体现的评骚思想提出了不同的看法。其中以朱熹为代表的传统儒家观点，既攻击扬雄《反离骚》作品的基本内容，也对扬雄的为人横加指责。以李贽为代表的文艺理论家，敢于突破儒家的思想偏见，既正确评价了扬雄的《反离骚》，又大胆肯定了扬雄评骚的基本精神。这其实是儒家思想与非儒家思想分歧在屈原评价论争中的反映。它说明扬雄与其后的班固对屈原与《离骚》的评论在基本内容、道德原则和思想基础等方面均不相同。因此，对扬雄的评骚应作具体分析，不宜笼统地全盘否定。[④]

三、《反离骚》体现的扬雄早期评骚思想

（一）扬雄对《离骚》的态度及《反离骚》创作动机

关于《反离骚》到底体现了扬雄对屈赋和屈原怎样的思想，我们首先应该从扬雄创作《反离骚》动机和他对屈原《离骚》等作品的态度来考查。

---

① （清）纪昀:《四库全书》第 1361 册，上海古籍出版社 1987 年版，第 496 页。

② （明）胡应麟:《诗薮》，上海古籍出版社 1958 年版，第 241 页。

③ （清）方苞:《方苞集》，上海古籍出版社 1987 年版，第 116 页。

④ 黄中模:《扬雄的〈反离骚〉及其引起的论争》，《江汉论坛》1982 年第 6 期，第 39–44 页。

由于我们讨论的是扬雄通过《反离骚》所体现的评骚思想，而该文是扬雄三十一岁左右时的作品，[①] 当时他还蛰居蜀中，尚未出川赴京，因此考查的时间范围也应在扬雄三十一岁之前的蜀中蛰居期。那么，扬雄早年对于《离骚》的态度如何呢？《汉书·扬雄传》云：

（雄）以为经莫大于《易》，故作《太玄》；传莫大于《论语》，作《法言》；史篇莫善于《仓颉》，作《训纂》；箴莫善于《虞箴》，作《州箴》；赋莫深于《离骚》，反而广之；辞莫丽于相如，作四赋；皆斟酌其本，相与放依而驰骋云。[②]

在这里，扬雄将《离骚》看作赋之至深者，并将其与自己推崇备至的《周易》《论语》等典籍视为同列，可见他对《离骚》推重的程度。同时，扬雄对《离骚》之文还“反而广之”，创作了《广骚》《反离骚》《畔牢愁》三篇赋体作品，也就是说他是以屈原作品为范式并进行模拟创作的，那么他对以《离骚》为代表的屈原作品喜爱的程度也就不言而喻了。

《汉书·扬雄传》又云：

先是时，蜀有司马相如，作赋甚弘丽温雅，雄心壮之，每作赋，常拟之以为式。又怪屈原文过相如，至不容，作《离骚》，自投江而死，悲其文，读之未尝不流涕也。以为君子得时则大行，不得时则龙蛇，遇不遇命也，何必湛身哉！乃作书，往往摭《离骚》文而反之，自岷山投诸江流以吊屈原，名曰《反离骚》；又旁《离骚》作重一篇，名曰《广骚》；又旁《惜诵》以下至《怀沙》一卷，名曰《畔牢愁》。[③]

班固的这段话中自“怪屈原文过相如”至“名曰《畔牢愁》”引自扬雄《反离骚序》且不易一字，因此更能说明问题。扬雄作为西汉一位“默而好深沉之思”的辞赋大家，平生最敬仰司马相如辞赋。他文学创作处处效法模仿司马相如，“每作赋，常拟之以为式”，但在其心中却是“怪屈原文过相如”。很显然，这里的“怪”，既不是“责怪”，也不是“怪罪”，而是对屈原赋胜过司马相如这一现象的惊讶。那么，扬雄认为屈原辞赋在哪些方面超过司马相如

---

① 陆侃如：《中古文学系年》，人民文学出版社 1985 年版，第 6–7 页。

② （汉）班固：《汉书》，中华书局 1962 年版，第 3583 页。

③ 同②，第 3515 页。

呢？这在其晚年的《法言》中有比较具体的说明（详见本章第三节）。“悲其文，读之未尝不流涕也”，不仅仅指的是对《离骚》的感受，更包含了扬雄对屈原人格魅力的敬仰，对其遭遇的同情。

因此，我们认为：《反离骚》的写作动机首先是屈原作品的艺术魅力强烈地震撼了扬雄，《离骚》的思想内容和屈原的人格魅力强烈地感动了扬雄，屈原的生平遭遇引起扬雄深切的同情。正是在这样感情的支配下，扬雄才模仿《离骚》之形式，摘取《离骚》的一些文句，写了《反离骚》这篇祭吊屈原的作品。所以，扬雄对屈原的才华、人格是极其肯定和推崇的，对屈原的遭遇是极为同情并产生强烈的情感共鸣的。

扬雄对《离骚》及屈原的态度也可由《反离骚》内容直接反映出来。《反离骚》作为一篇悼骚之作，从文体到表现手法均模拟《离骚》。开头像《离骚》一样追述先祖，然后叙述作文目的是“钦吊楚之湘累”。颜师古注云：“钦，敬也。”又引李奇释“累”字曰：“诸不以罪死曰累。……屈原赴湘死，故曰湘累也。”[①] 说明扬雄认为屈原自沉汨罗殒身殉国是无辜的，他写作的原因是被屈原俊洁高尚的人格所感动，被屈原不幸遭遇所打动，写作的目的是怀着钦佩崇敬之情来凭吊屈原这位悲剧人物。扬雄这种创作动机和目的决定了《反离骚》对屈原持肯定态度的基调。

对于屈原之为人，《反离骚》云：“惟天轨之不辟兮，何纯絜而离纷！纷累以其淟涊兮，暗累以其缤纷。”只因天道不明，才使得屈原这位品德纯正的人遭此罹难；各种莫须有的罪名蜂拥而至，玷污了这位高尚之人的清白。颜师古注此句云：“言天路不开，故使纯善贞洁之人遭此难也。”得其正也。文中称屈原为“圣哲”[②]，把屈原比作美女闾娵、吴娃、圣鸟凤凰、骏马骅骝，而把社会黑暗邪恶势力比作“九戎”“鴐鹅”“驴骡”和“枳棘”，可见作者对屈原人格评价之高，对其品质和才华肯定之切，以及对邪恶势力的痛恨、愤怒和谴责。通过这些正反对比，足见屈原人格的伟岸和崇高。

对于屈原之作品，《反离骚》云：“图累承彼洪波兮，又览累之昌辞。”称《离骚》为“昌辞”（即美辞）。可见，扬雄对《离骚》的推崇，其原因在于《离骚》

---

① （汉）班固：《汉书》，中华书局1962年版，第3515页。

② 同①，第3516页。

文辞的华美温雅（昌）、内容的哀怨悲怆（悲）、表现的幽婉深邃（深）。而且，扬雄对屈辞的喜好并非只限于《离骚》一篇，王逸《楚辞章句》言他曾援引传记解说《天问》便是明证。[①]

对于屈原之死，《反离骚》云："愍吾累之众芬兮，飏烨烨之芳苓，遭季夏之凝霜兮，庆夭悴而丧荣。"扬雄认为屈原蒙受了冤屈而死，故用"邹衍下狱，六月飞霜"的故事比喻屈原之死犹如鲜花在炎热的夏季突然遭遇到冰霜的袭击，憔悴枯萎。对屈原之死的惋惜、伤感之情溢于言表，对当时楚国黑暗批评鞭挞之意流于笔端。

然而，就在扬雄推重屈原的伟岸人格，惊叹屈原作品的思想和艺术的同时，却又主张："君子得时则大行，不得时则龙蛇，遇不遇命也，何必湛身哉！""芳酷烈而莫闻兮，不如襞而幽之离房"，"知众嫮之嫉妒兮，何必扬累之蛾眉？"有人认为这反映了扬雄的《反离骚》对屈原投江抗争、誓死反抗行为的反对，对其不能隐德自珍的讽刺。洪兴祖、朱熹等对扬雄及其《反离骚》的批评和挞伐也均由此而来。朱熹更将扬雄在三十来岁尚未出蜀时期写的《反离骚》与其三十年后在易代之际出仕王莽朝廷诸吏中散大夫和写《剧秦美新》等事结合起来一并清算，认为扬雄的《反离骚》是对屈原爱国精神的亵渎。在这里，扬雄认为屈原应该怀瑾握瑜、"幽之离房"，而不该扬蛾眉于浊世；应当效法孔子"周迈"天下，而不该执着于楚国；应该如"神龙之渊潜兮，俟庆云而将举"，而不该自沉汨罗。《反离骚》文末云："昔仲尼之去鲁兮，婓婓迟迟而周迈，终回复于旧都兮，何必湘渊与涛濑！溷渔父之餔歠兮，絜沐浴之振衣，弃由、聃之所珍兮，跖彭咸之所遗！"作者认为屈原抛弃了许由、老聃所重视的保己全身、无残辱之丑的大道，不听渔父对是非清浊问题处理的忠告，却选择了效法彭咸赴水而死的狷急之行是完全没有必要的。其主旨就是要求屈原怀德自珍、全身远祸。作者虽然责备屈原放弃了许由、老聃保己全身的人生哲学而选择了彭咸赴水而死的狷急之行，然而他的责备和批评都是建立在对屈原同情、惋惜的基础之上。这可从两个方面理解：一方面反映了早年的扬雄对屈原最终选择殒身汨罗做法的"不理解"，说明他对屈原的斗争方式不赞同，反映了扬雄保身守道、全身避祸的道家思想。同时，我们也

① 郭建勋：《扬雄及其〈反离骚〉之再认识》，《求索》1989年第4期，第94–98页。

应该看到，这反映了扬雄对屈原殒身殉国人身选择的同情和惋惜。扬雄在《反离骚》中对屈原的遭遇是“可惜”“痛念”，是“爱原极切”。扬雄对屈原责之深，是对屈原的爱之切。清代桐城吴汝纶点勘《汉书》(未刊本)残卷，在《扬雄传》眉批中引方扶南语云：“朱子晚年注《楚辞》，独去《反骚》。吾兄灵皋乃独取之。其意以为贾谊吊湘，不如《反骚》之有意。譬如世有无妄之祸者，路人皆慰之，亲戚或责之。责之者，哀之至也。此论甚妙。”[①] 郭建勋先生认为，对于扬雄在《反离骚》中对屈原的“不理解”，人们固然有着堂皇的理由指责它为颓废的人生观、消极的存在方式，甚至说它是对屈原爱国精神的亵渎，但我们也不能忽视这样的事实：如同江滨渔父的娓娓劝告和《离骚》中女媭的“申申其詈”一样，扬雄的责怪全出自诚挚的关怀、爱护和惋惜，在责怪的字面下流动着作者的款款深情；同时，作者的矛头，直指那个“芳酷烈而莫闻”的黑暗社会。透过作品中对《离骚》辞句的虚拟的“反”，我们能更清楚地认识到无可救药的楚国君臣的腐朽昏聩，从而体会到扬雄对造成屈原悲剧的社会环境的批判意识。[②] 因此，我们认为，《反离骚》一方面表现了扬雄对《离骚》高度的艺术形式的极度推崇，对屈原人格魅力的敬仰，对其不幸遭遇的深切同情，同时也反映了扬雄早年在道家思想影响下对屈原不能隐德自珍、全身远害，最终自沉汨罗的人生选择的痛惜和不解。

(二)《反离骚》喻含的扬雄早期评骚思想

《反离骚》是扬雄三十一岁左右尚未出川赴京时的作品，体现了他早期对屈原的态度和评骚思想。从情感上来说，《反骚》实为合《骚》。扬雄推崇屈原的人格，同情屈原的遭遇，欣赏屈原的才华，但对屈原投江殒身的人生选择是痛惜并持保留态度的。

唐人刘知几曾言：“盖模拟之体，厥途有二：一曰貌同而心异，二曰貌异而心同。”又说：“貌异而心同者，模拟之上也；貌同而心异者，模拟之下也。”[③] 扬雄之《反离骚》与屈原之《离骚》应该是属于“貌异而心同者”之类。虽然题曰《反离骚》，而其内容亦多择《离骚》文句而反之，但实际上却是借反

---

① 转引自卫仲璠：《〈扬子法言〉论屈原章析义》，《安徽师大学报》1985 年第 2 期，第 33–36 页。

② 郭建勋：《扬雄及其〈反离骚〉之再认识》，《求索》，1989 年第 4 期，第 94–98 页。

③ （唐）刘知几：《史通》，上海古籍出版社 2008 年版，第 158、161 页。

《离骚》之辞，表达“甚忧”“愤世也益甚”“嫉俗愈深”的思想情怀，其目的是“为屈子翻愁结耳”，是对屈原的“痛念”。正如晁补之所云：“《反离骚》非反也，合也。盖原死，知原惟雄……《离骚》之义待《反离骚》而益明。”[①]李贽认为扬雄和屈原同类，其云：“屈子者夷之伦，扬雄者惠之类，虽相反而实相知也，实未尝不相痛念也。”[②]易健贤先生还认为：即使从文体论的角度看，《反离骚》亦不是对屈原的诽谤之辞。《文心雕龙》将《吊屈原赋》归为“哀吊”类。刘勰认为，前人作哀吊之辞，“追而慰之，并名为吊”，往往是对古人致追慕、追慰乃至追吊之意，本意并不在讥讪。而那些被追吊的对象“或娇贵而殒身”“或狷忿而乖道”“或有志而无时”“或行美而兼累”。对于扬雄的《反离骚》，刘勰指出：“扬雄吊屈，思积功寡，意深反骚（唐写本“反骚”作“文略”），故辞韵沉膇。”[③]也就是说，扬雄作《反离骚》哀吊屈原，成就虽然不大，但用意在深层次地反思《离骚》，因为想得太多，心情沉痛，所以文辞音韵都显得沉涩凝重，不太流畅。由此可见刘勰对在一定程度上对《反离骚》还是持肯定态度的。[④]

同时，扬雄对屈原投江殒身的人生选择是痛惜的，同时也是持保留态度的。对于屈原自沉，扬雄曰：“君子得时则大行，不得时则龙蛇，遇不遇命也，何必湛身哉？”不难看出，青年时期的扬雄从道家清静无为、保身守道的思想出发，用一种明哲保身的观点来评论屈原，希望屈原如龙蛇起伏、全身远祸，说明他没有理解屈原反抗恶势力疾恶如仇的精神和为理想而献身的爱国情怀，但如果将扬雄这种认识理解为是对屈原横加指责，是对屈原的恶意的“集中攻击”，甚而至于像朱熹所说的是对屈原的“反讪”，扬雄是“屈原之罪人”，《反离骚》是“《离骚》之谗贼”则显得过分而不够客观。

扬雄早期的评骚思想是和贾谊、刘安、司马迁的思想一脉相承的。扬雄痛惜屈原未能全身远害，隐德自珍的思想实际上源自于贾谊。贾谊在《吊屈原赋》中说：“般纷纷其离此尤兮，亦夫子之辜也。瞝九州而相君兮，何必怀

---

① （清）纪昀：《四库全书》第1361册，上海古籍出版社1987年版，第496页。

② （明）李贽：《焚书·续焚书》卷五，岳麓书社1990年版，第196页。

③ （南朝梁）刘勰撰，陆侃如、牟世金译注：《文心雕龙译注》，齐鲁版社1995年版，第213页。

④ 易健贤：《从〈反离骚〉到〈剧秦美新〉——〈楚辞集注〉的两个误区》，《贵州教育学院学报》2006年第3期，第70–76页。

此都也？”司马迁《史记·屈原贾生列传》所说的“及见贾生吊之，又怪屈原以彼其材，游诸侯，何国不容，而自令若是”即是指此。扬雄“怪屈原文过相如”，称《离骚》为“昌辞”，以及在其晚年所作的《法言》中视屈原之赋为“诗人之赋”，这和刘安在《离骚传》中说“《国风》好色而不淫，《小雅》怨诽而不乱，若《离骚》者，可谓兼之。……虽与日月争光可也”是一致的。扬雄对屈原“悲其文”，对《离骚》“读之未尝不流涕也”，则见于司马迁《史记·屈原列传》之赞语：“余读《离骚》《天问》《招魂》《哀郢》，悲其志，适长沙，观屈原所自沉江，未尝不垂涕，想见其为人。”

（三）《反离骚》的文学史意义及价值

冯小禄先生认为，长期的政治道德化批评和模拟消极论遮蔽了对《反离骚》文学史意义的准确认识。面对屈原的文学技巧与典型的人格模式，扬雄静观默察时代精神之变迁，而有意识的以模拟的形式《反离骚》，来达成新的文化——心理结构和文学风貌的建立，从而在文学技巧和人格心灵上成为新的范式，为后代文人所仿效。具体表现在两方面。

第一，从文学史角度而言，《反骚》已超越了对屈原作品生硬的模仿阶段，在贾谊和司马相如自创的基础上更进一层，已经有自己的规模和气象，甚至超越了“拟骚”这一文体模拟的范畴，从而获得独立的文学地位。这个地位可称之为“反思”体。它甚至还代替了《离骚》而成为骚体创作中新的“经典”范式。

第二，从人格心灵而言，《反骚》已从最初汉人对屈原由尊崇到怀疑而建立起了一种新的文化的心理结构。这个新结构在贾谊《吊屈原赋》《惜誓》中已露端倪，已有“反思”之锋芒，譬如他对屈原死守故都的怀疑和他“自珍”“自藏”的人生选择。①

何根德先生认为，以扬雄和他的《反离骚》为代表，那个时代对屈原人生态度的反思已成为一种“反离骚”文化现象，具有深厚复杂的文化涵蕴。

首先，“反离骚”文化现象有着传统思想根源。扬雄“以为君子得时则大行，不得时则龙蛇，遇不遇命也，何必湛身哉！”这种认识有着儒家“兼

---

① 冯小禄：《从模拟论扬雄〈反骚〉的范式意义》，《北京师范大学学报》2003 年第 3 期，第 129–134 页。

善”“独善”处世哲学的印记。扬雄责怪屈原不知进退之道的议论，既透露出儒学对社会政治生活的适应性，也反映了道家隐遁的思想已经参与了责难屈原的合唱。这固然有消极避世的一面，但其不与统治者合作的精神与儒家“和而不同”的思想一起，表示出存身立道的意义。

其次，“反离骚”的文化现象，与文人所处环境特征和个性精神有直接关系。李白云：“吾观自古贤达人，功成不退皆用身。”他对屈原殒身之举有些微词，含有傲岸耿介的个性。韩愈云：“屈原《离骚》二十五，不肯餔啜糟与醨。惜哉此子巧言语，不到圣处宁非痴。”显示出诗人崇尚儒学的倾向。柳宗元、白居易的诗作对屈原的乱世殒身也都认为不很明智。徐渭在诗作《写竹拟送友人之长沙》中对贾谊、屈原忠君自伤而终无所获持有异议，表现出对虚伪理学的愤慨，对传统忠君思想的批判，对个性自由的精神追求。所有这些，在“反离骚”文化现象中，都无疑是进步思想的闪光点。

再次，“反离骚”的文化现象与文人生活情趣和行为心理有着密切的联系。这主要表现在古代文人对政治的厌倦，对隐逸生活的追求上。元代散曲中常把屈原、伍子胥等人与范蠡、陶渊明等隐士对举，歌颂隐士的高洁，责备屈原的以身殉道，但戏曲家对屈原并无恶意，只是用直率的语言责备屈原的痴傻。他们与屈原不是同道，对屈原的责难反映出历代文人在历史教训中形成的一种逆反心理。它反映了人们力图摆脱屈原悲剧造成的精神压抑，寻求洒脱适己的精神生活，对此亦不应大张挞伐。①

第三节 《法言·吾子》反映扬雄后期骚学思想的成熟

一、《法言》其书

《法言》亦称《扬子法言》，是扬雄晚年的一部重要著作。该书成书于王莽建国元年或二年（9或10），是年扬雄年六十二岁或六十三岁。②《汉书·扬

---

① 何根德：《一个“反离骚”的文化现象》，《云梦学刊》1993年第1期，第1页。

② 王以宪：《扬雄著作系年》，《湘潭大学社会科学学报》1983年第3期，第96–104页。

雄传》云："（雄）以为经莫大于《易》，故作《太玄》；传莫大于《论语》，作《法言》……"[①]可见《法言》是模拟《论语》而作的一部语录体散文著作，形式多为简短的答问、解说或反驳，基本精神是对儒家伦理纲常的阐发，在我国文学批评史、哲学史、思想史、美学史上均有举足轻重的地位。

最早著录《法言》的是《汉书·艺文志》："扬雄所序三十八篇，《太玄》十九，《法言》十三，《乐》四，《箴》二。"[②]《法言》共十三篇，《学行》第一，《吾子》第二，其后依次为《修身》《问道》《问神》《问明》《寡见》《五百》《先知》《重黎》《渊骞》《君子》《孝至》。历来校释和刊行的《法言》大多以一篇为一卷，共十三卷。

二、《法言》所体现扬雄晚年评骚思想

《法言》中有三处论及屈原及其作品的文字，体现了扬雄晚年评骚思想的成熟。

《法言·吾子》篇云：

> 或问："屈原智乎？"曰："如玉如莹，爰变丹青。如其智！如其智！"

《法言·音义》云："如莹，乌定切，又音荣。石次玉者。一曰玉色。《逸论语》曰：'如玉之莹。'"清代汪荣宝疏云："以色喻忠信之质。"[③]卫仲璠先生认为，"莹"与"青"押韵，其训释当从《说文》一曰"莹，石之次玉者。""莹"乃石之精英，与"玉"同中有异耳。"玉"和"莹"同作名词用，互文见义。两"如"字同作"似"解。[④]"如玉如莹"是赞叹屈原的人格魅力犹如宝石美玉，晶莹剔透，值得珍爱。

"爰变丹青"的训释历来分歧颇大。汪荣宝先生解释云："《广雅·释诂》：'变，化也。''丹青'，犹云彩色……《山海经》郭璞注引王子灵《符应》云：'赤如鸡冠，黄如蒸栗，白如割肪，黑如纯漆，玉之符采也。'然则丹青谓玉采。屈原以忠信之质，蔚为文章，犹玉以皎洁之色，化为华彩。此与《甘子篇》：'丹

① （汉）班固：《汉书》，中华书局 1962 年版，第 3583 页。

② 同①，第 3586 页。

③ （清）汪荣宝：《法言义疏》，中华书局 1987 年版，第 59 页。

④ 卫仲璠：《〈扬子法言〉论屈原章析义》，《安徽师大学报》1985 年第 2 期，第 33–36 页。

青初则炳，久则渝，异义。”此说近是，“爰变丹青”是屈原忠君爱国的品质，犹如美玉皎洁华彩，光照后人。

“如其智！如其智！”是效法孔子评价管仲来赞美屈原志节。姚鼐云：“《法言》辞拟《论语》。其智屈原，犹孔子之仁管仲。岂讥其不智哉？注家欲附会《反骚》，迁就为说，不知言各一义也。”汪荣宝先生亦云：“《论语》：‘桓公九合诸侯，不以兵车，管仲之力也。如其仁！如其仁！’孔注云：‘谁如管仲之仁？’再言‘如其智’者，谓谁如屈原之智？君子比德于玉，智即玉德之一《聘义》：‘缜密以栗，知也。’《荀子·法行》云：‘夫玉者栗而理，知也。’（《说文》）：‘玉有五德，其声舒扬，专以远闻，智之方也。’然则以玉喻德而智在其中；昭质无亏，以成文采，智孰有过于此者？此子云深致赞美之义也。”[①] 陆侃如先生认为，这几句话反映了扬雄“正是从坚贞不移的斗争精神上去肯定屈原”，[②] 极其准确。

在这里，扬雄已经一改早年在《反离骚》中对屈原的人格文才极度推崇而对其最终投江殒身却持有保留态度的看法，转而对其志节和品格予以全面肯定，反映了扬雄晚年对屈原认识的深刻和成熟。

《法言·吾子》还有一段关于对辞赋分类和评价的话，在文学史上影响很大，也曾引起诸多讨论。从中能够反映出扬雄对于屈原作品的态度。

《法言·吾子》云：

> 或问：景差、唐勒、宋玉、枚乘之赋也益乎？曰：必也淫，淫则奈何？曰：诗人之赋丽以则，辞人之赋丽以淫。如孔氏之门用赋也，则贾谊升堂，相如入室矣、如其不用何！[③]

这段话的文学史意义在于：首先，扬雄较早地认识到了赋与其他文学形式相比具有独特的审美特质——“丽”，即“铺张扬厉”“侈丽宏衍”的语言风格。其次，在赋学史上，扬雄首先将以“丽”为主要审美特质的赋被划分成“诗人之赋”和“辞人之赋”两个不同类别。其分类标准是“丽以则”还是“丽以淫”。虽然“丽”是辞赋的共性，但应该如《诗》三百那样符合正雅之道，

① （清）汪荣宝：《法言义疏》，中华书局 1987 年版，第 59 页。

② 陆侃如：《汉人論〈楚辞〉》，《山东大学学报》1963 年第 6 期，第 29–45 页。

③ （汉）扬雄：《法言》，中华书局 2012 年版，第 33 页。

具有“比兴之义”，“规讽之旨”，文辞雅丽且关注社会现实，起到讽谏作用，否则，“丽”得过分就成为“淫”。在此，扬雄肯定了“丽以则”的诗人之赋，否定“丽以淫”的词人之赋。那么，哪些人的赋属于词人之赋呢？扬雄认为“宋玉、景差、唐勒、枚乘”等人之赋“必也淫”，是“丽以淫”的词人之赋。那么，在扬雄的心目中，屈原赋属于哪一种呢？司马迁《史记·屈原列传》云：“屈原既死之后，楚有宋玉、唐勒、景差之徒者，皆好辞而以赋见称。然皆祖屈原之从容辞令，终莫敢直谏。”[①]扬雄自己也认为“赋莫深于《离骚》”，“屈原文过相如”，并且“悲其文，读之未尝不流涕也”[②]，可见屈原赋是符合扬雄所称道的“诗人之赋”的范畴的。

扬雄对屈原赋的肯定，稍后的班固及刘勰也均深为赞同。

班固《艺文志·诗赋略》云：

古者诸侯卿大夫交接邻国，以微言相感，当揖让之时，必称《诗》以谕其志，盖以别贤不肖而观盛衰焉。故孔子曰：“不学《诗》，无以言也”。春秋之后，周道浸坏，聘问歌咏不行于列国，学《诗》之士逸在布衣，而贤人失志之赋作矣。大儒孙卿及楚臣屈原离谗忧国，皆作赋以风，咸有恻隐古诗之义。其后宋玉、唐勒，汉兴枚乘、司马相如，下及扬子云，竟为侈丽宏衍之词，没其风谕之义。是以扬子悔之，曰：“诗人之赋丽以则，辞人之赋丽以淫。如孔氏之门人用赋也，则贾谊登堂，相如入室矣，如其不用何！”[③]

刘勰在《文心雕龙·辨骚》中评价扬雄云：“扬雄讽味，亦言体同诗雅。”[④]意思是说扬雄虽然在《反离骚》中对屈原不能隐德自珍，最终选择怀沙自沉的做法是持有保留看法，但对《离骚》在形式和内容上符合《诗经》的雅正之道是给予充分肯定的。

对于扬雄早年在《反离骚·自序》中称“屈原文过相如”，在其晚年的《法言》中也给予了充分的解释说明。《文选·谢灵运传论》李善注引《法言》一段佚文较为具体地评价了屈原和司马相如创作的高下：

---

① （汉）司马迁：《史记》，中华书局1956年版，第2491页。

② （汉）班固：《汉书》，中华书局1962年版，第3515页。

③ 同②，第1755–1756页。

④ （南朝梁）刘勰撰，陆侃如译注：《文心雕龙译注》，齐鲁书社1995年版，第127页。

> 或问屈原、相如之赋孰愈？曰：原也过以浮，如也过以虚。过浮者蹈云天，过虚者华无根。然原上援稽古，下引鸟兽，其着意，子云、长卿亮不可及。[1]

司马相如是扬雄非常钦佩的辞赋大家，在扬雄的心目中“辞莫丽于相如”相如辞赋“不似从人间来”，已达到“神化”的境界，所以扬雄作赋处处效法司马相如，但扬雄同时又认为“赋莫深于《离骚》”，“屈原文过相如”。在此，扬雄具体分析比较了屈原和司马相如辞赋的高下。褒扬屈原赋的“过以浮”，批评司马相如赋的“过以虚”。这里的“过”不作名词用，不能解释为过错、过失，而是作形容词，是过分、极其的意思。屈原辞赋能够“蹈云天”，而相如赋则是“华无根”。也就是说屈原的辞赋立意高远，意象纵横，融神话传说与历史典故与一炉，是现实和想象的完美统一，具有无可比拟的浪漫主义高度。所以千百年来，屈赋以其奇幻的想象、崇高的思想、激越的感情、鲜明的形象和巧妙的构思成为我国浪漫主义诗歌艺术第一座高峰是当之无愧的。虽然以司马相如赋为代表的汉大赋也具有想象、夸张、虚构等浪漫主义手法，结构宏伟、富丽堂皇，语言铺张扬厉、气势壮阔，但往往堆砌辞藻，好用奇词僻字，针对人世间的事物进行夸张渲染，往往子虚乌有，描写失实，因此，扬雄认为屈原赋奇伟浪漫而超凡脱俗，相如赋却过分夸诞、虚假而不合事实。同时，扬雄还认为，屈原辞赋超越自己和司马相如之处还在于能够“上援稽古，下引鸟兽”，也就是说屈原赋在浪漫之中是植根于现实的土壤，符合儒家经世致用的文学观念。这既是对其早年所云“赋莫深于《离骚》”的具体说明，也是对其早年“屈原文过相如”论断的具体阐释，是其把屈原辞赋归类于“诗人之赋”的依据，体现了扬雄晚年评骚思想的全面成熟。

三、扬雄晚年评骚思想成熟的原因

扬雄晚年对屈原的志节和品格予以充分肯定，对屈原作品认识更加全面和深刻，这和他的人生经历以及当时的社会文化环境有着密切的关系。早年的扬雄蛰居蜀中，直到四十二岁在出蜀至京师后慢慢走上仕途。据《汉书·扬

---

① （南朝梁）萧统：《文选》，上海古籍出版社 1986 年版，第 2218 页。

雄传》载：“雄少而好学，不为章句，训诂通而已，博览无所不见。为人简易佚荡，口吃不能剧谈，默而好深湛之思，清静亡为，少耆欲，不汲汲于富贵，不戚戚于贫贱，不修廉隅以徼名当世。家产不过十金，乏无儋石之储，晏如也。”[①] 因此，在扬雄早年，道家学说处柔守雌、超然物外的思想倾向引起他强烈的共鸣，是他蛰居蜀中时心理上的慰藉和精神上的依托。他在早年创作的《逐贫赋》《反离骚》等作品中，都表现出对道家思想的推崇和吸纳。故而，扬雄在《反离骚》中对屈原的评价既有肯定的一面又有否定的一面，既肯定赞美屈原俊洁高尚的人格，惊叹屈原作品的思想和艺术，同时又从道家思想出发，对屈原不能隐德自珍、全身远害，最终自沉汨罗的人生选择表现出痛惜和不解。

扬雄入京后，离政治舞台渐近，其晚年还投阁做了王莽政权的诸吏中散大夫，再加上汉代儒学诗教的影响，他继承董仲舒罢黜百家的精神，时常打起反对诸子的旗帜。《法言·五百》云：“庄、杨荡而不法，墨、晏俭而废礼，申韩险而无化，邹衍迂而不信。”[②] 甚至自当于孟轲，捍卫了孔丘学说，打击异己思想。《法言·吾子》云：“古者杨、墨塞路，孟子辞而辟之，廓如也。后之塞路者有矣，窃自比于孟子。”[③]

关于扬雄修《法言》的缘由及《法言》的篇目情况，《汉书·扬雄传》云：

> 雄见诸子各以其知舛驰，大氐诋訾圣人，即为怪迂，析辩诡辞，以挠世事，虽小辩，终破大道而或众，使溺于所闻而不自知其非也。及太史公记六国，历楚、汉，讫麟止，不与圣人同，是非颇谬于经。故人时有问雄者，常用法应之，撰以为十三卷，象《论语》，号曰《法言》。[④]

这里说得非常明白，扬雄修《法言》之目的是为了以正时人“不与圣人同，是非颇谬于经”，“破大道而惑众”却又“不自知其非”的社会现象，可见，扬雄著《法言》的目的就在于捍卫和发扬儒家学说。

《法言序》云：“仲尼以来，国君将相，卿士名臣，参差不齐，一概诸圣，撰重黎。仲尼之后，讫于汉，道德行颜闵，股肱萧曹，爰及名将，尊卑之条。

① （汉）班固：《汉书》，中华书局 1962 年版，第 3514 页。
② （汉）扬雄：《法言》，中华书局 2012 年版，第 224 页。
③ 同②，第 52 页。
④ 同①，第 3580 页。

称述品藻，撰渊骞。”[①]从中可以看出扬雄在《法言》中是持宗儒学的观点。因此，唐代韩愈《读荀子》云：“晚得扬雄书，益尊信孟氏，因雄书而孟氏益尊，则雄者亦圣人徒与……”[②]北宋的司马光更是置扬雄置于孟、荀之上，他说：“孔子既殁，学圣人之道者，非扬子而谁，孟与荀殆不足拟，况其余乎？”[③]

因此，晚年的扬雄正是在儒学思想的指导下，效法孔子评价管仲来对屈原志节进行赞美，称赞屈原忠君爱国的品质犹如美玉皎洁华彩而光照后人，是“智”的表现；称赞屈原作品是“诗人之赋”，不仅言辞华丽且内容合乎法度，符合文学的最高准则。

第四节 《方言》的楚辞学价值

一、《方言》成书及版本流传

扬雄《方言》对楚辞研究也颇具价值。

《方言》是扬雄用时最久，着力最勤的著作，终其一生仍未最终定稿。公元前11年，四十三岁的扬雄在长安任黄门侍郎，在其请求之下，汉成帝免其公务，薪俸照旧并赏钱六万让其潜心研究，扬雄从此开始方言调查记录工作。关于其收集方言具体情况，在《答刘歆书》中有较为详细记载：“故天下上计孝廉及内郡卫卒会者，雄常把三寸弱翰，赍油素四尺，以问其异语，归即以铅摘次之于椠，二十七岁于今矣。而语言或交错相反，反复论思，详悉集之，燕其疑。”[④]扬雄用了二十七年时间，收集了1284个词，整理出669个条目，编成《辖轩使者绝代语释别国方言》一书，《隋书·经籍志》简称为《方言》。辖轩使者说法起自周秦，意思是专管方言和风俗调查的官员，这里是扬雄自称。“绝代语”即古代语，“别国方言”即京城以外的各地方的方言。

今天我们所见到的《方言》，可能是扬雄未完稿之作。公元17年，刘歆

① （汉）扬雄：《法言》，中华书局2012年版，第433–434页。

② （清）纪昀：《四库全书》第1074册，上海古籍出版社1987年版，第232页。

③ （宋）吕祖谦：《宋文鉴》，中华书局1992年版，第1766页。

④ 林贞爱：《扬雄集校注》，四川大学出版社2001年版，第201–202页。

为了校勘古籍致信扬雄索要《方言》书稿，且欲将其编入《七略》。可能因为尚未完稿及编纂动机的原因，扬雄未予并以命相守。《答刘歆书》云："即君必欲胁之以威，陵之以武，欲令入之于此，此又未定，未可以见；今君又终之，则溢死以从命也。"[①]刘歆只得作罢。扬雄对此书之钟爱可见一斑。

在刘歆和扬雄的书信往来中说《方言》有十五卷，晋郭璞的《方言注自序》也说是"三五之篇"[②]，但今本《方言》共十三卷，与《隋书·经籍志》和《新唐书·艺文志》著录卷数相同。这也是判断《方言》是未完稿之作的一个重要依据。

尽管《方言》可能是没有完全定稿之作，但仍然是一部具有划时代意义的方言学专著，在中国乃至世界语言学史上都有非常重要的地位。它是"中国语言学史上一部里程碑式的著作，成为世界上第一部方言比较词汇集而开方言地理学之先河"。[③]晋代郭璞在《方言注自序》中，称此书"考九服之逸言，标六代之绝语"，是"洽见之奇书，不刊之硕记"[④]。从此《方言》即被称为"悬诸日月不刊之书"[⑤]。

二、《方言》的楚辞学价值

扬雄以"典莫正于《尔雅》，故作《方言》"，可见，《方言》在体例上模仿《尔雅》，但亦有所创新。《尔雅》只是将同义词或近义词放在一起，是训诂字的罗列，而《方言》则能进一步指出，这些词汇有的是不同地点的方言，有的是通语，有的是古语，并指出这些词汇到了西汉有哪些发展变化。[⑥]《方言》一书所涉及的方言区域相当复杂。大致说来，有古国名、州名、郡名、县名、地名、山名及其他国名和民族名等类。古国名有秦、晋、韩、魏、赵、燕、齐、

---

① 林贞爱：《扬雄集校注》，四川大学出版社 2001 年版，第 203 页。

② （清）纪昀：《四库全书》第 221 册，上海古籍出版社 1987 年版，第 284 页。

③ 刘君惠：《扬雄〈方言〉研究》，巴蜀书社 1992 年版，第 14 页。

④ 同②。

⑤ 同②，第 283 页。

⑥ 邓文彬：《中国古代方言学的建立与扬雄〈方言〉的地位和影响》，《西南民族学院学报》2001 年第 4 期，第 180–182 页。

鲁、卫、宋、陈、郑、周、楚、吴、越等。尤为突出的是，该书记录并训诂了大量的荆楚方言词语，对楚辞研究具有不同寻常的意义。据刘君惠《扬雄〈方言〉研究》统计，“楚”在《方言》中共出现129次，其中单独出现45次。“南楚”共出现62次，其中单独出现36次，为古国名在《方言》中出现的频率之最，其次是，“秦晋”出现88次。陈立中先生认为，南楚方言与楚方言共有密切关系。南楚地区原为百越民族和巴人生活的地方。楚人进入和征服这一地区以后，楚文化和原有的越文化、巴文化逐渐融合。到西汉扬雄所处的年代，楚方言和越语、巴语融合形成了南楚方言。早期的楚方言是南楚方言的主要基础。从扬雄《方言》所提供的材料来看，南楚方言各地受楚方言影响的程度并不相同。楚方言对南楚方言的影响、渗透有其不平衡性。[①]然而，从方言的类型看来，“南楚方言应归属楚方言，作为楚方言一个较大的次方言处理”[②]。因此，扬雄的《方言》不仅对楚辞文本研究有重要价值，而且对楚文化的研究也有非凡的意义。

① 陈立中：《论扬雄〈方言〉中南楚方言与楚方言的关系》，《湘潭大学社会科学学报》2001年第5期，第60–63页。

② 谢荣娥：《论扬雄〈方言〉的“楚”与“南楚”》，《求索》2009年第8期，第193–196页。

第七章　人格批评的突破，审美批评的创始

——班固的楚辞研究

第一节　班固的生平及著述

班固（32—92），字孟坚，扶风安陵（今陕西咸阳东）人，幼年聪慧好学，“九岁，能属文诵诗赋”，十六岁入洛阳太学，博览群经及九流百家之言，“所学无常师，不为章句，举大义而已”，“性宽和容众，不以才能高人”[①]，故颇为当时儒者所钦佩。

父班彪，光武帝时著名学者，曾经采集前史遗事，参验异闻，著《史记后传》六十五篇（一说一百余篇），记述汉武帝以后的历史。班固二十三岁时，因父死返乡，承继父志，于汉明帝永平元年（58）在《史记后传》的基础上撰写《汉书》。五年后，有人上书告发他私改国史，被捕入狱。弟班超上书明帝说明班固的著书意图。明帝阅读《汉书》部分书稿后，不但没有降罪于他，反而十分欣赏他的才能，即召任兰台令史。一年后升为郎，典校秘书，并以朝廷名义复撰《汉书》。经过十二余年辛勤劳动，汉章帝建初七年（82）基本完成《汉书》的撰写。

汉和帝永元元年，班固为中护军随大将军窦宪出征匈奴，在燕然山勒石纪功，班固作铭。永元四年，窦宪因擅权被赐自杀。班固株连入狱，死于狱中，时年六十一岁。班固死后，尚有部分“志”“表”未能完成，其妹班昭和马援

① （南朝宋）范晔:《后汉书》，中华书局 1965 年版，第 1330 页。

侄孙马续奉召续作而成。

《汉书》是我国第一部断代史，也是一部优秀的史传文学作品。后人每将司马迁与班固并提而为“班马”，又将其与司马相如、扬雄、张衡并称为“汉赋四大家”，其《西都赋》《东都赋》都是汉赋名篇。

第二节　班固楚辞研究的全面性与独特性

在楚辞研究史上，东汉班固有其独特的贡献，是一位公认的重要楚辞学家。他少年时精读《离骚》，得其神韵，效《离骚》作《幽通赋》；青年时极其推重屈原之人格才情，充分肯定屈原的诗篇；在《汉书》中，班固置屈原于“上中”（仁人）[①]之列，屡次将其作为评价汉代历史人物的参照。《汉书》还记载了西汉楚辞学的部分成果，对楚辞兴起的地域和时代原因作出剖析，为后世的楚辞研究留下诸多宝贵的资料。班固不仅在其诗赋、奏记、《汉书》中每每念及屈原，赞赏其为人和才情，作为历史学家、辞赋家的班固，虽素不为章句之学，但是却有《离骚经章句》一卷，正面阐释屈原的代表作品，纠正前人诸多误说。此书虽然早已遗失不存，但《离骚赞序》和《离骚序》两篇序文却有幸存世。这两篇序言对屈原之个性品格和《离骚》的思想内容及艺术成就作出了比较全面且有一定创见的评价，在楚辞学史上产生了久远的学术影响，成就了其在楚辞学史上的独特地位。

班固敬重屈原人格和才情，长期从事屈原研究，既博采众长又自成一家，不乏诸多独到的见解。论屈原事迹与个性特征能够从实际出发，别具慧眼地指出屈原性格的悲剧特征；他论屈原创作能博采众说，高度评价《离骚》之艺术成就，推崇屈原为辞赋之宗师，富有创见。他对屈原性格特征和人生模式选择的论述、对《离骚》思想内容的评判引起后世颇有规模的争论，推动楚辞学界长久的学术争鸣，具有相当的文学史意义。

班固的楚辞研究是长期的，内容是丰富而全面的。少年时代即精心研读《离骚》，并能得其神韵，并能模拟化用。二十二岁时，父亲去世，在离开太

---

① （汉）班固:《汉书》，中华书局 1962 年版，第 946 页。

学回家为父守丧时“作《幽通》之赋，以致命遂志”①。该赋在句式结构及谋篇布局上均明显有《离骚》的影子，开头自叙世系的写法与屈原之《离骚》尤为神似。《幽通赋》云：

系高顼之玄胄兮，氏中叶之炳灵，繇凯风而蝉蜕兮，雄朔野以飏声。皇十纪而鸿渐兮，有羽仪于上京。巨滔天而泯夏兮，考遘愍以行谣，终保己而贻则兮，里上仁之所庐。懿前烈之纯淑兮，穷与达其必济，咨孤蒙之眇眇兮，将圮绝而罔阶，岂余身之足殉兮？愇世业之可怀。

靖潜处以永思兮，经日月而弥远，匪党人之敢拾兮，庶斯言之不玷。魂茕茕与神交兮，精诚发于宵寐，梦登山而迥眺兮，觌幽人之仿佛。②

其中，“系高顼之玄胄兮，氏中叶之炳灵”再现了屈原《离骚》中“帝高阳之苗裔兮，朕皇考曰伯庸”的自豪；“岂余身之足殉兮，愇世业之可怀”堪比《离骚》“岂余身之惮殃兮，恐皇舆之败绩”的执着。“《幽通赋》为班固早年精心之作，不仅在布局谋篇乃至句式结构上模仿《离骚》，而且在精神上亦不乏‘幽通’之处。”③

班固二十五岁时，光武帝刘秀驾崩，明帝刘庄即位。刘庄同母弟东平王刘苍“少好经书，雅有智思”，拜为骠骑将军，位在三公上。此时班固撰《上东平王苍奏记》上书刘苍，积极向其推荐英才，其中有云：

昔卞和献宝，以离断趾，灵均纳忠，终于沉身，而和氏之璧，千载垂光，屈子之篇，万世归善。愿将军隆照微之明，信日昃之听，少屈威神，咨嗟下问，令尘埃之中，永无荆山、汨罗之恨。④

可见，青年时期之班固即对屈原之人格精神是多么崇拜和敬仰，对屈原的作品是多么推崇和热爱。可以说，屈原及其作品在青年班固的心目中是尽善尽美的。

《汉书》作为班固倾其毕生心血的代表作品，其间对屈原及其作品，也屡屡提及，倍加赞颂，还记载了汉代楚辞学的部分成果，为楚辞在汉代的兴盛、流传和发展保存了诸多可贵的资料。

---

① （汉）班固：《汉书》，中华书局 1962 年版，第 4213 页。

② 同上。

③ 崔富章：《班固笔下的屈原》，《深圳大学学报》1998 年第 4 期，第 81–86 页。

④ （南朝宋）范晔：《后汉书》，中华书局 1965 年版，第 1332 页。

班固对屈原的推重，首先体现在他对屈原的历史定位上。在《汉书·古今人表》中，班固对经传诸子等文献所载述之先秦著名人物进行列表分类。表中被列为第一等（上上，圣人）者仅有太昊帝宓牺氏、炎帝神农氏、黄帝轩辕氏、少昊帝金天氏、颛顼帝高阳氏、帝喾高辛氏、帝尧陶唐氏、帝舜有虞氏、帝禹夏后氏、帝汤殷商氏、文王周氏、武王、周公、仲尼等14位，其中除孔子外其余均是帝王。列为第二等（上中，仁人）的战国时期人物只有子思、孟子、屈原、渔父、肥义、鲁仲连、蔺相如、孙〔荀〕卿等8位。跟屈原同时的楚国君臣排位均在屈原之下。如上官大夫、宋玉等被列在第五等（中中），令尹子椒、子兰、唐勒、景差均列在第六等（中下），楚怀王、靳尚、楚顷襄王排在第七等（下上），夫人郑袖列在第九等（下下，愚人）。《汉书·古今人表》集中体现出班固对先秦人物的评价，是一篇极其重要的历史文献。班固在其中把屈原置于楚国君臣之上，仅次于孔子和帝王，是非常难能可贵的。由此我们可以准确地得出结论，青年时代的班固对屈原的品行就极为推崇，褒扬备至，这和《汉书》其他各篇所涉及的屈原形象也是完全一致的。

在《汉书》中，班固还屡屡将屈原作为评价汉代历史人物的参照。《汉书·贾谊传第十八》云：

> 谊既以适去，意不自得，及度湘水，为赋以吊屈原。屈原，楚贤臣也，被谗放逐，作《离骚赋》，其终篇曰："已矣！国亡人，莫我知也。"遂自投江而死。谊追伤之，因以自谕。[①]

《汉书·蒯伍江息夫传第十五》云：

> 仲尼"恶利口之覆邦家"，蒯通一说而丧三俊，其得不亨〔烹〕者，幸也。伍被安于危国，身为谋主，忠不终而诈仇，诛夷不亦宜乎！《书》放四罪，《诗》歌《青蝇》，春秋以来，祸败多矣。昔子翚谋桓而鲁隐危；栾书构郤而晋厉弑。竖牛奔仲，叔孙卒；郈伯毁季，昭公逐；费忌纳女，楚建走；宰嚭谗胥，夫差丧；李园进妹，春申毙；上官诉屈，怀王执；赵高败斯，二世缢；伊戾坎盟，宋痤死；江充造蛊，太子杀；息夫作奸，东平诛：皆自小覆大，繇疏陷亲，可不惧哉！可不惧哉！[②]

---

① （汉）班固:《汉书》，中华书局1962年版，第2222页。

② 同①，第2189页。

颜师古注引张晏曰："屈平忠而有谋，为上官子兰所谮，见放逐。后秦昭诱怀王会于武关，遂执以归，卒死于秦。"①

《汉书·冯奉世传第四十九》云：

> 《诗》称"抑抑威仪，惟德之隅"。宜乡侯参鞠躬履方，择地而行，可谓淑人君子，然卒死于非罪，不能自免，哀哉！谗邪交乱，贞良被害，自古而然。故伯奇放流，孟子宫刑，申生雉经，屈原赴湘，《小弁》之诗作，《离骚》之辞兴。经曰："心之忧矣，涕既陨之。"冯参姊弟，亦云悲矣！②

《汉书·艺文志》还明确记载了屈原作品的篇目："屈原赋二十五篇。楚怀王大夫，有《列传》。"③ 这也应该就是在班固时代世人比较认同的屈原作品的篇目。对宋玉作品也有记载："宋玉赋十六篇。楚人，与唐勒并时，在屈原后也。"④ 宋玉作品在流传过程中，多有遗失，今存者仅有《九辩》等寥寥几篇，故班固之记载成为研究宋玉作品不可多得的宝贵资料。

对于屈原的作品，《汉书·艺文志》云：

> 春秋之后，周道浸坏，聘问歌咏不行于列国，学《诗》之士逸在布衣，而贤人失志之赋作矣。大儒孙卿及楚臣屈原离谗忧国，皆作赋以风，咸有恻隐古诗之义。其后宋玉、唐勒，汉兴枚乘、司马相如，下及扬子云，竟为侈俪闳衍之词，没其风谕之义。是以扬子悔之，曰："诗人之赋丽以则，辞人之赋丽以淫。如孔氏之门人用赋也，则贾谊登堂，相如入室矣，如其不用何！"⑤

在此，班固对屈赋的源流进行了探讨，对屈赋的思想内容做出高度评价。他认为屈原辞赋的特质是在遭谗忧国的人生境况下的"贤人失志之赋"，继承了《诗经》讽喻怨刺的优良传统，也就是说，屈原辞赋在源流上是和《诗经》一脉相承的。

《汉书·淮南王传》云："初，安入朝，献所作《内篇》，新出，上爱秘之。

---

① （汉）班固：《汉书》，中华书局1962年版，第2190页。

② 同①，第3308页。

③ 同①，第1747页。

④ 同③。

⑤ 同①，第1756页。

使为《离骚传》，旦受诏，日食时上。”[①] 此成为淮南王刘安作《离骚传》的最早记载。

《汉书 · 王褒传》云:“征能为《楚辞》九江被公，召见诵读。”[②]《汉书 · 朱买臣传》亦云:“会邑子严助贵幸，荐买臣。召见，说《春秋》，言《楚词》，（武）帝甚说之，拜买臣为中大夫，与严助俱侍中。”[③]

由此我们可以推断出，楚辞的名称最迟在汉武帝的时候就已经存在了，但此时的楚辞应该只是一种诗体名称而非书名，而且它和屈原作品之间也并不一定有着直接的关系。

《汉书》中还对楚辞兴起的地域和时代原因作出剖析。

《汉书 · 地理志》云:

> 寿春、合肥受南北湖皮革、鲍、木之输，亦一都会也。始，楚贤臣屈原被谗放流，作《离骚》诸赋以自伤悼。后有宋玉、唐勒之属慕而述之，皆以显名。汉兴，高祖王兄子濞于吴，招致天下之娱游子弟，枚乘、邹阳、严夫子之徒兴于文、景之际。而淮南王安亦都寿春，招宾客著书。而吴有严助、朱买臣，贵显汉朝，文辞并发，故世传《楚辞》。[④]

从班固的记载可以看出，早在汉初文、景之时，由于众多辞赋名家对以《离骚》为代表的屈宋作品的仿效，楚辞开始在中原地区广泛流传。班固的这段论述，大体反映了汉初楚辞勃兴的诸方面因素：一是西汉初期都市经济文化的繁荣，二是屈原独立不迁伟大人格对后世的影响和感召，三是汉代统治者的喜好和提倡，四是汉代文人的张扬和推动。

此外，作为史学家和辞赋家的班固还罕见地作有《离骚经章句》一卷，全面阐释屈原代表作品《离骚》，纠正前人在《离骚》训释方面的诸多谬误。非常可惜的是，这部极其重要的楚辞研究作品很早就已失传，范晔《后汉书》本传即失载。然而，关于班固的《离骚经章句》，王逸在东观校书时可能见过，并将其作为自己《楚辞章句》的重要参考文本。王逸《楚辞章句序》云：“至于孝武帝，恢廓道训，使淮南王安作《离骚经章句》，则大义粲然。后世雄俊，

---

① （汉）班固:《汉书》，中华书局 1962 年版，第 2145 页。

② 同①，第 2821 页。

③ 同①，第 2791 页。

④ 同①，第 1668 页。

莫不瞻仰，摅舒妙思，缵述其词。逮至刘向，典校经书，分以为十六卷。孝章即位，深弘道艺，而班固、贾逵，复以所见，改易前疑，各作《离骚经章句》，其余十五卷，阙而不说。又以壮为状，义多乖异，事不要括。”①王逸于东观校书作十六卷《楚辞章句》之时上距班固去世还不到三十年，他的记载应该是没有问题的。章句之学是两汉楚辞研究的重点也是热点。从刘安、司马迁经刘向、扬雄到贾逵、王逸，无不重视屈原作品特别是《离骚》的研究。素不为章句的班固破例著《离骚经章句》，并在当时产生重要影响，可见班固对屈原作品的重视，对《离骚》推崇的程度。

虽然班固的《离骚经章句》早已失传，但幸运的是班固为之所作的两篇序文得以流传至今。此二序均保存于宋洪兴祖《楚辞补注》之《离骚经章句》之末，其中一篇曰《离骚赞序》，单独列目；另一篇曰《离骚序》，以双行夹住形式直接录于王逸《楚辞章句序》文末。二序全文如下：

《离骚赞序》云：

《离骚》者，屈原之所作也。屈原初事怀王，甚见信任。同列上官大夫妒害其宠，谗之王，王怒而疏屈原。原以忠信见疑，忧愁幽思而作《离骚》。离，犹遭也。骚，忧也。明已遭忧作辞也。是时周室已灭，七国并争。屈原痛君不明，信用群小，国将危亡，忠诚之情，怀不能已，故作《离骚》。上陈尧、舜、禹、汤、文王之法，下言羿、浇、桀、纣之失，以风。怀王终不觉寤，信反间之说，西朝于秦。秦人拘之，客死不还。至于襄王，复用谗言，逐屈原。在野又作《九章》赋以风谏，卒不见纳。不忍浊世，自投汨罗。原死之后，秦果灭楚。其辞为众贤所悼悲，故传于后。②

《离骚序》云：

昔在孝武，博览古文。淮南王安叙《离骚传》，以《国风》好色而不淫，《小雅》怨诽而不乱，若《离骚》者，可谓兼之。蝉蜕浊秽之中，浮游尘埃之外，皭然泥而不滓；推此志，虽与日月争光可也。斯论似过其真。又说：五子以失家巷，谓五子胥也。及至羿、浇、少康、贰姚、有娀佚女，皆各以所识有所增损，然犹未得其正也。故博采经书传记本文以为之解。

---

① 黄灵庚：《楚辞文献丛刊》第2册，国家图书馆出版社2014年版，第467–468页。

② （宋）洪兴祖：《楚辞补注》，中华书局1983年版，第51页。

且君子道穷，命矣。故潜龙不见是而无闷。《关雎》哀周道而不伤。蘧瑗持可怀之智，宁武保如愚之性，咸以全命避害，不受世患。故《大雅》曰：既明且哲，以保其身。斯为贵矣。今若屈原，露才扬己，竞乎危国群小之间，以离谗贼。然责数怀王，怨恶椒、兰，愁神苦思，强非其人，忿怼不容，沉江而死，亦贬絜狂狷景行之士。多称昆仑、冥婚宓妃虚无之语，皆非法度之政，经义所载。谓之兼《诗》风雅，而与日月争光，过矣！然其文弘博丽雅，为辞赋宗。后世莫不斟酌其英华，则象其从容。自宋玉、唐勒、景差之徒，汉兴，枚乘、司马相如、刘向、扬雄，骋极文辞，好而悲之，自谓不能及也。虽非明智之器，可谓妙才者也。①

汉魏六朝唐宋以来，班固的《离骚序》颇为文论家所重视并广为援引。略晚于班固的王逸在作《楚辞章句》时就曾在《楚辞章句·序》中引用过它。

《楚辞章句·序》云：

而班固谓之露才扬己，竞于群小之中，怨恨怀王，讥刺椒兰，苟欲求进，强非其人，不见容纳，忿恚自沉，是亏其高明而损其清洁者也。②

刘勰在《文心雕龙·辨骚》中，颜之推在《颜氏家训·文章》中对此均有所提及。刘勰《文心雕龙·辨骚》有云："班固以为露才扬己，忿怼沉江。羿、浇、二姚，与左氏不合，昆仑、悬圃，非经义所载，然而文辞丽雅，为词赋之宗，虽非明哲，可谓妙才。"③ 颜之推《颜氏家训·文章》亦云："自古文人，多陷轻薄：屈原露才扬己，显暴君过。"④

刘勰《文心雕龙·辨骚》所载与王逸《楚辞章句序》双行夹注班固的序文，虽文字略有增损，但内容基本是一致的。颜之推的《颜氏家训·文章》则明显是从班固《离骚序》中概括出来的。唐李善注《文选·赠白马王彪》注引班固《楚辞序》曰："帝阍、宓妃，虚无之语。"⑤

可见，班固《离骚序》在"楚辞学史"上有着重要的价值。

要之，班固是两汉时代王逸之前研究楚辞时间最长、用力最深，对屈原

---

① （宋）洪兴祖：《楚辞补注》，中华书局 1983 年版，第 49–50 页。

② 黄灵庚：《楚辞文献丛刊》第 2 册，国家图书馆出版社 2014 年版，第 469–470 页。

③ 同①，第 52 页。

④ 王利器：《颜氏家训集解》，中华书局 1993 年版，第 237 页。

⑤ （南朝梁）萧统：《文选》，上海古籍出版社 1986 年版，第 1125 页。

及楚辞研究涉及面最广，研究最为深透的楚辞学者。他不但为后世的楚辞研究留下诸多宝贵的资料，也不乏诸多富有创见的见解，非常值得后人研究和探讨。

第三节　班固楚辞研究引起的学术争鸣

班固是汉代继刘安、司马迁之后又一位楚辞研究大家，他对屈原和《离骚》的评价，引起楚辞学史上一次规模较大的学术争论，也使班固在楚辞学史上遭到较多也较为严厉的批评。人们对班固的批评，源自他在《离骚序》中对屈原“露才扬己”、“数责怀王”的个性品格质的批评；对屈原不能学习蘧瑗、宁武等人全命避害，不能践行《诗经·大雅》“既明且哲，以保其身”的立身原则，最终“沉江而死”的人生选择的不认同；认为淮南王刘安对《离骚》兼《诗》风雅，而与日月争光的评价有过分拔高之嫌。古今学者对此持批评态度者不乏其人。如：对于屈原的个性品格，刘安《离骚传》云：“蝉蜕浊秽之中，浮游尘埃之外，皭然泥而不滓。推此志，虽与日月争光也。”班固认为：“斯论似过其真。”又云：“今若屈原，露才扬己，竟乎危国群小之间，以离谗贼。然责数怀王，怨恶椒兰，愁神苦思，强非其人。忿怼不容，沉江而死，亦贬絜狂狷景行之士。”

班固对屈原的评价，随即遭到了王逸的挞伐。王逸《楚辞章句·序》云：

> 今若屈原：膺忠贞之志，体清洁之性，直若砥矢，言若丹青，进不隐其谋，退不顾其命，此诚绝世之行，俊彦之英也。而班固谓之露才扬己；竞于群小之中，怨恨怀王，讥刺椒兰，苟欲求进，强非其人，不见容纳，忿恚自沉，是亏其高明，而损其清洁者也。[①]

王逸认为班固对屈原的评价有损其高峻伟岸的形象，损害了屈原出淤泥而不染的品格。他认为作为臣子就应该像屈原那样，具备坚贞的信念、洁身自好的品格、刚正直谏的精神。屈原的个性品格和人生选择旷世罕见，堪为

① 黄灵庚：《楚辞文献丛刊》第2册，国家图书馆出版社2014年版，第469–470页。

世人楷模。王逸之后，宋代洪兴祖更认为班固的见解“无异妾妇儿童之见”[①]。明代赵南星干脆骂班固是“靳尚之知己”[②]。不仅是古人，直到今天，对班固评价屈原“露才扬己”说严厉批评者也不乏其人，以为班固在《离骚序》中指责屈原的为人，贬低了屈原的精神，否定了屈原代表作品《离骚》在文学史上的崇高地位。

陆侃如先生认为，两汉楚辞学者对屈原及其作品的评价可以分为三派，第一派以司马迁为代表，淮南王刘安也属于这一派，他们对屈原人格进行颂扬，对《离骚》的思想内容和表现手法予以充分肯定。第二派以班固为代表，扬雄的早期也属于这一派。扬雄对《离骚》中所反映的屈原为斗争精神予以否定，对屈原的代表作品《离骚》只从形式上去评论和估价。班固的思想则更为落后，更为保守。他无法理解屈原的自沉究竟有什么价值，有什么必要；完全不同意刘安、司马迁给予屈原及其作品的崇高评价。第三派以王逸为代表，扬雄的后期也属于这一派。后期的扬雄肯定了屈原作品能够继承《诗经》的优秀传统，同时批评了与《离骚》不同而只追求形式美的汉赋。王逸继承了刘安、司马迁的看法，特别是扬雄后期的主张，进而全面地论述了楚辞，热情赞颂了屈原。从写作动机、表现手法方面进行分析，充分肯定《离骚》。[③] 黄中模先生认为：“班固不责难群小，反而非议屈原，不分正义与邪恶，颠倒是非，在客观上是为丑恶势力御罪责。其二，它认为屈原不该谴责恶势力，尤其是不该怨君。”“照班固的说法与要求去做，屈原就只有委曲求全，与群小同流合污，更不必去追求‘美政’了；或者逆来顺受，苟且偷安，以换取楚怀王的信任。如果像这样做了，屈原还有什么高贵品质可言？”[④] 王运熙、顾易生二位学者认为班固的评论“发展了扬雄明哲保身的观点，并对屈原的品格作出了不正确的批评”，“反映出儒家正统思想的落后性和保守性”[⑤]。李泽厚、刘纲纪也认为班固的楚辞学成就“不论在思想的深刻性创造性和批判精神上，他既比不上他之前的扬雄，也比不上与他同时代的王充”，因为其“主

① （宋）洪兴祖：《楚辞补注》，中华书局 1983 年版，第 51 页。

② 黄中模：《屈原问题论争史稿》，北京十月文艺出版社 1987 年 7 月版，第 31 页。

③ 陆侃如：《汉人论〈楚辞〉》，《山东大学学报》1963 年第 2 期，第 29–45 页。

④ 黄中模：《屈原问题论争史稿》，北京十月文艺出版社 1987 年版，第 54–55 页。

⑤ 王运熙、顾易生：《中国文学批评史》（上册），上海古籍出版社 1981 年版，第 69、97 页。

要方面是平庸保守的”[①]。这些古今学者尽管在观点上不尽完全相同，但有个非常一致的立场，那就是对班固评屈是基本否定的。

与此同时，也有为数不少的学者对班固评屈持肯定态度。宋代朱熹在《楚辞集注·序》中说：

原之为书，其辞旨虽或流于跌宕怪神、怨怼激发而不可以为训……虽其不知学于北方，以求周公、仲尼之道，而独驰骋于变《风》、变《雅》之末流，以故醇儒庄士或羞称之。然使世之放臣、屏子、怨妻、去妇，抆泪讴吟于下，而所天者幸而听之，则于彼此之间，天性民彝之善，岂不足以交有所发，而增夫三纲五典之重？[②]

朱熹作为宋代理学的集大成者，对屈赋的评价没有超脱自西汉刘安以来的“依诗释骚”原则，甚而至于还引用《毛诗序》的典故，最终仍落脚于儒学的“三纲五典”。他和班固一样，批评了屈赋，责之以儒家经典，认为屈原之作品“流于跌宕怪神，怨怼激发而不可以为训”，可见朱熹对班固的评骚是持有一定的赞同态度的。

今人王从仁先生也认为屈原性格也是其悲剧的原因之一。他说：“屈原的性格，也是造成他的悲剧的重要原因。从屈原的作品中，可以清楚地看出，他是一个感情激烈、正直袒露而又非常自信的人，这种性格加上少年得志，使他缺乏在高层权力圈中巧妙周旋的能力，因而也就难以在这个圈子里长久立足。还在屈原受到重用的时候，上官大夫就轻而易举地使怀王疏远了他，这不能说是完全由于怀王的昏庸（否则无法解释怀王当初怎么重用他）。应该说屈原的性格，以及他在政治上的理想主义态度，同实际的政治环境本来是难以协调的，何况当时楚国又正呈现衰乱状态。”[③] 朱家亮也认为：“班固对屈原的人格批评，虽然带有汉代尤其是后汉明、章之世儒家思想的特点，但准确地揭示了屈原悲剧命运的原因，对于屈原研究具有一定的参考价值；他对屈骚所作的伦理道德批评，没有因循前人，人云亦云，以敏锐的审美感受，廓清了《离骚》与儒家经典的分野，对于从文学的意义上认识《离骚》具有重

① 李泽厚、刘纲纪：《中国美学史》，安徽文艺出版社 1999 年版，第 537、348 页。

② （宋）朱熹：《楚辞集注》，上海古籍出版社 1979 年版，第 2 页。

③ 章培恒、骆玉明：《中国文学史》，复旦大学出版社 1996 年版，第 143 页。

要作用。"[①] 孙亭玉也认为：班固的"露才扬已说"揭示了屈原悲剧的性格原因，是班固作为楚辞学者有独到的贡献。[②] 姚静波则认为：班固以为屈原"露才扬己"，虽不无微词，客观看来，他仍是敏锐地发现了屈原行事及其作品之独特之处，这是更近于文本本来特征的把握。[③] 蒋芳认为：班固并没有否认屈原的忠贞，而他之所以批评屈原"露才扬己"，是因为屈原置身于"危国群小"之间而诤谏不已，终至不容于朝，沉江而死，故谓之"非明智"。班固所讨论的问题是士在不遇明君而遭贬黜的情况下当如何处世？他的评论是沿袭了自西汉贾谊司马迁以来士人阅读屈原的价值取向而得出的新结论。[④] 吴瑞霞认为，在对屈原的人格评价上班固虽有贬抑，但却区分了诗人的屈原与政治家的屈原，更接近屈原的本来面目；在对《离骚》的评价上，班固则更多地看到了《离骚》与儒家经典的相异之处，并认定屈原在政治上虽"非明智之器"，但在创作上却是"妙才"。"相比之下，班固叙评的《离骚》也许更符合被大多数学者称之为浪漫主义杰作的《离骚》。班固笔下的屈原更符合历史真实的屈原。"[⑤]

第四节　班固评骚的矛盾统一

然而，对于班固的楚辞研究，有一个客观存在而且任何研究者都不能回避的问题，那就是班固在《离骚赞序》和《离骚序》中对屈原及其作品的评价有相互矛盾之处。《离骚赞序》云："原以忠信见疑……忠诚之情怀不能已，故作《离骚》，上陈尧、舜、禹、汤、文王之法，下言羿、浇、桀、纣之失，以风。怀王终不觉寤，信反间之说，西朝于秦……至于襄王，复用谗言，逐屈原，在野又作《九章》赋以风谏，卒不见纳。不忍浊世，自投汨罗……"《离骚赞序》中班固笔下的屈原及其作品，与其在《汉书》之《艺文志》中称屈

① 朱家亮：《班固评屈的文学批评价值》，《学术交流》2008 年第 10 期，第 165–168 页。

② 孙亭玉：《对班固"露才扬己"说的再认识》，《湖南社会科学》2001 年第 3 期，第 97–99 页。

③ 姚静波：《试析班固对屈原之批评》，《中国典籍与文化》第 39 期，第 9–13 页。

④ 蒋方：《王逸与班固的屈原评价之争》，《江汉大学学报》2006 年第 4 期，第 26–29 页。

⑤ 吴瑞霞：《关于司马迁与班固对屈原批评的思考》，《华中理工大学学报》1999 年第 2 期，第 100–102 页。

原为“失志”之“贤人”，称其作品为“作赋以风，咸有恻隐古诗之义”，《汉书·贾谊传》中称屈原为“被谗放流”之“贤臣”，《上东平王苍奏记》中“灵均纳忠，终于沉身……屈子之篇，万世归善”等评价完全一致。然而，在《离骚序》中，班固却又说：“今若屈原，露才扬己，竞乎危国群小之间，以离谗贼。然责数怀王，怨恶椒兰，愁神苦思，强非其人，忿怼不容，沉江而死，亦贬絜狂狷景行之士。多称昆仑、冥婚宓妃虚无之语，皆非法度之政，经义所载，谓之兼《诗》风雅，而与日月争光，过矣。”对此，李诚先生说：我们不能不为《离骚赞序》与刘安《离骚传》的相似而吃惊。同时也不能不为它与班固自己作于同时的《离骚序》大相径庭而惊诧：既然屈原“以忠信见疑”，则何来“露才扬己，竞乎危国群小之间，以离谗贼”之说？既然屈原是以尧、舜之道风谏怀、襄，则何持“皆非法度之政，经义所载”，“责数怀王”“强非其人”之论？既然屈原“不忍浊世，自投汨罗”，则何谈“忿怼不容，沉江而死”之讥？既然屈原是“忠诚之情怀不能已”，则何兴遽瑗、宁武之赞？[①]

那么，班固对屈原及其作品的评价为什么会有自相矛盾、前后龃龉之处呢？李诚先生《论班固评屈》一文认为：从班固的个性、经历和思想来看，他对人物的评价往往是从儒家学说中较为消极保守的观念即明哲保身的观念出发的。但同时班固又是一位杰出的历史学家，他膺服司马迁“实录”的“良史之材”，因而对于基本历史事实，包括对人物的记叙和基本定性，却又不愿脱离历史真实。因而他论人如同其论文一样，是以双重标准来衡量的。在班固看来，从个性、人格的角度看，屈原作为社会中的一员，“露才扬己，竞乎危国群小之间”，“强非其人”“怨怼不容”，不能很好地处理自己与周围人包括君主之间的社会关系；衡之以儒家为人处世之道，屈原不善明哲保身，是社会生活中的失败者。所以，屈原“非明智之器”，甚至够不上“狂狷景行之士”，又岂能“与日月争光”？然而如果从历史的角度，衡之以史家的“实录”精神，情况自然不一样了。楚国的“群小”和“浊世”都是客观的历史存在，屈原的表现自然是“忠信”“忠诚”而非“露才扬己”，是直谏其君而不是“强非其人”，是“不忍浊世”而非“怨怼”投江。总之，是“忠臣”“贤

① 李诚：《论班固评屈》，《四川师范大学学报》1992年第2期，第22–29页。

臣”“贞良”。[①] 郭预衡先生则认为是班固思想的内在矛盾导致了他对屈原及其作品评价的二元性倾向。他说：“班固思想的内在矛盾，在文学方面，表现为双重的价值标准。如论屈原，班固既称赞他‘痛君不明，信用群小，国将危亡，忠诚之情，怀不能已，故作《离骚》’（《离骚赞序》)，又不满于屈原‘露才扬己’‘责数怀王’‘忿怼不容，沉江而死，亦贬絜狂狷景行之士’（《离骚序》)。”[②] 姚静波认为，班固对屈骚存在既肯定又否定的矛盾倾向源于其立论的立场不同。虽然班固在《离骚赞序》和《离骚序》中对屈原相互矛盾的评价都是以儒家价值观念为标准，但前者是站在臣子的角度去考虑，而后者是从统治者的立场出发的。班氏的这种矛盾评价的背后似可隐约窥见专制体制下君臣之对抗。[③]

赵逵夫先生认为，班固之所以会在《离骚序》中对屈原提出否定性批评，一方面与其对彭咸的错误解释有关，另一方面同他以为《惜往日》《悲回风》均为屈原作品有关。班固曾作有《离骚经章句》，与刘安《离骚传》相比较，虽然更正了一些错误，但对彭咸仍未能作出正确的解释。班固认为“依彭咸之遗则”中的彭咸是投水而死。班固所说的“忿怼不容，沉江而死”，就是认为屈原是因个人不得志而心怀怨恨，最后效法彭咸，投江而死。同时，赵先生还认为在司马迁的时代《惜往日》《悲回风》尚未被归入屈原作品中，所谓“九章”的名目也尚未确立，而班固与司马迁所见屈原作品不完全相同，所以对屈原评价的结论也自然而然就有所差异。[④]

崔富章先生《班固笔下的屈原》一文对此作了全面而深刻的探讨。他认为，班固三十岁以前，精读《离骚》，得其神韵，作《离骚经章句》一卷，撰《离骚赞序》一文，称屈原“痛君不明，信用群小，国将危亡，忠诚之情，怀不能已，故作《离骚》”，这是班固的基本观点。班固四十五岁后将其献给皇上时，增写后序一篇，猛批刘安，对屈原亦颇有微词。两序的差异，主要是作者生存状态的变化所致，但不足以动摇其基本观点。代表班固评屈基本观点应该是

---

① 李诚：《论班固评屈》，《四川师范大学学报》1992 年第 2 期，第 22–29 页。

② 郭预衡：《中国古代文学史》，上海古籍出版社 1998 年版，第 222 页。

③ 姚静波：《试析班固对屈原之批评》，《中国典籍与文化》第 39 期，第 9–13 页。

④ 赵逵夫：《〈楚辞〉中提到的几个人物与班固刘勰对屈原的批评》，《西北师大学报》1983 年第 2 期，第 50–56 页。

和《上东平王苍奏记》《汉书》诸传赞以及《古今人表》相一致的《离骚赞序》。[①]

那么，到底该如何来看待班固《离骚赞序》和《离骚序》之间的“龃龉”呢？

可以肯定的是，这两篇序文不是同一时期的作品。二序所作时间及先后，正如崔富章先生《班固笔下的屈原》一文所言，《离骚赞序》当为班固《离骚经章句》之解题，《离骚序》是其《离骚经章句》总序，创作时间应在《离骚赞序》之后，有可能是在其四十岁以后的汉明帝、章帝之际《离骚经章句》献给皇上之前。但我们认为，《离骚序》亦为班固评屈的代表作品，应当代表班固评屈的成熟思想，该文与《离骚赞序》及《上东平王苍奏记》《汉书》诸传赞以及《古今人表》等评屈观点并无龃龉，是看似矛盾的统一体。

（一）班固对刘安《离骚传》中评骚的否定是肯定中的否定

《离骚序》云：“昔在孝武，博览古文，淮南王安叙《离骚传》，以《国风》好色而不淫，《小雅》怨诽而不乱，若《离骚》者，可谓兼之。……虽与日月争光可也。斯论似过其真。”又云：“多称昆仑、冥婚宓妃虚无之语，皆非法度之政，经义所载。谓之兼《诗》风雅，而与日月齐光，过矣。”在这里，班固只是认为刘安评价《离骚》兼被风雅的观点不够准确，因为《离骚》中多称“非法度之政，经义所载”的“昆仑、冥婚宓妃虚无之语”，因此刘安谓之“兼《诗》风雅，而与日月齐光”是有点过分了。班固认为刘安将《离骚》等同于儒家经典的评价对《离骚》的儒学价值有拔高之嫌，但不是完全否定，因为《离骚》后半部分的神游浪漫境界的确为儒家经典所罕见，而“昆仑、冥婚宓妃虚无之语”是不符合儒学宗师孔子提倡的“不语怪力乱神”[②]的标准的。可见，“较之刘安、王逸，从封建社会正统的文学价值观看，班固对屈赋的评价虽不乏贬损，但却出自同一角度，只是标准更为苛刻，态度显俨止”。[③]因此，班固对刘安观点的否定应该是一种肯定中的否定。这与《离骚赞序》中“原以忠信见疑，忧愁幽思而作《离骚》……上陈尧、舜、禹、汤、文王之法，下言羿、浇、桀、纣之失，以风”相一致。况且接着班固又说“其文弘博丽雅，为辞赋宗。

① 崔富章：《班固笔下的屈原》，《深圳大学学报》1998 年第 4 期，第 81–86 页。

② （宋）朱熹：《四书集注》，上海古籍出版社 2006 年版，第 125 页。

③ 李诚：《论班固评屈》，《四川师范大学学报》1992 年第 2 期，第 22–29 页。

后世莫不斟酌其英华，则象其从容”。这才是班固对《离骚》评价的结论，可见班固对《离骚》的评价和推重还是极高的。

（二）班固对屈原的人格批评与其在《离骚赞序》《上东平王苍奏记》《汉书》诸传赞及《古今人表》中评价并无龃龉

班固《离骚序》云：“今若屈原，露才扬己，竞乎危国群小之间，以离谗贼。然责数怀王，怨恶椒、兰，愁神苦思，强非其人，忿怼不容，沉江而死，亦贬絜狂狷景行之士。”

班固认为屈原“露才扬己”“责数怀王”“怨恶椒、兰”“忿怼不容、沉江而死”的行为，是“贬絜狂狷景行之士”。那么“狂狷景行之士”到底是什么样性格的人呢？此语本自《论语》。《论语·子路》云：“不得中行而与之，必也狂狷乎！狂者进取，狷者有所不为也。”[①] 狂，狂放、豪放。这种人志向远大，凡事喜欢任性而为。狷，耿直、固执、孤高。《国语·楚语下》：“彼（王孙胜）其父为戮于楚，其心又狷而不絜。”[②] 韦昭注曰：“狷者，直己之志，不从人也。”这种人性情耿直，不肯同流合污。如果把孔子的话翻译成现代汉语，意思就是：如果得不到言语行动都合乎中庸的人而和他交朋友，那也一定要交到豪放率性的狂士和性情耿直孤高的狷介之人。豪放率性的狂士勇于进取，耿直孤高的狷介之士有些事（坏事）是不会去做的。从“狂者进取，狷者有所不为也”可见，孔子心对狂狷之士并无批评指责之意，而是对其率性而为、耿直孤高的性情颇为看重。屈原的“责数怀王，怨恶椒、兰，愁神苦思，强非其人，忿怼不容，沉江而死”等等，都是言语和行为，正是“狂狷之士”的具体表现。班固在此引用孔子的话评价屈原，并将屈原与当时楚国的“危国群小”“谗贼”对举，可见并无贬低批评屈原之意，而是为了说明屈原率性而为、耿直孤高的个性特点，表明班固屈原投江殉国人生选择的痛惜。

在《离骚序》中，班固称屈原“露才扬己”，自古以来人们一直认为这是班固批评屈原的重点，从稍后王逸称之为“是亏其高明，而损其清洁者也”[③]，到洪兴祖的“无异妾妇儿童之见”，[④] 再到明代赵南星干脆骂班固是“靳尚之

---

① （宋）朱熹：《四书集注》，上海古籍出版社 2006 年版，第 190 页。

② 《国语》，上海古籍出版社 1978 年版，第 585 页。

③ 黄灵庚：《楚辞文献丛刊》第 2 册，国家图书馆出版社 2014 年版，第 470 页。

④ （宋）洪兴祖：《楚辞补注》，中华书局 1983 年版，第 51 页。

知己”。直到当今楚辞学界，众多的学者出于对屈原的厚爱与崇敬，还总是把“‘露才扬己’说”当作批评的对象，以为它指责了屈原的为人、损害了屈原的形象。如黄中模先生认为班固的评价是“非议屈原，不分正义与邪恶，颠倒是非”[①]等等。平心而论，这句话非但没有对屈原的贬低之意，反倒也是对屈原的一种肯定。首先是肯定了屈原出众的才华，其次说明屈原有着耿直孤高、豪放率性的个性品格，与下文“贬絜狂狷景行之士”的结论完全一致，是“贬絜狂狷景行”的具体表现。另外，从内容结构上看，班固《离骚序》中的这段话明显分为前后两个层次，中间以一“然”字表示转折关系，后面是对屈原不能隐德自珍、明哲保身，最终投江殉国的人身选择的痛惜，稍有否定之意，因此“然”前面的“露才扬已，竞乎危国群小之间，以离谗贼”自然不是对屈原的批评，而是对其出众的才华、耿直率真的个性、不肯同流合污的品质和敢于斗争的精神的肯定。可见，班固“露才扬己”之说和我们今天所公认的屈原是中国首位浪漫主义诗人，《离骚》是中国先秦时期浪漫主义诗歌的杰作等观点非常吻合。可见，班固并没有否认屈原的忠贞，他所指出屈原的“露才扬己”，是说出众的才华和率真的个性使得屈原置身于“危国群小”之中而诤谏不已，终至因不容于朝而选择沉江而死的做法不符合儒家“明哲保身”的处世哲学。“他所讨论的问题，换句话讲，即士在不遇明君而遭贬黜之时当如何处世？他的评论是沿袭了自西汉贾谊司马迁以来士人阅读屈原的价值取向而得出的新结论”[②]。因此，班固的这段对屈原人格精神的评论，并不像稍后王逸批评的“亏其高明，而损其清洁”，也非如洪兴祖所说的“无异妾妇儿童之见”，而是在一定程度上揭示了屈原本质的个性特征。明代赵南星干脆骂班固是“靳尚之知己”实属偏激。“比起被刘安、司马迁神化了的屈原，班固笔下的那个屈原是个既有着强烈的个体生命意志和高昂的主体人格精神，却又无法实现理想中的美政而最终投江殉国的失败政治家。这一形象虽不如司马迁歌颂的那么高大，那么完满，但他更真实，更有人情味，更接近历史上屈原的本来面目”[③]。

---

① 黄中模:《屈原问题论争史稿》，北京十月文艺出版社 1987 年版，第 31 页。

② 蒋方:《王逸与班固的屈原评价之争》,《江汉大学学报》2006 年第 4 期，第 26–29 页。

③ 吴瑞霞:《关于司马迁与班固对屈原批评的思考》,《华中理工大学学报》1999 年第 2 期，第 100–102 页。

（三）从班固评屈的源流看其对屈原的态度

在中国文学史上，班固因为在《离骚序》中否定了自西汉刘安以来认为《离骚》兼《诗》风雅，光争日月的评价；认为责数怀王、怨恶椒兰、沉江而死的屈原乃“亦贬絜狂狷景行之士”而引起长期的学术争论，也因此长期遭到批评甚至挞伐。然而，班固对屈原个性品格的批评和人生选择的不认同是有其历史渊源的。

由于屈骚之怨主要来自现实政治活动失意，这对于以政治活动作为主要价值实现手段的后世士人而言，很能激起思想感情上的共鸣，“悲士不遇”成为后世士人不断咏叹的主题。[①] 从西汉前期的贾谊到武帝时代的司马迁，再到西汉末年的扬雄，莫不如此。

西汉初年的贾谊，青年失意的政治遭遇使得他对屈原的痛苦感同身受，成为作辞缅怀屈原的第一人。《吊屈原赋》是汉初骚体赋的发轫之作，开有汉拟骚作品之先河。它所构造的体制句式，所运用的表现手法，所体现的抒情色彩，无不具有屈骚之遗风。然而，贾谊对屈原投江殉国的人生选择却并不认同。贾谊《吊屈原赋》云：“般纷纷其离此邮兮，亦夫子之故也！历九州而相其君兮，何必怀此都也？”[②] 可见贾谊并不赞成屈原的自杀行为，而是对之深表惋惜，认为“自沉汨罗”是“夫子之辜”，希望屈原能够珍惜生命，离开楚国，到别的诸侯国去寻找实现自己美政理想的机会。故而，司马迁《史记·屈原贾生列传》云：“及见贾生吊之，又怪屈原以彼其材，游诸侯，何国不容，而自令若是。”[③] 西汉末年的扬雄对屈原投江殒身的人生选择是痛惜的，对其做法是持保留态度的。对于屈原自沉，扬雄曰：“怪屈原文过相如，至不容，作《离骚》，自投江而死，悲其文，读之未尝不流涕也。以为君子得时则大行，不得时则龙蛇，遇不遇命也，何必湛身哉！”[④] 不难看出，青年时期的扬雄也痛惜屈原自沉，希望他能全身远害，隐德自珍。可以看出，对屈原投江殒身的人生选择的质询甚至批评，并非班固首创。班固在《离骚序》中不赞成屈原愤激的情感与自杀的行为，主张以明哲的平静来对待命运的坎坷只

---

① 姚静波：《试析班固对屈原之批评》，《中国典籍与文化》第 39 期，第 9–13 页。

② （汉）班固：《汉书》，中华书局 1962 年版，第 2224 页。

③ （汉）司马迁：《史记》，中华书局 1956 年版，第 2503 页。

④ 同②，第 3515 页。

是对从贾谊到扬雄等汉代文人在怀才不遇人生境遇中主张明哲保身、全身远祸黄老思想的继承和发扬。

第五节　班固楚辞研究的创新及影响

班固长期从事屈原研究，研究内容极其全面而广泛。从《通幽赋》对屈原《离骚》的模拟，到《上东平王苍奏记》《离骚赞序》对屈原人格精神及作品的推重和敬仰；从《汉书·古今人表》中将屈原排在仅次于帝王和孔子的位置，到屡屡将屈原作为对两汉人物品评的参照；同时，素不为章句的班固还继承和发扬了从刘安、司马迁经刘向直到扬雄都极其重视屈作文本研究的传统，著了《离骚经章句》；在《离骚序》中，班固还能够博采众说、勇于创新，对从贾谊、刘安到司马迁、扬雄等人对屈原事迹和作品的评价从实际出发作出客观评价，别具慧眼地指出屈原的悲剧性格，推崇屈原为辞赋之宗。其间不乏诸多独到见解，也表现出作为一位文学史家应有的严谨和实事求是的治学态度。

（一）评屈原文学地位——祖骚宗屈

首先，班固高度评价屈原在辞赋史上的地位，揭示其创作在文学史上的深远影响。

《两都赋序》是班固为其代表作《两都赋》写的序文，是一篇汉赋综论。该文系统、全面地阐明了辞赋发展史。对于赋与诗的辩证关系，《两都赋序》云："赋者，古诗之流也"，"亦雅颂之亚也"。《艺文志》亦云："楚臣屈原离谗忧国，皆作赋以风，咸有恻隐古诗之义。"可见，班固认为，屈原辞赋是古诗的支流，是从《诗经》发展而来的。

对于屈原作品在辞赋史上的地位与影响，《离骚序》云："其文弘博丽雅，为辞赋宗。后世莫不斟酌其英华，则象其从容。自宋玉、唐勒、景差之徒，汉兴，枚乘、司马相如、刘向、扬雄，骋极文辞，好而悲之，自谓不能及也。"由此可见，尽管班固对屈原的个性品格和人生选择也许有所保留，但对他的文学成就极其推崇是毋庸置疑的。

尽管班固从经学家的身份和角度否定了刘安关于《离骚》"兼《诗》风

雅”“光争日月”的评论，但他却能从文学家的角度，充分肯定《离骚》的艺术成就及其在文学史上的地位，在文学史上第一个敏锐地觉察到并作出屈骚是“辞赋宗”的评价。班固将屈赋的文学价值与政治伦理功能分而论之，在惯于将作家、作品，将作品的社会政治功用与文学价值过分混为一谈的中国文学史批评长河中，班固无疑是识见卓绝者。[①]班固的祖骚宗屈论被后世王逸、皇甫谧、刘勰、宋祁、刘熙载等人发扬光大。例如刘勰在《文心雕龙·辨骚》中称屈原“衣被词人，非一代也”便是对班固“祖骚宗屈论”的直接继承和诠释。

（二）评屈原个性品质——贴近现实

汉代屈原研究的一个重要内容是评论屈原之为人，“屈原之历史形象反映的被摧残而又敢于抗争的人格美，经刘安《离骚传》的弘扬，到司马迁为其立传，构成汉初楚辞学以人格美为主的特征。”[②]对于屈原的个性品质，班固强调其忠君爱国与“露才扬己”的冲突，既赞扬屈原“上陈尧、舜、禹、汤、文王之法，下言羿、浇、桀、纣之失”的直谏精神，又指出其“露才扬己，竞乎危国群小之间，以离谗贼”，以及“责数怀王，怨恶椒、兰”，“忿怼不容，沉江而死”，率性而为、耿直孤高的个性特点。“露才扬己”作为屈原最主要的悲剧性性格特征，虽然完全不符合中庸之道的处事准则，但却揭示了屈原人格层面中最本质的一面，此等评价显得辨证而客观，应该说也较能更加符合历史真实。

刘安《离骚传》称赞《离骚》兼具风雅之长，可与日月争光，司马迁在《屈原列传》中全面赞同的刘安的评骚观点，也认为其“上称帝喾，下道齐桓，中述汤武，以刺世事，明道德之广崇、治乱之条贯，靡不毕现”，而且“其文约，其辞微，其志洁，其行廉，其称文小而其指极大，举类迩而见义远”。这种把屈赋完全等同于儒家经典的评价确有对屈骚以偏概全、过度拔高之嫌。相比之下，班固同样是以儒家诗教为准则评价《离骚》的，但是，他清楚地看到了《离骚》包含有“多称昆仑、冥婚宓妃虚无之语，皆非法度之政，经义所载”等不同于《风》《雅》的思想内容与艺术特色，堪为灼见。

---

① 李诚：《论班固评屈》，《四川师范大学学报》1992 年第 2 期，第 22–29 页。

② 许结：《汉代文学思想史》，南京大学出版社 1990 年版，第 56 页。

朱家亮认为：班固对于屈原及《离骚》的批评，包含了人格批评和伦理道德批评。“露才扬己”是班固对屈原的人格批评，准确地指出了屈原悲剧命运的原因，揭示了屈原人格层面中最本质的一面；班固认为《离骚》内容多虚无之语，道德内涵不合经义法度，故不可与《诗》《书》等儒家经典等量齐观等见解，廓清了《离骚》与儒家经典的分野，对于从文学的意义上认识《离骚》具有重要作用。①

班固首次对汉初楚辞学以人格美为主的特征进行淡化甚至提出质疑。这是他对于刘安《离骚传》、司马迁《屈原列传》中对屈原评价的新突破，是班固评骚的创见。

（三）评屈原作品——强调审美

班固对屈原作品的评价，有弱化讽谏、强调颂美的倾向。这首先表现在能够准确而清楚地看到了《离骚》不同于《风》《雅》的思想内容，指出其之所以能够泽被后世是在于奇崛浪漫的文学特征，充分肯定的艺术成就，表现出自觉的文学审美批评意识。

《离骚序》云：

> 其文弘博丽雅，为辞赋宗。后世莫不斟酌其英华，则象其从容。自宋玉、唐勒、景差之徒，汉兴，枚乘、司马相如、刘向、扬雄，骋极文辞，好而悲之，自谓不能及也。虽非明智之器，可谓妙才者也。②

这是班固对屈原作品之价值意义所下的结论。他没有像之前的刘安、司马迁和其后的王逸那样完全是以儒家诗教为尺度，仅仅从伦理道德和社会功能的要求出发去评价屈骚的价值意义，而是着重赞扬其文具有恢宏的结构、广博的内涵、华美的辞藻、雍容的气度，使得当世及两汉辞赋大家均自愧不如、无人能及，从而当之无愧地成为辞赋的创始者，成为后世辞赋家学习的楷模和效仿的典范。

虽然班固对《离骚》中不同于《风》《雅》的思想内容特色尚不能完全理解和全面肯定，但却热情地肯定了它的艺术成就。“应该承认，班固所说的‘弘博丽雅’四个字，是对《离骚》颇为中肯的很高的评价。特别是其中的那个

① 朱家亮：《班固评屈的文学批评价值》，《学术交流》2008 年 10 期，第 165–168 页。

② （宋）洪兴祖：《楚辞补注》，中华书局 1983 年版，第 49–50 页。

‘丽’字，并非儒家评诗论文的标准，也没有其他人以此作为评文标准，是班固第一个用‘丽’来衡量文学作品，而且确乎揭示了《离骚》的突出艺术特征。”[①]“为辞赋宗”则是对文学地位和影响的最好肯定。“其文弘博丽雅，为辞赋宗”是从艺术上对屈赋的审美评价和定位，在楚辞学史上确为创见。

班固论骚抓住了文学的审美特征，是较早以“丽”论骚的批评家。虽然，稍前的扬雄也注意到屈原作品中充满幻想色彩的神话传说和夸张的铺排与修辞等最具浪漫主义的艺术特色。《文选注》引《法言》云：“原也过以浮，如也过以虚。过浮者蹈云天，过虚者华无根。”[②]但扬雄仅仅指出屈骚“丽”外在的形式而没有准确地肯定其价值。相反，扬雄的这个论述还被众多的学者解读成是批评《离骚》的华而不实、虚无缥缈。同时，《法言·吾子》云：“诗人之赋丽以则，辞人之赋丽以淫。”[③]虽然扬雄是最早以“丽”论屈骚的大家，但他还没有脱离儒家诗教的原则。可见，班固对屈赋较为自觉的审美批评实属创见。此后，直到建安时期，中国文学自觉时代的来临，曹丕才在《典论·论文》中提出用提倡“美”的标准来衡量文学作品，提出“诗赋欲丽”的评价原则。因此可以说，在一定程度上，班固评骚对魏晋南北朝这个文学自觉时代的到来功不可没。司马迁在《史记·屈原列传》曾说：“屈原既死之后，楚有宋玉、唐勒、景差之徒者，皆好辞而以赋见称，然皆祖屈原之从容辞令，终莫敢直谏。”[④]两相比较不难发现，司马迁对屈原及其作品的肯定重点在于其“敢于直谏”的儒家经世致用精神及特色，在于其具有强烈的社会功用，这也是司马迁批评自宋玉之后众多辞赋大家之作品远逊于屈原之作的关键之所在。班固这段话显然祖自司马迁此语，不过论述的重点和所得的结论却正好相反。班固在批评刘安称《离骚》兼诗风雅、光争日月有拔高其儒学价值之嫌后，用“弘博丽雅”来赞扬其文学美特质；用“为辞赋宗”来肯定屈原的文学史地位；用“后世莫不酌其英华，则象其从容”指出其对中国文学广泛而永恒的影响；用“可谓妙才”作为对其评价的最终结论。可见，

---

① 吴瑞霞：《关于司马迁与班固对屈原批评的思考》，《华中理工大学学报》1999 年第 2 期，第 100–102 页。

② （清）纪昀：《四库全书》第 1270 册，上海古籍出版社 1987 年版，第 444 页。

③ （汉）扬雄：《法言》，中华书局 2012 年版，第 33 页。

④ （汉）司马迁：《史记》，中华书局 1956 年版，第 2491 页。

班固认为，屈原之所以伟大，不在于他具有敢于直谏的政治品格，而在于其具有文学的“妙才”，在于其“为辞赋宗”的文学史地位；屈赋之所以流芳百世，不是因为它能够“兼诗《风》《雅》”，而在它具有“弘博丽雅”“英华”“从容”等文学审美特点。班固评屈赋，改变了以往仅仅从政治学、伦理学角度进行评价的方法，从文学的角度毫无保留地充分肯定了屈赋，在《楚辞》研究史上，明确地指出了屈赋在文学上作为“辞赋宗”的地位。表现出了班固重视文学色彩与审美价值的评骚观。“就文学批评史而言，这也就意味着在屈赋的政治、伦理批评之外，开展了屈赋的文艺学批评，因而大大拓宽了屈赋评论的空间，增加了新的剖析角度。”①

同时，班固用“美”的标准评价，称《离骚》弘博丽雅，堪为辞赋之宗，体现了自觉的审美批评意识，这不仅意味着班固对文学的独立性及作品的审美特性有了清醒的认识，更对中国古代文学审美批评规范的建立具有重要影响。②

班固的这种文学批评二元论思想在汉赋研究史上产生了深远的影响。比如，在“文学自觉的时代”的魏晋南北朝时期，刘勰在《文心雕龙·辨骚》中评价刘安、班固、王逸等人对屈赋的评价都是“褒贬任声，抑扬过实”，并且列举屈原作品中“同于《风》《雅》”与“异乎经典”之事各四例为证，最终得出《离骚》是“《雅》《颂》之博徒而词赋之英杰”的结论。这种轻儒学价值而重文学审美的评价方法和结论都是源自班固。

然而，毋庸讳言，班固评骚也有其不可忽视的局限性。

这首先表现在他用消极的宿命论和苟合取安的庸人哲学去评价屈原投江殉国的人生选择。《离骚序》云：“且君子道穷，命矣，故潜龙不见是而无闷，《关雎》哀周道而不伤。蘧瑗持可怀之智，宁武保如愚之性，咸全命避害，不受世患，故《大雅》曰‘既明且哲，以保其身’，斯为贵矣。”这和扬雄在《反离骚》中主张的“君子得时则大行，不得时则龙蛇，遇不遇命也，何必湛身哉”的观点完全一致。虽然其中包含着对屈原未能保身守道、全身避祸，而选择沉江殒身的做法的痛惜，但也不可否认包含了宿命论的思想，是一种消极的人生观。这不仅在一定程度上有损积极入世、誓死抗争的屈原的光辉形象，

---

① 李诚：《论班固评屈》，《四川师范大学学报》1992 年第 2 期，第 22–29 页。

② 朱家亮：《班固评屈的文学批评价值》，《学术交流》2008 年 10 期，第 165–168 页。

甚而至于也对几千年来中国传统的知识分子的人生观产生一定的影响。虽然班固评骚不乏诸多真知灼见，但这种宿命论思想与“婉娩以顺上，逡巡以避患”的苟合取安的庸人哲学显然是不足为训的。

其次，班固虽然看出了《离骚》中登昆仑、扣冥婚、求宓妃、“灵氛占卜”“巫咸降神”“升天远游”等不同于风雅等儒家经典的思想内容和艺术特色，并以此称屈原是“妙才”，但却没有看出正是这些奇异的想象、大胆的夸张全面而深刻地表现了屈原追求美政强烈的个体生命意识和高昂的主体人格精神，反而认为这些都是“非法度之政、经义所载”的“虚无之语”。可见，班固虽然对屈原的作品的浪漫主义特色具有明确而强烈的审美感受，但没有具备准确评价屈原作品奇崛浪漫之美的能力。

第八章　汉代楚辞学的巅峰

——王逸及其《楚辞章句》

第一节　王逸的生平及著述

王逸，东汉末人，生卒年月不详，生活年代大致在东汉章帝元和二年（85）至桓帝延熹元年（158）期间。《后汉书·文苑传》云：“王逸字叔师，南郡宜城人也。元初中，举上计吏，为校书郎。顺帝时，为侍中。”①据传及可知，王逸为汉时南郡宜城（今湖北宜城市）人，屈原故乡秭归在汉时也属南郡，故王逸与屈原堪称同乡。王逸于《九思序》中言“逸与屈原同土共国”②即指此。王逸在汉安帝元初年间被举荐为上计吏，后转任校书郎。据《后汉书·安帝纪》记载，永初四年（117）二月，安帝“诏谒者刘珍及五经博士校定东观五经、诸子、传记、百家艺术，整齐脱误，是正文字”。③唐刘知几《史通·论史官建置》记载王逸曾参与过刘珍主持的《东观汉纪》的修撰。故而，王逸任校书郎时间最有可能就是这一年。王济州据今传明嘉靖刊本《楚辞补注》题署补注“一本云校书郎中”以及日本京都帝国大学影印唐写本《文选集注》卷六十三《离骚经》注引陆善经语“后为校书郎中”等记载认为，王逸在担任校书郎后曾升擢为校书郎中。汉顺帝（126—144 年在位）时升迁丞相属官

---

① （南朝宋）范晔:《后汉书》，中华书局 1965 年版，第 2618 页。

② 黄灵庚:《楚辞文献丛刊》第 3 册，国家图书馆出版社 2014 年版，第 445 页。

③ 同①，第 215 页。

侍中。据明张溥辑《汉魏六朝百三名家集》及旧本京都帝国大学影唐写本《文选集注》卷六十三《离骚经》注可知，王逸后来又曾出任豫州刺史和豫章太守等职。敦煌写本《文选集注·离骚》残卷录陆善经曰："逸，字叔师，南郡宜城人，后（汉）校书郎中，注《楚调（词）》，后为豫章太守也。"逸有一子，年少才高但早年而夭，其传附于《后汉书·王逸传》后。传云："子延寿，字文考，有俊才。少游鲁国，作《灵光殿赋》。后蔡邕亦造此赋，未成，及见延寿所为，甚奇之，遂辍翰而已。曾有异梦，意恶之，乃作《梦赋》以自厉。后溺水死，时年二十余。"①

王逸作品众多，《后汉书·文苑传》载有"赋、诔、书、论及杂文凡二十一篇"，以及"汉诗百二十三篇"②，今多亡佚。《隋书·经籍志》之"后汉南郡太守《马融集》"注中提及梁有《王逸集》二卷；侯康《补后汉书·艺文志》载其《广陵图经》及《正部论》八卷；《全后汉文》辑有他的《机妇赋》《荔枝赋》二篇以及《折武论》残篇；丁福保《全汉诗》卷二载有王逸七言诗《琴思楚歌》诗歌一首。

第二节 《楚辞章句》的成书、编次及体例

一、《楚辞章句》的成书

王逸楚辞学贡献在于其完成了汉代楚辞学集大成之作——《楚辞章句》，王逸也因此当之无愧地成为两汉楚辞学之集大成者。这在中国楚辞学史上和文学史上都有里程碑式的意义。然而，这部现存最早也最系统的楚辞注本到底成书于何时，学界至今仍无定论。

关于王逸作《楚辞章句》目的，可以从其《楚辞章句序》和《天问后序》中窥之一二。

《楚辞章句序》云：

---

① （南朝宋）范晔：《后汉书》，中华书局1965年版，第2618页。

② 同①。

> 至于孝武帝，恢廓道训，使淮南王安作《离骚经章句》，则大义粲然，后世雄俊，莫不瞻仰……逮至刘向，典校经书，分以为十六卷。孝章即位，深弘道艺，而班固、贾逵复以所见改易前疑，各作《离骚经章句》，其余十五卷，阙而不说。又以壮为状，义多乖异，事不要括……今臣复以所识所知，稽之旧章，合之经传，作十六卷章句。①

《天问后序》云：

> 自太史公口论道之，多所不逮。至于刘向、扬雄，援引传记以解说之，亦不能详悉，所阙者众，多无闻焉。既有解说，乃复多连蹇其文，濛澒其说，故厥义不昭，微旨不晢，自游览者，靡不苦之，而不能照也。今则稽之旧章，合之经传，以相发明，为之符验，章决句断，事事可晓，俾后学者永无疑焉。②

可见，王逸作《楚辞章句》乃是因不满意前人对楚辞的注释和评价，为了纠正旧说，发明己意，使得楚辞“章决句断，事事可晓”。由此可知，王逸对前人注释楚辞的著作定是博览精思、广泛摄取。然而，王逸于二序中提及的刘安、班固、贾逵所作之《离骚经章句》及刘向、扬雄等对《天问》的援引传记解说之词，不仅今均不存于世，而且也不见于《汉书·艺文志》及《隋书·经籍志》等，可见此类著作当时并未在社会上广泛流传，因此极有可能仅仅是当时的皇室藏书，而王逸与安帝元初四年（117）为校书郎，得以参与东观校书，因而才得有机会遍观刘安、班固等的楚辞研究著作。由此不难推断：王逸《楚辞章句》之创作时间不该早于汉安帝元初四年（117）。

关于《楚辞章句》成书的时间，易重廉先生考订为汉安帝元初年中（117年左右），其重要依据之一是因为世传明嘉靖翻宋刻《楚辞章句》卷一至卷十六皆题“校书郎臣王逸上”。易重廉先生认为这表明此书是在王逸做校书郎时（117—120年）完成并上进朝廷的。③ 王齐洲先生则据明嘉靖刊《楚辞补注》中题“校书郎中王逸”以及《四库全书总目》之“旧本题校书郎中，盖据其注是书时所居官也”等考订《楚辞章句》成书及上进朝廷时间应在文艺重新

---

① 黄灵庚:《楚辞文献丛刊》第 2 册，国家图书馆出版社 2014 年版，第 467-468 页。

② 黄灵庚:《楚辞文献丛刊》第 3 册，国家图书馆出版社 2014 年版，第 78-79 页。

③ 易重廉:《中国楚辞学史》，湖南出版社 1991 年版，第 63 页。

得到重视的顺帝初年（126）。[①] 王逸自元初四年（117）任校书郎入东观校书，参与过刘珍主持的《东观汉纪》的修撰，可谓公务繁忙，若要在此短短四年间完成本不属于校书任务的《楚辞章句》，较难想象，而在校书工作完成6年后的126年，完成这部著作则更有可能。相较之下，王济州先生《楚辞章句》成书于顺帝初年（126）之说较为合理。

二、《楚辞章句》的编次

王逸《楚辞章句》的楚辞选篇及编次是采用刘向编辑的十六卷《楚辞》为底本再加上自己所作的《九思》而成的。明隆庆五年朱氏夫容馆刻本《离骚经章句第一》前标有"汉刘向编辑，王逸章句"即是明证。

宋陈振孙撰《直斋书录解题》楚辞类云：

> 《楚辞》十七卷，汉护都水使者光禄大夫刘向集，后汉校书郎南郡王逸叔师注。[②]

明王世贞《楚辞序》云：

> 梓《楚辞》十七卷。其前十五卷，为汉中垒校尉刘向编集，尊屈原《离骚》为经，而以原别撰《九歌》等章，及宋玉、景差、贾谊、淮南、东方、严忌、王褒诸子，凡有推佐原意而循其调者为传。其十六卷，则中垒所撰《九叹》，以自见其意。前后皆王逸通故为章句。最后卷则逸所撰《九思》以附于中垒者也。[③]

关于《楚辞章句》的编次，明隆庆五年朱氏夫容馆刻本为：

第一卷离骚经章句第一　屈原

第二卷九歌传章句第二　屈原

《东皇太一》《云中君》《湘君》《湘夫人》《大司命》《少司命》

《东君》《河伯》《山鬼》《国殇》《礼魂》

第三卷天问传章句第三　屈原

---

① 王齐洲：《王逸和〈楚辞章句〉》，《文学遗产》1995年2期，第23–30页。

② （宋）陈振孙：《直斋书录解题》，上海古籍出版社1987年版，第433页。

③ （清）纪昀：《四库全书》第1280册，上海古籍出版社1987年版，第166页。

第四卷九章传章句第四　屈原

《惜诵》《涉江》《哀郢》《抽思》《怀沙》

《思美人》《惜往日》《橘颂》《悲回风》

第五卷远游传章句第五　屈原

第六卷卜居传章句第六　屈原

第七卷渔父传章句第七　屈原

第八卷九辩传章句第八　宋玉

第九卷招魂传章句第九　宋玉

第十卷大招传章句第十　屈原（或言景差）

第十一卷惜誓传章句第十一　贾谊

第十二卷招隐士传章句第十二　淮南小山

第十三卷七谏传章句第十三　东方朔

《初放》《沉江》《怨世》《怨思》

《自悲》《哀命》《谬谏》

第十四卷哀时命传章句第十四　严忌

第十五卷九怀传章句第十五　王褒

《匡机》《通路》《危俊》《昭世》《尊嘉》

《蓄英》《思忠》《陶壅》《株昭》

第十六卷九叹传章句第十卷　刘向

《逢纷》《灵怀》《离世》《怨思》《远逝》

《惜贤》《忧苦》《愍命》《思古》

第十七卷九思传章句第十七　王逸

《逢尤》《怨上》《疾世》《悯上》《遭厄》

《悼乱》《伤时》《哀岁》《守志》

《四库全书总目》曾列出刘向本十六卷《楚辞》的详细篇目：

哀屈、宋诸赋，定名《楚辞》，自刘向始也。……初刘向裒屈原《离骚》《九歌》《天问》《九章》《远游》《卜居》《渔父》，宋玉《九辩》《招魂》，景差《大招》，而以贾谊《惜誓》、淮南小山《招隐士》、东方朔《七谏》、严忌《哀时命》、王褒《九怀》，及向所作《九叹》，共为《楚辞》十六篇。

是为总集之祖。[①]

这个次序和今传《楚辞章句》篇目次序相同，似乎明隆庆五年朱氏夫容馆刻本之篇目次序即为王逸编撰《楚辞章句》之原始次序，其实不然。南宋陈振孙《书录解题》载有《古文楚辞释文》一卷，其篇目次序即将《九辩》置于《离骚》之后列次第二。这个问题洪兴祖《楚辞补注》中即已发现，他说："《九辩》第八，宋玉。《释文》第二。"[②]《四库全书总目》卷一百四十八云：

《楚辞章句》十七卷，汉王逸撰。……陈振孙《书录解题》载有《古文楚辞释文》一卷，其篇第首《离骚》，次《九辩》《九歌》《天问》《九章》《远游》《卜居》《渔父》《招隐士》《招魂》《九怀》《七谏》《九叹》《哀时命》《惜誓》《大招》《九思》，迥与今本不同。兴祖据逸《九章》注中称"皆解于《九辩》中"，知古本《九辩》在前，《九章》在后。振孙又引朱子之言，据天圣十年陈说之《序》谓"旧本篇第混并，乃考其人之先后，重定其篇第"，知今本为说之所改。则自宋以来，已非逸之旧本。又黄伯思《东观余论》谓逸注《楚辞》，序皆在后，如《法言》旧本之例，不知何人移于前。则不但篇第非旧，并其序亦非旧矣。[③]

刘永济《屈赋通笺》据《楚辞章句》于《九歌》《九章》的叙文中皆不释"九"之义，而在《九辩》的叙文中则曰："九者，阳之数，道之纲纪也……"从而证明王逸《楚辞章句》的原始篇次，《九辩》不仅在《九章》之前，而且在《九歌》之前，与《楚辞释文》的篇次相同。

对于《楚辞章句》之第十七卷《九思》，比较一致的看法是王逸自注，但也有人根据《九思·序》自称"博雅多览"，"未有解说，故聊叙训谊"，可知《九思》篇非王逸自序、自注。如洪兴祖《楚辞补注·九思》云："逸不应自为注解，恐其子延寿之徒为之尔。"[④] 宋代陈振孙、清人姚振宗也疑为"后人所益"[⑤] 或为"私家别行本"[⑥]。清人顾炎武、俞樾等人指出注文有误解《九思》的地方，因

---

① （清）纪昀，《四库全书总目》，中华书局 1997 年版，第 1267 页。

② （宋）洪兴祖：《楚辞补注》，中华书局 1983 年版，第 2 页。

③ 同①。

④ 同②，第 314 页。

⑤ （清）纪昀：《四库全书》第 674 册，上海古籍出版社 1987 年版，第 780 页。

⑥ 汤炳正：《〈楚辞〉编纂者及其成书年代的探索》，《江汉学报》1963 年第 10 期，第 49–57 页。

此也认为《九思章句》非王逸自注。今人汤炳正先生则进一步认为，不仅注文，而且连序文都不是王逸所作。[①]

考之典籍，洪兴祖的猜测根据不足。据《后汉书·王逸传》记载，王逸子王延寿虽年少才高，有名作《灵光殿赋》传世，但只活了二十余岁。据《博物志》记载，王延寿死于王逸之前。唐李贤注《后汉书·王逸传》曰："张华《博物志》曰：王子山与父叔师到泰山从鲍子真学算，到鲁赋灵光殿，归度湘水溺死。文考一字子山也。"[②] 虽然在汉代有司马迁、班固等子成父书之例，但多为秉承遗志之续作。王延寿年少而夭，死于其父王逸之前，故洪兴祖等人怀疑《九思》注文出于王延寿之手的说法有违常理，恐难成立。对此，《四库全书总目》（卷一四八）"楚辞类"则认为《楚辞章句》本来就是十七卷本，王逸自作自注不足为怪，并举班固《汉书》和谢灵运《山居赋》为例：

> 逸又益以己作《九思》与班固二叙为十七卷，而各为之注。其《九思》之注，洪兴祖疑其子延寿所为。然《汉书·地理志》《艺文志》即有自注，事在逸前。谢灵运作《山居赋》，亦自注之。安知非用逸例耶？旧说无文，未可遽疑为延寿作也。[③]

对于《九思序》之语气似非王逸本人所作，查屏球认为就其语气更不应是其子王延寿所作。王逸作《楚辞章句》原书十六卷不包含王逸自己的作品《九思》及其注文。《九思》及其章句最初可能只是缀附书后并没有单独成为一卷，可能是后人在整理时将两者合起来并增加了一卷，抑或《九思章句》是王逸十六卷《楚辞章句》的整理者仿照王逸注作成的。[④]

三、《楚辞章句》的体例

关于"章句"，黄侃先生云："从声以变则为章。《论文》：'乐竟为一章'是也。言乐竟者，古但以章为施于声音之名，而后世则泛以施之篇籍"，"句

---

① 汤炳正：《屈赋新探》，齐鲁书社 1982 年版，第 107–108 页。

② （南朝宋）范晔：《后汉书》，中华书局 1965 年版，第 2618 页。

③ （清）纪昀：《四库全书总目》，中华书局 1997 年版，第 1267 页。

④ 查屏球：《文学的阐释与阐释的文学——关于王逸〈楚辞章句〉韵体注文的考论》，《文学评论》2008 年第 2 期，第 133–138 页。

之名，秦汉以来众儒为训诂者乃有之，此由讽诵经文，于此小驻，正用钩识之义。”[①] 吕思勉亦认为：章与句“并古断句之符号矣。章句二字本义如此，知古所谓章句者，实后世画段点句之类”。[②] 可见，章句之本意是分章断句，而汉代注家将以分章析句来解说古书之意的著作体也称为章句。汉人解经，有“故”“故训”“解诂”“传”“章句”等形式。大致说来，“故”“故训”“解诂”三种形式的解经方法主要以训释语言为主，“传”则侧重阐发大义，以及名物制度；“章句”则又兼取“故”“传”之长，而别为一体。[③]

王逸《楚辞章句》采用先序次释再释句的训诂方法，未明确分章。这种训诂方法是从先秦古籍正文体训诂的形式发展而来，到西汉时毛亨、毛苌的《毛诗诂训传》正式形成，东汉时期被广泛应用。该训诂方法称作传注体训诂，也叫随文释义。然而今世仅见之汉代章句体著作只有王逸的《楚辞章句》和稍后出现的赵岐《孟子章句》。赵岐的《孟子章句》采用先分章，后释词、释句，再概述章旨的训诂方法，史称章句体训诂，因此王逸的《楚辞章句》是现存唯一的汉代传注体训诂之作。

《楚辞章句》承毛诗训解体例，先各篇题解，后每句训诂。训诂基本上以二句为义，在第二句后先训诂后串讲释义。德国汉学家白马认为，《楚辞章句》的评注类型大致可以分为“章句评注”“节律评注”和“三简约评注”三种类型。白马所谓的“章句评注”就是“解说评注”，是以一种不断重复翻演且由不同阐释步骤组合而成的序列。如《离骚》“朕皇考曰伯庸”，《章句》曰：“朕，我也。皇，美也。父死称考。《诗》曰：‘既右烈考。’伯庸，字也。屈原言我父伯庸，体有美德，以忠辅楚，世有令名，以及于己。”“节律评注”是用一种极为规律的句子进行评注的方式，一般由八个字符组成，并且多数为四字符的前半句和三字符（加一尾字“也”）的后半句。如《九章·惜往日》“惜往日之曾信兮，受命诏以昭时”，《章句》云：“先时见任，身亲近也。君告屈原，明典文也。”“简约评注”是由三个字符和一个尾词“也”构成的评注句式，因为从形式上给人这种印象好像是节律评注简缩到后半句的变体，所以称作“简约评注”。如《九

① 黄侃：《文心雕龙札记》，上海古籍出版社 2000 年版，第 20 页。
② 吕思勉：《文字学四种》，上海教育出版社 1985 年版，第 7–8 页。
③ 蒋天枢：《楚辞论文集》，陕西人民出版社 1982 年版，第 213 页。

章·渔父》:“游于江潭，行吟泽畔。”《章句》云:“戏水侧也。履荆棘也。”①

《楚辞章句》所收楚辞作品分为十七卷，每卷之前各有一序，此外《离骚》和《天问》各有后序一篇，因此,《楚辞章句》共有序文十九篇。序之内容包括作者简介（含籍贯、才情、思想等）；篇名阐释、创作缘由、背景、写作时间、主旨大意及意图等等，是我们研究屈原和其他楚辞作家以及汉代拟骚诗作家的生平思想，作品的主题、背景等不可或缺的宝贵资料，也对后世《楚辞》研究具有重要价值，在楚辞学史上产生了深远影响。如：

《九歌序》云：

> 九歌者，屈原之所作也。昔楚南郢之邑，沅、湘之间，其俗信鬼而好祀。其祠，必作歌乐鼓舞以乐诸神。屈原放逐，窜伏其域，怀忧苦毒，愁思怫郁。出见俗人祭祀之礼，歌舞之乐，其词鄙陋，因为作《九歌》之曲，上陈事神之敬，下以见己之冤结，托之以风谏。②

此序先确定作品归属权是屈原，次交代创作背景是南楚好祀、祭辞鄙陋，再言写作目的意图是见已之冤结，托之以风谏。

《天问序》云：

> 天问者，屈原之所作也，何不言问天？天尊不可问，故曰天问也。屈原放逐，忧心愁悴。彷徨山泽，经历陵陆。嗟号昊旻，仰天叹息。见楚有先王之庙及公卿祠堂，图画天地山川神灵，琦玮僪佹，及古贤圣怪物行事，周流疲倦，休息其下，仰见图画，因书其壁，呵而问之，以泄愤懑，舒泻愁思。楚人哀惜屈原，因共论述，故其文义不次序云尔。③

此序告诉人们《天问》如下信息：作者——屈原；释题——“天问”意为“问天”，因天尊不可问，故曰“天问”；创作时间——作于屈原流放期间；写作原因——见庙、堂之图画有感；写作目的——以泄愤懑，舒泻愁思；文不次第之因——楚人哀惜屈原，因共论述。

综合《天问》之前序和后序，其中涉及的内容更加广泛。史建桥先生将其归结成以下四个方面：第一，探究作品的时代因素（屈原被放逐的命运正是

---

① ［德］白马:《〈楚辞章句〉评注类型研究（节录）》,《职大学报》2009 年第 1 期，第 24–26 页。

② 黄灵庚:《楚辞文献丛刊》第 3 册，国家图书馆出版社 2014 年版，第 4–5 页。

③ 同②，第 43–44 页。

楚国的现实政治所造成，因此，“创作缘起”里隐含着时代背景）；第二，考查作者的相关情况（作者、创作意图）；第三，剖析作品的文本结构、题材等文学特性（题旨、创作方式、文本结构、内容特性）；第四，读者的阐释历史。这些问题已涉及文本阐释中的时代、作者、作品、读者四大要素。①

《九辩》序云：

> 《九辩》者，楚大夫宋玉之所作也。辩者，变也，谓陈道德以变说君也。九者，阳之数，道之纲纪也。故天有九星，以正机衡，地有九州，以成万邦，人有九窍，以通精明……宋玉者，屈原弟子也。闵惜其师，忠而放逐，故作《九辩》以述其志。至于汉兴，刘向、王褒之徒，感悲其文，依而作词，故号为‘楚词’，亦承其九以立义焉。②

其中则包含了解题、宋玉与屈原关系、写作动机、楚辞影响及得名、“九体”的确立等方面的内容。

《九思序》云：

> 《九思》者，王逸之所作也。自屈原终没之后，忠臣介士，游览学者，读《离骚》、《九章》之文，莫不怆然，心为悲感，高其节行，妙其丽雅。至刘向、王褒之徒，咸嘉其义，作赋骋辞，以赞其志，则皆列于谱录，世世相传。逸与屈原同土共国，悼伤之情，与凡有异。窃慕向、褒之风，作颂一篇，号曰《九思》，以裨其辞。未有解说，故聊训谊焉。③

该序内容则包含作者简介（含籍贯、才情、思想），《楚辞章句》创作动因，汉人拟作收录及目的等等。

在注释用语上，《楚辞章句》较之汉代的训诂著作有所不同，其突出表现是注释韵散兼用，灵活而有创新。在《涉江》《哀郢》《抽思》《怀沙》《思美人》《惜往日》《悲回风》《远游》《卜居》《渔父》《九辩》《招隐士》《九怀》《九思》等篇的章句中有大量的韵体注文，而《远游》《卜居》《渔父》《九辩》《九怀》等注文几乎全篇都是韵体。这种采用韵文释义的训诂方法，在汉代的注释文献中是独一无二的。

---

① 史建桥：《王逸〈楚辞章句·天问〉的阐释特点》，《河北师范大学学报》2006年第6期，第92–95页。

② 黄灵庚：《楚辞文献丛刊》第3册，国家图书馆出版社2014年版，第183–184页。

③ 同②，第444–445页。

对此，《四库全书总目》云：

《抽思》以下诸篇注中，往往隔句用韵，如“哀愤结缗，虑烦冤也。哀悲太息，损肺肝也。心中结屈，如连环也”之类，不一而足。盖仿《周易》象传之体，亦足以考证汉人之韵。而吴棫以来谈古韵者，皆未征引，是尤宜表而出之矣。[①]

此处提到《抽思》以下隔句用韵的情况而且分析其特点，认为它是仿《周易·象传》之体，并可以用来考证汉人的用韵。今人闻一多先生亦视为王逸独创，并对此赞赏道：“王逸注此书，有依字立训，逐句作解者，此寻常传注之体。有隐括句义，自铸新词，大都为四言韵语，此王氏自创之变体。”[②] 梁启超则认为，以文学化的韵文注释前人作品可能不是王逸的独创，因为《易经》各象之爻辞即是韵文形式。《楚辞章句》中的韵体注是王逸效法《易经》中的韵体爻辞而创作，王逸的《琴思楚歌》即是后人摘录其《楚辞章句》中之韵体注而成。他说：“注文用韵起于《易经》各爻象之象辞，叔师效之而一律裁为七言。《琴思》一章，疑亦某章之注，后人摘之以为诗耳。”[③] 现当代学者多赞同之。

查屏球先生将王逸的《琴思楚歌》与《九辩》注文详细对照并发现，《琴思楚歌》比原文只少了三句；除前三句是每句韵外，后面全是隔句韵，内容上也是一气贯连；其中个别字与原文不同，也是为了适合押韵的需要而作的改动，具有早期七言诗的特色。故而，他认为：

《楚辞章句》中存在着散文注文与韵体注文两种形式，其中韵体注文应出于王逸的有意创造。它最初是脱离于原文独立成篇的，属于纸书替代简帛文书之前的经传分离的注释体例。从这一角度考察这类韵体注文，可以发现并解释王逸注文与经文不完全相合的特点与相对独立的文体特色。这类相对独立的释读文字具有助读、欣赏、评点多种功能，是一种伴读式欣赏；它是对原作的再创造，本身也具有文学价值审美意义，还是一种特殊的文学批评方法，体现了早期文学批评的基本特色。[④]

① （清）永瑢等：《四库全书总目》，中华书局 1997 年版，第 1267 页。

② 闻一多：《闻一多全集》，湖北人民出版社 1993 年版，第 187 页。

③ 梁启超：《中国之美文及其历史》，东方出版社 1996 年版，第 144–145 页。

④ 查屏球：《文学的阐释与阐释的文学——关于王逸〈楚辞章句〉韵体注文的考论》，《文学评论》2008 年第 2 期，第 133–138 页。

然而，宋代以来就有人怀疑《楚辞章句》中的韵体注文可能不是出于王逸之手，当代学者中持此观点者也不乏其人。如蒋天枢先生曾对此具体分析道："王逸依据《楚辞》原书而为《章句》，其十六卷中各篇大都遵照汉人释经旧法，先训解文字，次诠发大义，证以实事，并列举众说。惟《九辩》《抽思》《思美人》《惜往日》《远游》《卜居》《渔父》《招隐士》《九怀》各篇中，全篇或大部分，先后以错落之韵语为文，韵语间时又杂以较详之解释，此则汉人传注中所罕见。"① 蒋先生还从注释学角度对之提出了批评，认为这种注释方法不合经注之体例，故而不能准确阐释文义；不能和原文严格对应且多别出心裁之语，而《九思》之韵体注尤其与前十六卷不类，因此认为是"其他人为之注"而非王逸之注。他说："凡用此形式以诠说者，或不能严格按照原文词意而为之说，所用非经注正体，其中所失尤多。此种别出心裁之注文，倘非依傍全部正文，正不知所谓。其第十七卷《章句》中文体尤不纯，词意间与前十六卷亦不类，或附入《九思》后其他人为之注邪？"② 曹建国先生也认为，今本《楚辞章句》中大量韵体注文与章句体例不合，其所表现的思想也与《楚辞章句》中的散体注不同，用韵情况也与王逸时代及地区不同。所以，《楚辞章句》中的韵体注当系他人所为，其目的是为了补足王逸《楚辞章句》的缺失。③

相较之下，梁启超观点近是。《楚辞章句》中的韵体注是王逸效法《易经》中的韵体爻辞的再创造。这种以韵文释《楚辞》之体，包括了训解文字和串讲句义，虽有时文字训诂不太落实明确，但多能疏通文句之义，且避免了"浮辞繁长"的缺点。

第三节 《楚辞章句》的版本及流传

《楚辞章句》问世后以抄本的形式流传于世。一直到唐代，无论是在民间还是在宫廷流传的《楚辞章句》均属于抄本系统。从宋代开始，《楚辞章句》

① 蒋天枢：《楚辞论文集》，陕西人民出版社 1982 年版，第 216 页。
② 同①，第 217 页。
③ 曹建国：《〈楚辞章句〉韵体注考论》，《文学评论》2010 年第 5 期，第 118–125 页。

出现了刻板印刷本。

两宋时期,《楚辞章句》流传广泛、版本众多。洪兴祖为补王逸《楚辞章句》而作《楚辞补注》时，共用宋代《楚辞章句》传本二十多种。在《楚辞补注》中，有为数不少的“一本”“或本”“旧本”“一作”“或作”等词语，这就是洪兴祖参阅众多宋代流传的《楚辞章句》版本的痕迹。不仅如此，后人对此也有记载。晁公武《郡斋读书志》著录《补注楚辞十七卷考异一卷》云:“《自序》云:‘以欧阳永叔、苏子瞻、晁文元、宋景文家本参校之，遂为定本。又得姚廷辉本作《考异》。’且言《辩骚》非《楚辞》本书，不当录。”[①]陈振孙《直斋书录解题》亦著录云:“兴祖少时从柳展如得东坡手校《楚辞》十卷，凡诸本异同，皆两出之；后又得洪玉父而下本十四五家参校，遂为定本。始补王逸《章句》之未备者；书成，又得姚廷辉本，作《考异》，附古本《释文》之后；其末又得欧阳永叔、孙莘老、苏子容本于关子东、叶少协，校正以补《考异》之遗。”[②]概括地说，宋代《章句》的刻本，应该包括三大版本系统：一是单刻《楚辞章句》本，二是合刻于宋洪兴祖《楚辞补注》本，三是见录于《昭明文选》李善注之本。在洪兴祖《楚辞补注》刻印流传之前，最为普遍的应是《楚辞章句》的单行本。唐李善注《文选》中的《楚辞》诸篇全录王逸《楚辞章句》之注。《四库全书总目》云:“逸注虽不甚详赅，而去古未远，多传先儒之训诂，故李善注《文选》，全用其文。”[③]虽然《文选》收录的楚辞作品仅有《离骚》《东皇太一》《云中君》《湘君》《湘夫人》《少司命》《山鬼》《涉江》《卜居》《渔父》《九辩》《招魂》《招隐士》等十三篇，而且《九辩》仅仅收录其中五首，但由于《文选》的广泛流传和影响,《楚辞章句》得以广为世人所接受。

从宋元明到清末,《楚辞章句》都以这三个版本系流传。

今见《楚辞章句》的最早刻本为明代翻刻本，其底本来自北宋。目前所能见到的主要有明正德戊寅（1518）高第刊黄省曾本和明隆庆五年（1571）夫容馆重雕宋本（一般简称夫容馆本）。黄省曾本《楚辞章句》是明刻本中最

---

① （宋）晁公武撰，孙猛校证:《郡斋读书志校证》，上海古籍出版社 1990 年版，第 806 页。

② （宋）陈振孙:《直斋书录解题》，上海古籍出版社 1987 年版，第 434 页。

③ （清）永瑢等:《四库全书总目》，中华书局 1997 年版，第 1267 页。

早的。黄氏所藏，或为靖康时刻本。夫容馆本是明刻本中的善本。

据邓声国考证，今之可见的三个《楚辞章句》版本系统各有十数个到数十个版本不等。他说：目前所知的单刻《楚辞章句》本主要有明隆庆五年（1571）夫容馆本（一般简称夫容馆本）和正德间黄省曾本。明清之际合刻于宋洪兴祖《楚辞补注》本最盛，目前所知的包括《章句》在内的洪兴祖《楚辞补注》版本主要有这样几种：国家图书馆藏明末汲古阁刻本；国家图书馆藏明刻本；明凌毓枬刻《楚辞注评》套印本；国家图书馆藏清初刻本；清初汲古阁刻本；清初宝翰楼印本；清光绪九年（1883）长沙书堂山馆刻本；清光绪十四年（1888）长沙李锡龄辑刻《惜阴轩丛书》（第十五函）本；清光绪二十六年（1900）广雅书局刻王邦采辑《屈子》丛书本等。现存《昭明文选》李善录"王逸注"刻本主要有：宋赣州州学刻本；宋淳熙八年（1181）池阳郡斋刻本；池州路张伯颜元刻本（重修本）；明刻本；明成化二十三年（1487）唐藩朱芝址刻本；明嘉靖元年（1522）汪谅刻本；明嘉靖四年（1525）晋府养德书院刻本；明嘉靖十三—二十八年（1534–1549）袁褧嘉趣堂刻本；明隆庆五年（1571）唐藩朱硕煌刻本；明万历二年（1574）崔孔昕刻本六年杜徐重修本；明丁觐刻《六家文选注》本；明末（1621–1644）毛氏汲古阁刻本；清乾隆二十七年（1762）杨氏儒缨堂重修本；清乾隆间刻本；清乾隆二十六年（1761）文盛堂刻本等等数十种。[①]

需要指出的是，如果我们仔细比较今之所见的《楚辞章句》三个版本系统，就会发现其在注文上差异很大。黄灵庚先生曾用《补注》本《章句》和单刻本《章句》比勘，发现二者异文竟达 1742 条之多；以《文选》十三篇《楚辞》王逸注与《补注》本《章句》比勘，二者异文也有 431 条；以四部丛刊《文选》六臣注本（赣州本）和韩国藏奎章阁六臣注本（秀州本）比勘，这十三篇《楚辞》王逸注，竟然也有 43 条异文；汲古阁《补注》本和四部丛刊《补注》本，其间异文是最少的，但也有 20 多条。这些异文说明现在见到的《楚辞章句》三个系统彼此来历各不相同，应该是各有所本，即是同一系统的王逸注本，由于版本不同或长期翻刻，彼此面貌也会有较大出入。[②]

---

① 邓声国：《〈楚辞章句〉流传及版本考》，《兰台世界》2008 年第 16 期，第 60–61 页。

② 黄灵庚：《关于王逸〈楚辞章句〉的校理》，《中国文化研究》2003 年第 2 期，第 54–62 页。

自民国以来，合刻于宋洪兴祖《楚辞补注》本的《楚辞章句》流传广泛，也是当今最为普及，流传最广的《楚辞章句》版本。这主要是因为洪兴祖的《楚辞补注》不仅补释王逸《楚辞章句》一书，而且汲取了自汉末至南宋数百年间楚辞研究的新成果。因此，《楚辞补注》是继《楚辞章句》后又一部极其重要的楚辞研究著作，对《楚辞章句》的传播起着至关重要的作用。

第四节　《楚辞章句》的特色

王逸《楚辞章句》的注释训诂，在继承《毛传》训诂体例，吸收两汉“传注”体训诂的长处之基础上，又多有创新，形成自己独特的风貌。

一、依经立义、以《诗》训骚

儒家的“忠”“节”观念和《诗经》的风雅美刺精神是王逸阐释屈原作品和评价屈原人格精神的重要依据。《楚辞章句序》云：

> 且人臣之义，以忠正为高，以伏节为贤。故有危言以存国，杀身以成仁。……今若屈原，膺忠贞之质，体清洁之性，直若砥矢，言若丹青，进不隐其谋，退不顾其命，此诚绝世之行，俊彦之英也。而班固谓之“露才扬己”，“竞于群小之中，怨恨怀王，讥刺椒、兰，苟欲求进，强非其人，不见容纳，忿恚自沉”，是亏其高明而损其清洁者也。昔伯夷、叔齐让国守志，不食周粟，遂饿而死，岂可复谓有求于世而恨怨哉！且诗人怨主刺上曰：“呜呼！小子，未知臧否，匪面命之，言提其耳！”风谏之语，于斯为切。然仲尼论之，以为大雅。引此比彼，屈原之词，优游婉顺，宁以其君不智之故，欲提携其耳乎！而论者以为“露才扬己”“怨刺其上”“强非其人”，殆失厥中矣。[①]

《楚辞章句序》作为《楚辞章句》一书的总序，是王逸为《楚辞》作注的指导思想，也包含了王逸对屈原及其作品评价和训释的基本原则。在此，王

---

① 黄灵庚：《楚辞文献丛刊》第2册，国家图书馆出版社2014年版，第468–471页。

逸认为屈原的人格精神符合“义”“忠正”“伏节”“危言以存国，杀身以成仁”等儒家思想精髓，对屈原张扬的主体个性完全肯定并由衷赞扬。他欣赏屈原的忠直的个性，誓死直谏的人格精神，赞美屈原是“膺忠贞之质，体清洁之性，直若砥矢，言若丹青，进不隐其谋，退不顾其命，此诚绝世之行，俊彦之英也”；屈原的作品是出于“履忠被谮，忧悲愁思，独依诗人之义而作《离骚》。上以讽谏，下以自慰”，并用“且诗人怨主刺上曰：‘呜呼小子，未知臧否，匪面命之，言提其耳。’风谏之语，于斯为切。然仲尼论之，以为大雅，引此比彼，屈原之词，优游婉顺，宁以其君不智之故，欲提携其耳乎？”说明屈原的作品完全符合《诗经》的风雅美刺精神。这些也成为王逸对班固评价屈原“露才扬己”“怨刺其上”“强非其人”等观点批评的根据。

在训释体例上，《楚辞章句》是首释字词，再阐发句意。释词时多引儒家典籍，特别是五经之首的《诗经》，阐发句意时也多以儒家美刺观和忠臣贤士思想为基础。由此可见，王逸作《楚辞章句》是以儒家思想为指导的。

《楚辞章句序》云：

> 《离骚》之文，依托五经以立义焉：“帝高阳之苗裔”，则《诗》“厥初生民，时惟姜嫄”也；“纫秋兰以为佩”，则“将翱将翔，佩玉琼琚也”；“夕揽洲之宿莽”，则《易》“潜龙勿用”也；“驷玉虬而乘鹥”，则《易》“时乘六龙以御天”也；“就重华而陈词”，则《尚书》咎繇之谋谟也；“登昆仑而涉流沙”，则《禹贡》之敷土也。故智弥盛者其言博，才益多者其识远。屈原之词，诚博远矣。[①]

在此，王逸认为班固的对屈原人格和作品的批评有失公允，称《离骚》是依托五经立义，完全符合儒家经典的标准。王逸不仅明确地指出屈赋“依托五经以立义”的思想内涵，而且指出《离骚》之文句与儒家经典《诗》《书》《易》在意旨上的一一对应关系。今天看来，这种一一对应的比照也许不够准确或有生搬硬套、过分拔高之嫌，但王逸“依经立义、以诗训骚”的治骚原则却因此而表现得极其明确。他不仅称《离骚》为经，而且在《九歌》《九章》《远游》等解题中一再强调屈原“讽谏”“思君念国”“忠信之笃，仁义之厚”等儒家忠臣的优秀品质。

① 黄灵庚：《楚辞文献丛刊》第 2 册，国家图书馆出版社 2014 年版，第 471–472 页。

《楚辞章句》以《诗》为训，征引古籍以《诗经》最多。据统计，《楚辞章句》中注明的征引文献三十几种，以儒家典籍为主。征引次数最高的依次为《诗经》《尚书》《论语》和《易经》，其中又以《诗经》为最，共计一百余次。一般标明"《诗》曰"，或"《诗》云"，共101处。另有注语实际引用了《诗经》而不标明"《诗》云"或"《诗》曰"者5处。此外，《楚辞章句序》也引《诗》2处（"厥初生民，时惟姜嫄"和"将翱将翔，佩玉琼琚"，分别出自《大雅·生民》和《郑风·有女同车》）。[①] 道家典籍中以《淮南子》为主，共引了13次。字书中只引了《尔雅》。《楚辞章句》在正文和序文中对《诗》均有所引。正文引诗或是引以为训，直接引用以为已注之词义证明或背景补充；或是引《诗》释义，用《诗》之文句来解释《楚辞》句意。序文中引《诗》则多是作为王逸表明观点的论据。这种征引说明王逸确实是有意识地依据《诗经》来注释《楚辞》的，试图以此来表现他所认为的《楚辞》"依《诗》取兴"、"依经立义"的特点。[②]

《楚辞章句》以《诗》为训情况尤其突出，据龚敏《论王逸〈楚辞章句〉注释方式》一文研究，仅在序文中以《诗》释骚的情况就有"直接点明《诗》《骚》共通之处"、"点明出骚的产生与《诗》之关系"、"直接引诗表明自己观点"、"点明《骚》之文采与《诗》义合二为一"、"章括其旨，标举大义"等五种情况；在正文作注中则有"解释字词时候多引用《诗》和《易》，且以《诗》居多""直接化用《诗经》原文解释《楚辞》""阐发句中大义时，运用《诗》的比兴手法"等三种情况。[③]

王逸强调屈原的"忠""节"，强调屈作的"依经立义""依《诗》取兴"，就是要把以屈原作品为代表的《楚辞》纳入儒家文化系统，从而肯定儒家思想对文学创作的领导地位和指导作用，这正适应了封建社会建设大一统思想文化的需要，《楚辞章句》也就成了儒家思想全面占领思想文化阵地的一个标志。[④]

---

① 陈松青：《王逸的楚辞创作与批评》，《中国文学研究》2004年第1期，第49–54页。

② 孙光、徐文武：《简论王逸、洪兴祖、朱熹楚辞注释的文献征引》，《内蒙古民族大学学报》2007年第6期，第58–61页。

③ 龚敏：《以〈诗〉释〈骚〉论王逸〈楚辞章句〉注释方式》，《船山学刊》2004年第4期，第121–124页。

④ 王齐洲：《王逸和〈楚辞章句〉》，《文学遗产》1995年第2期，第23–30页。

二、博采众长，多传古训

《四库全书总目》云："逸注虽不甚详核，而去古未远，多传先儒之训诂。"[①]可见王逸注《骚》是"前有所因，自为义例，熔铸众说，归一家言"[②]。《楚辞章句》为现存最早的对先秦楚辞代表作品及汉代拟骚诗代表作进行认真而全面训释的楚辞研究著作。王逸之前解说楚辞者，曾有刘安作《离骚传》，刘向、扬雄各有《天问解》，贾逵、班固亦各作《离骚章句》，马融则作《离骚注》，司马迁对《天问》也曾"口论道之"等等。《楚辞章句序》云："至于孝武帝，恢廓道训，使淮南王安作《离骚经章句》，则大义粲然，后世雄俊，莫不瞻仰……逮至刘向，典校经书，分以为十六卷。孝章即位，深弘道艺，而班固、贾逵复以所见改易前疑，各作《离骚经章句》，其余十五卷，阙而不说……今臣复以所识所知，稽之旧章，合之经传，作十六卷章句。"[③]遗憾的是这些注解本子均已亡佚。王逸的《楚辞章句》对这些两汉众多楚辞训诂著作进行去粗取精、去伪存真地兼收并蓄，审慎地保留了汉代学者的不同解说，也保存了许多可贵的训诂资料。

同时，由于汉代训诂学的兴盛，解经之风盛行，在王逸之前，《毛诗》《尔雅》已流行于世，故王逸《楚辞章句》大量引用儒家经典来为《楚辞》作注，以示训诂有据、说有所本。《诗经》《尔雅》《尚书》《周易》《论语》等均被频频征引。如《楚辞章句序》云："《离骚》之文，依《诗》取兴，引类譬喻……其词温而雅，其义皎而朗"；"'帝高阳之苗裔'，则《诗》'厥初生民，时惟姜嫄也'，'纫秋兰以为佩'，则'将翱将翔，佩玉琼琚'也"[④]。再如，王逸释《离骚》"忽奔走以先后兮"云："奔走先后，四辅之职也。《诗》曰：予曰有奔走，予曰有先后（《大雅・绵》），是之谓也。"[⑤]等等。

此外，王逸在《楚辞章句》中，还引用了不少先秦史料和上古传说对楚辞中的文化和历史问题进行解释说明，使得后世读者对《楚辞》有更深刻而

---

① （清）永瑢等：《四库全书总目》，中华书局 1965 年版，第 1267 页。

② 张舜徽：《中国文献学》，上海古籍出版社 2009 年版，第 32 页。

③ 黄灵庚：《楚辞文献丛刊》第 2 册，国家图书馆出版社 2014 年版，第 467–468 页。

④ 同③，第 407、471 页。

⑤ 同③，第 415 页。

准确的理解，对《楚辞》涉及的上古文化历史有更好的了解和接受。如《天问》云："勋阖梦生，少离散亡。何壮武厉，能流厥严？"王逸注云："勋，功也。阖，吴王阖庐也。梦，阖庐祖父寿梦。寿梦卒，太子诸樊立。诸樊卒，传弟徐祭。徐祭卒，传弟夷未。夷未卒，太子王僚立。阖庐，诸樊之长子也。恐不得为王，少离散亡放在外，乃使专诸刺王僚，代为吴王。子孙世盛也，以伍子胥为将，大有功勋也。"① 王逸用吴国史实注释《天问》此语，不仅使得屈原所问明了清晰，也反映出《楚辞章句》文意深邃，文采粲然的特色。

《楚辞章句》释词相当部分以《尔雅》为据。《尔雅》是我国最早的一部解释词义的专著，也是第一部按照词义系统和事物分类来编纂的词典，是疏通包括五经在内的上古文献中词语古文的重要工具书，因其成书于汉初，《楚辞》自在采集之列。王逸以之训释《楚辞》，自有其权威性和说服力。

王逸《楚辞章句》博采众长，审慎地吸收和保留了汉代学者的不同解说，常用"或曰""一曰""旧曰"等保存时人及前代可贵的训释资料。这些"或曰""亦云"之类当是王逸对以上诸家或其他楚辞注家的训释经过比较甄别、择善而从的过程。例如《天问》云："河海应龙，何尽何历？"王逸注云："有鳞曰蛟龙，有翼曰应龙。历，过也。言河海所出至远，应龙过历游之，而无所不穷也。或曰：禹治洪水时，有神龙以尾画地，导水所注当决者，因而治之也。一云：'应龙何画，河海何历。'"② 对于《离骚》"哀高丘之无女"一句，王逸注曰："楚有高丘之山，女以喻臣，言己虽去，意不能已。犹复顾念楚国无有贤臣，心为之悲而流涕也。或云：高丘，阆风山上也；无女，喻无与己同心。旧说，高丘，楚地名也。"③ 可见，《楚辞章句》乃王逸充分吸收了前人的成果的集大成之作。

三、"咸嘉其义""以赞其志"——论拟骚诗入选原则

《楚辞章句》第十至十七卷，收录了七篇汉代拟骚诗。"拟骚是一个文学

---

① 黄灵庚：《楚辞文献丛刊》第3册，国家图书馆出版社2014年版，第74–75页。

② （宋）洪兴祖：《楚辞补注》，中华书局1983年版，第91页。

③ 黄灵庚：《楚辞文献丛刊》第2册，国家图书馆出版社2014年版，第444页。

史概念，特指被东汉王逸《楚辞章句》收录的几篇汉人赋作，因它们内容或是伤悼屈原，或是代屈原立言，形式上皆采用骚体，故习惯称为拟骚体或悼骚体。就赋的内容言，可称悼骚体；从赋的技术言，可称拟骚体。”[①]由于普遍的看法都认为王逸《楚辞章句》是采用刘向编辑的十六卷《楚辞》版本，因此这七篇拟骚诗中的前六篇通常认为是刘向编辑《楚辞》时收录的。关于刘向对两汉拟骚诗收录的原则，李大明先生认为是“文体上要拟骚，又指的是学习屈原诸作的以事名篇和骚体句式，而不能以赋名篇。所以，即使像贾谊的‘为赋以吊屈原’，也不辑入《楚辞》，但《九怀》《七谏》，则既是伤屈之作，又是以事名篇和骚体句式，所以增辑入《楚辞》专书之中”[②]。其实，王逸在《楚辞章句》中已经明确地指出了拟骚诗的入选原则并在各篇序中给予了细致具体的论述。

两汉文坛，诵读、训诂和模拟楚辞的风气经久不衰。汉人拟骚的心态动机，大致说来有以下两种。其一是对楚辞这种以抒情言志为主要特征的新诗体的模拟仿作，其主要目的在于学习楚辞这种文学体裁的体式。《汉书·扬雄传》云：“先是时，蜀有司马相如，作赋甚弘丽温雅，雄心壮之，每作赋，常拟之以为式。”[③]王瑶先生说：“这种‘拟以为式’就是文人学习属文的主要方法。”[④]其二是因为感受于屈原之情志。屈原忠君恋国却遭谗见疏而流放江南，最终殒身殉国的情怀引起汉代文人强烈的感情共鸣，于是他们以楚辞的形式表达对屈原情志的同情、理解、推重与赞美。陆云《九愍序》云：“昔屈原放逐，而《离骚》之辞兴。自今及古，文雅之士，莫不以其情而玩其辞，而表意焉。”[⑤]

这其中的第二点即是《楚辞章句》入选拟骚之作的主要原则。

《九思序》云：

> 自屈原终没之后，忠臣介士，游览学者。读《离骚》《九章》之文，莫不怆然，心为悲感，高其节行，妙其丽雅。至刘向、王褒之徒，咸嘉

---

① 冯小禄：《从模拟论扬雄〈反骚〉的范式意义》，《北京师范大学学报》2003 年第 3 期，第 129–134 页。

② 李大明：《汉楚辞学史》，中国社会科学出版社 2004 年版，第 190 页。

③ （清）王先谦：《汉书补注》，上海古籍出版社 2008 年版，第 5308 页。

④ 王瑶：《中古文学史论》，北京大学出版社 1998 年版，第 162 页。

⑤ 严可均：《全上古三代秦汉三国六朝文》，中华书局 1958 年版，第 2036 页。

其义，作赋骋辞，以赞其志：则皆列于谱录，世世相传。①

由此序可知，虽然王逸作《楚辞章句》是以刘向十六卷本《楚辞》为底本，但在自己撰写《楚辞章句》时，对于刘向选录两汉拟骚诗的思想和原则还是经过认真思考并得出准确的论断的。云"则皆列于谱录"者，说明刘向所录离骚诗诸家同时需经王逸依据自己的选择原则进行筛选才可入选《楚辞章句》的。这种原则就是在思想情感上是嘉屈原之义，在创作内容目的上是赞屈原之志。以此考辨所选之拟骚诗，莫不如此。王逸在为这些拟骚诗章句的序文中，对此都做了明确的论述。其序文如下：

《惜誓序》云：

《惜誓》者，不知谁所作也。或曰贾谊，疑不能明也。惜者，哀也。誓者，信也，约也。言哀惜怀王，与己信约，而复背之也。古者君臣将共为治，必以信誓相约，然后言乃从而身以亲也。盖刺怀王有始无终也。②

《招隐士序》云：

《招隐士》者，淮南小山之所作也。昔淮南王安，博雅好古，招怀天下俊伟之士。自八公之徒，咸慕其德，而归其仁，各竭才智，著作篇章，分造辞赋，以类相从，故或称小山，或称大山。其义犹《诗》有《小雅》《大雅》也。小山之徒，闵伤屈原，又怪其文升天乘云，役使百神，似若仙者，虽身沉没，名德显闻，与隐处山泽无异。故作《招隐士》之赋，以章其志也。③

《七谏序》云：

《七谏》者，东方朔之所作也。谏者，正也，谓陈法度以谏正君也。古者，人臣三谏不从，退而待放。屈原与楚同姓，无相去之意，故加为《七谏》，殷勤之意，忠厚之节也。或曰："《七谏》者，法天子有争臣七人也。"东方朔追悯屈原，故作此辞，以述其志，所以昭忠信、矫曲朝也。④

《哀时命序》云：

---

① 黄灵庚：《楚辞文献丛刊》第3册，国家图书馆出版社2014年版，第444–445页。

② 同①，第263–264页。

③ 同①，第273–274页。

④ 同①，第280–281页。

> 《哀时命》者，严夫子之所作也。夫子名忌，与司马相如俱好辞赋，客游于梁，梁孝王甚奇重之。忌哀屈原受性忠贞，不遭明君而遇暗世，斐然作辞，叹而述之，故曰《哀时命》也。①

《九怀序》云：

> 《九怀》者，谏议大夫王褒之所作也。怀者，思也，言屈原虽见放逐，犹思念其君，忧国倾危而不能忘。褒读屈原之文，嘉其温雅，藻采敷衍，执握金玉，委之污渎，遭世溷浊，莫之能识，追而愍之，故作《九怀》，以裨其词。史官录第，遂列于篇。②

《九叹序》云：

> 《九叹》者，护左都水使者光禄大夫刘向之所作也。向以博古敏达，典校经书，辩章旧文，追念屈原忠信之节，故作《九叹》。叹者，伤也，息也。言屈原放在山泽，犹伤念君，叹息无已。所谓赞贤以辅志，骋词以曜德者也。③

《九思序》云：

> 《九思》者，王逸之所作也。……逸与屈原同土共国，悼伤之情，与凡有异。窃慕向、褒之风，作颂一篇，号曰《九思》，以裨其辞。④

不难看出，《惜誓》的内容是代屈原立言，“哀惜怀王，与己信约，而复背之也”，批评怀王对屈原的信任有始而无终也，使得小人得志，贤人失志，表达了渴望为明君所用的主题。《招隐士》是因作者“闵伤屈原，又怪其文升天乘云，役使百神，似若仙者，虽身沉没，名德显闻，与隐处山泽无异”。作辞目的是“以章其志也”，呼唤屈原及其他具有高洁品质的贤人归来，为君所用。《七谏》是因为“东方朔追悯屈原，故作此辞，以述其志”。其中虽有愍伤贤人失志，哀叹运命不济，有长隐之志，但主题应是“所以昭忠信、矫曲朝也”。《哀时命》是严忌“哀屈原受性忠贞，不遭明君而遇暗世，斐然作辞，叹而述之”，表现了贤人失志，哀叹运命不济，进退无门的主题。《九怀》是王褒“读屈原之文，嘉其温雅，藻采敷衍，执握金玉，委之污渎，遭世溷浊，

---

① 黄灵庚:《楚辞文献丛刊》第3册，国家图书馆出版社2014年版，第327–328页。

② 同①，第348–349页。

③ 同①，第372–373页。

④ 同①，第444–445页。

莫之能识，追而愍之，故作《九怀》，以裨其词”。其主题是赞扬屈原忠君爱国，不忍去国远行。《九叹》是刘向伤“屈原放在山泽，犹伤念君”，故而“叹息无已”。其主题是“追念屈原忠信之质节”，“赞贤以辅志，骋词以曜德者也”。《九思》是因为王逸“读《楚辞》而伤愍屈原”，“悼伤之情，与凡有异。窃慕向、褒之风，作颂一篇，号曰《九思》，以裨其辞”。其主题是哀叹屈原运命不济，小人当道，怨刺怀王，希冀得用明君。

这些拟作的作者因为感念屈原，故而模拟楚辞之体创作拟骚诗，按各自的理解，从不同的角度阐述屈原的情志。这些作品虽名之为“拟骚诗”，但同时也都是对屈原作品的一种创造性的解释，经王逸《楚辞章句》的甄别、谱录与训释，使得它们跻身于以屈原为代表的楚辞之列而“世世相传”，成为中国古代文学长河中一道靓丽的风景。

四、注重楚地方言名物训释

虽然楚辞植根于中原文化，但作为战国时期产生于南方楚国的一种新诗体，其中楚地的方言土语仍是不少。宋人黄伯思曾云：“屈宋诸骚，皆书楚语，作楚声，纪楚地，名楚物，故可谓之楚词。”[①] 今人黄侃甚至说“《楚辞》一篇，纯乎楚声”（黄侃《声韵说略》）。尽管这些说法不一定准确，但南方特有的语音系统使得有汉一代对楚辞诵读和研究产生一定的困难。王逸生于南郡宜城（今湖北省宜城市），离屈原故里秭归相去未远，且与宋玉是同乡，对楚地方言及名物异常熟悉，因此在《楚辞章句》中，王逸能够充分利用自己的楚人优势，注重楚方言名物的训释。王逸的《楚辞章句》注明为楚语的共有 21 条。如楚方言“扈”训“被”，“咍”训“笑”，“诼”训“谮”，“吴”训“大”等；名物“椒浆”释为“以椒置浆中”，“舲船”为“船有窗牖者”等等。

王逸在《楚辞章句》中能注重楚方言名物的训释，不仅为当时及后世对楚辞的阅读提供方便，而且也开启了楚辞音韵训诂和名物考释的先河。

虽然王逸对楚辞中楚地方言名物训释得不够全面，后人对此研究又作了更多的补充和拓展，如对于楚辞中的“楚语”，清李翘《屈宋方言考》确定 68

① （清）纪昀：《四库全书》第 850 册，上海古籍出版社 1987 年版，第 381 页。

个，郭沫若《屈原研究》列举 24 个词汇，[①] 游国恩在郭沫若的基础上增加 7 个，共 31 个；杨白桦《楚辞选析》认为《方言》《说文》《楚辞章句》中有楚方言词汇 30 个左右，[②] 姜书阁《屈赋楚语义疏》则列出楚方言词汇 64 个，[③] 王延海《楚辞释论》定为 66 个，[④] 但《楚辞章句》作为注重对楚方言名物训释的首创，其意义不言自明。

第五节 《楚辞章句》的成就及影响

王逸的《楚辞章句》作为中国楚辞学史上一座永恒的丰碑，它的成就是巨大的，影响是深远的。王逸《楚辞章句》中的作品篇目，虽然依据刘向编辑的本子，然而由于刘向所辑十六卷本《楚辞》早已失传，因而王逸的《楚辞章句》是现存最早排出楚辞篇目次序和作家阵容的著作，后世楚辞研究者莫不以之为绳，虽或偶有变动，但终不离其左右，可见《楚辞章句》对楚辞作品篇目的确立及其流传都建功甚伟。此外，王逸的注解，对楚辞作品创作背景的介绍、创作主旨的揭示、艺术的阐发乃至楚语的发掘、音义的注释等方面，亦多有创获。概而言之，《楚辞章句》的成就与影响主要表现在如下几方面。

一、不囿于旧说，敢于创新，祖述前说，自有心得

《天问后序》云：

自太史公口论道之，多所不逮。至于刘向、扬雄，援引传记以解说之，亦不能详悉，所阙者众，多所无闻焉。既有解说，乃复多连蹇其文，濛澒其说，故厥义不昭，微旨不晳，自游览者，靡不苦之，而不能照也。今则稽之旧章，合之经传，以相发明，为之符验，章决句断，事事可晓，

① 郭沫若：《郭沫若全集·历史编》第四卷，人民文学出版社 1982 年版，第 48–51 页。
② 杨白桦：《楚辞选析》，江苏古籍出版社 1987 年版，第 8 页。
③ 姜书阁：《屈赋楚语义疏》，齐鲁书社 1983 版，第 59–108 页。
④ 王延海：《楚辞释论》，大连出版社 1997 版，第 9–12 页。

俾后学者永无疑焉。[①]

该序除了概括《天问》文不次第，多奇怪之事的内容特点，太史公口论道之，刘向、扬雄援引解说的读者阐释历史，还告诉我们当时屈原作品的阐释现状是“多连蹇其文，濛澒其说，故厥义不昭，微旨不皙”，这说明王逸对当时流传的楚辞训释著作是不满意的。为了准确训释屈原的作品，阐释屈原的人格精神，达到“俾后学者永无疑焉”的目的，王逸于是“稽之旧章，合之经传，以相发明，为之符验”，作出完整的十七卷《楚辞章句》。王逸对楚辞的训诂，在广采先秦两汉典籍，博采众长，审慎地吸收和保留了汉代学者不同解说的同时，还能够不囿于旧说，勇于创新。明代王鏊云：“（王）逸之注，训诂为详。”[②] 例如，对于《离骚》题义，司马迁认为“离”与“罹”相通，《史记·屈原列传》云：“离骚者，犹离忧也。”班固则释“离”为“遭”，其《离骚赞序》云：“离犹遭也。骚，忧也。明己遭忧作辞也。”王逸则云：“离，别也。骚，愁也。经，径也。言以放逐离别，中心愁思，犹陈直径以风谏君也。”[③] 在此，王逸把“经”训为“径”，这是音训；他把“经”解为道之“径”，这又是义训。王逸之说，从尊《离骚》为“经”入手，即使未必妥当，但却能另辟蹊径，自成一说。

二、对司马迁论屈原“发愤抒情”的创作动因进行具体的阐释与发挥

司马迁在《屈原列传》中揭示了以《离骚》为代表的伟大的楚辞作品产生的情感动因，首次指出“怨”是屈原创造伟大诗篇的艺术力量源泉，并由此阐明了作家的忧思与创作之间的关系，从而形成了著名的“发愤著书”文学创作理论。

王逸对楚辞的训释，同样特别强调对楚辞作品产生的情感动因的揭示。《楚辞章句》中几乎所有的序文都着重分析作者创作的情感动力，特别是揭示

---

① 黄灵庚：《楚辞文献丛刊》第 3 册，国家图书馆出版社 2014 年版，第 78–79 页。

② （清）纪昀：《四库全书》第 1256 册，上海古籍出版社 1987 年版，第 281 页。

③ 黄灵庚：《楚辞文献丛刊》第 2 册，国家图书馆出版社 2014 年版，第 406 页。

了屈原在特定的个人社会和历史环境中忧心愁苦的心理特征，揭示了屈赋“发愤以抒情”的创作动因。王逸在《楚辞章句》中继承和发展了司马迁的屈原创作“盖自怨生”的观点，进一步揭示了遭谗被黜的政治厄运是屈原“发愤抒情”的情感之源，体现了他对屈原“惜诵以致愍兮，发愤以抒情”（《九章·惜诵》）创作动机的清醒认识。因此，在《楚辞章句》中，王逸非常注重对屈原坎坷的政治遭遇、压抑的愤懑情怀、愁苦的孤独心境的揭示，旨在挖掘屈原借文学创作“以渫愤懑，舒泻愁思”的深层创作动机，客观上反映了创作是主体排遣内心的忧哀与愤懑、宣泄精神的苦痛、求得心灵上的慰藉和解脱的一种形式和手段。仅仅从入选的屈原二十五篇作品的序中就可以清楚王逸对屈原创作起于“盖自怨生”的感情动因的发掘之深入，论述之透彻。例如：

《楚辞章句序》云：“屈原履忠被谮，忧悲愁思，独依诗人之义而作《离骚》，上以讽谏，下以自慰。遭时暗乱，不见省纳，不胜愤懑，遂复作《九歌》以下凡二十五篇。”①

《离骚序》云：“屈原执履忠贞而被谗邪，忧心烦乱，不知所诉，乃作《离骚经》。离，别也。骚，愁也。经，径也。言以放逐离别，中心愁思，犹陈直径，以风谏君也。……复作《九章》，援天引圣，以自证明，终不见省。”②

《九歌序》云：“屈原放逐，窜伏其域，怀忧苦毒，愁思怫郁……因为作《九歌》之曲，上陈事神之敬，下以见已之冤结，讬之以风谏。”③

《天问序》云：“屈原放逐，忧心愁悴。彷徨山泽，经历陵陆，嗟号旻昊，仰天叹息……仰见图画，因书其壁，呵而问之，以渫愤懑，舒泻愁思。”④

《九章序》云：“屈原于江南之野，思君念国，忧心罔极，故复作《九章》……章者，著明也。言已所陈忠信之道，甚著明也。卒不见纳，委命自沉。楚人惜而哀之，世论其词，以相传焉。”⑤

《远游序》云：“屈原履方直之行，不容于世。上为谗佞所谮毁，下为俗

---

① 黄灵庚：《楚辞文献丛刊》第 2 册，国家图书馆出版社 2014 年版，第 466–467 页。

② 同①，第 406–407 页。

③ 黄灵庚：《楚辞文献丛刊》第 3 册，国家图书馆出版社 2014 年版，第 5 页。

④ 同③，第 43–44 页。

⑤ 同③，第 84–85 页。

人所困极，章皇山泽，无所告诉，乃深惟元一，修执恬漠。思欲济世，则意中愤然，文采秀发，遂叙妙思，讬配仙人，与俱游戏，周历天地，无所不到。然犹怀念楚国，思慕旧故，忠信之笃，仁义之厚也。是以君子珍重其志，而玮其辞焉。”①

《卜居序》云："屈原履忠贞之性，而见嫉妒。念谗佞之臣，承君顺非，而蒙富贵。己执忠直而身放弃，心迷意惑，不知所为。”②

《渔夫序》云："屈原放逐，在江、湘之间，忧愁叹吟，仪容变易。”③

《楚辞章句序》中的“履忠被谮，忧悲愁思”，“遭时暗乱，不见省纳，不胜愤懑”;《离骚经序》中的“忧心烦乱，不知所诉”;《九歌序》中的“怀忧苦毒，愁思沸郁”;《天问序》中的“忧心愁悴”，“嗟号昊旻，仰天叹息”;《九章序》中的“忧心罔极”;《远游序》中的“意中愤然”;《卜居序》中的“心迷意惑，不知所焉”;《渔夫序》中的“忧愁叹吟，仪容变易”等等。所有这些，都无不体现了王逸对屈原“惜诵以致愍兮，发愤以抒情”的创作动因的深入的体察和感悟。这一方面是作为和屈原“同土共国”的王逸“读楚辞而伤愍屈原”的具体体现，并以期后世的忠臣介士都能“心为悲感”而“咸嘉其义”，同时客观上也是对司马迁在《史记·太史公自序》和《报任安书》所提出并阐发的“发愤著书”说文学理论的继承和发扬。

王逸在《楚辞章句》中为屈原作品所作的每一篇序中，都毫无例外地揭示出以“忧愤”为核心的创作感情动因，这是对司马迁在《屈原列传》中首次指出“怨”是屈原创造伟大诗篇的艺术力量源泉的更加具体而深入的分析和阐释，是对司马迁“发愤著书”文学创作理论的继承和发展。陈良运先生曾这样评价说：“（王逸）承司马迁、刘安之后，深入到诗人创作心理动机的层面，初步作出区别经史学家的理论阐述。尤其是他肯定了屈原的‘露才扬己’，‘扬’个性化人格之‘己’，‘露’脱俗超众之文学理论亮出新的旗帜。王逸之论，发生于《毛诗》正热传之时，较之于儒家诗教‘温柔敦厚’而‘止乎礼义’，颇有标新立异之勇。”④

---

① 黄灵庚:《楚辞文献丛刊》第 3 册，国家图书馆出版社 2014 年版，第 156–157 页。

② 同①，第 173 页。

③ 同①，第 179 页。

④ 陈良运:《中国诗学批评史》，江西人民出版社 2007 年版，第 90 页。

三、注重审美批评，对楚辞纷繁复杂的文学意象进行较为系统的审美阐释

屈原之作多用象征，王逸完全肯定屈骚这种浪漫主义的艺术手法并追寻其源头，认为是源于《诗经》的比兴手法。在屈原的作品中，《诗经》的比兴手法已被上升为象征体系，其中包括动物系统、植物系统、事物系统、人物系统。如，《离骚》提到的植物（香草树木）有二十四种，用来表现自己的高洁品质，表现楚国政治的黑暗，表现所树人才的变质，用来表现对美好理想的追求等等。①

屈原在作品中，喜爱以香草做衣服、佩饰，喜爱以香草作饮食，喜爱手持把玩香草，喜爱以香草作礼物，喜欢在充满香草的环境中漫步流连，有时以香草自称，有时又用来指称他最尊敬、追求的人，总之，他喜欢将一切事物，尤其是正面的事物与香草联系起来。尤其是屈原的早年之作《橘颂》，屈原有感于橘树的一系列美质，"比物类志为之颂，以自旌焉"②。屈原咏物，正是托物寄情，借物喻志，说橘时，把橘树人格化，颂橘即是颂己；说志时，则把人橘树化，颂自而借之于颂橘。林云铭评《橘颂》云："看来两段中，句句是颂橘，句句不是颂橘；但见原与橘分不得是一是二，彼此互映，有镜花水月之妙。"③显然，《橘颂》所表现的是一种性格、一种纯洁的向往、一种清醒的理念、一种人生的宣言，而最令人感动的是那深固难徙的乡国之情、汲汲自修的自励美质、独立不迁的人格保持——这些美质一直"定格"到屈原的晚年，并贯穿于艰难而漫长的人生探索进程之中。④

其次，屈原作品的"香草美人之喻"还表现为男女关系象征君臣关系，即"男女君臣之喻"。如《离骚》将自己打扮成美女，并以香草为饰，以香草为饮食表现自己的好修，以男女婚约的变化喻君臣关系的改变，以美女被弃表现自己的见疏，以弃妇的哀怨、剖白表现自己的愤懑、希冀。他还设想国君亦为美人，所以有"恐美人之迟暮"的感叹。他期望两美相投，君臣契合。

① 周建忠:《楚辞论稿》，中州古籍出版社 1994 年版，第 116–139 页。

② （清）王夫之:《楚辞通释》，上海人民出版社 1975 年版，第 94 页。

③ （清）林云铭:《楚辞灯》，见吴平、回达强:《楚辞文献集成》，广陵书社 2008 年版，第 7557 页。

④ 周建忠:《楚辞与楚辞学》，吉林人民出版社 2000 年版，第 23–27 页。

因为自己假设为女性，所以又将群小嫉贤比为众女妒美，诗人不甘心于自己的失意、侘傺，于是又将主人公幻化为男性，以求女的方式表现自己执着而强烈的追求。为了求君信任，他以执着追求表现自己的急切与忠诚，以求媒致诒喻求通君侧之人，以终无所合表现自己的窘困苦恼，以闺中邃远难求喻楚怀王固执而不悟，以外出求女喻出仕他国。他向往的境界是不用行媒，君臣契合。以男女关系象征君臣关系，既符合旧时的男女尊卑观念，又有利于表现强烈奔放、大起大落的激越情感，有利于表达他所希望的与君主的密切关系以及君臣契合的标准：双方志同道合，而且各有限制。当然，屈原作品的"求女"，也是对政治理想、道德理想、美学理想的追求。[①]

对此，王逸在《离骚序》中进行了提纲挈领的总结，准确地概括出了楚辞中的比拟象征体系并揭示其内涵，首次称之为"引类譬喻"的艺术手法。

> 《离骚》之文，依《诗》取兴，引类譬喻。故善鸟香草，以配忠贞；恶禽臭物，以比谗佞；灵修美人，以媲于君；宓妃佚女，以譬贤臣；虬龙鸾凤，以托君子；飘风云霓，以为小人。[②]

对此，蒋凡、顾易生二位先生说"他（王逸）主要是以文艺的眼光来批评作品的，但由于时代思潮影响，其理论也无法摆脱时人'依经立义'的传统框架"，"他对骚赋的高度评价，实际代表了汉人对于纯文学的肯定"[③]。陈松青先生也说："如果说包括王逸在内的汉代楚辞作家体现了在《诗三百》不断经典化、政教化的背景下对艺术灵性的呵护的话，那么王逸的楚辞批评更体现了对艺术灵性的张扬。"[④]

可见，对楚辞作者的创作旨趣以及作品形象的象征意义的揭橥，是王逸楚辞研究的核心内容。它直接体现了王逸文学思想和文化观念，也是构成其楚辞学体系的理论基础。[⑤]王逸在楚辞章句中对屈原作品"引类譬喻"修辞手法的概括以及别具一格的韵体注都是他在对屈骚的注释与品评中所表现出的审美的诗性批评。这是对班固审美批评观的继承和发扬，反映出东汉中后期

---

① 周建忠：《中国古代文学史》，南京大学出版社 2005 版，第 86–87 页。

② 黄灵庚：《楚辞文献丛刊》第 2 册，国家图书馆出版社 2014 年版，第 407–408 页。

③ 蒋凡、顾易生：《先秦两汉文学批评史》，上海古籍出版社 1990 年版，第 637、647 页.

④ 陈松青：《王逸的楚辞创作与批评》，《中国文学研究》2004 年第 1 期，第 49–54 页。

⑤ 王齐洲：《王逸和〈楚辞章句〉》，《文学遗产》1995 年 2 期，第 23–30 页。

渐趋独立的文学批评发展态势，为魏晋时期的文学自觉时代的来临奠定了实践基础。这种在文学评论实践中重视审美的诗性批评特征在不久即被发现和认同，故而在《后汉书》中范晔将《王逸传》放置于《文苑列传》而非《儒林列传》。

四、对两汉楚辞学的总结，对屈骚从思想内容到艺术成就全面肯定

王逸之前的两汉楚辞研究，大体可以分为两个类型。其一是以刘安和司马迁为代表的一派，具体表现是侧重于对屈原及其作品在思想内容上的全面肯定。刘安认为《离骚》是兼有《国风》《小雅》之长。也就是说，在思想内容上，《离骚》完全符合儒家的诗教精神。对于屈原那种坚持洁身自好，不同流合污的人格精神，刘安认为具有明如日月、光照千秋的不朽价值。其后司马迁不仅继承了刘安观点，在《屈原列传》中完全引用了刘安对屈原及其作品的评价，而且又大大地加以发挥了刘安的评论。对此，陆侃如先生曾详论道："他首先从具体作品出发，揭示了《离骚》的基本精神：'屈平疾王听之不聪也，谗谄之蔽明也，邪曲之害公也，方正之不容也，故忧愁幽思而作《离骚》'。然后具体指出这样的作品是由作家的品格、身世、遭遇所造成的：'屈平正道直行，竭忠尽智，以事其君；谗人间之，可谓穷矣。信而见疑，忠而被谤，能无怨乎？屈平之作《离骚》，盖自怨生也。'最后他给作品以极高的估价：'明道德之广崇，治乱之条贯，靡不毕见；其文约，其辞微，其志洁，其行廉，其称文小而其指极大，举类迩而见义远。'这就进一步从作品的思想内容和表现手法两方面，来论证和发挥了刘安关于《离骚》兼风雅之长的评语。"[①] 此外，司马迁还特别强调《离骚》的创作意图是由于"怨"和"发愤"，并由此揭示了以《离骚》为代表的伟大的楚辞作品产生的情感动因，首次指出"怨"是屈原创造伟大诗篇的艺术力量源泉，并由此阐明了作家的忧思与创作之间的关系，从而形成了文学理论中著名的"发愤著书"说理论，这实际上也是从另一个侧面对屈原及其作品思想内容的肯定。另一类型是以扬雄和班固为

① 陆侃如：《汉人论〈楚辞〉》，《山东大学学报》1963年第6期，第29–45页。

代表，主要表现是侧重对屈原作品文学价值的肯定。扬雄虽然蛰居蜀中时曾作过著名的《反离骚》，其序有云："君子得时则大行，不得时则龙蛇，遇不遇命也，何必湛身哉！"[①] 显示出对屈原以身殉国的人生选择颇有保留，但在《反离骚》中云："图累承彼洪波兮，又览累之昌辞。"称《离骚》为"昌辞"，也即美辞。可见，扬雄对《离骚》的推崇。班固认为刘安评价《离骚》"兼诗风雅"及"光争日月"的论断"似过其真"；认为《离骚》"多称昆仑、冥婚宓妃虚无之语，皆非法度之政，经义所载"；甚至于认为屈原"露才扬己，竞乎危国群小之间，以离谗贼。然责数怀王，怨恶椒、兰，愁神苦思，强非其人，忿怼不容，沉江而死，亦贬絜狂狷景行之士"。但他对屈原才华及其作品的艺术审美特质却推崇备至。称"其文弘博丽雅，为辞赋宗。后世莫不斟酌其英华，则象其从容。自宋玉、唐勒、景差之徒，汉兴，枚乘、司马相如、刘向、扬雄，骋极文辞，好而悲之，自谓不能及也"[②]。可见对屈原文学成就极其推崇是毋庸置疑的。

王逸的楚辞学批评，吸取了刘安、司马迁、扬雄、班固等两汉楚辞学名家的评骚优长，对屈原的人格精神和其作品的思想内容和艺术特质全面肯定，达到了思想批评和艺术批评、人格批评和美学批评的和谐统一。王逸继承了刘安、司马迁从儒家思想的角度对屈原的评价，在此基础上全面地论述《楚辞》。对于淮南王刘安的楚辞评价之功，王逸云："至于孝武帝，恢廓道训，使淮南王安作《离骚经章句》，则大义粲然。后世雄俊，莫不瞻仰，摅舒妙思，缵述其词。"[③] 充分肯定屈原的人格精神完全合乎儒家的君臣大义。他热情地歌颂了屈原精神品格，尖锐地驳斥了班固对屈原批评，认为屈原投江殉国的人生选择与伍子胥死而浮江，比干不悔剖心相当，与伯夷、叔齐不食周粟饿死首阳山一样，都是忠臣的表现，对于忠臣的标准，王逸认为：

> 且人臣之义，以忠正为高，以伏节为贤。故有危言以存国，杀身以成仁.是以伍子胥不恨于浮江，比干不悔于剖心，然后德立而行成，荣显而名称。若夫怀道以迷国，佯愚而不言，颠则不能扶，危则不能安，婉

---

① （汉）班固:《汉书》，中华书局 1962 年版，第 3515 页。

② （宋）洪兴祖:《楚辞补注》，中华书局 1983 年版，第 49-50 页。

③ 黄灵庚:《楚辞文献丛刊》第 2 册，国家图书馆出版社 2014 年版，第 467 页。

婉以顺上，逡巡以避患，虽保黄耇，终寿百年，盖志士之所耻，愚夫之所贱也。①

因此，王逸认为屈原是“膺忠贞之质，体清洁之性，直若砥矢，言若丹青，进不隐其谋，退不顾其命”的忠臣；赞扬屈原是“俊彦之英”，屈原投江殉国是“绝世之行”。认为班固批评屈原“露才扬己”“怨刺其上”“强非其人”是“殆失厥中矣”，是“亏其高明，而损其清洁者也”。

然而，在对屈原作品艺术的评价上，王逸虽然同样运用儒家思想予以评论，但实际上却是对班固评价的继承和发扬。他反对班固对《离骚》“多称昆仑、冥婚宓妃虚无之语，皆非法度之政，经义所载”的批评，认为“《离骚》之文，依托《五经》以立义焉”②，是完全符合孔子所肯定的诗人“怨主刺上”的儒家诗教精神的，并将在《楚辞章句叙》中摘取《离骚》诗句与《诗经》《易经》《尚书》等儒家经典一一比照，从而得出了“屈原之词，诚博远矣。自孔丘终没以来，名儒博达之士著造词赋，莫不拟则其仪表，祖式其模范，取其要妙，窃其华藻，所谓金相玉质，百岁无匹也”③的结论。这实际上是对班固在《离骚序》赞赏屈原“其文弘博丽雅，为辞赋宗。后世莫不斟酌其英华，则象其从容。自宋玉、唐勒、景差之徒，汉兴，枚乘、司马相如、刘向、扬雄，骋极文辞，好而悲之，自谓不能及也”④的评价的继承和发挥。此外，王逸在《楚辞章句叙》中还将班固称《离骚》“多称昆仑、冥婚宓妃虚无之语，皆非法度之政，经义所载”的评价做出了符合儒家规范的浪漫主义解释。他说：“《离骚》之文，依《诗》取兴，引类譬谕。故善鸟香草，以配忠贞；恶禽臭物，以比谗佞；灵修美人，以媲于君；宓妃佚女，以譬贤臣；虬龙鸾凤，以托君子；飘风云霓，以为小人。”⑤这样，既维护了屈原作品的儒学正宗地位，又肯定其奇谲浪漫的文学艺术特质。

王逸吸取了从刘安到班固等两汉众多楚辞学名家之长，对屈原人格和作品的思想内容及艺术成就全面肯定，是对两汉楚辞学的一次全面总结，也在

① 黄灵庚:《楚辞文献丛刊》第 2 册，国家图书馆出版社 2014 年版，第 468–469 页。

② 同①，第 471 页。

③ 同①，第 471–472 页。

④（宋）洪兴祖:《楚辞补注》，中华书局 1983 年版，第 50 页。

⑤ 同①，第 407–408 页。

客观上解决了扬雄、班固等一方面从文学审美的角度对屈原的作品及其文学地位充分肯定，另一方面又从儒家思想的基本原则来评论屈原的人格，而对其人生选择和个性品格有所保留的矛盾。

《楚辞章句》全面总结了汉人对屈原作品为代表的楚辞的认识，汇集了两汉楚辞研究的成果，对后世的影响是巨大的。魏晋以后字书、韵书、类书及注释先秦两汉典籍，往往援引王逸《楚辞章句》以为书证。据黄灵庚先生考证，得玄应《一切经音义》引《楚辞章句》178条，慧琳《一切经音义》引526条，《文选》李善注引507条，《十三经注疏》引11条，前四史注释中引203条，唐宋类书引367条，唐宋笔记、诗话、诸子注文中引638条，凡2529条。[①]因此，《楚辞章句》是楚辞学界公认的两汉楚辞研究的集大成之作，是楚辞学史上一座永远无法逾越的丰碑，王逸当之无愧的是两汉楚辞学的集大成者。后世楚辞研究者莫不以之为范式，吸取其精华，即使是朱熹《楚辞集注》也不例外，明代王鏊《重刊王逸注楚辞序》云："朱子之注《楚辞》，岂尽朱子说哉？无亦因逸之注，参订而折衷之。逸之注，亦岂尽逸之说哉？无亦因诸家之说会萃而成之。"[②]《楚辞章句》对后世影响之巨，由此可见一斑。

---

① 黄灵庚：《关于王逸〈楚辞章句〉的校理》，《中国文化研究》2003年第2期，第54–62页。

② 姜亮夫：《楚辞书目五种》，中华书局1961年版，第21页。

第九章　楚辞神话学的开掘及训诂学的演进

——郭璞及其《楚辞注》

第一节　郭璞的生平及著述

郭璞，字景纯，生于晋武帝咸宁元年（275），卒于晋明帝太宁二年（324），河东闻喜（今山西省泽县附近）人。父郭瑗，曾为尚书，做过建平太守。

郭璞博学多才而不善言辞，长于辞赋而名冠一时，喜爱古文奇字，精通音韵训诂。《晋书·郭璞传》云："璞好经术，博学有高才，而讷于言论，辞赋为中兴之冠。好古文奇字，妙于阴阳算历。"[①]《郭璞别传》曰："璞少好经术，明解卜筮。"郭璞《方言序》曰："余少玩雅训，旁味方言，复为之解。"[②] 据说曾从学于河东的郭公，受《青囊经》九卷。《晋书·郭璞传》云："有郭公者，客居河东，精于卜筮，璞从之受业。公以《青囊中书》九卷与之，由是遂洞五行、天文、卜筮之术，攘灾转祸，通致无方，虽京房、管辂不能过也。"[③] 西晋末年，河东动乱，郭璞为躲避祸患而过江。后受宣城太守殷祐赏识擢为参军，并随殷祐迁石头城。因为无事不筮，筮无不验而深受当时掌权的王导重视，遂被引为参军。公元317年，司马睿称帝（东晋元帝），定都建业（今南京），郭璞因占卜得验并释以天人神物之说，深得晋元帝器重，其才华也深受

① （唐）房玄龄：《晋书》，中华书局1996年版，第1899页。

② （清）纪昀：《四库全书》第221册，上海古籍出版社1987年版，第284页。

③ 同①，第1901页。

皇帝赏识。不久，郭璞因作《江赋》《南郊赋》而甚为元帝嘉奖，被任为著作佐郎。《晋书·郭璞传》曰："太兴初……璞著《江赋》，其辞甚伟，为世所称。后复作《南郊赋》，帝见而嘉之，以为著作佐郎。"①

其后，郭璞于太兴四年（321）二月鉴于当时刑狱繁工而上《省刑疏》，申明春秋大义；同年三月又因天上有黑气而上《因天变上疏》，皆被采纳。永昌元年（322）十二月，明帝即位，迁尚书郎，不受，作《辞尚书郎表》，以母忧去职，不久经王敦任记室参军。晋明帝太宁二年（324），王敦谋反，手下人多阿附，独郭璞借卜筮直言其必败，且寿亦不久，故被王敦杀害。王敦叛乱平定后，皇帝追认郭璞为弘农太守。

郭璞才学渊博，时人比之为温矫、庾亮。他的撰述最主要是对于古籍的整理和注解，是我国训诂学的祖师爷，集《尔雅》学之大成。《尔雅》本有二十篇，《叙篇》已亡佚，只剩下十九篇，郭璞都一一作了注解，画了图形，定了音律，写了图赞，著有《尔雅注》《尔雅图》《尔雅音》《尔雅图赞》等相关著作。他对《尔雅》研究做出了不可磨灭的贡献。今存《尔雅注》三卷，合刊于《十三经注疏》中。他还"缀集异闻，荟萃旧说，考方国之语，采谣俗之志"②，汇集丰富的古代动物学、植物学、地理学、神话学的知识，为《方言》《山海经》《穆天子传》《三苍》《楚辞》等重要典籍作注，著有《山海经注》二十三卷，《山海经图赞》二卷，《三苍注》三卷，《穆天子传注》六卷，《楚辞注》二卷，《水经注》三卷，还撰有《周易林》五卷，《洞林》三卷，《新林》四卷，《卜韵》一卷，共约数十万言。详细情况在《晋书·郭璞传》和《隋书·经籍志》中均有记载：

《晋书·郭璞传》云：

> 璞撰前后旅验六十余事，名为《洞林》，又抄京、费诸家要最，更撰《新林》十篇、《卜韵》一篇，注释《尔雅》，别为《音义》《图谱》。又注《三苍》《方言》《穆天子传》《山海经》及《楚辞》《子虚、上林赋》数十万言，皆传于世。所作诗、赋、诔，颂亦数十万。③

① （唐）房玄龄：《晋书》，中华书局1996年版，第1903页。

② （清）纪昀：《四库全书》第221册，上海古籍出版社1987年版，第5页。

③ 同①，第1910页。

到了唐代，魏征等修撰的《隋书·经籍志》里仍著录有:《尔雅注》五卷，《尔雅音》二卷,《尔雅图》十卷,《方言注》十三卷,《三苍注》三卷,《穆天子传注》六卷,《山海经注》二十三卷,《山海经图赞》二卷,《周易新林》四卷、九卷二种,《易洞林》三卷,《易斗图》一卷,《水经注》三卷,《楚辞注》三卷,《晋弘农太守郭璞集》十七卷。

郭璞不仅是训诂家，同时也是一位文学家。他“学问渊博，文采斐然，无论辞赋诗章，俱为一时名手”[①]，曾作诗、赋、诔等数万言。郭璞写有许多赋，如《江赋》《盐池赋》《南郊赋》《巫成山赋》《流离赋》《井赋》《蚍蜉赋》《登百尺楼赋》《龟赋》《蜜蜂赋》等。其中最著名的是《江赋》和《南郊赋》。他所作词赋，被誉为“中兴之冠”[②]，他的《江赋》“其词甚伟，为世所称”[③]。《南郊赋》亦有名。创作上诗歌成就尤为突出。他的诗，今存的只有二十几首，而以《游仙诗》为代表作。丁福保编《全汉三国晋南北朝诗》录有郭璞诗歌二十二首之多，包括《游仙诗》十四首和别类诗八首。

郭璞著作今存者尚有《尔雅注》三卷,《尔雅图赞》三卷,《尔雅音图》三卷,《穆天子传注》六卷,《方言注》十三卷,《毛诗拾遗》一卷,《易洞林》一卷。又有《葬经内篇》《正业定真经》，虽然题曰郭璞撰，但均不可考。而现存《郭景纯集》即《郭弘农集》，系明代张溥所辑,《三苍》则有王国维辑本。

第二节　坎壈咏怀、文体相辉

——郭璞《游仙诗》对楚辞的接受和继承

郭璞的诗歌，流传至今的共有二十二首，其中十四首游仙诗最能代表他的文学成就，在中国文学史上更占有独特的地位,《昭明文选》选了七首，历来诗选都有所选用。《游仙诗》成为郭璞文学创作的代表，也使其在文学史上垂名后世。

① 刘大杰:《中国文学发展史》，上海人民出版社 1976 年版，第 273 页。

② （唐）房玄龄:《晋书》，中华书局 1996 年版，第 1902 页。

③ 同②，第 1903 页。

郭璞的《游仙诗》虽然与西晋诗风一样形式讲究、辞采华丽，但却克服了西晋诗风流于浮艳的弊端，在内容上以借游仙来抒写自己仕途偃蹇、壮志难酬的情怀为特质，显示了华美的形式、真挚的情感和现实思想内容的统一，得到了众多评论家的一致肯定。《南齐书·文学传》云："江左风味，盛道家之言，郭璞举其灵变。"[①]《文心雕龙·明诗》云："江左篇制，溺乎玄风"，"景纯仙篇，挺拔为俊矣"。《文心雕龙·才略》又云："景纯艳逸，足冠中兴。"陈沆《诗比兴笺》卷二云："景纯《游仙》，振响两晋。"钟嵘的《诗品》评郭璞诗歌云："宪章潘岳，文体相晖，彪炳可玩，始变中原平淡之体，故称中兴第一。"对于郭璞诗歌对玄言诗变创，钟嵘《诗品序》论述尤详："永嘉时，贵黄老，稍尚虚谈，于时篇什，理过其辞，淡乎寡味。爰及江表，微波尚传。孙绰、许询、桓、庾诸公诗，皆平典似道德论，建安风力尽矣。先是郭景纯用隽上之才，变创其体；刘越石仗清刚之气，赞成厥美，然彼众我寡，未能动俗。"钟嵘对郭璞《游仙诗》的评价是："辞多慷慨，乖远玄宗，而云'奈何虎豹姿'，又云'戢翼栖榛梗'，乃是坎壈咏怀，非列仙之趣也。"准确地揭示了郭璞的游仙诗名为游仙实为抒怀的情感特征。其实，郭璞的游仙诗，从艺术形式到思想内容诸方面，无不表现了他对屈原作品的接受和继承。

游仙诗是中国诗史上的一种特殊现象，是中国古代诗歌的一种重要题材。它滥觞于屈原的《离骚》，成熟和完善于屈原的《远游》。从此以后，借描述仙境以寄托作者情思的诗歌，绵延不断。郭璞的游仙诗则大异其趣，借仙人仙山自抒怀抱，在山水林泉中表现出一种自我理想，借仙游来抒发自己人生遭际的感慨，这和屈原《离骚》中的升天远游以及《远游》的旨趣非常一致。钟嵘在《诗品》中说郭璞"游仙之作，辞多慷慨，乖远玄宗"，"乃是坎壈咏怀，非列仙之趣也。"既指出了郭璞游仙诗同当时盛行的玄言诗的本质区别，又指出了郭璞游仙诗和那种一味追求列仙之趣的游仙诗的不同。"辞多慷慨"、"坎壈咏怀"指出了郭璞游仙诗的抒情性特征。这正是屈原诗篇旨意的体现。对此前人已经有所论述。如章太炎《国故论衡·辩诗》认为，在郭璞的游仙诗里，充溢着屈原、阮籍的那种"上念国政，下悲小己"的情感，读来会使人发出由衷的慨叹。清代何焯在《义门读书记》中指出："景纯之《游仙》，即屈

① （南朝梁）萧子显：《南齐书》，中华书局 1972 年版，第 908 页。

子之《远游》也，章句之士安足以知之。”又云：“景纯《游仙》当与屈子《远游》同旨。盖自伤坎壈，不成匡济，寓旨怀生，用以写郁。”① 厉鹗《前后游仙百咏自序》：“至于宏农之始唱，实为屈子之余波，事虽寄游仙，情则等于感遇。”

郭璞游仙诗的感情基础和屈原《离骚》《远游》一样，都描绘了在现实世界中难以实现的理想家园，表现了对现实世界的强烈不满和对理想境界的执着追求。据《晋书》记载，郭璞的父亲郭瑗，曾任西晋时的尚书都令史，终于建平太守任上。尚书都令史是魏晋时期为尚书官员令、仆、左右丞所增的下属官吏，秩仅二百石。魏晋之际门阀制度盛炽，在那个“上品无寒门，下品无世族”的时代，郭璞应该属于庶族。无法超越的现实门阀制度，志高位卑的境况和坎坷不平的遭遇使得郭璞的内心愈加痛苦，造就了他“性轻易，不修威仪。嗜酒好色，时或过度”② 的个性。“屈原的精神始终处于痛苦的求索之中，从来也没有得到安息，这是屈原的悲剧，也是屈原的伟大”③，郭璞何尝不是如此？郭璞在这种消极低沉、落魄潦倒的外表之下潜藏着清醒的意识和苦苦求索的满腔热血。他把自己的理想和愿望都寄托在那些缥缈俊美、独标高格的游仙诗中。《游仙诗》（其四）云：

六龙安可顿，运流有代谢。
时变感人思，已秋复愿夏。
淮海变微禽，吾生独不化。
虽欲腾丹溪，云螭非吾驾。
愧无鲁阳德，回日向三舍。
临川哀年迈，抚心独悲吒。

这首诗虽名为《游仙诗》，但其中没有丝毫想成仙的思想。其主要思想是面对生命流逝，人生易老却事业无成感到悲哀的情感抒发。在这首诗中，我们仿佛见到了又一个“老冉冉其将至兮，恐修名之不立”的屈原。郭璞游仙诗继承了屈原《离骚》相关内容和《远游》的旨趣，重在抒发对现实、人生的慨叹。因此，钟嵘评价郭璞《游仙诗》“辞多慷慨，乖远玄宗，而云‘奈何

① （清）何焯：《义门读书记》，中华书局 1987 年版，第 895 页。
② （唐）房玄龄：《晋书》，中华书局 1996 年版，第 1902 页。
③ 任继愈：《中国哲学发展史》（魏晋南北朝卷），人民文学出版社 1994 年版，第 194 页。

虎豹姿’，又云‘揖翼栖榛梗’，乃是坎壈咏怀，非列仙之趣也”是极其中肯的。王夫之说：“步兵一切皆委之咏怀，弘农一切皆委之游仙。”郭璞的游仙诗，是他坎坷一生的总结，反映才高位卑的郭璞对现实世界的迷惘困惑、激愤无助，对理想世界的追求和向往，反映出那个动乱年代知识分子关注现实与全身避祸的矛盾。

和屈原一样，郭璞有着强烈的入世精神。他的游仙诗虽托名游仙，但却有着比仙游更为深刻的思想内容。首先，他思想中有着积极反抗的一面。《游仙诗》（其一）云：

京华游侠窟，山林隐遁栖。
朱门何足荣，未若托蓬莱。
临源挹清波，陵冈掇丹荑。
灵溪可潜盘，安事登云梯？
漆园有傲吏，莱氏有逸妻。
进则保龙见，退为触藩羝。
高蹈风尘外，长揖谢夷齐。

该诗虽托名游仙，但实质是通过权势富贵难比贫贱安乐的对比描写，抒发了对朱门权贵和仕宦政治的嘲讽和否定之情。《游仙诗》（其五）云：

逸翮思拂霄，迅足羡远游。
清源无增澜，安得运吞舟？
珪璋虽特达，明月难暗投。
潜颖怨青阳，陵苕哀素秋。
悲来恻丹心，零泪缘缨流。

虽有高远志向、雄才大略但却生不逢时，徒有一腔热情却无施展的空间，怀才不遇之叹、壮志难酬之恨、怨时恨世之情跃然纸上。

其次，强烈的爱国主义情感也是郭璞和屈原思想的相通之处。郭璞所处的时代和屈原时代颇有相似之处。青壮年时代，郭璞一直生活在战乱之中，社会的强烈动荡和人民所遭受的深重苦难把他造就成一位忧国忧民的爱国文人。西晋的灭亡和中原国土沦落于外族手中都激发了郭璞的爱国热情。强烈的澄清混乱时局的愿望、忧国忧民的心情、恢复神圣国土的意愿都在他的诗歌中得到了淋漓尽致地表现。《答贾九州愁诗》云：“顾瞻中宇，一朝分崩，天纲既紊，浮鲵横腾。运首北眷，邈哉华恒。虽欲凌翥，矫翮靡登。俯惧潜机，仰虑飞罾。惟其崄哀，难辛备曾。庶睎河清，混焉未澄。”《与王使君》（其一）“蠢蠢中华，遘此虐戾。遗黎其咨，天未忘惠”，（其二）“化扬东夏，勋格宇宙”等等都是这种爱国热情的反映。

刘勰《文心雕龙·才略》云：“景纯艳逸，足冠中兴，《郊赋》既穆穆以大观，《仙诗》亦飘飘而凌云矣。”“艳逸”是对郭璞《游仙诗》艺术特征最精当的概括。“艳”既是指语言的华美，更是指形象的色彩斑斓、光怪陆离，“逸”是指旨趣高远、超凡脱俗。对于屈原作品的艺术特征，《文心雕龙·辨骚》云：“《骚经》《九章》，朗丽以哀志；《九歌》《九辩》，绮靡以伤情；《远游》《天问》，环诡而慧巧，《招魂》《大招》，耀艳而深华；《卜居》标放言之致，《渔父》寄独往之才。故能气往轹古，辞来切今，惊采绝艳，难与并能矣。”“惊采绝艳”是刘勰对屈原作品艺术风格的概括。可见，刘勰认为“艳”是楚辞和郭璞诗歌共同的艺术风格。在艺术上，郭璞《游仙诗》深得屈原《离骚》和《远游》的精髓。首先表现在善用华美的文字，描绘出虚无缥缈的神仙境界，并在浪漫色彩浓郁的背景中凸显所摹绘的隐士、神仙形象。

《游仙诗》（其二）云：

青溪千余仞，中有一道士。
云生梁栋间，风出窗户里。
借问此何谁，云是鬼谷子。
翘迹企颍阳，临河思洗耳。
阊阖西南来，潜波涣鳞起。
灵妃顾我笑，粲然启玉齿。
蹇修时不存，要之将谁使。

此诗中的“阊阖”“灵妃”“蹇修”等神话形象均来自屈原的诗篇，是对《楚辞》中神话形象的化用。“阊阖”是屈原升天远游，追求理想过程中经过的天门。《离骚》云：“吾令帝阍开关兮，倚阊阖而望予。”“宓妃”是《离骚》中抒情主人公远游求女的对象，是“我”理想的寄托。《离骚》云：“吾令丰隆乘云兮，求宓妃之所在。”“蹇修”则是抒情主人公升天求女用以沟通的女神。《离骚》云：“解佩纕以结言兮，吾令蹇修以为理。”郭璞在此活用屈原《离骚》中的神话形象为诗境平添了几分神仙气息。在郭璞的《游仙诗》中，他屡屡从《楚辞》《山海经》等书中汲取神话故事，既能化用神话传说，又能增加游仙诗的神异色彩。通过运用楚辞中的神话形象，汲取屈原诗篇中的浪漫主义元素，郭璞的游仙诗词采绚丽，形象生动，充满了神话仙道气氛，富于神话色彩，是深富抒情意味的浪漫主义诗歌杰作，因此钟嵘评之为“始变永嘉平淡之体”。

“坎壈咏怀”是郭璞《游仙诗》独特的抒情特色。在玄言诗盛行的东晋诗坛，郭璞借游仙诗抒发自己的抑郁之情和哀世之感，曲折地表现出对理想抱负的执着追求。较之“理过其辞，淡乎寡味”的玄言诗，郭璞《游仙诗》对现实生活的强烈关注，对理想情致的真诚表达都显示出“文体相辉”的艺术魅力，为晋代诗风的转变、山水诗的兴起做出了贡献，因此获得“中兴第一”的美誉，是实归名至的。郭璞《游仙诗》的成就，正是对屈原作品《离骚》和《远游》中相关仙游内容和艺术表现的继承和创新的结果。

第三节　《楚辞注》孑遗的发现

自后汉王逸楚辞研究的集大成之作《楚辞章句》面世至宋代洪兴祖《楚辞补注》和朱熹《楚辞集注》之诞生，历时千载，郭璞的《楚辞注》堪称其间最有价值的楚辞学研究专著，此书虽已亡佚，但仍可从众多的典籍中梳理出其特色成就，从而显示出其不可或缺的学术价值。

一、《楚辞注》的史料记载

郭璞曾注《楚辞》，并有著作存世，《晋书》《隋书》和新旧《唐书》均有记载。

《晋书·郭璞传》云：

> 璞撰前后筮验六十余事，名为《洞林》。又抄京、费诸家要最，更撰《新林》十篇、《卜韵》一篇。注释《尔雅》，别为《音义》《图谱》。又注《三苍》《方言》《穆天子传》《山海经》及《楚辞》《子虚》《上林赋》数十万言，

皆传于世。所作诗赋诔颂亦数万言。[①]

《隋书·经籍志》首列自汉至隋诸家楚辞著述凡十一部[②]：

《楚辞》十二卷（并目录），（后汉校书郎王逸注）

《楚辞》三卷，（郭璞注）

《楚辞》十一卷，（宋何晏删王逸注）

《楚辞九悼》一卷，（杨穆撰）

《参解楚辞》七卷，（皇甫遵训撰）

《楚辞音》一卷，（徐邈撰）

《楚辞音》一卷，（宋处士诸葛氏撰）

《楚辞音》一卷，（孟奥撰）

《楚辞音》一卷

《楚辞音》一卷，（释道骞撰）

《楚辞草木疏》二卷，（刘杳撰）

唐武德四年（621），令狐德棻建议修梁、陈、北齐、北周、隋等各朝史。唐武德五年，唐朝命史臣着手编撰，但历时数年没有成书。贞观三年（629），唐太宗命魏徵"总知其务"重修五朝史并主编《隋书》。参加《隋书》编修者还有颜师古、孔颖达、许敬宗等人。历时七年，在贞观十年（636），《隋书》德帝纪、列传和其他四朝史书同时完成，合称"五代史"。《晋书》的修撰，从贞观二十年（646）开始，二十二年（648）成书，由房玄龄、褚遂良、许敬宗三人监修。《晋书·郭璞传》言郭璞《楚辞注》"传于世"，可见直到唐太宗贞观二十二年（648），《楚辞注》还是广为流传的。

《隋志》列郭璞《楚辞》三卷紧随王逸《楚辞》十二卷之后，可见在初唐时期，郭注《楚辞》是一部仅次于王逸《楚辞章句》的《楚辞》训释著作。

新旧《唐书》同样有郭璞注《楚辞》之记载，只是在卷数上和《隋志》有所不同。

《新唐书·艺文志》丁部集录，其类三：一曰楚辞类，二曰别集类，三曰总集类。

---

① （唐）房玄龄：《晋书》，中华书局1996年版，第1910页。

② （唐）魏徵：《隋书》，中华书局1973年版，第1055页。

楚辞类云：[1]

王逸注《楚辞》十六卷

郭璞注《楚辞》十卷

杨穆《楚辞九悼》一卷

刘杳《离骚草木虫鱼疏》二卷

孟奥《楚辞音》一卷

徐邈《楚辞音》一卷

僧道骞《楚辞音》一卷赵

《荀况集》二卷

楚《宋玉集》二卷

《旧唐书·经籍志》丁部集录，三类，共八百九十部，一万二千二十八卷。楚辞类一，别集类二、总集类三。

楚辞类云：[2]

《楚辞》十六卷，（王逸注）

《楚辞》十卷，（郭璞注）

《楚辞九悼》一卷，（杨穆撰）

《楚辞草木疏》一卷，（刘杳撰）

《楚辞音》一卷，（孟奥撰）

又一卷，（徐邈撰）

又一卷，（释道骞撰）

需要指出的是，《隋书·经籍志》和两唐志所载郭璞《楚辞注》的卷数有所不同。《隋书·经籍志》云郭璞注《楚辞》三卷，新旧《唐书》的记载则是十卷。对《隋书·经籍志》和两唐志所载郭璞《楚辞音》卷数的差异，胡小石先生认为，在唐初《隋志》成书之时，可能郭璞的《楚辞注》尚是传注分开，故人们所见仅是注文单行本，因此只有三卷。唐开元三年，经过整理，郭璞楚辞注文与楚辞文本合并，因此增为十卷。胡小石先生说："盖《隋志》成书于唐初，所见或为先代旧书，注疑单行，故仅三卷。两唐志所据，或是开元

① （唐）欧阳修：《新唐书》，中华书局1975年版，第1575页。

② （晋）刘昫：《旧唐书》，中华书局1975年版，第2051页。

三年重加整比之本，辞注相合，卷数乃增至三倍耶。”[①] 此说为允。

二、《楚辞注》孑遗的发现

郭璞《楚辞注》孑遗的发现，得益于隋释道骞《楚辞音》残卷的面世。《楚辞音》为隋释道骞所撰，曾藏于敦煌石窟，后落得残卷，1908 年被法国汉学家伯希和随同六千多卷极具文物价值的敦煌秘籍一起运回法国，藏于法国巴黎国家图书馆。1934 年，王重民先生前往法国巴黎国家图书馆，搜集、整理、研究流散在欧洲的敦煌遗书、太平天国资料、明清间来华传教士著述及中国珍本古籍时发现此书。他根据卷中“兹”字下“骞案”，从而判定该书为隋代释道骞的《楚辞音》，又根据“珵”字下“郭本止作程”而判定其为郭璞《楚辞注》的孑遗。[②]

对于《楚辞音》残卷的发现，闻一多先生曾给予极高的评价。他说：“敦煌旧钞《楚辞音》残卷，不避隋唐讳，存者八十四行，起‘驷玉纠以乘鹥兮’，迄‘杂瑶象以为车’，凡释《离骚》经文一百八十八，注文九十六，稀世瑰宝也。”[③] 而对于王重民判定该书为隋代释道骞的《楚辞音》，且含有郭璞《楚辞注》孑遗的论断，闻一多先生更是赞赏备至。他称王氏见解为“灼然有据，无可易者”，并高度评价云：

> 夫自汉王逸以下逮宋之洪兴祖，约及千载，为《楚辞》学者，代有名家，而郭《注》骞《音》之名，尤赫然在人耳目。故其书自唐中叶以还，似已荡然无存，而史志所胪，空有其目，譬如丰碑载涂，徒足人欷歔凭吊而已耳。孰谓骞《音》残卷，一旦发现，而郭《注》鳞爪，复在其中，是非旦暮之遇乎？自殷墟之役以来，数十年间，惊人之事多矣。即以重民先生近所剔发于巴黎者言，此尺幅断轴，亦毫末之于马体而已。然而于《楚辞》之学不啻启一新纪元。重民先生之功为不朽矣！[④]

闻一多认为，郭璞《楚辞注》作为汉王逸《楚辞章句》至宋洪兴祖《楚

---

① 胡小石：《胡小石论文集》，上海古籍出版社 1982 年版，第 26 页。

② 王重民：《巴黎敦煌残卷叙录》，《图书季刊》，第二卷第三期。

③ 闻一多：《闻一多全集》第 5 册，湖北人民出版社 1993 年版，第 47 页。

④ 同③。

辞补注》千年之间极其重要的一部楚辞训诂著作，其亡佚实为楚辞学史上的一件憾事，而王重民先生有关敦煌隋释道骞《楚辞音》残卷的发现，也使得郭璞《楚辞注》遗说得以面世，这将成为楚辞学史上划时代的大事，开辟楚辞学研究新纪元。为此，闻一多先生特撰写《敦煌旧抄楚辞音残卷跋》(附《校勘记》)一文，寄王重民先生。该文收入后来编辑出版的《闻一多全集·古典新义》之中。

闻一多先生的贡献不止如此，他还发现了《楚辞音》残卷引了郭璞的三条注文和李善对《文选》中郭璞的《江赋》注解中隐藏着一条郭璞《楚辞注》的内容，弥补了王重民先生仅仅依据《楚辞音》残卷“珵”字下“郭本止作程”而判定其为郭璞《楚辞注》的孑遗的孤证。

闻一多发现《楚辞音》残卷引了郭璞的三条注文为：

“兹”字下：郭云：“止日之行，勿近昧谷也。”

“鸩”字下：郭云：“凶人见欺也。”

“鴂”字下：郭云：“奸佞先己也。”

闻先生对此评论云：

案：“止日”句释经文“望崦嵫而勿迫”也，“凶人”句释“鸩告余以不好”也，“奸佞”句释“恐鹈鴂之先鸣”也。既皆冠以“郭云”，则非郭注而何？①

闻一多对郭璞《楚辞注》的另一发现是，对于载入《文选》的郭璞《江赋》，李善注“悲灵均之任石，叹渔父之棹歌”云：

《楚辞》曰：“名余曰正则，字余曰灵均。”又曰：“望大河之洲渚，悲申徒之抗直，骤谏君而不听，重任石之何益。”又曰：“怀沙砾而自沉兮，不忍见君之蔽壅。”《史记》曰：“屈原作《怀沙赋》，怀石自投汨罗。”怀沙，即任石也，义与王逸不同。②

对此，闻先生评论云：

李善谓王郭异义，是也：“重任石之何益”《悲回风》文。王逸注曰：“任，负也。百二十斤为石。言己数谏君而不见听，虽欲自任以重石，终

① 闻一多：《闻一多全集》第5册，湖北人民出版社1993年版，第48页。

② （南朝梁）萧统：《文选》，上海古籍出版社1986年版，第572页。

> 无益于万分也。”旧校石一作“柘”。
>
> 《说文》：“柘，百二十斤也。”是王读石为柘，若郭赋上下文所隶事，如阳侯，奇相，禹。佽飞，要离，周穆王，郑交甫，皆与江相关。而此又与“叹渔父之棹歌”相为偶句，是其解《楚辞》“任石”为抱石沉江，审矣。作赋用《楚辞》义如此，注《骚》时不宜自异。然则《江赋》此句，可视为郭氏《楚辞》遗说，亦即其《楚辞注》义矣。愚意郭书之在海内，名虽亡，实亦未尝尽之。①

闻一多用郭璞著作内证方法对其佚著《楚辞注》进行补证，从而推求其注释面貌，可谓见解精微审慎且有较为充分的说服力。

三、《楚辞注》的体例及内容

郭璞《楚辞注》至宋已不见载，或以“其遭厄煨烬，或早在天宝、广明诸乱中”。② 郭璞《楚辞注》虽然自宋代已不存于世，但他所注的其他众多典籍依然存世，如《尔雅》《方言》《穆天子传》《山海经》等，其中多有涉及《楚辞》的内容，也有诸多与《楚辞》相关的内容散落在其他典籍之中，如《文选》录其所注《子虚赋》和《上林赋》等等。我们从这些郭璞所注的典籍中能够推知郭璞《楚辞注》的基本思想和内容形式，从而窥见《楚辞注》的大概旨趣。

关于郭璞《楚辞注》的体例，我们可以从隋释道骞《楚辞音》残卷中保留的郭注以及郭璞所注《尔雅》《方言》《穆天子传》《山海经》等书的体例窥出其大概。胡小石先生说：“今就道骞《楚辞音》残卷所引郭氏说三事审之，似其注诠释意旨者，体例亦与王氏章句不相远。”③ 甚是。

其实，郭璞所注他书涉及楚辞名物训诂之事甚多，远非闻先生所发现《文选》中郭璞《江赋》注解中隐藏《楚辞注》的一条内容。胡小石先生云：“若夫名物训诂之说，则就见存诸书中求之，其义涉《楚辞》者，为证实繁。故不止《江赋》一事。”④ 他从现存的郭璞所撰《穆天子传》《山海经》《尔雅》《方

---

① 闻一多：《闻一多全集》第五册，湖北人民出版社 1993 年版，第 49 页。

② 胡小石：《胡小石论文集》，上海古籍出版社 1982 年版，第 31–76 页。

③ 同②。

④ 同②，第 27 页。

言》《子虚赋》《上林赋》诸注以及其他典籍所引中钩辑与《楚辞》名物相关的训诂资料，得出郭璞所注其他典籍中能够参证其《离骚》注语义者共131处，可参证《离骚》郭注语义73句；能够参证其《九歌》注语义者共55处，可参证《九歌》郭注语义40句；能够参证其《天问》注语义者共36处，参证《天问》郭注语义35句；能够参证其《九章》注语义者共34处，可参证《九章》郭注语义句22句；能够参证《楚辞》其他篇章者107处，可参证《招魂》郭注语义21句，参证《远游》郭注语义10句，参证《渔父》1句，《九辩》4句《招魂》21句、《大招》11句，及参证其他《楚辞》作品郭注语义句49句，共统计出郭璞所注解其他典籍可参证楚辞内容之注解473处，可参证楚辞内容287句。[①]

由于胡小石先生的辛勤耕耘，郭璞之《楚辞注》虽已亡佚，但其内容和特色依然灼然可见。

郭璞注他书可能与《楚辞注》内容相关者有如下数种情况：

第一，直接引用《楚辞》文本：

此类注释，《楚辞注》所注必与之相同，或与所注典籍互训。如：

《尔雅·释天》："正月为陬。"注曰："《离骚》云'摄提贞于孟陬'。"

《山海经·西山经》："西南三百六十里曰崦嵫之山。"注曰："日没所入山也，《离骚》奄兹两音。"

《山海经·中山经》："东一百二十里曰洞庭之山。"注曰："今长沙巴陵县西，又有洞庭陂，潜伏通江，《离骚》曰：'邅吾道兮洞庭，洞庭波兮木叶下'，皆谓此也。《离骚》《九歌》所谓湘夫人称帝子者是也。"

《方言》："禅衣，江淮南楚之间谓之褋。"郭璞注："《楚辞》曰：'遗余褋兮澧浦。'音简牒。"

《大司命》："使涷雨兮洒尘。"郭注《尔雅·释天》"暴雨谓之涷雨"云："今江东乎夏月暴雨为涷雨。《离骚》云：'使涷雨兮洒尘'是也。涷音东西之东。"（案：此处应为《九歌·大司命》）

《天问》："康回凴怒。"郭注《方言》"凴，怒也，楚凴"云："凴，恚盛貌。《楚辞》曰：'康回凴怒。'"

《天问》："日安不到，烛龙何照。"郭注《山海经·大荒北经》"西北海之外，

① 胡小石：《胡小石论文集》，上海古籍出版社1982年版，第31–76页。

赤水之北，有章尾山。有神，人面蛇身而赤，直目正乘，其瞑乃晦，其视乃明，不食不寝不息，风雨是谒。是烛九阴，是谓烛龙”云：“《离骚》曰：‘日安不到，烛龙何照。’”

《天问》：“靡萍九衢。”《山海经·中山经》“少室之山，其上有木焉，其名曰帝休，叶状如杨，其枝五衢”注曰：“言树枝交错，相重无出有像衢路也。《离骚》曰：‘靡萍九衢’。”

《天问》：“一蛇吞象，厥大何如？”《山海经·中山经》“巴蛇食象，三岁而出其骨，君子食之，无心腹之疾”注曰：“今南方蚺蛇吞鹿，鹿已烂，自绞于树，腹中骨皆穿鳞甲间出，此其类也。《楚辞》曰：‘一蛇吞象，厥大何如？’说者云长千寻。”

《天问》云：“登昆仑兮食玉英。”《山海经·西山经》“黄帝乃取峚山之玉荣”注曰：“谓玉华也。《离骚》曰：‘怀琬琰之华英。’又曰：‘等昆仑兮食玉英。’”

《远游》：“怀琬琰之华英。”《山海经·西山经》“黄帝乃取峚山之玉荣”注云：“谓玉华也。《离骚》曰：‘怀琬琰之华英’。”

《远游》：“降望大壑。”《大荒东经》“东海之外大壑”注：“《诗含神雾》曰：‘东注无底之谷。’谓此壑也。《离骚》曰：‘降望大壑’。”

《招魂》：“赤蚁若象，玄蜂若壶些。”《海内北经》“大蠭，其状如螽；朱蛾，其状如蛾”注：“蛾，蚍蜉也。《楚辞》曰：‘玄蜂如壶，朱蚁如象。’谓此也。”

《招魂》：“蛾眉曼睩。”《史记·司马相如传·上林赋》“宜笑的砾”，《索隐》引郭璞曰：“鲜明貌也。《楚辞》曰：‘美人皓齿以姱。’又曰：‘蛾眉笑以的砾。’”

《大招》：“朱唇皓齿，嫭以姱只。”《史记·司马相如传·上林赋》“皓齿粲烂”，《索隐》引郭璞曰：“鲜明貌也。《楚辞》曰：‘美人皓齿以姱。’”

第二，虽然没有直接提及《楚辞》，但对其他典籍中与《楚辞》相同的名物进行阐释和训诂，因此可以视为是郭璞《楚辞注》中注释之逸文也。如：

《穆天子传》：“封□隆之葬。”注曰：“隆上疑作丰，丰隆巫御云，得大壮卦，遂为雷师。”（《离骚》有云：“吾令丰隆乘云兮，求宓妃之所在。”）

《山海经·大荒西经》：“大荒之山开，上三嫔于天。”注云：“嫔，妇也，言献美人于天帝，得《九辩》与《九歌》以下，皆天帝乐名也。”（《天问》云：“启棘宾商，《九辩》《九歌》。”）

《山海经·大荒南经》:“有羲和之国，有女子名曰羲和，方浴日于甘渊。”注云:“羲和，盖天地始生主日月者。故启筮曰:‘空桑之苍苍，八极之既张，乃有夫羲和，是住日月，职出入以为晦明，瞻彼上天，一明一晦，有夫羲和之子，出于汤谷。’故尧因此立羲和之官，以主四时，其后世遂为此国作日月之像而掌之，沐浴运转之于甘水之中，以效其出入汤谷虞渊也，所谓世不失职耳。”(《离骚》云:“吾令羲和弭节兮，望崦嵫而勿迫。”)

《文选·子虚赋》“江离蘼芜”注云:“江离似水荠。”“桂椒木兰”注云:“木兰皮辛可食。”(《离骚》云:“览椒兰其若兹兮，又况揭车与江离?”又“朝搴阰之木兰兮，夕揽洲之宿莽。”)

此类注文与《楚辞注》关系至密，胡小石先生曾这样评价道:“此类注释虽未尝言及《楚辞》，然解说名象，彼之与此，当无大异，或亦可当《离骚》《九歌》《天问》《九章》《远游》《卜居》《招魂》诸注之逸义欤?”①

第四节　《楚辞注》的特色及成就

郭璞遍注群书，内容涉及神话、训诂、名物等多方面内容，积累了深厚的神话学、训诂学、动物学、植物学、地理学知识，使得他的《楚辞注》有着多方面的成就与特色。

一、浓厚的神话学色彩

两汉时期，儒学繁盛，由于孔子对神怪思想态度的影响。汉代学者讳言神怪，汉初贾谊、董仲舒等莫不如是，甚至喜新爱奇的史家司马迁在看到古本《山海经》时也说其“所言怪物，余不敢言之也”。②

由于思想的解放和文学自觉时代的来临，魏晋南北朝的文学和艺术中有突出的重“神”思想。郭璞以万物出于自然的玄学世界观阐释《楚辞》《山海经》

---

① 胡小石:《胡小石论文集》，上海古籍出版社1982年版，第31–76页。

② (汉)司马迁:《史记》，中华书局1959年版，第3179页。

《穆天子传》等典籍中神怪的蕴义内涵和形象化表现特征，彰显文学作品的美学特质，客观上批驳和否定了儒家对神话长期以来的否定和怀疑态度，从而构成魏晋时代思想解放与文学自觉运动的重要组成部分。①

郭璞妙于阴阳卜筮之术。从他的政治经历我们可以看出，他对政治活动的参与大多体现在卜筮之中，遵从天人感应的神学思想，因此，对仙道和神话有着非同寻常的嗜好和极其广泛而深入的研究。

郭璞《楚辞注》，打破了“注不违传、疏不破注”汉儒传统，故能越出儒家范围对其中神话问题做出思想观念上的新解释。郭璞注《楚辞》每每引《山海经》《穆天子传》《淮南子》等典籍中的神话材料，极大程度地突出了《楚辞》浪漫主义特色，这也使得他获得我国神话研究鼻祖的美誉。姜亮夫先生说：“引《山经》《穆传》《淮南》以说屈赋者，依余所知，自郭始。郭学术思想近道家，不为儒言所宥，极有合于屈子上天下地浪漫杂说。而儒家者流，所不敢一试者，景纯皆畅用之。”②

《离骚》云：“邅吾道夫昆仑兮。”郭璞注《山海经·西山经》“西南四百里曰昆仑之丘，是惟帝之下都”云：“天帝都邑之在下者也。《穆天子传》曰：‘吉日辛酉，天子升于昆仑之丘，以观皇帝之宫，而封丰隆之葬，以诏后世。’言增封于昆仑山之上。”

《天问》云：“化为黄熊，巫何活焉？”《山海经·海内经》云：“祝融杀鲧于羽郊，鲧复生禹。”注云：“开筮曰：‘鲧死三岁不腐，剖之以吴刀，化为黄龙也。”

《天问》云：“简狄在台，喾和宜？”《山海经·海外南经》“长臂国”注：“喾。尧父，号高辛。帝喾台详《离骚》。”

《远游》云：“轩辕不可攀援兮。”《山海经·海外西经》“轩辕之国”注：“言敬畏黄帝盛灵，故不敢向西而射也。”《山海经·大荒西经》：“有轩辕之台。”注：“敬难黄帝之神。”

《远游》：“遇蓐收乎西皇。”《西山经》“泑山，神蓐收居之”注：“亦金神也。人面虎爪白尾，执钺。”

---

① 李欣复：《试论郭璞的神话学思想》，《学术月刊》1994 年第 8 期，第 72–78 页。

② 姜亮夫：《楚辞学论文集》，上海古籍出版 1984 年版，第 380 页。

对于《九歌》之湘夫人，王逸注《九歌·湘夫人》“帝子降兮北渚”云：“帝子，谓尧女也。降，下也。言尧二女娥皇、女英，随舜不反，堕于湘水之渚，因为湘夫人。”①

郭璞注《山海经·中山经》“洞庭之山，帝之二女居之”云：

天帝之二女，而将处为江神，即《列女传》江妃二女也。《离骚》《九歌》所谓湘夫人称帝子者是也。而《河图玉版》曰：“湘夫人者，帝尧女也。秦始皇浮江至湘山，逢大风，而问博士‘湘君何神？’博士曰：‘闻之，尧二女，舜妃也，死而葬此。’”《列女传》曰：“二女死于湘江之间，俗谓湘君。”郑司农亦以舜妃为湘君。说者皆以为舜陟方而死，二妃从之，俱溺死于湘江，遂号湘夫人。案：《九歌》湘君湘夫人自是二神。江湘之有二神，犹河洛之有宓妃也。此之为灵，与天地并矣，安得谓之尧女？且既谓之尧女，安得复总云湘君哉？何以考之？《礼记》曰：“舜葬苍梧，二妃不从。”明二妃生不从征，死不从葬，义可知矣。即令从之，二女灵达，鉴通无方，尚能以鸟工龙裳救井廪之难，岂当不能自免于风波，而有双沦之患乎？假复如此，《传》曰：“生为上公，死为贵神。”《礼》五岳比三公，四渎比诸侯。今湘川不及四渎，无秩于命祀，而二女帝之后，佩灵神祇，无缘当复下降小水，而为夫人也。参互其义，义既混错，错综其理，理无可据，斯不然也。原其谬之由，由乎俱以帝女为名，名实相乱莫矫其实，习非胜是，终古不悟，可悲矣。②

郭璞释湘夫人为湘江之神、舜之二妃者，依据有三。其一，湘夫人为神灵符合古制。按每水自有其神习俗，湘夫人犹如洛水之神宓妃一样，自当为湘江之神。其二，舜妃死葬湘水不符古籍记载。据《礼记》二妃生不从征、死不从葬之记载可知舜妃并未葬于湘水。其三，舜妃死后转为湘水之神与其身份不符。即便舜妃从舜巡行天下而死葬湘水，按其身份亦不应为湘水这般小水系之神。

《天问》云：“雄虺九首，儵忽焉在？”王逸注云：“虺，蛇别名也。儵忽，

① 黄灵庚：《楚辞文献丛刊》第3册，国家图书馆出版社2014年版，第17页。

② （晋）郭璞注：《山海经》，上海古籍出版社1989年版，第77页。

电光也。言有雄虺，一身九头，速及电光，皆何所在乎？”[1]《山海经·西山经》“天山有神焉，其状如黄囊，赤如丹火，六足四翼，浑敦无面目，是识歌舞，实为帝江也。”郭璞注云：“夫形无全者，则神自然灵照，精无见者，则暗与理会，其帝江之位乎？庄生所云中央之帝混沌，为儵忽作凿七窍而死者，盖假此以寓言也。”

郭璞认为，儵忽即天神帝江，是自然神灵，与王逸注电光相比，更为合理顺达。并指出该神话在《庄子》中被寓言化的演变轨迹，指出了中国上古神话在哲学家笔下寓言化的演变史实，对中国上古神话之研究甚有价值。

《天问》云：“羿焉毕日，乌焉解羽？”

《山海经·海外东经》云：“汤谷上有扶桑，十日所浴，在黑齿北，居水中。有大木，九日居下枝，一日居上枝。”郭璞注云：“庄周云：‘昔者十日并出，草木焦枯。’《淮南子》亦云：‘尧乃令羿射十日，中其九日，日中乌尽死。’《离骚》所谓‘羿焉毕日，乌焉落羽？’者也。（案：此处应为《天问》）《归藏·郑母经》云：‘昔者羿善射，毕十日，果毕之。’《汲郡竹书》曰：‘胤甲即位，居西河，有妖孽，十日并出。’明此自然之异，有自来矣。传曰：‘天有十日，日之数十。’此云‘九日居下枝，一日居上枝’。《大荒经》又云‘一日方至，一日方出’。明天地虽有十日，自使以次第迭出运照。而今俱见，为天下妖灾。故羿禀尧之命，洞其灵诚，仰天控弦，而九日潜退也。假令器用可以激水烈火，精感可以降霜回景。然则羿之铄明离而毙阳乌，未足为难也。若按之常情，则无理矣然推之以数，则无往不通。达观之客，宜领其玄致，归之冥会。则逸义无滞，言奇不废矣。”

在此，郭璞引用《庄子》《淮南子》《离骚》《归藏》《山海经》等众多有关十日神话传说的史料，勾勒了十日神话形成和发展的演变的脉络，并据此进行论证阐释，从而对王逸《楚辞章句》中引《淮南子》神话材料训解予以充分肯定。

郭璞运用神话学思想阐释楚辞时而能够匡正前误，屡有创见。

《天问》云：“启棘宾商，《九辩》《九歌》。”王逸《楚辞章句》注云：“棘，陈也。宾，列也。《九辩》《九歌》，启所作乐也。言启能备修明禹页，陈列宫

① 黄灵庚：《楚辞文献丛刊》第3册，国家图书馆出版社2014年版，第51页。

商之音，备齐礼乐也。”[①] 郭璞注《山海经·大荒西经》“大荒之山开，上三嫔于天”云：“嫔，妇也。言献美人于天帝。余见《离骚》。”王逸训“宾”为“列”，训“商”为宫商之音，并认为全句是言启修乐备礼之事，与上下文诗意难以吻合。从郭注“余见《离骚》”可以看出，郭璞在其《楚辞注》之《离骚注》中曾对此有详细训诂和阐释。虽然其具体内容已不得而知，但他从神话学角度，释“宾”为“美女”，“商”为“天帝”，已得该句含义之正解，开后世朱熹等解释之先河，在今天已为楚辞学者广泛接受。朱熹在《楚辞集注》中详细论述道：“窃疑棘当作‘梦’，商当作‘天’。……盖其意本谓启梦上宾于天，而得帝乐以归。”[②] 他在《楚辞辩证》中又进一步阐述道：“‘启棘宾商’四字，本是‘启梦宾天’……王逸所传之本，宾字幸得不误，乃以篆文‘梦天’二字中间坏灭，独存四外，有似棘商，遂误以梦为棘，以天为商。”[③] 自兹以降，学界对棘、宾、商之解释虽偶有不同（如朱骏声《说文通训定声》释“商”为“帝”之误，胡文英《屈骚指掌》释“棘”为“逐”），但其事均承朱说，即该二句乃写夏启作客天庭，带回神乐《九辩》《九歌》之事。后人之所以以朱说为是，乃是因他以《山海经》材料补之。《大荒西经》曰：“有人珥两青蛇。乘两龙，名曰夏后开，开上三嫔于天，得《九辩》《九歌》以下，此天穆之野（高二千仞），开焉得始歌《九招》。”郭注引《归藏·启筮篇》曰：“不得窃《辩》与《歌》以国于下。”显然《天问》与《山海经》所载一事，据实无疑，遂为定论。

仙话以追求肉身不灭的神仙信仰作为核心意旨，凸显出我国古人对于现实生命意义和生死终极问题的独特考量。我国古老的神仙思想在魏晋时合道家黄老之学神仙信仰，各类方技、术数于一炉，形成了神仙道教，神仙信仰的基础上建构起超越生死大限、长生不死的仙境灵界，表现出对现实生命、人生价值的执着追求，体现了某些中国的民族文化特点。郭璞学识渊博，但思想较为复杂。他崇尚老庄，《客傲篇》称：“若如庄周，偃蹇于漆园。”《登百尺楼赋》又说：“在青阳之季月，登百尺之高观，嘉斯游之可娱，乃老氏之所叹。”他的《游仙诗》词采绚丽，形象生动，富于神话色彩，是把神话思维发

---

① 黄灵庚：《楚辞文献丛刊》第3册，国家图书馆出版社2014年版，第54页。

② （宋）朱熹：《楚辞集注》，上海古籍出版社1979年版，第60页。

③ 同②，第194页。

挥得淋漓尽致的浪漫主义诗歌杰作。如《游仙诗》(其二)云“青溪千余仞，中有一道士。云生梁栋间，风出窗户里。借问此何谁，云是鬼谷子。翘迹企颍阻，临河思洗耳。阊阖西南来，潜波涣鳞起。灵妃顾我笑，烂然启玉齿。蹇修时不存，要之将谁使？”这更以鬼谷子自比，表示对隐居避世的向往和对列仙的企慕。这种仙道思想也体现在《楚辞注》中。

《离骚》:“折若木以拂日兮。”《海内经》“有木名曰若木”注云：“树赤华清。”《艺文类聚》卷八十九引《山海经图赞》云：“若木之生，崐山之滨。朱华电照，碧叶玉津。食之灵智，为力为仁。”

《离骚》:“吾令凤凰飞腾兮。”郭璞《尔雅·释鸟》:“鶠凤其雌皇”注云：“瑞应鸟。鸡头、蛇颈、燕颔、龟背，鱼尾、五彩色，其高六尺许。”《南山经》“东五百里曰丹穴之山，有鸟焉，其状如鸡，五采而文，名曰凤皇”注:“汉时凤皇数出，高五六尺，五采。庄周说凤文字与此有异。”

《离骚》:“巫咸将夕降兮。”《海外西经》:“巫咸国在女丑北，右手操青蛇，左手操赤蛇，在登葆山，群巫所从上下也。”郭璞注云:“采药往来。”《大荒西经》:“大荒之中，有山名曰丰沮玉门，日月所入，有灵山，巫咸、巫即、巫朌、巫彭、巫姑、巫真、巫礼、巫抵、巫谢、巫罗十巫，从此升降，百药爰在。”郭璞注云:“群巫上下此山采药往来也。”

《九歌·河伯》,《艺文类聚》卷七十八引《山海经图赞》云：“禀华之精，食惟八石。乘龙隐沦，往来海若，是实水仙，号曰河伯。”

《天问》云：“何所不死？”《山海经·海内东经》:“不死民在其(交胫国)东，其为人黑色，寿不死”注:“有员丘山，上有不死树，食之乃寿，亦有赤泉，饮之不老。”《山海经·大荒南经》“有不死之□阿姓，甘木是食”注：“甘木，即不死树，食之不老。”《山海经·大荒西经》“大荒之山，三面之人不死”注：“言人头三边各有面也。”道藏本《山海经图赞》:“有人爰处，员丘之上。赤泉驻年，神木养命，禀此遐龄，悠悠无尽。”

《天问》云:“长人何守？”《山海经·大荒东经》:“有长人之国”注云:“案《河图玉版》曰：‘从昆仑以北九万里，得龙伯国人，长三十丈，生万八千岁而死。从昆仑以东得大秦人，长十丈，皆衣帛。从此以东十万里，得佻人国，长三十丈五尺。从此以东十万里，得中秦国人，长一丈。’《穀梁传》曰：‘长翟身横九亩，载其头，眉见于轼。即长数丈人也。’”

《远游》:“吸飞泉之微液兮，怀琬琰之华英。”《山海经 · 西山经》“黄帝乃取峚山之玉荣”注:“谓玉华也。《离骚》曰:‘怀琬琰之华英。’”

《远游》:“撰余辔而正策兮，吾将过乎句芒。”《山海经 · 海外东经》“东方句芒，鸟身人面，乘两龙”注：“木神也，方面素服。《墨子》曰：‘昔穆公有明德，上帝使句芒赐之寿十九年。’”

二、突出的语言学成就

郭璞自幼好古文奇字，注《尔雅》《方言》，有着非凡的语言学成就。据《隋书 · 经籍志》《旧唐书 · 经籍志》和《新唐书 · 艺文志》著录，郭璞的撰述凡16种，其中有12种是为字书、辞书以及其他古籍所作的训释和图说。

赵振铎先生在其《中国语言学史》中单列一节《语言学家郭璞》，总结了郭璞在语言学上的三个贡献：一是有比较明确的语言观念；二是重视当时活的语言；三是对名物的训诂方面采取了描写的方式。他说：“魏晋时期的古书注释……从语言学上看，大多数注释都说不出有什么突出的成就。唯有郭璞对古书的注释值得引起注意。从表面上看，他和当时人写的注释没有两样，但仔细研究，不难发现他在字里行间透露出的语言学观点和方法都有超越时人的地方。”[①] 郭璞的语言学成就，非常充分地体现在他的《楚辞注》中。具体的讲，主要有如下数端：

第一，训诂精当，新见迭出。

首先表现在训诂学方面。郭璞是我国训诂学的祖师爷，集《尔雅》学之大成，著有《尔雅注》《尔雅图》《尔雅音》《尔雅图赞》等著作。《尔雅》是我国辞书鼻祖，始见于汉武帝时。《尔雅》本有二十篇，晋时《叙篇》已亡佚，只剩下十九篇。郭璞都一一作了注解，画了图形，定了音律，写了图赞，对《尔雅》研究做出了不可磨灭的贡献。今存《尔雅注》三卷，合刊于《十三经注疏》中。

郭璞的《楚辞注》效王逸《楚辞章句》，采用传统的随文注释体例，注重解字释义。例如,《离骚》“皇览揆余初度兮”，郭璞注《尔雅 · 释言》“揆度也”云：“商度。”“高余冠之岌岌兮”，郭璞注《尔雅 · 释言》“小山岌大山峘”云：

---

① 赵振铎:《中国语言学史》，河北教育出版社2000年版，第142–156页。

“岌，谓高过。”《天问》“雄虺九首”，《山海经·南山经》“猨翼之山多腹虫”，郭注云：“腹虫，包如绶文，鼻上有针，大者百余斤，虫，古虺字。”

在词义训诂方面，《楚辞注》能够匡正前误，新见迭出。

《离骚》：“启《九辩》与《九歌》兮，夏康娱以自纵。”王逸注云：“《九辩》《九歌》，禹乐也，言禹平治水土，以有天下，启能承先志，缵续其业，育养品类，故九州之物，皆可辩数，九功之德皆有次序，而可歌也。”又云：“夏康，启子太康也。”[①] 王逸释《九辩》《九歌》为禹乐，夏康为启子太康也。洪补云：“王逸不见《山海经》，故以为禹乐。”郭璞相关注解则另辟蹊径。郭注《山海经·大荒西经》“开上三嫔于天，得《九辩》与《九歌》以下”云：“皆天帝乐名也。开登天而窃以下，用之也。开筮曰：‘昔彼九冥是与帝辨同宫之序，是为《九歌》。’又曰：‘不得窃《辩》与《九歌》以国于下。’义具见于《归藏》。”[②] 此处，郭璞训“夏”为“下”，使得文义贯通，开后世王念孙解释之先河。胡小石先生评价说：“以文例言之，读‘下’为长。”

《九章·悲回风》：“骤谏君而不听兮，重任石之何益？”王逸注曰：“任，负也。百二十斤为石。言己数谏君而不见听。虽欲自任以重石，终无益于万分也。”王逸训“石”为重量单位，“任石”为“负重担”，与文意随通，但不够顺达，也少意蕴。《文选》载郭璞《江赋》云：“悲灵均之任石，叹渔父之棹歌。”李善注引：“重任石之何益，怀沙砾而自沉。怀沙，即任石也。”可见，郭璞认为“任石”即指屈原抱石沉江殉国。此解与屈原刚正直谏而终被疏流放的个性品质和政治经历相符，也与其最终自沉汨罗殉国的人生归宿相合，堪为的论。

第二，因声求义，声义密合。

其次是音韵学方面。《隋书·经籍志》：“隋时有释道骞，善读之，能为楚声，音韵清切，至今传《楚辞》者，皆祖骞公之音。”可见释道骞之《楚辞音》在隋唐时期的影响之大，而释道骞《楚辞音》在楚辞音韵学上的成就，则是在郭璞《楚辞注》的基础上发挥而成的。郭璞精通声律音韵，注《尔雅》《方言》，其《楚辞注》极重视音韵训诂，故隋释道骞《楚辞音》取其为底本。在

---

① （宋）洪兴祖：《楚辞补注》，中华书局 1983 年版，第 21 页。

② （晋）郭璞注：《山海经》，上海古籍出版社 1989 年版，第 113 页。

郭璞的注释中，已经较多地从声音关系上去考察语词变化，推求语源，下开了清代语言学家“因声求义，声义密合”治学方法的先河，是对训诂学的一大贡献。[①] 例如：

《离骚》：“贯薜荔之落蕊。”郭璞注《山海经·西山经》“小华之山，其草有萆荔，状如乌韭，而生于石上，亦无木而生”云：“萆荔，香草，蔽戾两音。”

《湘夫人》：“登白薠兮骋望。”郭注《山海经·西山经》“阴山其草多茆蕃”云：“蕃，青薠，似莎而大，卯烦二音。”

《湘夫人》：“辛夷楣兮药房。”郭注《山海经·西山经》“号山其草多药虈芎䓖”云：“药，白芷别名。药，音乌较反。”

《天问》云：“鬿堆焉处？”《山海经·东山经》：“北号之山有鸟焉，其状如鸡而白首，鼠足而虎爪，其名曰鬿雀，亦食人”郭璞注：“鬿，音祈。”

《九章·思美人》：“指嶓冢之西隈兮。”《山海经·西山经》“嶓冢之山”注云：“今在武都氐道县南。嶓，音波。”

《九辩》：“鹍鸡啁哳而悲鸣。”《尔雅·释蓄》“鸡三尺为鶤”注云：“阳沟巨鶤，古之名鸡。《释文》：‘鶤，音昆，字或作鹍同。’”

《招魂》：“何为四方些？”《释诂》：“呰，已，此也。”注：“呰，已，皆方俗异语。”《尔雅·释文》：“呰，郭音些。”引《广雅》云：“些，辞也。”郝懿行云：“郭以些为呰，盖本《楚辞》。”

《招魂》：“稻粢穱麦。”《尔雅·释草》“稌稻”注：“今沛国乎稌”；“粢稷”注：“今江东人乎粟为粢。”

《招魂》；“露鸡臛蠵。”《东山经》“其中多蠵龟”注：“蠵，觜蠵，大龟也，甲有文彩，似玳瑁而薄。音遗知反。”

第三，重方言古语，尤长楚语。

郭璞在方言研究上也有突出贡献，著有《方言注》十三卷。《方言注》以晋代语词解释古诗，从中可看出汉晋语言流变概况。其《方言序》曰：“余少玩雅训，旁味方言，复为之解。”[②] 故深谙楚声楚语。郭注《楚辞》保留了方言古语并明确指出这是语言的转变。郭璞注音遍引其时各地方言。如荆楚、江东、

① 董志翘：《试论郭璞注释的成就》，《江苏师院学报》1980年第4期，第54–60页。

② 南江涛：《汉语方言研究文献辑刊》第1册，国家图书馆出版社2013年版，第12页。

河北、东齐、蜀、巴、淮南、沛国、江南、建平、青州等，而对江东和楚地方言所引尤多，为后世研究楚语留下宝贵资料。

《湘夫人》："遗余褋兮醴浦。"王逸注云："褋，襜襦也，屈原托与湘夫人共邻而处，舜复迎之而去，穷困无所依，故欲捐弃衣物，裸身而行，将适九夷也。"《方言》"禅衣江淮南楚之间谓之褋"，郭璞注："《楚辞》曰：'遗余褋兮醴浦。'音简牒。"

《离骚》："朝搴阰之木兰兮。"郭璞注《方言》"攓取也，南楚曰攓"曰："音蹇。又音骞。"

《离骚》："制芰荷以为衣兮，集芙蓉以为裳。"郭注《尔雅·释草》"荷芙蕖"云："别名芙蓉，江东乎荷。"《艺文类聚》卷八十二引《尔雅图赞》云："芙蓉丽草，一曰泽芝，泛叶云布，映波霞熙。"

《离骚》："怀椒糈而要之。"郭注《南山经》"鹊山糈用稌米"云："糈，祀神之米名，光吕反。今江东音所。一音壻。稌，稻也，他睹反，糈或作疏，非也。"

《离骚》："精琼靡以为粻。"郭璞注《尔雅·释言》"粻，粮也"云："今江东通言粻。"

《大司命》："使冻雨兮洒尘。"郭注《尔雅·释天》"暴雨谓之冻雨"云："今江东乎夏月暴雨为冻雨。《离骚》云：'使冻雨兮洒尘'是也。冻音东西之东。"

《山鬼》："既含睇兮又宜笑。"郭注《方言》"睇，眄也，南楚之外曰睇"云："音悌。"

《天问》："康回冯怒。"郭注《方言》"凴，怒也，楚凴"云："凴，恚盛貌。《楚辞》曰：'康回凴怒。'"

《天问》："曾不知夏之为丘兮。"《尔雅·释言》："憯，曾也。"注："发语词。见《诗》。"《方言》："曾，訾，何也。湘潭之原，荆之南鄙，谓何为曾，或谓之訾。"注云："今江东人语亦云訾，声如斯。"

《九章·怀沙》："永叹喟兮。"《方言》："喟，怜也。沅澧之原，凡言相怜哀谓之喟。"注云："音蒯。"

《天问》："玄鸟致贻女何喜？"《尔雅·释鸟》"燕燕乚"注："《诗》云：'燕燕于飞。'一名玄鸟，齐人乎乚"。

《九章·橘颂》："曾枝剡棘，圆果抟兮。"《方言》："凡草刺人，江浦之间谓之棘。”注云：“《楚辞》曰‘曾枝剡棘’，亦通语耳。音己力反。”

第四，重名物的解释。

郭璞《楚辞注》非常注重对名物的解释。有对“名”的释音、释义，也有对“物”的形体功能的描述和对性质的阐释等等。例如：

《招魂》：“与王趋梦兮课后先。”《尔雅·释地》“楚有云梦”注云：“今南郡华容县东南巴丘湖是也。”《史记·司马相如传·子虚赋》“名曰云梦”，《索隐》引郭璞曰：“江夏安陆有云梦城。南郡枝江亦有云梦城。华容县又有巴丘湖，俗云即古云梦泽也。”[①] 云梦大泽作为浪漫浩渺的楚文化的代名词，是楚辞一个重要的抒情意象。郭璞指出了晋代三处与云梦大泽有关的历史文化遗迹，为对战国时期云梦大泽的考证提供极为有价值的资料。

《招魂》：“湛湛江水兮上有枫。”《尔雅·释木》“枫欇欇”注：“枫树似白杨，叶圆而歧，有脂而香，今之枫香是。”郭璞运用类比的说明方法，对枫树从形状、生长特点、颜色、味道，以及功用诸方面进行详细具体的说明，既准确具体，又形象生动。故而《史记·司马相如传·子虚赋》“华汜檘栌”《集解》引徐广曰：“汜，一作枫。”《索隐》则全引郭璞《尔雅》之注云：“枫树似白杨，叶圆而歧，有脂而香。”[②]

《大招》：“鰅鳙短狐。”《史记·司马相如传·上林赋》“鰅鳙”《集解》引郭璞曰：“鳙，似鲢而黑。”《文选·南都赋》“鰅鳙”，善注引郭璞《上林赋》注：“鰅鱼有文采，音颙。鳙，似鲢而黑。”[③]

郭璞既注《尔雅》《方言》，又注《楚辞》。《尔雅》其实也是战国时的一部名书。郭璞《楚辞注》重名物、训诂及音韵，对楚辞之物产、地理、方言、异闻阐释尤详，便是情理之中之事了。

三、保存异文、有助校勘

郭本《楚辞注》保存了一些罕见的楚辞异文，甚为可贵，对楚辞的流传

---

① （汉）司马迁：《史记》，中华书局 1959 年版，第 3004 页。

② 同①，第 2999 页。

③ （南朝梁）萧统编，（唐）李善等注：《六臣注文选》，中华书局 2012 年版，第 85 页。

版本研究及校勘都有着不可或缺的重要价值。例如：

《九歌·湘君》云："隐思君兮陫侧。"《尔雅·释言》云："厞，陋隐也。"郭璞注云："《礼记》曰：'厞用席。'《书》曰：'扬侧陋。'"据郭注据《尔雅》，"陫侧"应作"厞侧"。

《离骚》云："览察草木其犹未得兮，岂珵美之能当。"敦煌本《楚辞音》"岂珵美之能当"注云："郭本止作程，取同音。"王逸《楚辞章句》云："珵，美玉也。……言时人无能知臧否，观众草尚不能别其香臭，岂当知玉之美恶乎？"[①] 逸说可通。郭本作"程"，度量之意，陆侃如《楚辞选》注云："程，品评也。"据此可释此句意为：时人对草木的美丑观念尚且是非颠倒，又怎能正确品评我的美好德行呢？

《天问》云："焉得乎仆牛？"《山海经·北山经》"敦薨之山，其兽多兕旄牛"注："或作仆牛。仆牛见《离骚》《天问》，所未详。"

自王逸至东晋郭璞，历经二百年之久，楚辞学研究又有诸多新的成果、新的发现，加之郭璞对《山海经》《尔雅》《方言》《穆天子传》等当时名书均有作注，因此其自身对于音韵、方言、名物、神话传说等方面的学识亦自然丰富渊博，故而他在《楚辞注》中能提出诸多富有创见而又切合实际的新见解，从而勘误前说，补充完善了《楚辞章句》的训诂。

① 黄灵庚：《楚辞文献丛刊》第 2 册，国家图书馆出版社 2014 年版，第 452 页。

第十章　骚源视野下的五言诗品评

——钟嵘及其《诗品》

第一节　钟嵘的生平及著述

钟嵘，字仲伟，颍川长社（今河南长葛）人，南朝杰出诗歌理论与文学批评家。《梁书》《南史》均有传，但记载简略，生卒年月不详，其他史料对其生平事迹也少有记载。关于钟嵘出生的具体时间，段熙仲先生在《钟嵘与〈诗品〉考年及其他》中推定为南朝宋泰始二年（466）[①]；王达津先生在《钟嵘生卒年代考》中根据当时国学学生入学年龄推定为宋泰始四年（468）[②]；张伯伟先生在《钟嵘〈诗品〉研究》中推定为宋泰始七年（471）[③]。以上考证各有理据但均无史料铁证。据此，我们可以推定，钟嵘应出生于泰始二年（466）至泰始七年（471）之间。现学界通常所用的钟嵘生于宋泰始四年（468）的观点基本上属于以上各种观点的折中，应该是比较稳妥而可信的。关于钟嵘的卒年，史书亦无明确记载。《南史》本传仅称"迁西中郎晋安王记室……倾之卒官"[④]。清人张锡瑜《钟记室诗评》三卷和今人王达津《钟嵘生卒年代考》都认为钟嵘当卒于天监十七年（518）西中郎晋安王萧纲的记室任上，为学界广泛认同。《南史·钟嵘传》云："嵘，齐永明中为国子生，明《周易》，卫军

---

① 段熙仲:《钟嵘与〈诗品〉考年及其他》,《文学评论丛刊》1980年第5期。

② 王达津:《钟嵘生卒年代考》,《光明日报》1957年8月18日版。

③ 张伯伟:《钟嵘〈诗品〉研究》，南京大学出版社1993年版，第11页。

④（唐）李延寿:《南史》，中华书局1975年版，第1779页。

王俭领祭酒，颇赏接之，举本州秀才。”又称其“好学、有思理”[①]，因才学被赏识而举荐为本州秀才。齐永明八年（490），钟嵘由司徒左西掾顾暠之应诏所荐，为南康王萧子琳侍郎，离开建康到南康（今江西省赣州市东北），从此步入了仕途，在南朝齐梁时代曾作过参军、记室等小官。《梁书·钟嵘传》谓钟嵘在齐代的任职为：“起家为王国侍郎，迁抚军行参军，出为安国令。永元末，除司徒行参军。”[②]梁天监初年，钟嵘上书梁武帝萧衍，揭露当时吏制混乱，贿官成风。萧衍很快就诏付吏部施行了。[③]《梁书·钟嵘传》记载此事云：“天监初，制度虽革，而日不暇给，嵘乃言曰：‘永元肇乱，坐弄天爵，勋非既戎，官以贿就。挥一金而取九列，寄片札以招六校，骑都塞市，郎将填街。服既缨组，尚为臧获之事；职唯黄散，犹躬胥徒之役。名实淆紊，兹焉莫甚。臣愚谓军官是素族士人，自有清贯，而因斯受爵，一宜削除，以惩侥竞。若吏姓寒人，听极其门品，不当因军，遂滥清级。若侨杂伧楚，应在绥抚，正宜严断禄力，绝其妨正，直乞虚号而已。谨竭愚忠，不恤众口。’敕付尚书行之。”[④]《南史》本传中有相同记载。

钟嵘无诗歌作品存世，但知其文风典雅华丽。《梁书·钟嵘传》云：“居士何胤筑室若邪山，山发洪水，漂拔树石，此室独存，元简（衡阳王）命嵘作《瑞室颂》以旌表之，辞甚典丽。”[⑤]钟嵘一生最伟大的成就当是其仿汉代“九品论人，七略裁士”的著作先例而完成的我国第一部诗论专著，也是中古时期最重要的诗歌理论著作——《诗品》。在《南史》《梁书》以及隋唐时代的典籍中，《诗品》多作《诗评》。《隋书·经籍志》：“《诗评》三卷，钟嵘撰，或曰《诗品》。”[⑥]北宋后改称为《诗品》。《诗品》的写作年代，可谓众说纷纭，至今也不曾有一个为学界公认的结论。《诗品序》有云：“方今皇帝，资生知之上才，体沈郁之幽思。文丽日月，学究天人。昔在贵游，已为称首。况八纮既奄，风靡云蒸。抱玉者联肩，握珠者踵武。固以瞰汉、魏而不顾，吞晋、宋于胸中。

---

① （唐）李延寿：《南史》，中华书局 1975 年版，第 1778 页。

② （唐）姚思廉：《梁书》，中华书局 1973 年版，第 694 页。

③ 谢文学：《钟嵘年谱稿（六）》，《许昌学院学报》2010 年第 6 期，第 21–25 页。

④ 同②。

⑤ 同②。

⑥ （唐）魏徵：《隋书》，中华书局 1973 年版，第 1084 页。

谅非农歌辕议，敢致流别。嵘之今录，庶周旋于闾里，均之于谈笑耳。”学界普遍认为，这位“文丽日月、学究天人”，今已“八纮既奄”的“方今皇帝”就是梁武帝萧衍。故人称“这是钟嵘的《诗品》写于梁武帝时代的铁证”①。又据《诗品序》“其人既往，其文克定；今所寓言，不录存者”之品评原则可知，该书应成书于其评五言诗人中最后一位去世者沈约逝世以后，即梁武帝天监十二年（513）以后。

第二节　钟嵘楚辞观的表现

《诗品》是我国第一部系统诗歌批评著作，也是我国第一部“系统的自觉的文学批评著作”②，被称为“诗话之源”③，对我国古代文学批评尤其是诗歌理论批评史产生了深远的影响。

在《诗品》中，钟嵘品评了从汉魏到齐梁 123 位诗家（古诗算 1 家），按其五言诗成就的高低分上中下三品，其中上品 12 人，中品 39 人，下品 72 人。钟嵘也因此成为我国诗学史上最早从理论上肯定和推崇五言诗的文学批评家。他提出了“滋味说”“自然英旨”等文学鉴赏观，彰显了诗歌的审美特征和纯文学性质，体现了钟嵘进步的诗学观和美学观；开创了“致流别”“定品第”“评风格”的文学批评方法，从风格着眼，探索历代诗人之间的继承关系，对其中 37 家明确指明其渊源，为文学批评开创了新的方式方法，从而使《诗品》获得“诗话之祖”的美誉。《诗品》以其独特的体式、允当的评价而对后世诗话起到了开山奠基之功。④诚如黄侃先生所云：“当其时，独持己说，不随波而靡者，唯有钟记室一人。”⑤

---

① 蒋祖怡：《钟嵘〈诗品〉作年考兼考〈诗品〉的三篇序文》，《杭州大学学报》1989 年第 2 期，第 52–58 页。

② 朱自清：《朱自清古典文学论集》，上海古籍出版社 1981 年版，第 539 页。

③（清）章学诚：《文史通义》，中华书局 2012 年版，第 878 页。

④ 王今晖：《钟嵘〈诗品〉（晋弘农太守郭璞）辨析》，《中国文学研究》2003 年第 2 期，第 40–42 页。

⑤ 黄侃：《文心雕龙札记》，华东师范大学出版社 1996 年版，第 147 页。

一、敢致流别，骚为诗宗

《诗品》是中国诗论的开山之作，集中地体现了钟嵘的文学观。《诗品序》描述了五言诗的发展过程，特别论述了有汉以降五言诗的三次发展高潮以及代表诗家及其贡献。对于楚辞学而言，钟嵘提出“骚为诗宗”，认为汉魏六朝五言诗源自于《诗》、《骚》的观点，在楚辞学史上具有特别重要的意义和价值。

关于楚辞的文学史地位，前人已有论述。

两汉乃至魏晋时期，楚辞多以赋称，司马迁《报任安书》中“屈原放逐，乃赋《离骚》”，扬雄以为“赋莫深于《离骚》”，以及《汉书·艺文志》“诗赋略”中著录“屈原赋二十五篇”等等都是著例。汉代学者首先论述楚辞文学史地位的，当推东汉班固。他的《两都赋序》系统、全面地阐述了辞赋发展史，其中有云：“赋者，古诗之流也。”[①]《汉书·艺文志》亦云：“楚臣屈原离谗忧国，皆作赋以风，咸有恻隐古诗之义。”[②]可见，班固认为屈原辞赋只是古诗的支流而已。和钟嵘同时代的刘勰在《文心雕龙·辨骚》中开篇论述楚辞产生的文学史背景和屈原及其作品的文学史定位云：“自《风》《雅》寝声，莫或抽绪，奇文郁起，其《离骚》哉！固已轩翥诗人之后，奋飞辞家之前，岂去圣之未远，而楚人之多才乎？”刘勰认为楚辞是在《诗经》之后文坛冷寂的文学背景下出现的绝无仅有的文学奇葩，在《诗经》与汉赋之间起着继往开来的桥梁作用。

而钟嵘的眼光，似乎比班固和刘勰更为独到也更加深刻。

《诗品序》云：

> 昔《南风》之词，《卿云》之颂，厥义敻矣。夏歌曰：“郁陶乎予心。”楚谣曰：“名余曰正则。”虽诗体未全，然是五言之滥觞也。

钟嵘推究五言诗的源头，认为虞词夏歌是五言诗的萌芽，屈原《离骚》是五言诗的滥觞。他精准地看到了屈原作品对五言诗的影响，甚为可贵。不仅如此，《诗品序》在论述五言诗的优长时指出：“夫四言，文约意广，取效《风》《骚》，便可多得，每苦文繁而意少，故世罕习焉。五言居文词之要，是

---

① （南朝梁）萧统编，（唐）李善等注：《六臣注文选》，中华书局 2012 年版，第 23 页。

② （汉）班固：《汉书》，中华书局 1962 年版，第 1756 页。

众作之有滋味者也，故云会于流俗。岂不以指事造形，穷情写物，最为详切者邪！”钟嵘肯定四言诗继承着《国风》《离骚》的传统，是有许多优点的，但感情和内容表达上不能充分满足人们的需要，所以导致了五言诗的兴起。在此，钟嵘将《楚辞》和《诗经》并列四言诗的源头，这种骚为诗宗的文学观念，对楚辞学史、诗学史乃至整个中国文学史都有着极其重要的意义和影响。“钟嵘由流溯源，确立中国诗歌发展的两大源头，梳理诗人之间承传以及他们与《楚辞》和《诗经》的渊源关系，从而总结文学发展的规律。这是溯流别批评所带来的贡献。今天文学史家一致认为《诗经》与《楚辞》是中国诗歌的两大源头，开现实主义和浪漫主义先河，沾溉文坛。这不能不归功于《诗品》的流别批评。”①

《诗经》庄重典雅，感情温柔敦厚，具有典型的纯正中和之美；《楚辞》浪漫华美，情感哀怨率直，体现出狂狷绚丽之姿。它们各以自己独特的艺术风格影响着中国诗歌的发展。钟嵘这种“骚为诗源”文学观视界之高远，见解之精辟可以说是前无古人的。

钟嵘在“骚为诗宗”诗学观的指导下，采用了“致流别”的文学批评方法，评论了汉魏六朝一百二十三家五言诗，并在对其中上品十二家、中品之十八家、下品之七家，共计三十七家的品评时探讨他们诗歌风格的源头，分别纳入《国风》《楚辞》和《小雅》（仅阮籍一家）三大系列，其实是归入《诗经》和《楚辞》两大系列。“致流别”是一种“考索源流”的文学批评方法。所谓“致流别”，即区分所入选五言诗的风格流派，追溯其渊源和师承宗派、时代源流。它为钟嵘品在《诗品》中品评自汉以降五言诗人及其诗歌时所首创。

《诗品》对汉魏六朝一百二十三家五言诗进行品评时，对上品之全部、中品之大部分和下品少部分诗家推源溯流，用“其源出于”“祖袭”“宪章”之类表示他们的师承或诗风的渊源所自。除了这三种用语外，其实还有一个例外，中品“梁光禄江淹诗”云：

文通诗体总杂，善于摹拟。筋力于王微，成就于谢朓。初，淹罢宣

① 黄金鹏：《品第与流别——钟嵘诗歌美学史观的独特视角》，《深圳大学学报》1999年第2期，第73–78页。

城郡，遂宿冶亭，梦一美丈夫，自称郭璞，谓淹曰："吾有笔在卿处多年矣，可以见还。"淹探怀中，得一五色笔以授之。尔后为诗，不复成语，故世传江淹才尽。

可见江淹诗歌源出王微和谢朓，而王微和谢朓都是源出楚辞类的五言诗家，故江淹为《楚辞》系列作家无疑。

综上，钟嵘《诗品》评汉魏以来五言诗计一百二十三家，明确指明其源流者共计三十七家。

其中《诗经》系列的诗家上品七家、中品一家、下品七家，分别是：出于《国风》的"古诗"、曹植、陆机、谢灵运、刘桢、左思、颜延之、谢超宗、丘灵鞠、刘祥、檀超、钟宪、颜测、顾则心等；《小雅》一系只阮籍一家。《楚辞》系列的诗家上品五家，中品十七家，共计二十二家。上品系有李陵、班姬、王粲、潘岳、张协。中品系有曹丕、嵇康、张华、应璩、刘琨、卢谌、郭璞、陶潜、谢瞻、谢混、袁淑、王微、王僧达、鲍照、谢朓、江淹、沈约。

从数量上看，位居上品者《诗经》系作家为七家，《楚辞》系为五家，基本持平。位居中品者《诗经》系中品只一家。《楚辞》系中品十二家。足见在钟嵘心目中《楚辞》对汉魏以来五言诗影响之巨。具体情况见下表：①

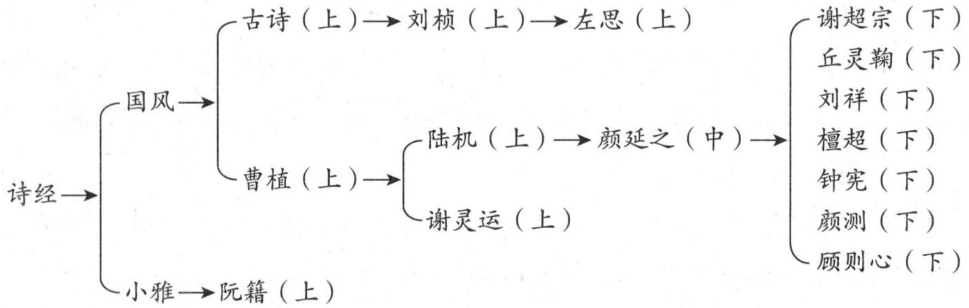

图一 《诗品》中源出《诗经》诗家一览表

① 王运熙：《钟嵘〈诗品〉论诗人的继承关系及其流派》，《中州学刊》1986年第6期，第96–100页；张伯伟：《钟嵘〈诗品〉"〈楚辞〉系列"通说》，《中国韵文学刊》1994年第1期，第36–47页。

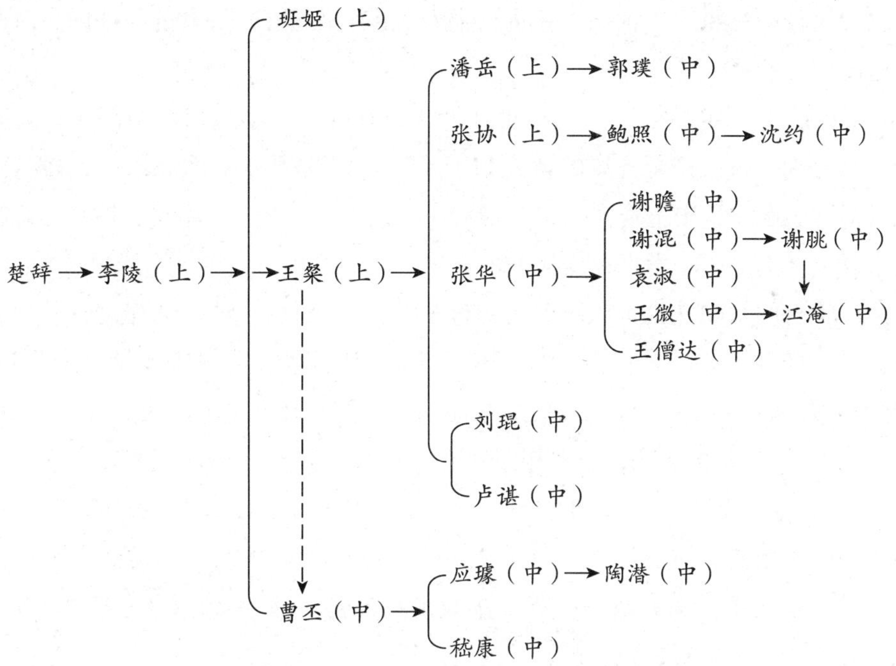

图二　《诗品》中源出《楚辞》诗家一览表

由两表可以看出，出于《诗经》五言诗家共十五家，其中上品七家（含古诗），中品一家，下品七家；出于楚辞五言诗家共二十二家，其中上品五家，中品十七家。后世学者在论及钟嵘的诗学观时，有人认为钟嵘偏重于《诗经》一派，尤其是过分重视《国风》系的“风力”与“雅正”；也有人认为钟嵘承袭了班固的观点，以《国风》一派为正宗，称赞不已，而以《楚辞》一派为旁调，且颇多贬抑。[①] 此类观点值得商榷。从入品诗人的数量以及“从钟嵘重视诗歌抒发怨情、重视诗歌的语言美、重视兼具《诗》《骚》二者之长的作家作品等几方面来看，他没有丝毫‘重诗轻骚’的倾向”[②]。

英国著名文学家艾略特曾说：“任何诗人，任何艺术家，都不能独自具备完整的意义。他的意义、他的鉴赏，也就是他与过去的诗人和艺术家之关系的鉴赏，你无从将他孤立起来加以评价；你不得不将他放在过去诗人或艺术家

① 毛庆:《从〈诗品〉看屈骚对魏晋南朝诗歌的影响》,《江汉论坛》1983 年第 11 期，第 42–47 页。

② 王承斌:《论钟嵘的〈楚辞〉观》,《理论界》, 2007 年第 10 期，第 207–209 页。

中以便比较和对照。”① 钟嵘《诗品》对汉魏至齐梁间五言诗歌的品评即是对此理论的最好诠释。

“溯流别”“定品第”这两种批评形式，开辟了文学批评的新路子，尤其是“溯流别”将汉魏至齐梁的诗人归于《诗经》《楚辞》两大系统，比较科学地概括了中国文学史上现实主义和浪漫主义的发展历史。② 体现了钟嵘的诗歌美学观，并为中国文学批评增添新的方法。

尽管有的六朝文论家认识到《诗经》《楚辞》对后代诗人的作用，却没有像钟嵘那样具体考察它们的影响，辨析诗骚两大流派，并详细勾勒以《诗经》《楚辞》为两大主线的诗歌发展史，进而确立它们在文学史上的决定性地位。③

例如，同时代的沈约曾有着相似的论述。《宋书》卷六十七《谢灵运传论》云：

> 自汉至魏，四百余年，辞人才子，文体三变：相如巧为形似之言，班固长于情理之说，子建、仲宣以气质为体，并标能擅美，独映当时。是以一世之士，各相慕习。原其飙流所始，莫不同祖《风》《骚》，徒以赏好异情，故意制相诡。④

较之钟嵘“品藻源流”论，沈约“文体三变”论显得简约而粗犷，只是就文学的表现方法而作出的论述，然而都说明在这个文学理论空前发展的时代，楚辞作为文学的源头之一是众多文学理论家的共识。

在对五言诗歌渊源的追溯中，我们可以明显地看到，钟嵘是以风格为准则的。需要指出的是，钟嵘《诗品》源流分支并不完全等于作家作品的风格分支。同一支流的作家系列往往表现为后者对前者有着效法学习上的师承关系，他们诗歌的主导风格可能相近，也可能不同，这是一个显而易见的问题，因为这些诗人在效法近师的过程中毫无疑问的要追随远祖——《诗经》或《楚辞》，而转益多师则是他们最终能够随品入流的关键之所在。

例如，张协和刘琨都出于王粲，然而张协的诗歌风格是“文体华净”“词彩葱蒨、音韵铿锵”，表现为强烈的唯美主义倾向；而刘琨的诗歌是“善为凄

---

① ［英］托马斯·艾略特：《艾略特文学评论选》，三联书店 1989 年版，第 126 页。

② 牟世金：《钟嵘的诗歌评论》，《文学评论》1962 年第 2 期，第 1–16 页。

③ 黄金鹏：《品第与流别——钟嵘诗歌美学史观的独特视角》，《深圳大学学报》1999 年第 2 期，第 73–78 页。

④（南朝梁）沈约：《宋书》，中华书局 1974 年版，第 1778 页。

戾之词”“多感恨之词”，体现出强烈的“感怨”色彩。再如，郭璞诗歌“宪章潘岳”，但潘岳诗歌特征是“烂若舒锦、无处不佳”给人以形胜于质的美感享受，而郭璞诗歌则是“辞多慷慨”“坎壈咏怀”，有着强烈的建安风力的特征。

纪昀《田侯松岩诗序》论及“清微妙远派”，有云：

司空图分为二十四品，乃辨别蹊径，判若鸿沟。虽无美不收，而大旨所归则在清微妙远之一派，自陶谢以下，逮乎王、孟、韦、柳者是也。至严羽《沧浪诗话》始独标“妙悟”为正宗，所谓“如空中音，如相中色，如镜中花，如水中月，如羚角无迹可寻”。即司空图所谓“不著一字，尽得风流”也。沿及有明，惟徐昌穀、高叔嗣传其衣钵。王敬美谓“数百年后，李、何或有废兴，高、徐必无绝响”，斯言当矣。①

可见，同一流派的作家不一定生活在同一时代。纪昀的这种流派观念，与钟嵘是一脉相承的。

“致流别”是为了澄清“淄渑并泛，朱紫相夺”的风格流派的混乱，探索作家作品风格的渊源所自和影响所至。② 钟嵘在建立和运用这一批评方法时，相对强调了文学的历史继承关系，在显示同一流派风格一致性的同时也充分显示出风格的多样性，反映了在比较相近的时代内同一种诗体文学风格多姿多彩的面貌，但对诗风与诗风之间常有的彼此错综复杂的影响探讨相对不足，因此在探讨诗人诗风渊源时作了相对简单的处理。然而，钟嵘这种“溯流别”的批评方法却是建立在对诗人和诗史的整体把握的基础之上，从风格辨析和归类入手揭示诗歌内部发展脉络，指出诗人在传统影响下的继承和开拓因素，是合乎诗史递变规律的。③ 特别需要指出的是，“钟嵘通过‘致流别’给建安文学以很高的评价。在他看来，五言诗的涓涓细流到了这个时期已汇成奔涌的江河，为此后各种主要风格流派的发展奠定了基础。他曾以‘建安风力’概括这个时期文学的特点，并以‘风力’作为自己的审美批评标准，这无疑是在引导人们学习建安文学慷慨刚健的风格”④，而建安风力在感时伤事情怀和强烈的济世精神的内涵方面与屈子《离骚》《九章》等作品的精神

---

① （清）纪昀:《纪晓岚文集》，河北教育出版社 1995 年版，第 201 页。

② 萧华荣:《钟嵘〈诗品〉的诗歌批评体系》，《文学评论》1985 年第 4 期，第 104–113 页。

③ 刘昆庸:《潘才如江，缘情绮靡——钟嵘论潘岳》，《中国韵文学刊》1998 年第 1 期，第 9–13 页。

④ 同②。

内核完全一致。

钟嵘用的是文学史家的眼光看待屈赋对后代文学形式上的影响。尤需指出的是，钟嵘从文学精神和文学传统继承的角度去深入考察五言诗的源流。[①]因此获得后人崇高的评价。

纪昀《田侯松岩诗序》云：钟嵘《诗品》阴分三等，各溯根源，是为诗派之滥觞。[②]章学诚云："《诗品》之于论诗，视《文心雕龙》之于论文，皆专门名家，勒为成书之初祖也。《文心》体大而虑周，《诗品》思深而意远，盖《文心》笼罩群言，而《诗品》深从六艺溯流别也。论诗论文而知溯流别，则可以探源经籍，而进窥天地之纯，古人之大体也。此意非后世诗话家所能喻也。"[③]

何良骏《四友斋丛说》卷二十四指出："诗家相沿，各有流派。盖潘（岳）、陆（机）规模于子建，左思步骤于刘桢，而靖节质直，出于应璩《百一》，盖显然明著者也。则钟参军《诗品》，亦自具眼。"[④]

钱谦益说："古人论诗，研究体源，钟记室谓李陵出于《楚辞》，陈王出于《国风》，刘桢出于《古诗》，王粲出于李陵，莫不应若宫商，辨如苍素。"[⑤]

陈延杰在《读诗品》中也说："《诗品》既为三十六人溯厥师承，使后世得以探其源寻其流，钟氏之功也。"[⑥]

郭绍虞《中国文学批评史》说："由于他取评选的态度和品第的态度，所以能提高赏鉴的标准，同时也开创了新的历史的批评之方法。"[⑦]

二、托骚以怨，别骚于《诗》

1. 从"诗言志"到"诗缘情"

"诗怨"说最早起于孔子论诗。《论语·阳货》云："小子何莫学夫诗。诗

① 李大明：《魏晋南北朝文人论屈原与楚辞》，《四川师范大学学报》1990 年第 2 期，第 35–41 页。

② （清）纪昀：《纪晓岚文集》，河北教育出版社 1995 年版，第 201 页。

③ （清）章学诚：《文史通义》，中华书局 2012 年版，第 878 页。

④ （明）何良骏：《四友斋丛说》，上海古籍出版社 2012 年版，第 156 页。

⑤ （清）钱谦益：《牧斋有学集》，上海古籍出版社 1985 年版。

⑥ 陈延杰：《读诗品》，人民文学出版社 1961 年版。

⑦ 郭绍虞：《中国文学批评史》，上海古籍出版社 1979 年版，第 61 页。

可以兴，可以观，可以群，可以怨。迩之事父，远之事君，多识于鸟兽草木之名。”孔子在这里谈的是诗歌的社会功能，即文学理论史上有名的“兴、观、群、怨”说。“兴”指诗歌对人的情感具有启发、鼓舞和感染的作用，即朱熹所谓的“感发情志”功能；“观”指诗歌具有认识社会的作用，郑玄解释为“观风俗之盛衰”[①]，朱熹名之为“考见得失”[②]；“群”，汉儒孔安国说是“群居相切磋”[③]，指诗歌的可以给人相互感染和提高作用；“怨”指诗歌具有批评讽刺不良政治的作用，即孔安国所谓的“怨刺上政”。而钟嵘诗歌理论中的“怨”则是指怨情，把怨的来源归诸社会生活、人生遭遇的感发激荡。

《诗品序》云：

> 嘉会寄诗以亲，离群托诗以怨。至于楚臣去境，汉妾辞宫；或骨横朔野，或魂逐飞蓬；或负戈外戍，杀气雄边；塞客衣单，孀闺泪尽；或士有解佩出朝，一去忘返；女有扬蛾入宠，再盼倾国：凡斯种种，感荡心灵，非陈诗何以展其义，非长歌何以骋其情？

沈德潜《古诗源》云：“大率逐臣弃妻，朋友阔绝，死生新故之感。中间或寓言，或显言，反复低回，抑扬不尽，使读者悲感无端，油然善入。”[④]近人王国维也认为表达愁苦怨情的诗歌容易打动人心，他说：“诗词者，物之不得其平而鸣者也。故欢愉之辞难工，愁苦之言易巧。[⑤]”“托诗以怨”是钟嵘对魏晋之际一百多位诗人潜心研究的理论结晶。“钟嵘认为社会上种种不同的生活现象，可能使人产生两种不同的情感：一是‘嘉会寄诗以亲’，一是‘离群托诗歌以怨’。对‘寄诗以亲’的一面，作者并不重视，没有作什么具体阐发；对‘托诗以怨’的一面，却着重进行了细致地分析论述。”[⑥]很显然，钟嵘对孔子论诗有自己独到的见解。他认为“怨”是诗歌创作的最重要的情感动因，更是诗歌所表现的最重要的情感。“楚臣去境”“汉妾辞宫”“骨横朔野”“魂逐飞蓬”等等不幸的经历和悲凉的境况都是此类“哀怨之情”发抒的诱因。

① （清）纪昀：《四库全书》第195册，上海古籍出版社1987年版，第690页。

② （清）纪昀：《四库全书》第201册，上海古籍出版社1987年版，第466页。

③ 同①，第501页。

④ （清）沈德潜：《古诗源》，中华书局1963年版，第92页。

⑤ 王国维：《人间词话》，安徽人民出版社2002年版，第101页。

⑥ 牟世金：《钟嵘的诗歌评论》，《文学评论》1962年第2期，第1–16页。

《诗品》之“怨”不再只是单纯指怨刺，更多的是指吟咏一己之怨情，抒发哀怨愤懑。惊心动魄的历史动荡，跌宕起伏的荣辱遭际，缠绵悱恻的恩怨情思，都是“怨”的触发点。这就是钟嵘的“托诗以怨”的诗歌理论思想。他主张诗歌以抒发怨情为主，以怨诗为美，把怨的来源归诸社会生活、人生遭遇的感发激荡，突出了“吟咏情性”诗歌本质论。钟嵘认为诗歌更应侧重描述社会人生的种种情态，关注诗歌“感荡心灵”的心理势能的积聚，发掘出“怨”在诗歌中具有感动人心的不可替代的功效，发掘人类情感中并非温柔敦厚而是惨烈震荡之美。①

钟氏评诗多重情感，实现了从“诗言志”到“吟咏性情”的诗歌本质论的转变。而从时代特点来看，南朝时期，虽然“诗言志”与“诗缘情”并存，但“诗缘情”已渐成主流。钟嵘提出“吟咏情性”说具有现代意义上的诗歌审美色彩，肯定了以《离骚》为代表的积极的现实主义诗歌对汉魏六朝五言诗的影响。“钟嵘之论把情感本源、情感发生、情感表达作为统一的审美发生命题来论述显得更为完整。他更深地寻究了情感的发生之本，揭示了情感和万物之源的关系。”② 它和曹丕提出的“诗赋欲丽”说，陆机提出的“诗缘情而绮靡”说，刘勰的“情采”说一起，构成了魏晋南北朝时期“文学的自觉”与“文体自觉”的理论体系。

“诗歌是一种高度凝练地反映社会生活的文学形式。它要求通过优美凝练的语言，在有限的艺术画面里，表现深厚、广大的思想和情感流动，做到所谓言已尽而情意无穷。这就是人们常说的‘诗味’‘意境’”③。钟嵘建立了以“情气”为本源、以“感荡心灵”为方式、以“悲怨”为内涵的诗美学本体论，从而刷新了中国诗歌美学理论史。④

---

① 汪春泓：《钟嵘〈诗品〉关于郭璞条疏证——兼论钟嵘诗歌审美理想之形成》，《文学遗产》1998 年第 6 期，第 13–20 页。

② 胡红梅：《从〈诗品序〉看钟嵘的文学观念及诗美理想》，《西南交通大学学报》2005 年第 1 期，第 36–40 页。

③ 郭正元：《钟嵘〈诗品序〉文学思想的再认识——〈魏晋南北朝文学论文名篇注译〉评述之一》，《中山大学学报》1986 年第 2 期，第 81–88 页。

④ 同②。

2. 贵雅、慕采，尤重怨情

钟嵘评诗，表现出重怨、贵雅、尚气、好奇、爱秀、慕采的特点。[①] 尤重怨情。钟嵘论汉魏五言诗，以《楚辞》为其主要源头之一，其中一个重要原因是强调《楚辞》系列作家抒发的“怨”情。在源出《楚辞》类五言诗家中，“怨”几乎是他们诗歌的共同情感特征。在他们风格各异的五言诗歌中，蕴含着对相似的不幸身世命运的悲叹，因此抒发个人的人生怨情是他们诗歌共同的感情特征，悲戚哀怨、苦闷抑郁也就成为他们诗歌的共同特点。如汉都尉李陵诗“文多凄怆，怨者之流”；班婕妤诗“怨深文绮”；魏侍中王粲诗“发愀怆之词”；晋太尉刘琨、中郎卢谌诗“善为凄戾之词……多感恨之词”；晋弘农太守郭璞诗“坎壈咏怀”；梁左光禄沈约诗“不闲于经纶，而长于清怨”等等。钟嵘用“怨”来概括《楚辞》文学精神及其优秀传统，确实是很深刻的。而他批评“自王、扬、枚、马之徒，词赋竞爽，而吟咏靡闻”，也是着眼于王褒、扬雄、枚乘、司马相如等人的辞赋少了“怨”义……我们可以由此悟出他对《楚辞》文学精神的基本评价。[②]

以屈原为代表的楚辞的一个重要特征是抒悲怨之情，这使得楚辞文学带有极浓的悲剧色彩。楚辞文学抒发怨情的特点来源于屈原“信而见疑，忠而被谤”的坎坷经历，受冤自沉汨罗的命运。司马迁《史记·屈原列传》：“屈平之作《离骚》，盖自怨生也”，“信而见疑，忠而被谤，能无怨乎？”班固云：“原死之后，秦果灭楚，其辞为众贤所悼悲，故传于后。”[③] 刘勰《辨骚》篇中说道：“每一顾而掩涕，叹君门之九重，忠怨之辞也”，“故其叙情怨，则郁伊而易感；述离居，则怆怏而难怀”；朱熹也说屈辞“尤愤懑而极悲哀，读之使人太息流涕而不能已”；吴讷《文章辨体》引祝氏语说“二十五篇之骚，无非发于情者”[④]；王世贞曰：“骚览之，须令人裴回循咀，且感且疑；再反之，沉吟嘘唏；又再三复之，涕泪俱下，情事欲绝。”[⑤]

---

① 梅运生：《从〈诗品〉的批评标准看钟嵘的文质观》，《安徽师大学报》1983 年第 1 期，第 79–87 页。

② 李大明：《魏晋南北朝文人论屈原与楚辞》，《四川师范大学学报》1990 年第 2 期，第 35–41 页。

③ （宋）洪兴祖：《楚辞补注》，中华书局 1983 年版，第 51 页。

④ （明）吴讷、徐师曾：《文章辨体序说》，人民文学出版社 1962 年版，第 21 页。

⑤ （明）王世贞：《艺苑卮言》，见丁福保：《历代诗话续编》，中华书局 1983 年版，第 962 页。

屈赋所抒发的哀怨之情，使后人受到强烈的共鸣，也成为楚辞广泛流传以及长期被深刻研习和模拟的主要原因。不仅仅是两汉时代的拟骚诗如此，六朝时的楚辞拟作同样如是，如西晋时陆云模仿《楚辞》作《九愍》而代屈原立言，竭力渲染屈原的悲苦之情；左芬仿《离骚》作《离思赋》则云："惟屈原之哀感兮，嗟悲伤于离别"等等。

《诗品》评李陵诗出于《楚辞》，着眼点在于其"怨"，这种"怨"和屈原的"怨"相似，都是来源于自己不幸的人生遭遇。《诗品》中五言诗出于《楚辞》一系诗家都源出于李陵，其特色是富有哀怨之情。其中，王粲一派的潘岳、张华、张协等作家，文辞都比较艳丽，因而艳丽和哀怨相结合，其风格和《楚辞》颇为相似。[①] 可见，钟嵘是把楚辞的"怨"作为最本质的感情特征衡量汉魏六朝五言诗的。

稍后的萧统在《文选序》中论楚辞产生云：

> 又楚人屈原，含忠履洁，君匪从流，臣进逆耳，深思远虑，遂放湘南。耿介之意既伤，壹郁之怀靡愬。临渊有怀沙之志，吟泽有憔悴之容。骚人之文，自兹而作。[②]

"萧统把屈骚看成是抒愤之作，可以说正确地认识到了屈骚的思想内容，脱离了儒家经学的藩篱，也摆脱了他以前几百年来研究领域中僵死的思维范式，不失为一位卓越的评论家。"[③] 萧统的这段论述则明显是对钟嵘"离群托诗以怨"观的继承，是对钟嵘《诗品序》中"楚臣去境"的具体化。

3. 骚切《诗》雅，其怨不同

有人认为，钟嵘把诗歌感情分成两种不同的美学类型：即源出于《诗经》的"雅"和源出于《楚辞》的"怨"。"雅"为雅正，代表典雅和高层次、高品位的美学原则；"怨"为怨悱，代表了汉魏以来"以悲为美"的思想。[④] 其实不然，"怨""雅"不是钟嵘区别骚类诗家和《诗》类诗家的唯一标准。《诗品》在论述源自《诗经》类五言诗家的诗歌风格时，也在为数不少的地方提到了

---

① 谭帆：《刘勰和钟嵘文学批评方法的比较》，《学术月刊》1985 年第 4 期，第 67–72 页。

② （南朝梁）萧统：《文选》，上海古籍出版社 1986 年版，第 1 页。

③ 张斌荣：《屈原研究与萧统》，《烟台师范学院学报》1989 年第 3 期，第 12–19 页。

④ 胡红梅：《从〈诗品序〉看钟嵘的文学观念及诗美理想》，《西南交通大学学报》2005 年第 1 期，第 36–40 页。

“怨”。如古诗“多哀怨”；陈思王曹植诗“情兼雅怨”；晋步兵阮籍诗“颇多感慨之词”；晋记室左思诗“文典以怨，颇为清切”等等。然而，同是发抒怨情，何以李陵、班婕妤、王粲、刘琨、郭璞等诗家源自《楚辞》，而曹植、阮籍、左思等人却被划归《诗经》之流呢？这正是钟嵘“吟咏情性”诗论的关键之所在。

钟嵘品诗十分注重诗人的政治背景和社会遭遇。《楚辞》之“怨”重在强调社会生活和个人不幸身世遭遇而引起的怨情，表现出强烈的个性特征，一如《诗品序》之“楚臣去境，汉妾辞宫；或骨横朔野，或魂逐飞蓬；或负戈外戍，杀气雄边；塞客衣单，孀闺泪尽；或士有解佩出朝，一去忘返；女有扬蛾入宠，再盼倾国”之类。“从屈原作品中我们能看到他对君王的怨，对小人的恨，对祖国前途的忧虑，对个人命运的哀叹，却看不到对楚王的断然弃绝之情，他的爱国是和忠君有较密切联系的，只是桀骜不驯的独立人格与儒家传统不甚合拍，他更重视个人价值的实现。《国风》之‘怨’，有的情感也颇激烈，但较少屈作中那种强烈的主观色彩，缺少的是屈作中的那个大写的‘我’，许多篇章表现出来的是一种‘怨而不怒’的格调。”[①]

李陵诗：“文多凄怆，怨者之流。陵，名家子，有殊才，生命不谐，声颓身丧。使陵不遭辛苦，其文何能至此！”可见，李陵诗歌的“怨”来源于他个人不幸的生活遭遇，有着强烈的个性色彩，他的人生遭际和屈原有着诸多相似之处，其诗歌表现的哀怨之情和屈原《离骚》《九章》等作品的感情是完全一致的，所以，钟嵘直接称其“其源出于《楚辞》”。且《诗品》中源出《楚辞》系列的诗人均从李陵出。《隋书·经籍志》载有《李陵集》二卷。后世虽有人怀疑李陵诗是假托之作，但很多人仍然认为这些诗是李陵之作。

古诗系列的“怨”来源于孔子论诗的“兴、观、群、怨”之“怨”，具体表现为对社会人生诸多现象的感慨，具有普遍的共性特色。也即《诗品序》之“春风春鸟，秋月秋蝉，夏云暑雨，冬月祁寒”之类。故钟嵘评古诗云“意悲而远”“虽多哀怨，颇为总杂”，“人代冥灭，而清音独远”云云。曹植诗歌不怨君王，只恨佞臣，感情抒发隐晦曲折，故钟嵘评之为：“骨气奇高，词采

① 王承斌：《论钟嵘的〈楚辞〉观》，《理论界》2007 年第 10 期，第 207–209 页。

华茂。情兼雅怨，体被文质”；阮籍的《咏怀》多用比兴、象征的手法，隐晦曲折地表达感情、寄托怀抱。《文选》李善注说：“嗣宗身仕乱朝，常恐罹谤遇祸，因兹发咏，故每有忧生之嗟。虽志在刺讥，而文多隐避。百代之下，难以情测。”① 钟嵘评之曰：“言在耳目之内，情寄八荒之表”、“厥旨渊放，归趣难求”。《咏史》把汹涌澎湃的感情压缩在历史典故的模子里，用“咏史”这种曲折的方式表达出来，“含蓄”而不失“典雅”。钟嵘评之为“文典以怨，颇为精切，得讽喻之致”，都符合典雅之标准。故沈德潜《古诗源》云：“十九首大率逐臣弃妻，朋友阔绝，死生新故之感，中间或寓言、或显言，反复低回，抑扬不尽，使读者悲感无端，油然善入，此《国风》之遗也。”② 认为“古诗”深得《国风》之流风遗韵。刘熙载《艺概》云：“古诗十九首，与苏李同一悲慨。然古诗兼有豪放旷达之意，与苏李之一于委曲含蓄有阳舒阴惨之不同，知人论世者自能得诸言外，故不必如钟嵘《诗品》谓《古诗》出于《国风》，李陵出于《楚辞》也。”③

张怀瑾《钟嵘诗品评注》云：“虽然情性同样都是怨，而所怨有别，诸家诗的精神个性也就各异。毫厘千里，品藻不同。”④ 在楚辞那种热情奔放，哀怨横生的气氛之中，自有一种峻拔疾迈之势，而和《国风》迥异。李陵、班婕妤、王粲等人的五言诗的所展现的浓烈的愁怨不平之情，与屈原作品所表现的思想感情相吻合，故其源自《楚辞》；古诗的“哀怨”和曹植诗的“雅怨”其特点是感情蕴藉深厚，怨而不怒，哀而不伤。表达上委婉深挚。这和《诗经》的基本精神是一致的，可说同属一个范畴，故其源皆出自《国风》。

因此，“怨”作为汉魏六朝五言诗最重要的美学特征，其渊源有二：一种是源自《诗经》的“雅怨”，另一种是源自《楚辞》的“切怨”。此中之别，著名的《诗品》学者张伯伟先生和著名的楚辞学者毛庆先生都作过比较经典的论述。张伯伟先生说，首先，《楚辞》系列的“怨”大多来源于个人不幸的生活遭遇，古诗系列的“怨”，则往往基于对人生共相的感触；其次，在“怨”的表现上，《楚辞》一系的诗人或激烈，或凄切，其怨情总是强烈的，而古诗

---

① （南朝梁）萧统：《文选》，上海古籍出版社 1986 年版，第 1067 页。

② （清）沈德潜：《古诗源》，中华书局 1963 年新 1 版，第 92 页。

③ （清）刘熙载撰，袁津琥校注：《艺概注稿》，中华书局 2009 年版，第 240 页。

④ 张怀瑾：《钟嵘诗品评注》，天津古籍出版社 1997 年版，第 25 页。

的表现则往往是温婉的。[①] 毛庆先生则认为："钟嵘仅仅以抒怨情的特点来分流别，认为'怨而又雅'的就归《诗经》一派，'怨而不雅'的则归《楚辞》一派。"[②] 曹植诗歌是抒写个体一己的遭际，继承《诗经》的温柔敦厚和楚骚的怨愤激扬，形成雅怨之风；在表达时寓深沉悲怨于婉转曲折之中，使读者有反复回味、自由联想的余地。[③] 因此成为源出《诗经》的代表诗家。

因此，钟嵘品诗实现了从"诗言志"到"诗缘情"的飞跃，在思想内容上摆脱了儒家经学的桎梏，在文学形式上也要求随着时代生活和人们思想的发展而发展，这是一种十分宝贵的文学发展观。

第三节　骚源视野下的五言诗品评

魏晋南朝的诗歌以五言为主流，这种诗歌形式虽然是从汉乐府民歌发展而来，但在抒情方式、表现手法和语言技巧诸方面受《楚辞》的影响是显而易见的。钟嵘《诗品》准确地抓住了《楚辞》对自汉以降五言诗的影响，从各个不同角度剖析《诗品》中源于《楚辞》类诗家对屈原诗歌继承和发展。

《诗品序》云："干之以风力，润之以丹彩，使咏之者无极，闻之者动心，是诗之至也。"钟嵘认为好诗要"干之以风力，润之以丹采"，"所谓'风力'，指充实的内容、丰富的情感和雄浑、悲壮、厚重、有气势、有力度、具有阳刚之美的风格；所谓'丹采'，指华美的词藻、音韵铿锵的音节、鲜明紧健的文字以及善于'指事造形、穷情写物'的技巧。"[④] 同时，在钟嵘的《诗品》中又贯穿着"自然英旨"的诗歌美学观念。"直寻""真美"是钟嵘"自然英旨"美学观的重要组成部分。钟嵘评诗体现了文学发生论与审美批评观的熔铸结合。[⑤] 其评诗方法众多，"具体着眼处或为主题，或为题材，或为语言，或为

---

① 张伯伟：《钟嵘〈诗品〉"〈楚辞〉系列"通说》，《中国韵文学刊》1994 年第 1 期，第 36–47 页。

② 毛庆：《从〈诗品〉看屈骚对魏晋南朝诗歌的影响》，《江汉论坛》1983 年第 11 期，第 42–47 页。

③ 涂敏华：《〈诗品〉以"怨"评诗的理论及其意义》，《福建论坛》2006 年第 1 期，第 170–171 页。

④ 徐达：《钟嵘诗论及其批评标准》，《贵州大学学报》1989 年第 4 期，第 30–35 页。

⑤ 戴前伦：《文学发生论与审美批评观的熔铸钟嵘〈诗品・序〉评析》，《学术交流》2010 年第 3 期，第 134–136 页。

个人经历，等等。”[①]

在《诗品》中，钟嵘在宏观上从流派角度建立其诗人序列，将其中重要诗家归于《诗经》和《楚辞》两大流派，在历史发展中考察诗人风格形成的源流变化，不仅把握了全体，而且把握了处于全体中的个体。[②]

《诗品》中《楚辞》系列五言诗家均出自李陵。张伯伟先生认为出于《楚辞》的诗人自李陵以下分为三支。分别是班姬（上）之流、王粲（上）之流和曹丕（中）之流。班姬之流的特点偏重“怨”，王粲之流的特点偏重于“秀”，曹丕之流的特点偏重于“直”。[③]而萧华荣则认为，王粲一支又分为四个分支。王粲本人“文秀而质羸”，开“文胜于质”之端倪。以下四个分支中，除刘琨、卢谌诗“凄戾”“清刚”外，其余各支都文采华丽，如：潘岳、郭璞的分支，潘诗“烂若舒锦”，郭诗“彪炳可玩”。张华的分支，张诗“华艳”“妍冶”。谢混等五人诗有“风流媚趣”，谢朓诗“微伤细密”。张协的分支，张诗“词采葱倩”，他又与张华一起影响到鲍照诗的“诡淑”、“靡嫚”以及沈约诗的“工丽”。刘勰说：“效《骚》命篇者，必归艳逸之华。”《诗品》中王粲一支正是“源出楚辞”的“效《骚》命篇者”，钟嵘认为这一支的基本倾向是“文胜于质”，在这一点上，他与刘勰的看法也是一致的。[④]

《诗品》对上品全部和中品大部及下品少数诗家推源溯流，其用语主要有三种：“其源出于某某”“祖袭某某”和“宪章某某”。“其源出于某某”重心不在指写作上的摹拟与师承，而旨在揭示流派的统系。[⑤]“祖袭某某”和“宪章某某”则往往指主观上有意识地模仿、师承[⑥]。然而，虽然《诗品》中《楚辞》系列诗人均出自李陵，自李陵以下又分为班婕妤、王粲和曹丕三支，但这仅仅是流别分枝而不能完全等同于风格分类。这些在当时都是名噪一时的诗歌大家，在从不同的角度继承和发扬楚辞的风格的同时又各有自己独特的诗歌艺术成就。特别是源自王粲者共有十二人，占《诗品》中《楚辞》类诗人之

---

① 张伯伟：《钟嵘〈诗品〉研究》，南京大学出版社 1999 年版，第 356 页。

② 张伯伟：《钟嵘〈诗品〉的批评方法论》，《中国社会科学》1986 年第 3 期，第 159–170 页。

③ 张伯伟：《钟嵘〈诗品〉“〈楚辞〉系列”通说》，《中国韵文学刊》1994 年第 1 期，第 36–47 页。

④ 萧华荣：《钟嵘〈诗品〉的诗歌批评体系》，《文学评论》1985 年第 4 期，第 104–113 页。

⑤ 陈文新：《论钟嵘〈诗品〉关于流派问题的理论建树》，《齐鲁学刊》2004 年第 4 期，第 14–17 页。

⑥ 同①，第 37 页。

六成，他们的风格更是呈现出错综复杂的形态。

总体而言，《诗品》中源出《楚辞》的二十二位诗人对《楚辞》的继承表现在三个方面，以李陵为代表的抒情特色上的“切怨之流”（相对于《诗经》的“雅怨”），以潘岳为代表的形式艺术的“丹采之流”和以曹丕为代表的表现方法上的“直寻之流”。详见下表：

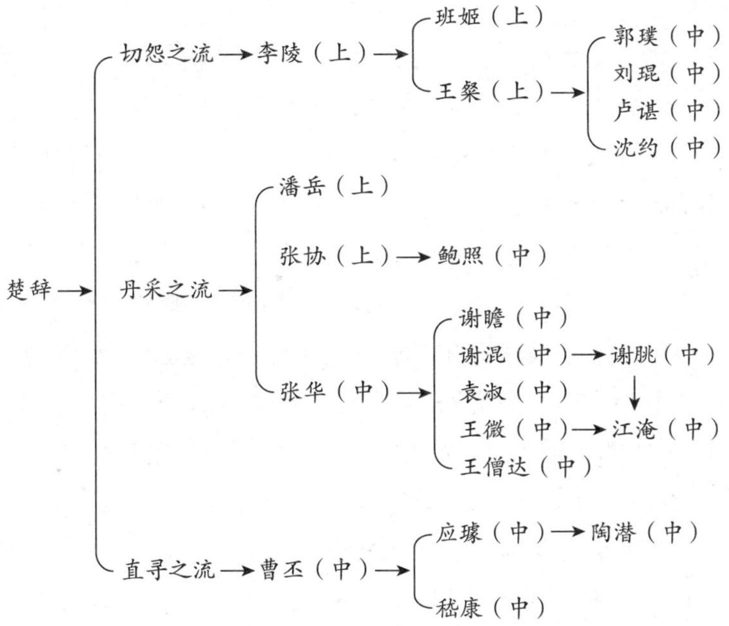

图三　《诗品》中源出《楚辞》诗家风格一览表

一、抒情特色：切怨

“发愤抒情”是《楚辞》的基本感情特征。钟嵘论汉魏五言诗，以《楚辞》为其主要源头之一，首先是抓住了源出《楚辞》五言诗家诗歌的抒情特色，那就是“怨”：一种有别于源出《诗经》类作家“雅怨”的“切怨”。在源出《楚辞》类五言诗家中，“怨”几乎是他们诗歌的共同情感特征。在他们风格各异的五言诗歌中，有着相似的不幸身世命运，因此抒发个人的人生怨情是他们诗歌共同之处。悲戚哀怨、苦闷抑郁也就成为他们诗歌的共同特点。如汉都尉李陵诗“文多凄怆，怨者之流”；班婕妤诗“怨深文绮”；魏侍中王粲诗“发楸怆之词”；晋太尉刘琨、中郎卢谌诗“善为凄戾之词……多感恨之词”；晋弘农太守郭璞诗“坎壈咏怀”；梁左光禄沈约诗“不闲于经纶，而长于清怨”等等。对汉魏文人五言诗怨情的挖掘，体现了钟嵘关注的是诗歌感动人心的魅力，强调诗歌的情蕴美。这种对超越实际功利目的诗歌品鉴显示出钟嵘对诗歌艺术特征的深刻洞悉。

钟嵘评李陵云：

其源出于《楚辞》。文多凄怆，怨者之流。陵，名家子，有殊才。生命不谐，声颓身丧。使陵不遭辛苦，其文亦何能至此！

钟嵘认为诗人的身世遭遇与其诗歌创作、诗风的形成之间有很大的关系。李陵诗与《楚辞》都十分注重表达个人内在情感，且都侧重抒发内心的怨情。钟嵘评李陵出于《楚辞》，其着眼点在于其“怨”，这种“怨”和屈原的“怨”相似，都是来源于自己不幸的人生遭际。李陵诗与《楚辞》的渊源关系主要表现在李陵诗在内容、意象描写和语言表达上体现了屈骚“凄怆悲怨”的风格。

王叔岷先生说：“李陵常思奋不顾身，以殉国家之急。身既陷败，不能得当以报于汉，其文能无怨乎！”[①] 曹旭《诗品集注》释“怨者之流”云：“可作二解：泛指李陵诗为凄怨悲怆者之属；又，‘怨者’指屈原。《史记·屈原贾生列传》曰：‘信而见疑，忠而被谤，能无怨乎？屈平之作《离骚》，盖自怨生也。’故‘怨者之流’，即陵为屈平怨者流亚之意。”[②]

虽然自六朝时起便有不少学者认为李陵诗歌乃伪作。如挚虞、颜延之、刘勰、苏轼、洪迈等。刘勰的理由是西汉前期没有成熟的五言诗。《文心雕龙·明诗》曰：“至成帝品录，三百余篇，朝章国采，亦云周备，而辞人遗翰，莫见五言，所以李陵、班婕妤，见疑于后代也。”[③] 在疑古思潮的冲击下，近人梁启超也认为李陵诗系伪作。他的理由有三“一是汉武帝时无此种诗体；二是赠答诗起于建安七子；三是苏武于所传诸诗外，别无他诗，《汉书·苏武传》所载李陵诗，诗风与《文选》所载差别太大。”[④] 然而，相反的声音似乎更加强烈而有据。《汉书·苏武传》载李陵骚体歌一首；大约成书于南宋高宗绍兴的

① 王叔岷：《钟嵘诗品笺证稿》，中华书局 2007 年版，第 142 页。

② 曹旭：《诗品集注》，上海古籍出版社 1994 年版，第 91 页。

③（南朝梁）刘勰撰，范文澜注：《文心雕龙注》，人民文学出版社 1958 年版，第 66 页。

④ 北京大学中国文学史教研室：《两汉文学史参考资料》，中华书局 1962 年版，第 601 页。

《古文苑》尚录李陵《录别诗》八首;《隋书·经籍志》载“汉骑都尉李陵集二卷”①。而与刘勰同时代的任昉、钟嵘、萧统，直到宋、明时期的宋濂、杨慎、钟惺等则力主其为李陵作品。萧统的《文选》在“杂诗上”中选录“李少卿与苏武诗三首”，紧随“古诗十九首”其后。对此，刘跃进先生说：“对于《文选》中所收录的所谓‘苏李诗’及其他‘古诗’，在没有更充分的论据情况下，我们与其推出新说，还不如保守一点为好，毕竟，我们所看到的古诗文献要比萧统时代少得多。”②堪为的论。作为萧统同时代的钟嵘，在《诗品》中选李陵诗歌进行品评应该是有着可靠的文献依据的。

对于李陵诗歌，后世褒之者甚众。唐元稹《唐检校工部员外郎杜君墓系铭并序》曰：“苏子卿、李少卿之徒，尤工为五言，虽句读文律各异，雅、郑之音亦杂，而词意简远，指事言情，自非有为而为，则文不妄作。”③宋代蔡梦弼《杜工部草堂诗话》卷第一引秦少游《韩愈论》曰：“苏武李陵之诗长于高妙。”④王世贞《艺苑卮言》曰：“子瞻乃谓李陵三章亦伪作，此儿童之见。夫工出意表，意寓法外，令曹氏父子犹尚难之，况他人乎？”⑤《古诗源》评李陵《与苏诗三首》之一曰：“一片化机，不关人力，此五言诗之祖也。音极和，调极谐，字极稳，然自是汉人古诗，后人摹仿不得，所以为至。”⑥王夫之则评曰：“不以当时片心一语入诗，而千古以还，非陵、武离别之际，谁足以当此凄心热魄者？或犹疑其赝鼎，然则有目者多，有瞳者鲜。”⑦

钟嵘评班婕妤云：

> 源出于李陵。《团扇》短章，辞旨清捷，怨深文绮，得匹妇之致。侏儒一节，可以知其工矣！

班婕妤《团扇》短章之“绮怨”，乃指其以绮丽的文辞表达幽深怨思。《团扇》又名《怨歌行》《怨诗》，《玉台新咏》收录此诗并序云：“昔汉成帝，班婕

---

① （唐）魏徵：《隋书》，中华书局1983年版，第1056页。
② 刘跃进：《古典文学文献学丛稿》，学苑出版社1999年版，第40页。
③ （唐）杜甫著，仇兆鳌注：《杜诗详注》，中华书局1979年版，第2235页。
④ 丁福保：《历代诗话续编》，中华书局1983年版，第94页。
⑤ 同④，第982页。
⑥ （清）沈德潜：《古诗源》，中华书局1963年版，第48页。
⑦ （清）王夫之：《古诗评选》，太平洋书店1933年版，第6页。

好失宠，供养于长信宫，乃作赋自伤，并为怨诗一首。”[①] 本篇貌似一首题咏扇子的咏物诗，然而寓情于物，委婉地写出了一位薄命女子被人遗弃，幽居冷宫的怨情。

钟嵘评王粲云：

其源出于李陵。发愀怆之词，文秀而质羸……

刘熙载《艺概・诗概》认为王粲诗“悲而不壮”，是也。王粲《从军诗》“凄怆令吴悲”抒发源于生活遭际的不幸而产生的“愀怆”之情；《七哀诗》表达对“世积乱离，风衰俗怨”的社会现实的哀怨，全诗洋溢着浓厚的悲剧气氛，充分体现了建安诗歌“苍凉悲慨，才力豪健”的艺术风格。诚如谢灵运《拟魏太子邺中集・王粲诗》序所言：“（王粲）家本秦川贵公子孙，遭乱流寓，自伤情多。”[②]

王粲《七哀》诗第二首：

荆蛮非我乡，何为久滞淫？方舟溯大江，日暮愁我心。山冈有余映，岩阿增重阴。狐狸驰赴穴，飞鸟翔故林。流波激清响，猴猿临岸吟。迅风拂裳袂，白露沾衣襟。独夜不能寐，摄衣起抚琴。丝桐感人情，为我发悲音。羁旅无终极，忧思壮难任。

诗中方舟溯江、日暮愁心、飞鸟翔林、猴猿岸吟的旅途情景与屈原《涉江》中“入溆浦余儃佪兮，迷不知吾所如。深林杳以冥冥兮，猿狖之所居”是何等的相似；“丝桐感人情，为我发悲音。羁旅无终极，忧思壮难任”的愁苦情怀便是屈原《哀郢》“羌灵魂之欲归兮，何须臾而忘反？背夏浦而西思兮，哀故都之日远”情感之再现。

钟嵘评郭璞云：

宪章潘岳，文体相晖，彪炳可玩。始变中原平淡之体，故称中兴第一。《翰林》以为诗首。但《游仙》之作，辞多慷慨，乖远玄宗。而云“奈何虎豹姿”；又云“戢翼栖榛梗”，乃是坎壈咏怀，非列仙之趣也。

虽然钟嵘对东晋诗歌总体评价不高，但对郭璞五言诗却青睐有加，称其“文体相晖，彪炳可玩”，誉其为“中兴第一”。所谓“中兴”，指晋元帝司马

① （南朝陈）徐陵：《玉台新咏》，上海古籍出版社 2007 年版，第 42 页。

② （南朝梁）萧统：《文选》，上海古籍出版社 1986 年版，第 1433 页。

睿在江东建立的东晋，因司马睿君臣自比为周宣王“中兴”而得名。然而钟嵘更认为郭璞的诗歌特色体现在他创作的玄言诗中。游仙诗滥觞于屈原的《离骚》，成熟于屈原的《远游》。郭璞游仙诗继承了屈原《离骚》相关内容和《远游》的旨趣，重在抒发对现实、人生的慨叹。钟嵘称郭璞“游仙之作，辞多慷慨，乖远玄宗”，“乃是坎壈咏怀，非列仙之趣也”。既指出了郭璞游仙诗同当时盛行的玄言诗的本质区别，又突出了郭璞游仙诗和那些一味追求列仙之趣的游仙诗的不同。“辞多慷慨”、“坎壈咏怀”指出了郭璞游仙诗的抒发“怨”情的特征。章太炎《国故论衡·辩诗》认为，在郭璞的游仙诗里，充溢着屈原、阮籍的那种“上念国政，下悲小己”的情感，读来会使人发出由衷的慨叹。何焯《义门读书记》中指出：“景纯之《游仙》，即屈子之《远游》也，章句之士，何足以知之。”[①] 厉鹗《前后游仙百咏自序》云：“至于弘农之始唱，实为屈子之余波，事虽寄游仙，情则等于感遇。”均为的论。此外，郭璞的《与贾九州愁诗》抒发中原沦亡之痛也颇具《楚辞》“哀怨”之特色。

《诗品》“郭璞”条中称道郭璞突破平淡、寡味的永嘉诗风，赞许为“中兴第一”，也就是东晋诗歌的最高代表。此与《诗品序》相关论述互为表里。《诗品序》云：“永嘉时，贵黄、老，稍尚虚谈。于时篇什，理过其辞，淡乎寡味。爰及江表，微波尚传：孙绰、许询、桓、庾诸公诗，皆平典似《道德论》。建安风力尽矣。先是郭景纯用隽上之才，变创其体；刘越石仗清刚之气，赞成厥美……斯皆五言之冠冕，文词之命世也。”

郭璞与“尚玄谈”风习相左，在玄言形式下创作出具有强烈现实入世激情的五言诗。他以真挚深沉的悲悯关怀着人间苦难，以其用世激情和“文体相晖”“辞多慷慨”的五言诗篇再现建安风骨的神髓，已成为一种独特的诗歌形态，完全符合钟嵘诗学审美标准。这使对玄风甚炽的时代诗风极其反感的钟嵘产生强烈的感情共鸣，从而博得了他的推崇，遂将其置于中品进行定位评估。萧子显曰：“江左风味。盛道家之言。郭璞举其灵变。”[②] 在钟嵘眼里，“辞多慷慨”正可视为郭璞远嗣建安风神，使建安文学再现重振的曙光，“中兴”之评语也

---

① （清）何焯：《义门读书记》，中华书局 1987 年版，第 895 页。

② （南朝梁）萧子显：《南齐书》，中华书局 1972 年版，第 908 页。

缘此而发。[①]我们以《诗品》的评价中可以感觉到郭璞诗透射出一股勃郁之气，“始变中原平淡之体”，扼腕于建安风力之莫传，与“尚玄谈”风习相左。郭璞的其用世激情和对儒家经典的态度与钟嵘心有戚戚焉，才博得钟嵘的佳评。[②]

钟嵘对郭璞诗歌的肯定和赞美主要指他的游仙诗，这由《诗品序》中对郭璞诗游仙评价极高可以证明，也可与正文“郭璞”条评语相互印证。

《诗品下·序》最后评价两汉至刘宋间五言诗人的代表作云：“仲宣《七哀》……阮籍《咏怀》……景纯咏仙……皆五言之警策者也。所谓篇章之珠泽，文采之邓林。”钟嵘对郭璞游仙诗评价之高、推崇之极由此可见一斑。因此陈祚明、沈德潜等人之论实为断章取义之谈。钟嵘之品评郭璞诗歌，不仅对其游仙诗毫无非议，而且将其作为视为其代表作而极力肯定，认为它比那些“文体相晖，彪炳可玩”以“丽”见长五言诗更能代表郭璞诗歌的最高成就。

郭璞所开创的新型游仙诗，实际上是运用比兴手法而在抒情诗领域内又有所创造。以前游仙诗多用赋体，讲的是求仙访道，郭璞“用隽上之才，创变其体”，打破了玄言诗垄断诗坛的沉寂局面，从而得到钟嵘较高的评价。[③]钟嵘《诗品》从其诗歌审美原则出发，对玄言诗评价极低。“郭璞虽与玄言有瓜葛，但是根本上与玄言相异趣，然则以当时玄风盛炽士人不撄世物之际，郭璞的特立独行犹如孤峰危峙，当推许为天下独步了。”[④]刘勰云：“景纯艳逸，足冠中兴，郊赋既穆穆以大观，仙诗亦飘飘而凌云矣。”[⑤]

《诗品》评刘琨、卢谌云：

> 其源出于王粲。善为凄戾之词，自有清拔之气。琨既体良才，又罹厄运，故善叙丧乱，多感恨之词。中郎仰之，微不逮者矣。

刘琨、卢谌诗“善为凄戾之词”且“善叙丧乱，多感恨之词”，这是与其“罹

---

① 汪春泓：《钟嵘〈诗品〉关于郭璞条疏证——兼论钟嵘诗歌审美理想之形成》，《文学遗产》1998年第6期，第13–20页。

② 同①。

③ 顾农：《钟嵘〈诗品〉的批评标准与理论精华》，《河北师范大学学报》1985年第2期，第40–48页。

④ 汪春泓：《钟嵘〈诗品〉关于郭璞条疏证——兼论钟嵘诗歌审美理想之形成》，《文学遗产》1998年第6期，第13–20页。

⑤ （南朝梁）刘勰撰，范文澜注：《文心雕龙注》，人民文学出版社1958年版，第701页。

厄运”的人生遭遇密切相关，与王粲诗歌抒发的源于人生不幸的“愀怆”之情可谓异曲同工。刘勰《文心雕龙·才略》：“刘琨雅壮而多风，卢谌情发而理昭，亦遇之于时势也。”吴骞《拜经楼诗话》卷三评刘琨云：“刘越石诗章，惟以悲凉为主。”极是。然刘琨诗虽祖袭王粲，但较之王粲诗歌的“悲而不壮”，增添了阳刚之气，呈现出悲壮苍凉之风。刘琨的诗歌虽然只有三首传世，但在玄言烟雾弥漫的诗坛仍然独树一帜。他的诗饱含国破家亡之痛，也颇有悲壮之气。《晋书·刘琨传》说二诗“托意非常，摅畅出愤”。元好问《论绝句三十首》云：“可惜并州刘越石，不教横槊建安中。”沈德潜《说诗晬语》卷上称刘琨诗“悲壮”。这种感情深厚、风格雄峻的诗风，是和建安风骨一脉相承的。

刘琨的“感恨”是由于“罹厄运”。刘琨一直生活在戎马倥偬的军帐中，直到为叛将所害，充满悲壮色彩。他和祖逖“闻鸡起舞”的故事一直激动人心、流传千古。他的诗歌更是充满这悲壮之“怨”。刘琨在牢狱之中所作《重赠卢谌》云：“功业未及建，夕阳忽西沉。”抒发人生迟暮、壮志未酬悲壮感慨；诗歌最后云：“何意百炼钢，化为绕指柔。”短短十字，反映了自己戎马一生，最后却被沦陷牢狱的坎坷经历和堂堂硬汉子竟落到任人宰割、无法反抗的辛酸境地。“钟嵘倡导、礼赞的，就是这种怨，它具有一种震撼人心的力量。”①

谢榛《四溟诗话》卷二云：“钟嵘《诗品》，专论源流。若陶潜出于应璩，应璩出于魏文，魏文出于李陵，何其一脉不同耶？”②此类五言诗歌虽然均出自《楚辞》，但钟嵘偏重于论述他们各自的艺术特征所代表的楚辞艺术的某一个方面，正体现了钟嵘对楚辞艺术更加细腻而准确地把握。

钟嵘评沈约诗：“长于清怨”，“其工丽亦一时之选也”。可见沈约诗歌兼有“怨”和“艳”双重特色。由钟嵘评语可知，钟嵘是主推其“清怨”而次推其“工丽”，故将其入于“切怨”之属。

二、形式艺术：丹采

《楚辞》十分注重形式的华美和藻饰。“屈骚的语言风格显然有别于《诗

① 单世联：《钟嵘“托诗以怨”说漫评》，《西北师大学报》1986年第4期，第73–77页。

② （明）谢榛：《四溟诗话》，人民文学出版社1961年版，第43页。

经》。《诗经》质朴，屈骚华美；《诗经》练约，屈骚丰厚。屈骚的语言华丽丰赡，犹如春天的百花园，万紫千红；犹如夏季的青山，郁郁葱葱；犹如秋日的枫林，赤云烂漫；犹如冬腊的雪原，晶莹灿烂。"[①]班固云："其文弘博丽雅，为辞赋宗，后世莫不斟酌其英华，则象其从容。"[②]刘勰《辨骚》："《骚经》《九章》，朗丽以哀志；《九歌》《九辩》，绮靡以伤情；《远游》《天问》，瑰诡而惠巧；《招魂》《大招》，耀艳而深华。"裴子野："若悱恻芳芬，楚骚为之祖；靡漫容与，相如和其音。"[③]萧统《文选序》论选文原则："事出于沉思，义归乎翰藻。"[④]

随着文学走上独立发展道路，人们更加注重对文学对特性的探求，六朝文学渐进走上唯美主义道路。陆机《文赋》提出的"诗缘情而绮靡"，不仅突出了诗歌创作的动因——"缘情"，更强调形式上的特点——"绮靡"，也就是说，诗歌应该是丰富的思想感情和华美的艺术形式的统一。

钟嵘品评诗人的标准是"干之以风力，润之以丹采"。所谓"风力"，指充实的内容、丰富的情感和雄浑、悲壮、厚重、有气势、有力度、具有阳刚之美的风格；所谓"丹采"，指华美的词藻、音韵铿锵的音节、鲜明紧健的文字以及善于"指事造形、穷情写物"的技巧。[⑤]钟嵘虽强调文质统一，但在实际的诗歌品评中却显示出对"文"的偏爱，特别强调诗歌的文采之美。

钟嵘没有存世的文学作品，但《南史・钟嵘传》中提到其作品之风格也属于注重华彩的那种。这也和讲究文采注重藻饰的时代文风相一致。《南史・钟嵘传》云："衡阳王元简出守会稽，引为宁朔记室，专掌文翰。时居士何胤筑室若邪山，山发洪水，漂拔树石，此室独存。元简令嵘作《瑞室颂》以旌表之，辞甚典丽。"[⑥]

《诗品》中《楚辞》系列作家，共同特征是华美和藻饰。班姬"文绮"；王粲"文秀"；潘岳"《翰林》叹其翩翩，亦如翔禽之有羽毛，衣被之有绡縠"，"烂若舒锦"；张协"文体华净，少病累。又巧构形似之言。雄于潘岳，靡于太冲。

---

① 毛庆：《从〈诗品〉看屈骚对魏晋南朝诗歌的影响》，《江汉论坛》1983 年第 11 期，第 42–47 页。

② （宋）洪兴祖：《楚辞补注》，中华书局 1983 年版，第 49 页。

③ （清）严可均：《全梁文》，中华书局 1958 年版，第 3262 页。

④ （南朝梁）萧统：《文选》，上海古籍出版社 1986 年版，第 2 页。

⑤ 徐达：《钟嵘诗论及其批评标准》，《贵州大学学报》1989 年第 4 期，第 30–35 页。

⑥ （唐）李延寿：《南史》，中华书局 1975 年版，第 1779 页。

风流调达，实旷代之高手。词采葱蒨，音韵铿锵”等等。中品《楚辞》流诸作家中，张华“华艳”；郭璞“文体相晖，彪炳可玩。始变永嘉平淡之体”。

《诗品》评潘岳诗云：

其源出于仲宣。《翰林》叹其翩翩奕奕，如翔禽之有羽毛，衣被之有绡縠，犹浅于陆机。谢混云：“潘诗烂若舒锦，无处不佳；陆文如披沙简金，往往见宝。”嵘谓：益寿轻华，故以潘胜；《翰林》笃论，故叹陆为深。余常言：陆才如海，潘才如江。

潘岳天才早慧，《晋书·潘岳传》言其“少以才颖见称，乡邑号为奇童”①。他流传至今的作品有五十多篇，其中五言诗有十二首及若干断句。

在西晋太康诗史上，潘岳的地位仅次于陆机。论者往往把潘岳与陆机并提，视为太康文学之巨擘。《诗品序》云：“陆机为太康之英，安仁、景阳为辅。”与有意追求华美阔大诗境的陆机相比，潘岳诗歌更能体现出“浅而绮”（《文心雕龙·通变》）的魏晋时代文学特征。据《世说新语·文学》注引《晋阳秋》所说，潘岳的作品在当时就享有“清绮绝世”的美誉。②潘诗如一乱情感的江流，语词本色清澈如水，其“烂若舒锦”的藻饰则如江流上闪动的粼粼波光。③

钟嵘评潘岳诗，着重其“丽”，“叹其翩翩奕奕，如翔禽之有羽毛，衣被之有绡縠”，“烂若舒锦，无处不佳”云云，足见潘诗辞采之绚丽。虽然潘岳之《悼亡诗》《哀永逝文》等抒发哀凄之情的诗篇非常著名，刘勰《文心雕龙·诔碑》称其诗“巧于序悲”，刘熙载《艺概·诗概》也云“王仲宣、潘安仁，悲而不壮”，但是钟嵘对潘岳诗所看重的显然不是它的悲怨，而是它的华彩和秀丽。

《晋书·潘岳传》言潘岳“尤善为哀诔之文”④，可见其诗也以伤情见长。沈德潜《古诗源》卷七：“安仁诗品，又在士衡之下……格虽不高，其情自深也。”⑤

潘岳先后经历失子、丧妻、亡女之痛，元康初年又一度身陷宫廷党争而“险遭诛戮”。时代的忧患、个人对伤逝之痛有着刻骨铭心的体验，所以潘岳诗以言

① （唐）房玄龄：《晋书》，中华书局1974年版，第1500页。

② 蒋凡：《全评新注世说新语》，人民文学出版社2009年版，第288页。

③ 刘昆庸：《潘才如江，缘情绮靡——钟嵘论潘岳》，《中国韵文学刊》1998年第1期，第9–13页。

④ 同①，第1507页。

⑤ （清）沈德潜：《古诗源》，中华书局1963年版，第162页。

情见长。梁元帝萧绎《金楼子》载当时论者称其“止称情切”，此“情”主要指哀情。他作于妻子去世周年的《悼亡诗》三首被《文选》收入“哀伤”类。尽管如此，钟嵘《诗品》中对其诗歌的评鉴仍是在综合考虑的基础之上而侧重其“摛藻清艳”、“翩翩奕奕”的文体成就，这是潘岳诗歌在当时最受称道的特色。

《诗品》评张协诗云：

> 其源出于王粲。文体华净，少病累。又巧构形似之言。雄于潘岳，靡于太冲。风流调达，实旷代之高手。词彩葱蒨，音韵铿锵，使人味之，亹亹不倦。

钟嵘赞张协诗歌“文体华净”、“巧构形似之言”、“风流调达”“词彩葱蒨，音韵铿锵”云云，均是从其形式审美入笔。“文体华净”言其结构简洁圆润；“巧构形似之言”言其善于描摹刻画实物，写物图貌能穷形尽相；“词彩葱蒨，音韵铿锵”言其诗词采华美，韵律和谐节奏鲜明。在钟嵘看来，张协诗歌具备的形式美的众多因素，因而《诗品序》中将“景阳《苦雨》”列为五言警策之一，张协本人也获得钟嵘“实旷代之高手”的美好赞誉。刘勰《文心雕龙·才略》：“孟阳、景阳，才绮而相埒，可谓鲁卫之政，兄弟之文也。”何焯《义门读书记》云：“诗家炼字琢句始于景阳，而极于鲍明远。”[①] 五言诗家炼字炼句从张协开始，到鲍照则达到了极致。

由张协的《杂诗十首》观之，其诗歌刻画自然景物工致简洁，写景状物逼真生动，辞采华美，情感旷达，从而形成其鲜明特色。如：“浮阳映翠林，迩腌扇绿竹。飞雨洒朝兰，轻露栖丛菊。龙蛰暄气凝，天高万物肃。”

由于张协练字琢句，虽然反复推敲，精心锤炼但不伤自然，所以“文体华净，少病累”，而鲍照因为过分雕琢，便走向反面，故虽然奇巧却伤于自然。

《诗品》评鲍照诗云：

> 其源出于二张。善制形状写物之词。得景阳之諔诡，含茂先之靡嫚。骨节强于谢混，驱迈疾于颜延。总四家而擅美，跨两代而孤出。嗟其才秀入微，故取湮当代。然贵尚巧似，不避危仄，颇伤清雅之调。故言险俗者，多以附照。

鲍照继承并综合了张协（景阳）、张华（茂先）、谢混、颜延之四家的长处，

---

① （清）何焯：《义门读书记》，中华书局 1987 年版，第 932 页。

艺术上达到相当高的程度。这是很高的评价，但其诗歌的弱点是“贵尚巧似，不避危仄，颇伤清雅之调”，即刻意雕琢，伤于自然，思想上偏离正统。钟嵘评鲍照诗歌的“善制形状写物之词”、“尚巧似”，是言其深得张协“巧构形似之言”之旨要，即以形为美的主要特色和成就。鲍照诗歌融合了张协、张华、谢混、颜延之四位诗家文辞的绮靡华艳之长，只因其身份低微故而未能显赫身名于其时。他的《拟行路难》气骨凌厉，颇有“直谏”气魄，从另一方面继承了屈骚的精神。

如《代结客少年场行》：

骢马金络头，锦带佩吴钩。失意杯酒间，白刃起相雠。追兵一旦至，负剑远行游。去乡三十载，复得还旧丘。升高临四关，表里望皇州。九衢平若水，双阙似云浮。扶宫罗将相，夹道列王侯。日中市朝满，车马若川流。击钟陈鼎食，方驾自相求。今我独何为，坎壈怀百忧。

诗歌写一少年侠客离家三十载后归乡所见。“诗中‘形状写物’最突出的是升高临四关所看到的‘皇州’的景色。九条大道平如水，两座望楼如同漂浮在云彩之间，宫廷四旁房舍罗列，京城街市，车马川流不息。这就把京城面貌写得形象生动，所以是善制形状写景之词。”①

《诗品》评张华诗云：

其体华艳，兴托不奇。巧用文字，务为妍冶……犹恨其儿女情多，风云气少。

张华诗歌总体风格特征是“华艳”，和沈约的“工丽”、鲍照的“擅美”、张协的“华净”、潘岳的“烂若舒锦”等同类，而“巧用文字，务为妍冶”则是“华艳”的具体表现。刘勰《文心雕龙·才略》：“张华短章，奕奕清畅。”张华诗极为华美，阳刚不足，阴柔有余，缺乏风骨，显得“儿女情多，风云气少”。

张华诗在丹采方面成就很高，但风力有所不足，等级不免就要下降。钟嵘介绍自己品评张华诗时的心情说：“今置之甲科（按即上品）疑弱，抑之中品恨少。”但结果仍然纳入中品。

钟嵘评谢瞻、谢混、袁淑、王微、王僧达诗云：

其源出于张华。才力苦弱，故务其清浅。殊得风流媚趣。课其实录，

① 黄钢：《钟嵘与诗味》，《新疆大学学报》1996 年第 4 期，第 72–76 页。

则豫章、仆射，宜分庭抗礼。徵君、太尉，可托乘后车。征虏卓卓，殆欲度骅骝前。

五人都是西晋太康时期张华的嫡传，他们诗歌有着“情采绮靡、举体华美”的艺术共性，钟嵘称其“殊得风流媚趣”。谢混诗歌风神秀彻，他《游西池》诗“景昃鸣禽集，水木湛清华”，胡应麟认为可与谢灵运“池塘生春草”、“清辉能娱人”等名句媲美；袁淑辞采遒丽，纵横有才辩，《通典》卷十六载裴子野《雕虫论》之后引云：“谢庄、袁淑又以才藻系之衣冠，莫不昂其风流，竟为诗赋之事。”[①] 王僧达的诗则是典型的绮艳。

三、表现方法：直寻

《诗品中·序》云：“夫属词比事，乃为通谈。若乃经国文符，应资博古，撰德驳奏，宜穷往烈。至乎吟咏情性，亦何贵于用事？……观古今胜语，多非补假，皆由直寻。”

张伯伟先生曾说：“《楚辞》和《国风》相比，在表现手法上有‘直’与‘婉’的区别，楚人感情热烈奔放，表现直率，不若《国风》的‘温柔敦厚’。”[②]

钟嵘反对当时诗坛上的诸多不良习气，比如写诗用典，过分讲究声律等等，提倡“自然英旨”。“自然英旨”的美体现在两个方面：一是作者思想感情的真诚自然的抒发，这是要求有真情，“直寻”“率真”都是这种自然英旨的表现；二是感情与物象、场景完美地融合，并直接地呈现出来，就是直接把自己眼前所见的景物具体生动自然地描绘出来。

钟嵘认为，诗歌的本质特点是“吟咏情性”，要求“自然”“直寻”。他主张诗歌创作以自然为最高美学原则，提出“即目直寻”和“自然英旨”说，体现了诗歌都是出于“吟咏情性”的本质。“自然英旨”，即没有雕琢痕迹的自然真美。《南史·颜延之传》记载：“延之尝问鲍照己与灵运优劣，照曰：‘谢五言如初发芙蓉，自然可爱；君诗若铺锦列绣，亦雕绘满眼。’延之终身病之。”

钟嵘提出“直寻”的创作方法，即那种直面其景直抒其情的创作方法，

---

① （清）纪昀：《四库全书》第 334 册，上海古籍出版社 1987 年版，第 11 页。

② 张伯伟：《钟嵘〈诗品〉“〈楚辞〉系列”通说》，《中国韵文学刊》1994 年第 1 期，第 36–47 页。

这是与“吟咏情性”的诗歌本质论互为表里的。罗根泽指出：“‘直寻’就是不假借用典用事，而是直接写景抒情。提倡自然、真美。诗歌要表达自然的感情，要有最自然的音律，堪称文学上的自然主义。”①

“直寻”就是直接表达审美感受，直抒胸臆，不引经据典，不耀学问，不用补缀典故来做诗。这是钟嵘重要的诗学观点。罗根泽在《中国文学批评史》中说：“自钟嵘看来，用事用典，宫商声病，繁密巧似，都违反自然，矫正的方法，当然也就要提倡自然。刘勰也提倡自然，但不以自然为根本观念；钟嵘《诗品序》里深深的慨叹‘自然英旨，罕值其人’，可见他所标榜的准的——即根本观念——是自然。”②

《楚辞》系列曹丕一支总体特征是“质胜于文”。曹丕诗歌的“率皆鄙质如偶语”，应璩诗歌的“善为古语”，陶潜诗歌的“质直”等等。钟嵘重视汉魏六朝五言诗对楚辞“率直”“自然”表现方法继承的总结和论述，表现了他对纯文学的性质和特征有了较明确的认识。

钟嵘评曹丕诗云：

> 其源出于李陵，颇有仲宣之体则。新歌百许篇，率皆鄙直如偶语。唯“西北有浮云”十余首，殊美赡可玩，始见其工矣。不然，何以铨衡群彦，对扬厥弟者耶？

钟嵘称曹丕诗“率皆鄙直如偶语”，是说曹丕诗歌语言通俗，情思真挚，直白动人，表现出率直的文人化特色。清人沈德潜《古诗源》云：“子桓诗有文士气，一变乃父悲壮之习矣。”曹丕在向乐府民歌学习的同时又有自己的创新，能以婉转清丽的语言表达缠绵深致的情思，而浅切平易，无刻意雕琢之痕，这正是曹丕诗歌语言通俗化的独特之处。

陈延杰云：“子桓诗学李陵，而又以仲宣化之，亦文秀而质羸者。”③刘勰《文心雕龙·才略》云：“魏文之才，洋洋清绮。旧谈抑之，谓去植千里，然子建思捷而才俊，诗丽而表逸；子桓虑详而力缓，故不竞于先鸣。而乐府清越，《典论》辩要，迭用短长，亦无懵焉。但俗情抑扬，雷同一响，遂令文帝以位

---

① 罗根泽：《中国文学批评史》，上海古籍出版社 1984 年版，第 238 页。

② 同①，第 241 页。

③ 陈延杰：《诗品注》，人民文学出版社 1980 年版，第 32 页。

尊减才，思王以势窘益价，未为笃论也。”

钟嵘评嵇康诗云：

> 颇似魏文。过为峻切，讦直露才，伤渊雅之致。然托谕清远，良有鉴裁，亦未失高流矣。

讦，直言不讳。《论语》曰：“恶讦以为直者。”戴望注曰：“讦，谓横议是非。”《集韵·废韵》：“讦，直言。”《后汉书·李云传》：“曷其绞讦摩上，以衒沽成名哉？”李贤注曰：“绞，直也；讦，正也。”[①] 刘熙载《艺概》曰：“叔夜之诗峻烈，嗣宗之诗旷达。”[②] 陈祚明《采菽堂古诗选》评嵇康《述志诗》二首云：“愤世之辞，一往太尽，都无含蓄婉转。”又云：“晋太冲之杰气类此，而长在跌宕，元亮之古质类此，而长在舒徐，不似叔夜之直致也。”

钟嵘评应璩诗云：

> 祖袭魏文。善为古语，指事殷勤，雅意深笃，得诗人激刺之旨。至于“济济今日所”，华靡可讽味焉。

《文心雕龙·明诗》评应璩《百一诗》云：“独立不惧，辞谲义贞，亦魏之遗直也。”

胡应麟《诗薮》云：“昌穀谓休琏《百一》，微伤于媚。此诗如‘下流不可处，君子甚厥初。所占于此土，是谓仁智居。’皆拙朴类措大语，谓之伤媚，何居？”[③]

钟嵘评陶潜诗云：

> 其源出于应璩，又协左思风力。文体省静，殆无长语。笃意真古，辞兴婉惬。每观其文，想其人德。世叹其质直。至如“欢言酌春酒”“日暮天无云”，风华清靡，岂直为田家语耶？古今隐逸诗人之宗也。

田园诗是陶渊明诗歌代表，其主要艺术风格表现在恬淡自然，质朴率真。淳真而亲切的语言，淡泊脱俗的情志，真率质直的个性，创造出优美而又高远超俗的意境，让人在真朴无伪中领略到一种最佳的审美境界。《艺概》曰：“陶渊明自庚子距离丙辰十七年间，作诗九首，其诗之真，更须问耶？”俞弁

---

① （南朝宋）范晔：《后汉书》，中华书局 1965 年版，第 1851 页。

② （清）刘熙载撰，袁津琥校注：《艺概注稿》，中华书局 2009 年版，第 249 页。

③ （明）胡应麟：《诗薮》，中华书局 1962 年版。

《山樵暇语》:“陶彭泽诗，颜、谢、潘、陆皆不及者，以其平昔所行之事，赋之于诗，无一点愧辞，所以能尔。”[①]杨龟山云:“渊明诗所不可及者，冲淡深邃，出于自然。”[②]

陶渊明的诗歌浑厚平淡，不矫揉造作，语言优美，凝练朴素，直抒胸臆，在描写自然的优美与和谐中，寄托了自身的高尚情操。何焯在《义门读书记》中说:“胸次之高，言语之妙，景阳与元亮之在两晋，盖犹长庚、启明之丽天矣。”[③]意思是说，张协和陶渊明胸襟之高，语言之巧，在两晋好像长庚星与启明星装点天空。钟嵘评陶渊明的评语已把陶诗那种淳朴自然的艺术风格总结出来了。

曹丕、嵇康、应璩、陶渊明均为《楚辞》之流诗家，他们的诗歌有着相近的艺术风格，那就是“率真”。语言上曹丕的“鄙直如偶语”、嵇康的“过为峻切”、应璩“善为古语”、陶渊明的“为田家语”;情感表达上曹丕的“鄙直”、嵇康的“讦直露才”、应璩的“拙朴类措大语”、陶渊明的“质直”等等都是这种率真淳朴的艺术风格的具体体现。

明何良俊《四友斋丛说》卷二十四云:“诗家相沿，各有流派。盖潘、陆规模于子建，左思步骤于刘桢。而靖节质直，出于应璩之《百一》，盖显然明著者也。则钟参军《诗品》，亦自具眼。”[④]

《毛诗序》云:“国史明乎得失之迹，伤人伦之废，哀刑政之苛，吟咏情性，以风其上，达于事变而怀其旧俗也。”孔颖达疏曰:“动声曰吟，长言曰咏，作诗必歌，故言吟咏情性也。”[⑤]钟嵘认为，诗歌不同于经世致用的文体，“吟咏情性”是其本质特征。楚辞的哀怨、直质（率真）正诗歌“吟咏情性”本质特征的很好体现。钟嵘的诗学观，完全打破了儒家诗教的“经夫妇，成孝敬，厚人伦，美教化，移风俗”的功利性目标，具有相当积极的意义。

---

① （明）俞弁:《山樵暇语》，全国图书馆文献缩微中心 1985 年版。

② （宋）杨时:《龟山集》卷十，台湾商务印书馆 1986 年版。

③ （清）何焯:《义门读书记》，中华书局 1987 年版，第 932 页。

④ 何良俊:《四友斋丛说》，中华书局 1959 年版，第 214 页。

⑤ 《十三经注疏》，浙江古籍出版社 1997 年版，第 271–272 页。

第四节　钟嵘楚辞观的影响

《诗品》对汉魏至齐梁一百二十三位五言诗家的成就与地位的评价，大都是相当中肯的。后世学者对有些诗人的评论存在着不同意见。最典型的莫过于把曹操置于下品，陶潜置于中品的品第问题。如谢榛在《四溟诗语》里批评道："钟嵘《诗品》专论源流，若陶潜出于应璩，应璩出于魏文，魏文出于李陵，何其一脉不同邪？"[①] 其实，关于文学的品评可谓仁者见仁，智者见智。同时，时代的不同和文学理论观的不同也必然造成评价的差异，更何况评判作家作品本非易事，意见分歧是在所难免的。再者，随着时间的流逝，典籍的散失，也导致了后人对钟嵘中某些品第的不解。诚如章学诚所云："钟氏所推流别，亦有不甚可晓处。盖古书多亡，难以取证。"[②]

同时，文学风格流派之间的相互渗透和影响是错综复杂的。沿着钟嵘将五言诗歌的源头之一归于《楚辞》的创见，后人又做过诸多有益的探讨，在更深刻的层次上揭示了《楚辞》对汉魏六朝五言诗的影响，这不能不归功于钟嵘《诗品》的首创之功。

在《诗品》中，钟嵘虽将古诗、曹植、陆机、谢灵运等诗家归入《诗经》类五言诗作家，但在具体论述的时候，却显示了他们的作品是兼具《诗》《骚》双重特色的。

钟嵘评"古诗"云：

> 其体源出于《国风》……文温以丽，意悲而远。惊心动魄，可谓几乎一字千金！……虽多哀怨，颇为总杂……亦为惊绝矣！人代冥灭，而清音独远。

明王士贞云："《风》《雅》后有《楚词》,《楚词》后有十九首，风会变迁，非缘人力；然其源流，则一而已矣。"[③]

---

① （明）谢榛:《四溟诗话》，人民文学出版社 1961 年版，第 43 页。

② （清）章学诚:《文史通义》，中华书局 2012 年版，第 881 页。

③ 郎廷槐:《师友诗传录》，中华书局 1985 年版，第 4 页。

朱自清先生说："所谓'温柔敦厚'、'怨而不怒'的作风，《三百篇》之外，《十九首》是最重要的代表。"① 然而他又说："《涉江采芙蓉》这首诗的意旨只是游子思家，诗中引用《楚辞》的地方很多，成辞也有，意境也有。"② 马茂元认为："屈原的《楚辞》而后，文人制作与民间文艺的再一次结合而出现了《古诗十九首》，就这一意义来说，《十九首》和《楚辞》有着更为直接的传统关系。……中国古人用情的态度是不同的，古人所追求的标准乃是'温柔敦厚'，《古诗十九首》的感情就是如此，它是温厚缠绵而且含蓄不尽的。……它的语言表面上含蓄不尽，实际上却把人的内心之中这些复杂的感情全部表达出来了。"③

钟嵘评曹植诗歌云：

> 骨气奇高，词采华茂。情兼雅怨，体被文质。粲溢今古，卓尔不群。嗟乎！陈思之于文章也，譬人伦之有周、孔，鳞羽之有龙凤，音乐之有琴笙，女工之有黼黻。俾尔怀铅吮墨者，抱篇章而景慕，映余晖以自烛。故孔氏之门如用诗，则公干升堂，思王入室，景阳、潘、陆，自可坐于廊庑之间矣。

曹植诗歌深得《诗经》比兴和规讽之长，很好地体现了传统的"温柔敦厚"的诗教精神，故源头归于《国风》，但其诗歌在艺术上又深受屈原的影响也是极其明显的。钟嵘评之"骨气奇高，词采华茂"正说明曹植诗歌深得屈骚之精髓。清陈廷焯曾说"惟陈王处骨肉之变，发忠爱之忱，既悯汉亡，又伤魏乱，感物指事，欲语复咽，其本原已与《骚》合"。④ 黄侃评曹氏兄弟诗歌云："若其述欢宴，愍乱离，敦友朋，笃匹偶，虽篇题杂沓，而同以苏李古诗为原，文采缤纷，而不能离闾里歌谣之质。故其称物则不尚雕镂，叙胸情则唯求诚恳，而又缘以雅词，振其美响。斯所以兼笼前美，作范后来者也。"⑤ 此论至确。"曹

---

① 朱自清：《古诗十九首释》，见《朱自清、马茂元说古诗十九首》，上海古籍出版社 1999 年版，第 3 页。

② 同①，第 27 页。

③ 马茂元：《古诗十九首探索》，见《朱自清、马茂元说古诗十九首》，上海古籍出版社 1999 年版，第 81–82 页。

④ （清）陈廷焯：《白雨斋词话》，人民文学出版社 1998 年版，第 182 页。

⑤ 范文澜：《文心雕龙注》，人民文学出版社 1978 年版，第 87 页。

植诗歌在托物言志、悲天悯人、忧患时局、建功立业等方面都与《楚辞》有些相似。”①

《诗品》评陆机：“其源出于陈思。才高辞赡，举体华美……咀嚼英华，厌饫膏泽，文章之渊泉也。”《文心雕龙·声律》谓“士衡多楚”。沈德潜云：“士衡以名将之后，破国亡家，称情而言，必多哀怨。”②可见，无论在情感上还是在表现方法上，陆机都深具楚辞文学的特征，故《诗品》言“其源出于陈思”。

钟嵘评谢灵运诗云：

> 名章迥句，处处间起；丽典新声，络绎奔会。譬犹青松之拔灌木，白玉之映尘沙，未足贬其高洁也。

然而，谢诗受《楚辞》的影响也是非常明显的。元人方回说：“七韵言游山之事，四韵言情，借《楚词·山鬼》薜萝语，以怀所思之人，握兰折麻，将以遗之，心徒勤而不展也。”③方东树曾说“谢公全用《小雅》、《离骚》意境字句而气格紧健沉郁”④。可见，在意境格调情思和抒情方式诸方面，谢诗都深得楚辞之精髓。谢诗多取楚辞名物意象以抒情言志，排解忧思，多用楚辞之典故和深婉缠绵的情致来表情达意，同时也具有楚辞发愤抒情的沉郁风格。

在魏晋南北朝时期对楚辞文学的继承者中，曹操是一位特殊的人物。毛庆先生认为：关于屈骚在创作题材上的影响，主要是从三方面为魏晋南朝诗歌开辟了道路：以《离骚》为代表的“游仙”，以《橘颂》为代表的“咏物”，以《涉江》为代表的“山水”。游仙诗，从曹操的《气出唱》《秋胡行》开始，经阮籍的《咏怀》至郭璞的《游仙》，而取得这一时期的最高成就。咏物诗，自曹操的《却东西门行》、曹植的《吁嗟篇》发唱，经傅玄的《芙渠》《啄木》而终篇于陶渊明的《饮酒》（第七首、第八首），提高到一个新的阶段。山水诗，以曹操的《步出夏门行》《观沧海》为肇端，经陶渊明的《饮酒》（第五首）到谢灵运的《七里濑》《登江中孤屿》《石壁精舍还湖中作》等，而达到魏晋南朝的顶峰。然而，由于这种发展脉络，不与《诗品》所归纳的《诗经》《楚辞》

---

① 王承斌：《论钟嵘的〈楚辞〉观》，《理论界》，2007 年第 10 期，第 207–209 页。

② （清）沈德潜：《古诗源》，中华书局 1963 年版，第 156 页。

③ （元）方回：《文选颜鲍谢诗评》，见宋志英、南江涛：《文选研究文献辑刊》第 4 册，第 388 页。

④ 方东树：《昭昧詹言》，人民文学出版社 1961 年版，第 129 页。

两大派的线索平行，而是纵横交错，织成了网状结构，因此钟嵘不把曹操列入两派诗人的任何一派。[①]

其实，钟嵘虽未如对上品与中品其他诸诗家那样以“其源出于”、“祖袭”、“宪章”之类的词语追溯曹操五言诗的渊源，但从其对曹操诗歌的品评中仍然可以明确地看出其诗是源于《楚辞》的。钟嵘品操诗云：“曹公古直，甚有悲凉之句。”曹操诗歌既具备《楚辞》诗家李陵、班婕妤等的悲怨，也兼具《楚辞》诗家曹丕、应璩、嵇康、陶潜诗歌的率直。可能只是由于钟嵘受到自古而然的“以人品论文品”的局限，认为“挟天子以令诸侯”的曹操不能与有着强烈的忠君爱国精神的屈原相提并论，故而才未指出其诗歌的《楚辞》源头，并且置其于下品，前人对此有诸多诟病，此不赘述。

钱鍾书先生说：“记室评诗，眼力初不甚高，贵气盛词丽，所谓‘骨气奇高’‘词采华茂’。故最尊陈思（曹植）、士衡（陆机）、谢客（谢灵运）三人。以魏武（曹操）之古直苍浑，特以不屑翰藻，屈为下品。宜与渊明之和平淡远，不相水乳，所取反在其华靡之句，仍囿于时习而已。”[②]

鲁迅先生称“曹丕的一个时代”为“文学的自觉时代”，又说曹丕的文学见解属于“为艺术而艺术一派”[③]。“为艺术而艺术”是相对于汉代文学“厚人伦，美教化”的政教功利性艺术而言的。当代美学大师李泽厚先生认为：从汉末年到魏晋时期，时代新思想文艺领域内的基本特征是人的觉醒，“即在怀疑和否定旧有传统标准和信仰价值的条件下，人对自己生命、意义、命运的重新发现、思索、把握和追求。”[④]“自汉魏确立九品中正制以后，对人的评议已成为社会、政治、文化的谈论中心。它不再停留在汉代对于道德、操守、儒学、气节的评议，而把重点放在人的内在精神和外在风貌上，即人的才情、气度、能力等方面，这种风尚延及文艺领域，使对文学作品风格的品评成为风行一时的时代特征。”[⑤]钟嵘的《诗品》正是这个文学自觉时代的一颗闪亮的明星。

---

① 毛庆：《从〈诗品〉看屈骚对魏晋南朝诗歌的影响》，《江汉论坛》1983年第11期，第42–47页。

② 钱鍾书：《谈艺录》，中华书局1984年版，第93页。

③ 鲁迅：《魏晋风度及文章与药及酒之关系》，见《鲁迅全集》第三卷，人民文学出版社1981年版，第504页。

④ 李泽厚：《美的历程》，广西师范大学出版社2001年版，第19页。

⑤ 谭帆：《刘勰和钟嵘文学批评方法的比较》，《学术月刊》1985年第4期，第67–72页。

他的“风格批评模式”较多地表现出受时代精神浸染的痕迹。例如钟嵘把诗歌所发抒的“情”从儒家“礼义”的束缚中解放了出来，而导向了对于“怨”的发泄，对后世文学影响巨大。“从李杜诗歌的怨愤到李清照的哀怨悱恻，到陆游辛弃疾爱国的‘忠怨’；以及元明清戏曲中才子佳人的幽怨，甚至‘字字句句都是血’的《红楼梦》，合奏着‘怨’的交响乐。可以说，中国古典文学史上那些优秀的作品，大多是作家的怨歌。这些都与《诗品》以‘怨’评诗的理论在精神上是一脉相承的。”[①] 而其中体现《楚辞》情感风格影响的“切怨”则是主旋律。

刘勰《文心雕龙·辨骚》云：“才高者菀其鸿裁，中巧者猎其艳辞，吟讽者衔其山川，童蒙者拾其香草。”自汉而降的五言诗人各从不同的角度对楚辞汲取经验。他们揣摩楚辞的法式、采撷楚辞的词藻、抒发与楚辞相类的情感、模拟楚辞的艺术表现。从而使得文人五言诗日趋成熟，为迎接一个伟大的诗歌时代——唐代的到来奠定了良好的基础。钟嵘则是最早发现《楚辞》对这些诗歌的影响并作出精辟透彻评论的诗歌理论家。

① 涂敏华：《〈诗品〉以“怨”评诗的理论及其意义》，《福建论坛》2006年第1期，第170–171页。

第十一章　全面系统的楚辞学理论构建

——刘勰及其《文心雕龙》

第一节　刘勰的生平及著述

刘勰字彦和，祖籍东莞莒（今山东莒县东莞镇），世居京口（今江苏镇江）。大约生于宋明帝泰始元年（465），卒于梁武帝普通元年（520），一生经历了宋、齐、梁三朝。祖父刘灵真，事迹不可考。父刘尚曾任越骑校尉，早逝。刘勰年幼早孤，然笃志好学，因家贫住于上定林寺依靠名僧僧祐生活十余年，做过佛经整理工作，博通佛教经纶，终生未娶。《梁书·刘勰传》云："勰早孤，笃志好学，家贫不婚娶。"

《文心雕龙·序志》云："齿在逾立，则偿夜梦执丹漆之礼器，随仲尼而南行。旦而寤，乃怡然而喜。大哉圣人之难见也，乃小子之垂梦欤？自生人以来，未有如夫子者也。"[①] 由于刘勰三十来岁时做了个美好的梦，梦见自己拿捧着丹红的漆器，跟着孔子南行，就像孔子当年的弟子一般。他觉得这是圣人用托梦的方式给他暗示，所以他想努力学习以宣扬孔子的思想。同时，他对当时齐梁时代盛行的绮靡文风很不满意。《文心雕龙·序志》云："去圣久远，文体解散，辞人爱奇，言贵浮诡。饰羽尚画，文绣鞶帨。离本弥甚，将遂讹滥。"[②] 因此他秉持文学创作回归儒家经典经世致用的根本原则，为扭转当时浮

① 陆侃如、牟世金：《文心雕龙译注》，齐鲁书社 1995 年版，第 603—604 页。

② 同①，第 6 页。

华奢靡的文风，开始构建自己宏大而缜密的文论体系，花了五年多时间，写了三万七千多言的著名文论著作——《文心雕龙》。

刘勰因《文心雕龙》得沈约赏识而为人所知，他自三十九岁开始做官，曾官县令、步兵校尉、宫中通事舍人，颇有清名，深得太子萧统器重，后出家为僧，法号慧地，不久去世。其后期经历，于《梁书·刘勰传》有载：

天监初，起家奉朝请，中军临川王宏引兼记室。迁车骑仓曹参军。出为太末令，政有清绩。除仁威南康王记室，兼东宫通事舍人。时七庙飨荐已用蔬果，而二郊农社犹有牺牲。勰乃表言二郊宜与七庙同改，诏付尚书议，依勰所陈。迁步兵校尉，兼舍人如故。……有敕与慧震沙门于定林寺撰经证，功毕，遂启求出家，先燔鬓发以自誓，敕许之。乃于寺变服，改名慧地。未期而卒。[①]

经牟世金先生考证梳理，刘勰后期履历如下：

天监二年（503，39岁），起家奉朝请。

天监三年，任临川王萧宏记室，掌文书。

天监四年，任车骑仓曹参军，管理仓廪。

天监六年，任太末（今浙江龙游县）令。

天监十三年，任照明太子萧统东宫通事舍人，管奏章。

天监十七年，上表建议二郊农舍改用蔬果，继续兼任通事舍人。

普通元年（520），出家定林寺，未满一年去世，终年56岁左右。

刘勰虽屡任官职，但其名非以官显，而以文彰。一部《文心雕龙》奠定了他在中国文学史上和文学批评史上不可撼动的地位。《文心雕龙》引论古今文体及其艺术表现方法，和唐朝刘知几的《史通》、清朝章学诚的《文史通义》并称中国文史批评三大名著。

刘勰思想深受儒家和佛教的双重影响。《文心雕龙》中所表现的主要是儒家思想。因其从小就和僧人生活在一起，因而也深受佛学思想的熏染。他的现存作品除了《文心雕龙》外，还有见于《弘明集》阐述儒佛两家“异经同归”思想的《灭惑论》和收录于《艺文类聚》中宣扬佛教灵威的《梁建安王造剡山石城寺石像碑》。

---

① （唐）姚思廉：《梁书》，中华书局1973年版，第710–712页。

第二节　刘勰楚辞学理论构建

刘勰是继刘安、司马迁、班固、王逸之后又一重要楚辞学者，也是魏晋南北朝时期最重要的楚辞学者。他在其文学理论专著《文心雕龙》中，比较全面地总结了楚辞研究成果，经过开拓发展，形成了系统观点，构成独具特色的楚辞学说，把楚辞研究推向了新阶段，代表了魏晋南北朝楚辞研究的最高成就，在楚辞学史上占有重要地位。[1]

刘勰的楚辞研究内容及思想主要见于《文心雕龙》，而集中体现在《文心雕龙·辨骚》中。列于《文心雕龙》总论“文之枢纽”部分的《辨骚》是一篇杰出的楚辞专论。它较为全面而系统地论述了《楚辞》的文学创新、艺术表现、地位与影响等一系列问题，眼光敏锐独到，态度公允辩证，在楚辞学史上具有里程碑式的地位。而在《文心雕龙》其他四十九篇中，还有二十多篇共三十多处，内容涉及屈原精神品格及其作品的地位、源流、背景、艺术、影响以及直接对屈原作品引用等各个方面，其论述之全面、论证之深刻可谓空前。现将《文心雕龙》中《辨骚》外各篇论述《楚辞》或屈原之内容摘录于下：

《宗经》：是以楚艳汉侈，流弊不还……

《明诗》：逮楚国讽怨，则《离骚》为刺。

《诠赋》：赋也者，受命于诗人，拓宇于楚辞也……故知殷人辑颂，楚人理赋，斯并鸿裁之寰域，雅文之枢辖也。

及灵均唱骚，始广声貌。然赋也者，受命于《诗》人，拓宇于楚辞也。

《颂赞》：及三闾《橘颂》，情采芬芳，比类寓意，又覃及细物矣。

《祝盟》：若夫《楚辞·招魂》，可谓祝辞之组丽也。

指九天以为正。

《谐隐》：楚襄宴集，而宋玉赋《好色》，意在微讽，有足观者。

《通变》：暨楚之《骚》文，矩式周人；汉之赋、颂，影写楚世。

---

① 戴志钧：《论刘勰的楚辞学说》，《学术交流》1991年第1期，第113–118页。

榷而论之……商周丽而雅，楚汉侈而艳……

《定势》：模经为式者，自入典雅之懿；效《骚》命篇者，必归艳逸之华。

《声律》：诗人综韵，率多清切；楚辞辞楚，故讹韵实繁。

《章句》：六言、七言，杂出诗、骚。

又诗人以“兮”字入于句限，楚辞用之，字出于句外。寻“兮”字成句，乃语助余声。

《丽辞》：至于诗人偶章，大夫联辞，奇偶适变，不劳经营。

《比兴》：楚襄信谗，而三闾忠烈，依《诗》制《骚》，讽兼比、兴。

《夸饰》：鞭宓妃以饷屈原。

《事类》：观夫屈宋属篇，号依诗人，虽引古事，而莫取旧辞。

《炼字》：《诗》、《骚》适会。

《时序》：爰自汉室，迄至成哀，虽世渐百龄，辞人九变，而大抵所归，祖述楚辞，灵均宋影，于是乎在。

屈平联藻于日月，宋玉交彩于风云。观其艳说，则笼罩《雅》《颂》。故知炜烨之奇意，出乎纵横之诡俗也。

《物色》：及《离骚》代兴，触类而长，物貌难尽，故重沓舒状。于是嵯峨之类聚，葳蕤之群积矣。

骚述秋兰，绿叶、紫茎；凡表五色，贵在时见，若青黄屡出，则繁而不珍。

且诗骚所标，并据要害，故后进锐笔，怯于争锋。

然屈平所以能洞监风骚之情者，亦江山之助乎。

《才略》：战代任武，而文士不绝．诸子以道术取资，屈宋以楚辞发采。

相如好书，师范屈宋，洞人夸艳，致名辞宗。

《程器》：瞻彼前修，有懿文德。（屈原等）声昭楚南，采动梁北。

若夫屈贾之忠贞……岂曰文士，必其玷欤？

《序志》：盖文心之作也，本乎道，师乎圣，体乎经，酌乎纬，辨乎骚，文之枢纽，亦云极也。

归纳起来，刘勰楚辞研究的贡献主要有如下几个方面。

一、楚辞地位论

刘勰论骚，首先论《离骚》产生的文学史背景和屈原及其作品的文学史定位。刘勰认为，屈原的《离骚》既是《诗经》的继承者，同时又是辞赋的开创者。在文学史上是先秦文学到两汉文学衔接和传承的纽带。

《辨骚》开篇云：

自《风》《雅》寝声，莫或抽绪，奇文郁起，其《离骚》哉！固已轩翥诗人之后，奋飞辞家之前，岂去圣之未远，而楚人之多才乎！

刘勰从文学流变的角度立论，指出《离骚》是打破《诗经》后数百年文坛寂寞而郁勃兴起的“奇文”，是在《诗经》之后文坛冷寂的背景下出现的绝无仅有的文学奇葩，指出《离骚》在文学史上具有填补空白的作用，肯定了楚辞在《诗经》与汉赋之间有继往开来的桥梁作用。它的产生标志着文学的新变，在极高的层次上肯定了楚辞的文学史地位，体现了鲜明的历史意识和高屋建瓴的理论高度。“轩翥诗人之后，奋飞辞家之前”，指出了屈原是兴起在《诗经》的作者之后，两汉辞赋大家之前的文坛奇才，既是对《诗经》思想内容博雅通达之人，又是辞赋杰出的创始者。

《辨骚》在将《离骚》和《诗经》相比较得出“四同”“四异”结论之后评价云：“故知《楚辞》者，体宪于三代，而风杂于战国。乃《雅》《颂》之博徒，而辞赋之英杰也。”刘勰认为，《离骚》效法夏商周三代文法体制以及儒家经典的思想内容，同时也受战国时期纵横家文风的影响，拥有战国时期的文风特征。屈原不仅仅是《雅》《颂》等经典的继承者，同时也是辞赋的杰出开创者。“《雅》《颂》之博徒”，这是刘勰在将《离骚》与《诗经》进行具体比较发现“同于风雅者”之“四事”后所得出的结论。“词赋之英杰”则是在发掘出《离骚》中“异乎经典”之“四异”而得出的结论。“《雅》《颂》之博徒、词赋之英杰”充分肯定《离骚》的文学史地位。

对于楚辞及屈原在文学史上的地位，刘勰还通过《辨骚》在《文心雕龙》理论构架中的地位设置予以体现。

《辨骚》是《文心雕龙》中作为“文之枢纽”的一篇总论，是第一篇全面而高度评价楚辞之专论，也是一篇楚辞代表作家屈原的文学批评专论，同时又是一篇汉人楚辞批评之批评。《文心雕龙》凡五十篇，除第五十篇《序志》

外可分三大部分。第一部分是前五篇，即从《原道》至《辨骚》，属于总论；第二部分二十篇，从《名诗》至《书记》，属于文体论；第三部分二十四篇，从《神思》至《程器》，属于艺术论。《文心雕龙》前五篇为《原道》《宗经》《征圣》《正纬》《辨骚》。《辨骚》是属于总论“文之枢纽”的末篇还是属于文体论的首篇？历来多有争议。骚是一种文体，《辨骚》应与自《明诗》至《书记》各篇探究各体文章的内容相似，但刘勰显然不是把“骚”作为与诗、乐府、赋等文体并列来处理的。他没有将《辨骚》列入“论文叙笔”的文体论部分，而是列入“文之枢纽”的总论部分。

虽然刘勰在《序志》中明确将《辨骚》归入总论的“文之枢纽”，但学术界对其在《文心雕龙》理论体系中的位置却长期存在着争论。主要原因有两点。其一，“骚”是一种文体，自应归入文体论的“论文叙笔”部分，关于这点刘勰自然是一清二楚的，他为什么仍把《辨骚》列入“文之枢纽”呢？其二，《辨骚》与《明诗》《诠赋》文体论各篇不仅性质相同，而且构词方式都几乎相同，自应归入文体论部分。有人认为它是作为文体论的代表而列入“文之枢纽”部分。然而，从刘勰的宗经意识和《文心雕龙》的理论体系看，文体论代表也只能是《诗经》而非《楚辞》。

牟世金先生曾说：“《文心雕龙》研究中存在一些长期争论不休的问题，如果从刘勰的整个理论体系着眼来研究，把这些问题放到刘勰的理论体系中去考察，是很容易辨识清楚的。”[①] 然而，牟先生在其著作《文心雕龙译注》中却给出了一个貌似中庸却又自相矛盾的结论：“第一、二部分之交的《辨骚》，既有列入‘枢纽’的必要，又与《名诗》以下‘论文叙笔’各篇有相同的性质。”“从《辨骚》到《书记》的二十一篇是‘论文叙笔’。”[②]

张光年认为：“《辨骚》篇是作为‘文之枢纽’之一的重头文章来写的，是《原道》等四篇以后的又一栋梁之作。他从文化史的角度，第一次将《离骚》与五经并举，这需要很高的胆识。”[③] 董运庭认为：刘勰《辨骚》，虽摒《楚辞》于经典之外，但也指出它“取镕经义，自铸伟辞”，因此在《文心雕龙》中把

① 牟世金：《〈文心雕龙〉的总论及其理论体系》，《中国社会科学》1981年第2期，第175–185页。
② 陆侃如、牟世金：《文心雕龙译注》，齐鲁书社1995年版，第28页。
③ 张光年：《骈体语译文心雕龙》，上海书店出版社2001年版，第63页。

它列入“文之枢纽”的总论部分。换句话说，刘勰认为在经典以外的文献典籍中，唯有《楚辞》在性质上与经典最为接近。①

关于这个问题，其实刘勰自己已经讲得很清楚。《文心雕龙·序志》云：“盖《文心》之作也，本乎道，师乎圣，体乎经，酌乎纬，变乎骚。文之枢纽，亦云级矣。”枢纽，事物的关键。《文心雕龙》开门见山论述为文之关键，谓之“总论”是合适的。如果从另一个角度考察，以“宗经”为宗旨的《文心雕龙》，其作为“论文叙笔”的文体论部分理所当然应该是以《诗经》为典范和代表的“理家治国平天下”的文体——诗歌开始，而绝不会以有着诸多“异乎经典”的“骚”起端，故而，《名诗》作为“论文叙笔”之首是毋庸置疑的。

关于《辨骚》在《文心雕龙》总论中的地位及与其他四篇的内在关系，以及刘勰将其归入“文之枢纽”的原因，刘永济先生曾经作过如下论述：

> 舍人自序，此五篇为文之枢纽。前三篇揭示论文要旨，于义属正。后二篇抉择真伪同异，于义属负。负者箴砭时俗，是曰破他。正者建立自说，是曰立己。而五篇义脉，仍相流贯。盖《正纬》者，恐其诬圣而乱经也。诬圣，则圣有不可征；乱经，则经有不可宗。二者足以伤道，故必明正其真伪，即所以翼圣而尊经也。《辨骚》者，骚辞接轨风雅，追迹经典，则亦师圣宗经之文也。然而后世浮诡之作，常托依之矣。浮诡足以违道，故必严辨其同异；同异辨，则屈赋之长与后世文家之短，不难自明。然则此篇之作，实有正本清源之功。其于冀圣尊经之旨，仍成一贯。而与《明诗》以下各篇，立意迥别。②

可见，“枢纽”中的《征圣》《宗经》论的是为文的思想内容要求，《辨骚》论的是为文的艺术要求，“变乎骚”是刘勰在《文心雕龙》中所构建的文学创作和批评理论体系的重要组成部分，意在说明在文学创作上是以骚为则，即把骚体的艺术审美特征作为一种文学的典范。也就是说，文学创作应力求做到思想内容如《诗》，而艺术表现如骚。同时，“骚”虽然属于一种文体，但刘勰把《辨骚》列入“文之枢纽”之主要用意在于通过对它的研究和分析，

---

① 董运庭：《论〈离骚〉称“经”与刘勰〈辨骚〉》，《重庆师范大学学报》2006年第3期，第29–36页。

② 刘永济：《文心雕龙校释》，中华书局1962年版，第10页。

研究文学的发展与演变，探讨文学继承与创新的规律。

王运熙先生认为：

> 刘勰把《辨骚》列入“文之枢纽”，不但说明他对于《楚辞》历史地位的尊重，而且还表明他的一个重要的文学观念，即创作必须以儒家经典为准则，对《楚辞》的奇变文风，必须加以批判地吸取。[①]

刘勰文学观念之一是“创作必须以儒家的经典为准则”，甚是。《宗经》云：“故论说辞序，则《易》统其首；诏策章奏，则《书》发其源；赋颂歌赞，则《诗》立其本；铭诔箴祝，则《礼》统其端；纪传盟檄，则《春秋》为根。并穷高以树表，极远以启疆，所以百家腾跃，终入环内者也。”刘勰把“五经”视为各体文学的千山之巅，万水之源，取之不尽而用之不竭。但在艺术审美上，《屈骚》则是为文的典范。好文章必须做到思想内容如经，艺术表现如骚，这才是为文之关键，堪称“文之枢纽”。此乃刘勰置《辨骚》于“文之枢纽”原因之所在。

刘勰认为好文章就应如屈原所创作的楚辞那样，在思想上依附儒学传统经典，在艺术上追求艳丽华美，基于此，才有《辨骚》中对后世作家片面追求为文的艺术表现的批评，对屈原作品仿效学习取其貌而遗其神做法的否定。

刘勰将《辨骚》列入“文之枢纽”的总论部分，涉及对刘勰基本的理论思想和文学观念的理解，更是刘勰对《楚辞》和屈原文学史地位和影响的肯定。

徐志啸先生认为，刘勰置《辨骚》于《文心雕龙》总论之“文之枢纽”部分，其目的和意义在于：

> 其一，撰《辨骚》之旨并非专为“辨”骚，而是“变乎骚”，也即为总结与吸取自《诗经》至楚辞间文学变化的经验，阐明文学创作与文学发展的原理，这与《原道》——要依据道、《征圣》——要以圣人为师、《宗经》——要学习经典的写作方法、《正纬》——要酌纬以寓言一样，均属围绕论“文”中心阐发作文要义的一个方面。其二，体现了刘勰对楚辞的看重，对楚辞历史地位的充分认识。这些，我们可以从《文心雕龙》的具体论述中见出。[②]

---

① 王运熙:《文心雕龙探索》，上海古籍出版社 1986 年版，第 59 页。

② 徐志啸:《刘勰论楚辞》,《喀什师范学院学报》1989 年第 1 期，第 91–96 页。

蒋祖怡先生也认为：

彦和列五篇为“文之枢纽”，系“重文”之意。此五种大抵可以分为两类：前三种是完全正面的，故称“本”“师”“体”。后两种，是非完全正面的，故称“酌”“变”。“重文”是《文心》一书的中心思想，故称曰“文之枢纽”。刘氏在《文心·正纬篇》中说“纬书”是后人伪造的，又说它“无益经典而有助文章”，这观点和《情采篇》中的观点相矛盾。在《辨骚篇》中又特别强调“骚”的表现手法与特色，及其给后代的巨大影响。[①]

蒋先生承认刘勰在将《辨骚》列入《文心雕龙》总论的“文之枢纽”部分，是为了特别强调“骚”的表现手法与特色，及其给后代的巨大影响，虽然蒋先生认为《辨骚》对楚辞的评价是“非完全正面”的观点值得商榷，但其“在《辨骚篇》中又特别强调‘骚’的表现手法与特色，及其给后代的巨大影响”的论断堪为的论。

要之，刘勰将《辨骚》归入《文心雕龙》之总论部分，是其对《楚辞》以及屈原文学史地位的最佳诠释。

二、《诗》骚关系论

汉儒评骚，虽然均依经立论，然而有时却得出截然相反的结论。刘安、司马迁谓之“兼《诗》风雅”，王逸亦称其“依托五经以立义”，而班固却认为屈骚“多称昆仑、帝阍、宓妃，虚无之语，皆非法度之政，经义所载”。因此，《楚辞》与《诗经》的关系自然成了刘勰《楚辞》研究必须面对的问题，成为《辨骚》篇论述的重点，在《文心雕龙》其他篇目中也屡屡论及。

《辨骚》在回顾汉儒评骚种种偏颇观点之后即将屈骚与《诗经》进行对比分析，得出其同于《风》《雅》者“四事”和异乎经典之“四事”。

《辨骚》云：

陈尧舜之耿介，称禹汤之祗敬，典诰之体也；讥桀纣之猖披，伤羿浇之颠陨，规讽之旨也；虬龙以喻君子，云蜺以譬谗邪，比兴之义也；每一

---

① 蒋祖怡：《文心雕龙论丛》，上海古籍出版社 1985 年版，第 225 页。

顾而掩涕，叹君门之九重，忠怨之辞也：观兹四事，同于《风》《雅》者也。

对于《楚辞》与《诗经》在文学史上的关系，刘勰首先从文学作品的社会功用角度出发，指出屈原的代表作品《离骚》具有“同于《风》《雅》”的“宗经”的一面，阐明了《离骚》与《诗经》的“四同”，从思想内容到表现方法都存在继承关系，这主要是针对班固批评《离骚》离经叛道的评论而言。《辨骚》中将屈骚与《诗经》相提并论之处甚多。有的是论述它们在文学发展史上的地位与影响。如《章句》云：“六言七言，杂出《诗》《骚》。”《诠赋》云：“殷人辑《颂》，楚人理赋，斯并鸿裁之寰域，雅文之枢辖也。”《物色》云：“且《诗》《骚》所标，并据要害，故后进锐笔，怯于争锋。”有的是论述屈骚对《诗经》的继承和创新。如《比兴》：“依《诗》制《骚》，讽兼比兴。”《事类》：“屈宋属篇，号依诗人，虽引古事，而莫取旧辞。”《通变》：“暨楚之骚文，矩式周人……商周丽而雅，楚汉侈而艳。”《时序》：“观其艳说，则笼罩《雅》《颂》。”等等。有的是通过对它们各自艺术特色的论述以突出屈骚的创新性。如《定势》：“模经为式者，自入典雅之懿；效《骚》命篇者，必归艳逸之华。”《声律》：“诗人综韵，率多清切；《楚辞》辞楚，故讹韵实繁。”《物色》：“至如《雅》咏棠华，或黄或白；《骚》述秋兰，绿叶紫茎。”等等。

通过《楚辞》与《诗经》关系的论述，足见《楚辞》没有丢掉自《诗经》开创的实用主义文学的优秀传统，然而《辨骚》一文之主旨却在于论述《楚辞》的新变，即《楚辞》在艺术表现上的开创性和示范性意义。故而，刘勰紧接着就列举了屈骚中异乎经典之“四事”：

> 至于托云龙，说迂怪，丰隆求宓妃，鸩鸟媒娀女，诡异之辞也；康回倾地，夷羿彃日，木夫九首，土伯三目，谲怪之谈也；依彭咸之遗则，从子胥以自适，狷狭之志也；士女杂坐，乱而不分，指以为乐，娱酒不废，沉湎日夜，举以为欢，荒淫之意也：摘此四事，异乎经典者也。

对于“四异”说所体现的刘勰评骚态度，传统楚辞学观点多认为刘勰是通过将屈骚与《诗经》比较得出其“异乎经典”之处，从而对班固等人的观点继承并加以具体发挥，体现其仍然沿袭汉儒依诗评骚的窠臼。

殷光熹先生认为，刘勰“四异”之说仅仅是对汉儒依诗评骚的发挥，并无新意。他说：“这‘异乎经典’的四点，表明刘勰对屈骚的思想内容仍然是从是否合乎儒家经典的标准来判断其优劣高下的……这实际上重复了班固等人的观点并加以具体发挥的结果。”[①] 张少康先生认为：“从刘勰以‘夸诞’来概括‘异乎经典’之四事及其称《楚辞》为‘雅颂之博徒’来看，确是有些贬义的，即是说它从体现道、圣、经的内容来看，是不如《诗经》的，因此从这个角度看，其地位是在《诗经》以下的。”[②] 王开元认为：“刘勰以儒家经典为准则，对‘楚辞’的思想内容还提出了严厉的批评……他以为这种‘狷狭之志’‘荒淫之意’是‘异乎经典者也’，是应该予以否定的。”[③] 周振甫、张文勋等先生对刘勰的“四异”说是部分否定。周振甫说：“狷狭之志和荒淫之意，刘勰对此两事是有贬义的……这里显出刘勰宗经的局限。”[④] 张文勋认为：刘勰所说的“狷狭之志”、“荒淫之意”两点“是一种正统的偏见”。[⑤]

学界之所以有人认为“四异”之说是刘勰对《楚辞》及屈原的否定，部分原因是对“诡异之辞”“谲怪之谈”“狷狭之志”“荒淫之意”的狭隘理解而造成的，认为其都为贬义或部分是贬义。如，张利群认为，刘勰在指出屈原“异乎经典”的四事中，“诡异之辞”“谲怪之谈”“狷狭之志”“荒淫之意”都带有一定的贬义，尤其是后两句，因而对屈原及其作品确实是有所批评的。[⑥]

然而，统观《辨骚》全文及《文心雕龙》全书，证之以相关典籍。刘勰评屈骚中“异乎经典”之“四异”实质均非贬义。

“诡异之辞”“谲怪之谈”指的是《楚辞》所运用的奇伟瑰丽的幻想手法和神话传说，并无贬抑之意。诡，怪异；奇特。《玉篇·言部》：“诡，怪也。”[⑦]《管子·法禁》：“诡俗异礼，大言法行。”[⑧] 班固《西都赋》：“殊形诡制，每各异观。”[⑨] 郭璞《山海经图赞》：“象实魁梧，体巨貌诡。”[⑩] 谲，奇异；变化。司马相

---

① 殷光熹：《楚骚：华夏文明之光》，云南大学出版社 1990 年版，第 115–130 页。

② 张少康：《文心雕龙新探》，齐鲁书社 1987 年版，第 142–143 页。

③ 王开元：《刘勰论“楚辞”》，《新疆大学学报》1990 年第 3 期，第 67–73 页。

④ 周振甫：《文心雕龙今译》，中华书局 1986 年版，第 40 页。

⑤ 张文勋：《刘勰的文学史论》，人民文学出版社 1984 年版，第 64 页。

⑥ 张利群：《“辨骚”与“变乎骚”的批评学意义——从对屈原论争的评价看刘勰的作者批评观》，《山西师范大学学报》2002 年第 4 期，第 87–92 页。

⑦（南朝梁）顾野王：《原本玉篇残卷》，中华书局 1985 年版，第 29 页。

⑧ 李山泽注：《管子》，中华书局 2009 年版，第 100 页。

⑨（南朝宋）范晔：《后汉书》，中华书局 1965 年版，第 1335 页。

⑩（清）纪昀：《四库全书》第 888 册，上海古籍出版社 1987 年版，第 897 页。

如《封禅文》："奇物谲诡，倜傥穷变。"《文选》傅毅《舞赋》："轶态横出，瑰姿谲起。"李善注云："谲，异也。"[①] 王褒《洞箫赋》云："鸷合以逻诡谲。"李善注云："诡谲犹奇怪也。"[②] 可见，"诡异之辞""谲怪之谈"意在称道屈原行文想象之奇特。"狷狭之志"也是褒义。狷，耿直、固执、孤高。《国语·楚语下》："彼（王孙胜）其父为戮于楚，其心又狷而不絜。"韦昭注曰："狷者，直己之志，不从人也。"[③] 此语意在称道屈原效法彭咸，追慕子胥舍生殉志狷介耿直、执着坚毅的个性品格。与《比兴》中的"楚襄信谗，而三闾忠烈"，《程器》篇的"屈贾之忠贞"等赞颂屈原品格的评价完全一致。"荒淫之意"的"荒淫"，更不是通常所认为的沉溺酒色之意。淫，涂饰。《周礼·考工记·㡛氏》："湅帛，以栏为灰，渥淳其帛，实诸泽器，淫之以蜃。"郑玄注曰："淫，薄粉之令帛白。"[④] 荒，扩大、开拓。《诗经·周颂·天作》："天作高山，大王荒之。"毛传："荒，大也。"[⑤]《汉书·续传下》："偪上并下，荒殖其货。"颜师古注曰："荒，大也。"[⑥] 故而，刘勰此处用"荒淫"一词是强调《招魂》在叙写宫廷的奢华，宴饮气氛的热烈时运用极度夸张渲染的方法。《辨骚》中刘勰称之为"夸诞"，类似于今天修辞学的夸张手法。在《文心雕龙》第三十七篇《夸饰》中，刘勰曾用专篇论述的夸饰（夸诞）的表现手法。可见刘勰总结出屈原作品中"异乎经典"的"四异"主旨并非在于贬低或批评其不符合儒家经典的内容，而在于突出屈骚在对儒家经典思想内容继承基础上的巨大艺术创新。

撇开"诡异之辞""谲怪之谈""狷狭之志"本身的感情色彩，从刘勰接下来的论述中也可明确界定屈原对"四异"之说的肯定和褒扬态度。刘勰云："故论其典诰则如彼，语其夸诞则如此。……观其骨鲠所树，肌肤所附，虽取熔经意，亦自铸伟辞。"这段论述是对上文"四同""四异"之说的总结性评价，"典诰则如彼"指上文《离骚》与传统经典之"四同"，"语其夸诞则如此"则指《离骚》与传统经典之"四异"。《文心雕龙》第三十七篇专门论述"夸

① （南朝梁）萧统编，（唐）李善等注：《六臣文选》，中华书局 2012 年版，第 323 页。
② 同①，第 318 页。
③ 《国语》，上海古籍出版社 1978 年版，第 585 页。
④ （清）纪昀：《四库全书》第 134 册，上海古籍出版社 1987 年版，第 351 页。
⑤ 《十三经注疏》，浙江古籍出版社 1998 年版，第 585 页。
⑥ （汉）班固：《汉书》，中华书局 1962 年版，第 4266 页。

饰”的表现方法，并说：“自宋玉、景差，夸饰始盛。相如凭风，诡滥愈甚。”意即从宋玉、景差开始，作品中运用夸张的手法开始盛行起来。司马相如继承这种风尚，又变本加厉，怪异失实的描写越来越严重，可见屈原作品中的夸饰实为文学表现的创造。对于“四同”，刘勰的评价是“取熔经意”，而“四异”之说则是“自铸伟辞”，“取熔经意”是借鉴和继承，“自铸伟辞”则是创新与发展。可见，刘勰对于《离骚》内容与艺术表现方面和传统经典的“四同”和“四异”都是充分肯定的。从其行文逻辑分析，则是重在突出屈骚新变。可见，“四异”之说，却为对屈骚创新的肯定，实无否定之意。刘勰指出《离骚》中“异乎经典”之四事，并非重在说明其不合经典之处，而是指出其与“经”相异之处，而这恰是屈原作品的创造性之所在。

范文澜先生说：“彦和以辨名篇，辨者，辨其与经义之同异，计同于风雅者四事，异乎经典者亦四事，同异既明，取舍有主，所谓‘凭轼以倚《雅》《颂》，悬辔以驭楚篇，酌奇而不失其真，玩华而不坠其实’，非先有辨别之明，曷足以语此？彦和鉴于齐梁文辞之靡丽，故论文首贵真实，于《离骚》尤谆谆以同异为言。其实屈宋之文，奇华者其表仪，真实者其骨干，学之者遗神取貌，所以有讹体之讥。”[①] 刘勰指出屈骚与经书相同的“四事”是肯定《楚辞》雅正的体制，讽喻的旨意，比兴手法，以及抒发忠贞怨愤的情感，而从“变乎骚”的角度来评价屈原作品“异乎经典”的特性，是看出了文学从《诗经》到楚辞的文学发展、变化，突出了屈原作品的创新性特色。要之，刘勰在《辨骚》中对屈骚“同于《风》《雅》”四事的论述，是揭示出《楚辞》现实主义特征，对其“异乎经典”四事的剖析，突出了屈骚浪漫主义艺术特征。同时，“四同”“四异”之说，也是刘勰对于两汉楚辞学研究中“举以方经”与“谓不合传”两种学术争论的一次公允客观的纠正和总结。

《辨骚》云：

> 故论其典诰则如彼，语其夸诞则如此。固知《楚辞》者，体宪于三代，而风杂于战国，乃《雅》《颂》之博徒，而词赋之英杰也。

这是刘勰在将屈骚和《诗经》比较而得出“四同”“四异”现象后的评价性论述。“论其典诰则如彼”指的是屈骚“同于《风》《雅》”者四事，“其夸

---

① 范文澜:《文心雕龙注》，人民文学出版社 1958 年版，第 59 页。

诞则如此”则是指其“异乎经典”之四事。“体宪于三代”，即在体制上符合传统经典的要求，故有同于《雅》《颂》的四事；“风杂于战国”，是指在文风上有着战国的纵横家文章的特色，因而便有异于经典的四事。“《雅》《颂》之博徒”，这是刘勰在将屈骚与《诗经》进行具体比较发现“同于风雅者”之“四事”后所得出的结论。“词赋之英杰”则是在发掘出屈骚中“异乎经典”之“四异”后而得出的结论。“《雅》《颂》之博徒、词赋之英杰”则是刘勰对楚辞文学史地位价值的总体评价。那么，“《雅》《颂》之博徒”到底是对楚辞的褒扬还是贬抑？这在学界也有着长久的学术争论。其主要关节在于对“博徒”的感情色彩褒贬的认定。传统学者多认为《辨骚》中的“雅颂之博徒”之“博徒”与“异乎经典”之“四异”一样皆贬义词。

“博徒”一词，出自《汉书·王褒传》：“宣帝时修武帝故事，讲论六艺群书，博尽奇异之好，征能为《楚辞》九江被公，召见诵读。”又说：“上令褒与张子侨等并待诏，数从褒等放猎，所幸宫馆，辄为歌颂，第其高下，以差赐帛。议者多为淫靡不急，上曰：‘不有博弈者乎，为之犹贤乎已！辞赋大者与古诗同义，小者辩丽可喜。譬如女工有绮縠，音乐有郑卫，今世俗皆以此虞说（娱悦）耳目，辞赋比之，尚有仁义风喻、鸟兽草木多闻之观，贤于倡优博弈远矣。’”[①] 有人认为，刘勰评《楚辞》“乃《雅》《颂》之博徒”是针对汉宣帝这段评论而言，就把博徒解释为“博弈之人”“赌徒”“人之贱者”等等。例如“赌徒……卑贱的人”[②]；“低贱之人”[③]；“赌徒，微贱者”[④]；“雅颂之博徒：意指《楚辞》比《诗经》差一些。博徒：赌徒，这里指贱者”[⑤]；“人之贱者”[⑥]；“狂徒”[⑦]等等。

即使是一些《文心雕龙》研究的大家，在这个问题上的态度也摇摆不定。王元化先生的“自相矛盾说”和牟世金先生的“似贬实褒说”都是比较典型

① （汉）班固：《汉书》，中华书局1962年版，第2829页。
② 向长清：《文心雕龙浅释》，吉林人民出版社1984年版，第74页。
③ 王运熙、周锋：《文心雕龙浅释》，上海古籍出版社1998年版，第76页。
④ 周振甫：《文心雕龙今译》，中华书局1986年版，第45页。
⑤ 陆侃如、牟世金：《文心雕龙译注》，齐鲁书社1995年版，第132页。
⑥ 范文澜：《文心雕龙注》，人民文学出版社1978年版，第54页。
⑦ 张光年：《骈体语译文心雕龙》，上海书店出版社2001年版，第61页。

的例子。

王元化评“《雅》《颂》之博徒，词赋之英杰”云：

> 这种比上不足比下有余的评价，怎么能和“取熔经意，自铸伟辞”的说法相调和？怎么能够和“气往轹古，辞来切今”的观点相一致？儒家古文学派的观点虽然使刘勰具有排斥玄风的一定进步性，但同时也给他带来了较大的局限性……尽管刘勰对《离骚》具有深刻体会和独到见解，但是宗经的立场观点，始终是他不能越过的界限。一旦当他用《骚》和《经》相比的时候，他就马上抑制自己对《离骚》的爱好之情，显出严格的分寸界限来，从而在前后论点上形成鲜明的矛盾了。①

刘勰作为文学批评之大家，在一篇文章中有如此自相矛盾的评述实在令人费解。既然刘勰认为屈骚是比上不足而比下有余的作品，那怎么可能将《辨骚》置于《文心雕龙》总论的“文之枢纽”部分？即使是置于“论文叙笔”的文体论部分，也应该放在最能体现儒家经典精神的《明诗》的后面而不该在前面。对此，牟世金先生说：

> “博徒”和“夸诞”，以及“四异”的“诡异”“谲怪”“狷狭”“荒淫”等，应该说都是贬词。……要从字面上解释“博徒”“荒淫”等词为褒而非贬，是很困难的。我以为对此只能从总体上究其实质，把握住刘勰论楚辞的实质，这些词就都是对楚辞的肯定。不过似贬而实扬，是贬其局部而肯定由这些局部构成的整体。……只是刘勰不能和自己过不去，对“异乎经典”者不便直接称赞，故其贬而实扬，盖不得已也。②

然而，牟世金先生同时又说：

> “四同”“四异”之辨，刘勰本无尊此卑彼之意，以楚辞为《雅》《颂》之“博徒”，也不可能有低贱的意思，此其一。刘勰论楚辞的历史地位既云：“轩翥诗人之后，奋飞辞家之前”，这里毫无贬义，就不可用“博徒”与“诗人”之作相比，此其二。……“夸诞”“伟辞”“惊采绝艳”既不可分割，怎能在其间插进一个极不协调的“博徒”，而与“气往轹古”等评自相矛盾？此其三……因此，“博徒”一词，用以与“英杰”相对而言，

① 王元化：《文心雕龙创作论》，上海古籍出版社 1979 年版，第 230–231 页。

② 牟世金：《文心雕龙研究》，人民文学出版社 1995 年版，第 228 页。

或与《雅》《颂》乃儒家经典有关，但不可能有低贱之意。[①]

牟先生针对《辨骚》中“四同”“四异”评骚整体观点的剖析，可谓中肯而有说服力，堪称的论。然而，他将表现屈骚与儒家经典相异的“诡异”“谲怪”“狷狭”“荒淫”等词均理解为贬义词，认为刘勰评骚“四异”之用词与其对屈骚的整体态度存在矛盾的原因是刘勰受到崇经思想的局限而使用的“贬其局部而肯定由这些局部构成的整体”“似贬而实扬”的笔法。此论断的不足在于未能准确理解刘勰在《辨骚》中概括屈骚异于经典的“诡异”“谲怪”“狷狭”“荒淫”等词的含义，未能理解刘勰剖析屈骚“异乎经典”的四个方面是为了突出其在文学表现上运用的奇伟瑰丽的神话传说，翱翔天地的奇思幻想，变幻怪异的景物描写以及别具情调的异域风俗等浪漫主义的表现方法。

其实，无论就其字面意思还是从《辨骚》整体评论体系考察，“《雅》《颂》之博徒”都是刘勰对屈骚继承《诗经》思想内容和现实精神的充分肯定。

首先，就文字本身来看，“博”之本意为博通、博达。《说文·十部》：“博，大通也。从十、博。尃，布也。亦声。”[②]只有当其被假借为“簙”时，才有博戏、赌博的意思，再引申出低下之意。《说文·竹部》：“簙，局戏也。六箸，十二棊也。从竹，博声。”[③]“雅颂之博徒”之“博”当是用其本意，“博徒”就是博通之人。“《雅》《颂》之博徒”，意即：以屈原《离骚》为代表的《楚辞》之作者，是善于广泛学习和全面继承《诗经》优良传统的博雅通达之传人。[④]韩湖初也认为：“‘雅颂之博徒’，应是博通雅颂之士（或弟子）之义。”“刘勰称《楚辞》为《诗经》之‘博徒’，是称赞其能成为博通《诗经》的继承者”。[⑤]

其次，《辨骚》行文有着严密的内部逻辑联系。其具体逻辑结构详见下表：

---

① 牟世金：《文心雕龙研究》，人民文学出版社 1995 年版，第 227 页。

② 段玉裁：《说文解字注》，上海古籍出版社 1981 年版，第 89 页。

③ 同②，第 198 页。

④ 李金坤：《〈辨骚篇〉“博徒”“四异”正诠——兼论刘勰“执正驭奇”的创作原则》，《苏州教育学院学报》2004 年第 2 期，第 7–13 页。

⑤ 韩湖初：《文心雕龙美学思想体系初探》，暨南大学出版社 1993 年版，第 100 页。

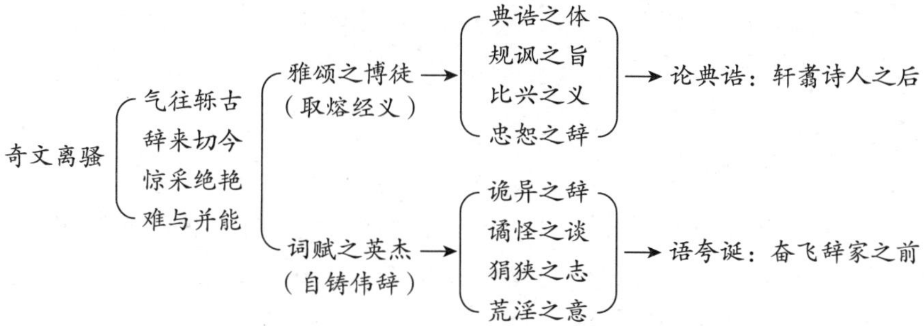

“雅颂之博徒”和“词赋之英杰”是该篇中心论点不可分割的两个方面，只有当这两者之间是感情色彩相同的并列关系时，才能使得全篇的论述气势贯通，浑然一体。

从刘勰对屈原作品的评价看，他在《辨骚》中对屈原作品从思想内容到艺术形式是全部肯定并极力赞扬的。他称屈原之楚辞是“虽取熔《经》旨，亦自铸伟辞”之作，称“《骚经》《九章》，朗丽以哀志；《九歌》《九辩》，绮靡以伤情；《远游》《天问》，瑰诡而慧巧，《招魂》《大招》，耀艳而深华；《卜居》标放言之致，《渔父》寄独往之才”。而“四异”之具体内容及分别出自其中的《离骚》《天问》《招魂》《九章》等篇目。在仅仅有一千许字的《辨骚》中，刘勰是不会犯自相矛盾的前贬后褒低级错误的。故而，“四异”之说，是对屈骚艺术肯定无疑。

《辨骚》云：“赞曰：不有屈原，岂见《离骚》。惊才风逸，壮志烟高。山川无极，情理实劳，金相玉式，艳溢锱毫。”

刘勰认为只有屈原才能创作出《离骚》这样的杰作。他卓越的才华像清风那样飘逸奔放，宏大的志向犹如云烟那样高远。山高水长，渺无终极，屈原热烈豪放的思想感情也同样无边无际。他为文学创作树立了很好的榜样，字字句句都闪烁着艳丽的艺术美感。这段“赞语”是《辨骚》一文的结语，是对《辨骚》中心思想的概括，是刘勰对屈骚评价的感情倾向的集中体现。他以满腔的热情赞扬了屈原的创作才华和《离骚》的艺术成就。无丝毫批评否定之意。由此可见，屈原对屈骚中异于经典之“四事”也并无否定之意。

李金坤先生认为，从《辨骚》中的众多的骈句结构和含义看来，“博徒”也应该是褒义。他说：

从《辨骚》篇本身来看，多用正对形式的对偶句，上下句的意思都是相关相近的。如："轩翥诗人之后，奋飞辞家之前"，"褒贬任声，抑扬过实"；"鉴而弗精，玩而未核"，等等。以此类推，"《雅》《颂》之博徒"与"词赋之英杰"之对句，它们的意思亦自然是相近的，即以"博通徒弟"去对"英雄豪杰"。[①]

李先生用《辨骚》中对偶句上下句之间均是同意并列关系的规律，推导出"雅颂之博徒"与"词赋之英杰"在感性色彩是上也应相同，均是褒义，可谓另辟蹊径，也颇有说服力。

鲁迅先生曾对刘勰的屈骚之评充分肯定，他说："刘勰取其言辞，校之经典，谓有异有同，固雅颂之博徒，实战国之风雅，'虽取熔经意，亦自铸伟辞。……故能气往轹古，辞来切今，惊采绝艳，难与并能。'可谓知音者也。"[②]鲁迅先生的评价可以说是对刘勰《诗》骚关系论述的最好诠释。

要之，刘勰的《诗》骚关系论主要包括如下内容。首先，刘勰将《辨骚》归入《文心雕龙》"文之枢纽"的总论部分，与《原道》《宗经》《征圣》相并列。其次，通过对屈骚在内容和表现方法方面与《诗经》异同的概括而肯定屈原及其《离骚》虽对《诗经》的"风雅"有传承的一面，同时更重要的是指出了其中的创新与变化，赞扬屈骚的艺术风貌是格调明朗、情志哀伤、想象奇妙、文采飞扬、意旨深邃、才情高尚，指出屈骚是百事无双的美妙奇文，客观上揭示了文学发展的规律之所在，揭示了《楚辞》之所以能够与《诗经》比肩，共同成为中国古代文学中双峰对峙、双泉并涌格局的根本原因。这种《诗》《骚》关系论，很好地体现了刘勰《文心雕龙》的楚辞观，即在肯定《楚辞》符合儒家诗教精神的思想内容的基础之上，着重论述其艺术表现，张扬其艺术创新，树立其作为文学创作的典范。

三、评骚方法论

刘勰《辨骚》中对屈骚的评价，是首先从批评汉儒论骚的片面观点开始的。

---

① 李金坤：《〈辨骚篇〉"博徒""四异"正诠——兼论刘勰"执正驭奇"的创作原则》，《苏州教育学院学报》2004年第2期，第7–13页。

② 鲁迅：《摩罗诗力说》，见《鲁迅全集》第1册，人民文学出版社1981年版，第194–234页。

他认为，刘安、班固、王逸乃至汉宣帝、扬雄等人对《离骚》的赞扬或批评都是流于表面、不切实际的，而导致这种片面评骚的原因是他们对《离骚》的鉴赏不够精当，玩味没有经过查考和核实造成的，这种评论具有文学批评方法论的价值。诚如张利群所言：在《辨骚》中一开始先论及屈原论争的大体情况和各家、各派的观点，他一方面力图在总结前人基础上集大成，从而使其批评能有鲜明针对性、实效性和超越性；另一方面为了确立屈原论争及其《离骚》的价值和意义，为文坛树立标杆和形成传统，也需要力排众议并努力协调中和，以使不同意见统一起来。因此，刘勰十分重视屈原论争的作用和意义。他不仅积极主动地投入到屈原论争中来，而且也对屈原论争进行实事求是的评论。①

《辨骚》云：

> 昔汉武爱《骚》，而淮南作《传》，以为“《国风》好色而不淫，《小雅》怨悱而不乱，若《离骚》者，可谓兼之。蝉蜕秽浊之中，浮游尘埃之外，皭然涅而不缁，虽与日月争光可也。”班固以为：露才扬己，忿怼沉江；羿浇二姚，与《左氏》不合，崑崙悬圃，非经义所载。然其文辞丽雅，为词赋之宗，虽非明哲，可谓妙才。王逸以为：诗人提耳，屈原婉顺。《离骚》之文，依经立义，驷虬乘鷖，则时乘六龙；崑崙流沙，则《禹贡》敷土。名儒辞赋，莫不拟其仪表，所谓金相玉质，百世无匹者也。及汉宣嗟叹，以为皆合经术；扬雄讽味，亦言体同《诗·雅》。四家举以方经，而孟坚谓不合传，褒贬任声，抑扬过实，可谓鉴而弗精，玩而未核者也。

此段论述对两汉评骚作了回顾和总结，并揭示其问题存在的症结。先征其言，简明扼要地概括了两汉楚辞学名家刘安、班固、王逸、扬雄等各种评骚观；再核其论：“褒贬任声，抑扬过实，可谓鉴而弗精，玩而未核者也。”指出汉人评骚评屈的片面性和狭隘性，缺乏客观公正。刘勰认为，淮南王刘安作在《离骚传》中对《离骚》兼诗风雅，光照日月的评价；汉宣帝认为《离骚》完全合乎经书的赞叹；王逸评价《离骚》依经立义的观点，扬雄称《离骚》体制与《诗经》中大小雅相同的说法；班固对屈原“露才扬己”的批评，对《离骚》之内容“非经义所载”的指责等等，都是对屈原和《离骚》过度随意赞美、

① 张利群：《“辨骚”与“变乎骚”的批评学意义》，《山西师大学报》2002年第4期，第87–92页。

褒扬或批评，不符合客观实际。其原因是对屈原及其作品鉴别不够精当，只流于作品表面进行批评，没有进行实事求是的深入查考，从而导致批评的片面性和肤浅性。

刘勰是通过批评汉代楚辞学大家们屈学批评中存在“褒贬任声，抑扬过实，可谓鉴而弗精，玩而未核者也”的现象来提出楚辞学乃至一切文学批评原则的。首先，文学批评要“核其论”，即实事求是地考察作家作品的思想内容和艺术形式。文学批评的观点应该在材料和事实的分析研究中确立，使理论和事实相结合，以保证批评观点的正确性和内在逻辑性、严密性。其次，文学批评必须客观，具备全面性和中肯性，不能随着评论者一己之好恶，对作家作品进行不切实际的批评或赞扬。再次，文学批评必须抓住作家作品的本质特征，不能流于表面，做到准确、精当、具体、细致。只有如此，才能得出全面准确、客观公正的批评结论。

虽然刘勰以“师乎圣，体乎经”的儒家崇经思想作为文学创作的思想基础，但客观上突破了汉儒依经评骚的藩篱，为我们展示了新的文学批评方法，即用发展和新变的眼光来重新审视屈骚的思想内容和艺术价值，拓宽了评骚的视野，开辟了评骚的新途径，因而使得其楚辞学批评具有全面性、深刻性和辩证性特点。

四、《楚辞》艺术论

在《文心雕龙》中，刘勰全面具体地论述了屈骚的艺术创新。《辨骚》作为屈原及其作品的专论，意为辨明屈骚与儒家经典的异同，肯定屈骚对儒家经典在继承基础之上的艺术创新。刘勰先从作品分析出发概括《楚辞》的艺术特色，然后站在审美欣赏的角度，赞赏楚辞不同一般的艺术感染力，反映出他对于屈作的思想、美学价值及其影响有着深刻的认识并极度地推崇。刘勰对屈原浪漫主义创作方法、比兴手法、语言美与情感美相结合及其语言形象性等艺术特征的把握是甚为准确的，开启了后人从文学角度来品评屈骚的先河。[①] 王开元认为，刘勰论“楚辞”的艺术特色主要集中在比兴之义、惊采

① 李金坤：《刘勰楚辞观简论》，《宁夏大学学报》2001 年第 2 期，第 53–56 页。

绝艳、语气词“兮”字作用、形象化表现方法四个方面。[①] 对于屈骚在文学表现上的创新性，刘勰的《楚辞》艺术创新论主要包含四个方面的内容。这四个方面分别是：论骚以变、论骚以异、论骚以艳和论骚以韵。

1. 论骚以“变”

《文心雕龙 · 序志》云：“文心之作也，本乎道，师乎圣，体乎经，酌乎纬，变乎骚。”从中可以看出，“变乎骚”是刘勰创作《文心雕龙》根本原则和宗旨之一。刘勰创作《文心雕龙》，就是要“观变于骚”，即探求《楚辞》以下的文学新变。诚如周振甫先生所说：“《辨骚》表面上是承接《宗经》辨别楚骚和经书的同异，实际是经过这种辨别来研究文学的新变”，“‘辨’和‘变’是结合的，而以‘变’为主。”[②] 虽然刘勰《文心雕龙》的创作是以儒家思想为主导，“本乎道，师乎圣，体乎经”是其创作论和鉴赏论的指导思想，但“刘勰在‘体乎经’里提出的文学创作的指导思想，必须同‘变乎骚’相结合。所以‘变乎骚’的主要精神，不是要用儒家思想来贬低《楚辞》的创作，恰恰相反，是要用《楚辞》的新变来论证文学的发展。既然这样，那么他为什么要用儒家的经书来评价《楚辞》呢？其实，他只是说明《楚辞》中的观点与经书有同有异，并不是要否定其中有异的部分。”[③] 此言至确。同即是继承，异则为创新，是屈骚“变”的体现。

《辨骚》作为《文心雕龙》总论的一部分，其内容却是一篇关于屈原及其作品的专论。“表面上看是辨别屈骚哪些合乎经书，哪些不合；实际上如《序志》说的‘变乎骚’，从楚辞中研究文学的变化的。表面上是宗经，实际上是求变，即研究从《诗经》到《楚辞》的变化，从形式到内容都变了……这就是《时序》里指出《楚辞》的‘笼罩雅颂’，也是指超过《诗经》。”[④]

刘勰认为，屈骚是在思想内容上继承儒家经典而又在艺术表现上实现创新突破的奇文，是为文的典范之作。《辨骚》云：“自风雅寝声，莫或抽绪，奇文郁起，其《离骚》哉！”“虽取熔经意，亦自铸伟辞。”可见楚辞对《诗经》的继承与创新。“变乎骚”是《文心雕龙》的指导思想，它通过《辨骚》的论

---

① 王开元：《刘勰论“楚辞”》，《新疆大学学报》1990 年第 3 期，第 67–73 页。

② 周振甫：《文心雕龙注释》，人民文学出版社 1983 年版，第 42 页。

③ 同②，第 28–29 页。

④ 周振甫：《文心雕龙今译》，中华书局 1986 年版，第 39 页。

述得以集中体现。“变乎《骚》”者，实指屈骚实现了传统以崇经作为文学的单一评价标准到崇经与新变相结合的历史转变，有着横断古今的文学成就，是为文“变”之典范，是文学创作的楷模。

2. 论骚以“异”

对于《楚辞》的创新，刘勰认为首先表现在他与传统儒家经典的相“异”之处。《辨骚》概括汉儒评骚的种种偏颇结论以后，即将屈骚与《诗经》相对比，从而得出屈骚在内容和表现方法上与《诗经》的“四同”与“四异”。《辨骚》云：

> 其陈尧舜之耿介，称禹汤之祇敬，典诰之体也；讥桀纣之猖披，伤羿浇之颠陨，规讽之旨也；虬龙以喻君子，云蜺以譬谗邪，比兴之义也；每一顾而掩涕，叹君门之九重，忠恕之辞也：观兹四事，同于《风》《雅》者也。至于托云龙，说迂怪，丰隆求宓妃，鸩鸟媒娀女，诡异之辞也；康回倾地，夷羿彃日，木夫九首，土伯三目，谲怪之谈也；依彭咸之遗则，从子胥以自适，狷狭之志也；士女杂坐，乱而不分，指以为乐，娱酒不废，沉湎日夜，举以为欢，荒淫之意也：摘此四事，异乎经典者也。

“四同”是继承，说明屈骚没有丢掉传统儒家经典讽喻雅正的本色。“四异”则是屈骚在艺术上的创新，是刘勰要重点突出和论述的核心之所在。对于楚辞的创新，刘勰首先肯定了楚辞“诡异之辞”、“谲怪之谈”、“狷狭之志”、“荒淫之意”等“异乎经典者”之四事。毕万忱、李淼认为：“刘勰所揭示的屈原作品中‘异乎经典’的‘夸诞’的四个方面，正是屈原作品所代表的一种新的文学思潮，也就是它的积极浪漫主义特色。”[①] 从《文心雕龙》整体理论体系看，刘勰也是并不排斥“诡异之辞”“谲怪之谈”的神话传说的。对于有人不喜欢诸子散文中某些内容的荒诞，刘勰云用《归藏经》中记载后羿射日和嫦娥奔月神话以及商汤时书籍内容予以驳斥，他说：“按归藏之经，大明迂怪，乃称羿弊十日，嫦娥奔月。殷汤如兹，况诸子乎！”[②] 可见刘勰认为从文学的角度看，奇伟瑰丽的神话故事虽然“诡异”“谲怪”，但却是“事丰奇

---

① 毕万忱、李淼：《刘勰对屈原作品浪漫主义特色的评价》，《吉林大学学报》1979 年第 6 期，第 81–87 页。

② 范文澜：《文心雕龙注》，人民文学出版社 1958 年版，第 309 页。

伟”而“有助文章”。而善作“奇文”的屈原，正是巧妙地运用了这种“夸诞”的艺术手法，曲折、生动而又真切地表达了他眷念祖国、热爱人民的宽阔胸襟，疾恶如仇的斗争勇气和以身殉国的崇高精神，从而激发出神话故事、民间传说、异域风情的新的活力，闪射出它们那充满艺术魅力的瑰丽色彩。[①] 戴志钧先生认为：“即使从他的四异微词，我们仍可从正面体会到抒情主人公耿介‘不辞’，‘婞直’不屈的性格，大胆想象夸张，驱使神话传说的浪漫主义精神与艺术手法。”[②] 黄侃先生指出，“虽取熔经意，亦自铸伟辞”，二语最谛。异于经典者，固由自铸其词，同于《风》《雅》者，亦再经熔炼，非徒貌取而已。

论骚以“异”是刘勰楚辞艺术论的重要内容，刘勰从“变乎骚”的角度来评价屈原作品“异乎经典”的特性，是看出了文学从《诗经》到楚辞的文学发展、变化，突出了屈原作品的创新性特色。

3. 论骚以“艳”

刘勰对屈骚艺术的创新论还表现为论骚以“艳”，充分肯定屈骚的艺术审美表现。

《辨骚》云：

> 故论其典诰则如彼，语其夸诞则如此。固知《楚辞》者，体宪于三代，而风杂于战国，乃《雅》《颂》之博徒，而词赋之英杰也。观其骨鲠所树，肌肤所附，虽取熔《经》旨，亦自铸伟辞。《骚经》《九章》，朗丽以哀志；《九歌》《九辩》，绮靡以伤情；《远游》《天问》，瑰诡而慧巧，《招魂》《大招》，耀艳而深华；《卜居》标放言之致，《渔父》寄独往之才。故能气往轹古，辞来切今，惊采绝艳，难与并能矣。

此处专门论述楚辞的艺术独创性。突出其屈原创作楚辞的伟绩是“自铸伟辞”，即艺术上的独创性。楚辞的独创性，不仅仅体现在“语其夸诞则如此”强烈的浪漫主义表现手法，也体现在不同的篇章中都达到了超越古今、难以企及的艺术高度。“《骚经》《九章》，朗丽以哀志；《九歌》《九辩》，绮靡以伤情；《远游》《天问》，瑰诡而慧巧，《招魂》《大招》，耀艳而深华；《卜居》标放言

① 李金坤：《屈原遇知音〈楚辞〉有妙赏——刘勰〈辨骚〉篇新探》，《镇江师专学报》2001年第2期，第39–47页。

② 戴志钧：《论刘勰的楚辞学说》，《学术交流》1991年第1期，第113–118页。

之致,《渔父》寄独往之才”便是对《楚辞》作品分类艺术风格概括，也这是楚辞学史上首次对楚辞表现艺术进行分类论述和评价。刘勰认为，作为自传体抒情诗,《离骚》《九章》的共同特点是以明朗华美的语言抒发人生理想难以实现的哀伤与失意;《九歌》《九辩》则是以绚丽精致的词句抒发感伤失落的情怀;《天问》和《远游》言辞瑰丽奇谲而构思精巧;《招魂》和《大招》词采灿烂艳丽而深邃华美。其他各篇也各有与众不同的独特之处。此段对《楚辞》艺术特色的分类论述，突出了屈骚艳丽华美的表现形式和哀婉感伤的情感表达，客观上是论述了屈骚艺术表现和感情表达的完美统一。刘勰在先列举屈原大部分篇章的特点基础上，顺理成章地得出“气往轹古，辞来切今，惊采绝艳，难与并能”的结论，概括出屈骚“惊采绝艳”的艺术风格。可见,“美艳”的风格特征是刘勰楚辞艺术论的重心。《说文》云:“色，颜气也。”[①] 即颜色之美谓之艳，在文学上则指的是文采美。在《文心雕龙》其他篇章中，相关论述也随处可见。如,“商周丽而雅，楚汉侈而艳”(《通变》);“屈平联藻于日月，宋玉交彩于风云”(《时序》);刘安《离骚传》云:“推此志，虽与日月争光可也。”均是以日月为比，刘安比的是《离骚》的思想内容，而刘勰比的是屈骚的语言艺术。足见刘勰对屈骚审美艺术推崇之高。“诸子以道术取资，屈宋以楚辞发采”(《才略》)等等。“故能气往轹古，辞来切今，惊采绝艳，难与并能矣”是对屈原作品的从思想内容到艺术成就的总结性评价，是对楚辞这种“气”、“情”、“辞”完美统一所达到的高度和独创性的精炼概括，而“惊采绝艳”则是这种文学独创性的本质特征。在此，刘勰精准地概括了屈骚的艺术独创性之“艳”的特点，指出其重气尚辞的本质特征，突出了气质个性和情操性情在文学作品风格形成中的重要作用。而这种“重气尚辞”文学创作风格也正是魏晋南北朝文学的时代特征。

刘永济先生曾说:“其文采纵横，亦轹古笼今，百世无匹。观其假象之瑰丽，取境之幽异，铸辞之奇伟，敷采之凄艳，可以感天地，可以动鬼神……若夫《离骚》之丽雅,《东皇》之典则,《湘君》之缥缈,《山鬼》之灵奇,《天问》之环诡,《九章》之明切,《九辩》之凄褥，莫不因情立体，即体成势，

① (清)段玉裁:《说文解字注》，上海古籍出版社 1988 年版，第 431 页。

所谓玉水方流，璇源圆折也。”[①] 毫无疑问，刘永济先生的这段评价是在对刘勰《文心雕龙·辨骚》推重和感悟的基础上作出的，其内容堪和《辨骚》之“故《骚经》《九章》，朗丽以哀志；《九歌》《九辩》，绮靡以伤情；《远游》《天问》，瑰诡而慧巧，《招魂》《大招》，耀艳而深华；《卜居》标放言之致，《渔父》寄独往之才。故能气往轹古，辞来切今，惊采绝艳，难与并能矣”一段相媲美，可以说是“是一篇更集中更精炼的微型《辨骚》篇”[②]，也反映了后人对刘勰评骚的推崇与追慕。

刘勰归纳屈骚的总体艺术特征是“惊采绝艳”，赞扬楚辞华美的文采超过了《诗经》，称道仿效楚辞的作品必有美好非凡的华彩。可见，刘勰认为“惊采绝艳”便是楚辞最重要的艺术创新，它充分体现出文学作为一种艺术的本质特点。

4. 论骚以“韵”

刘勰认为，由于楚辞在音韵上深受楚地方言的影响，因而不像《诗经》之韵那样清楚准确，而是表现为与中原音韵不同的楚声异音。刘勰对楚辞音韵的相关论述，在客观上凸显了楚辞“书楚语、作楚声”[③] 语言地方特色。对于楚辞的音韵，《声律》云：“又诗人综韵，率多清切，楚辞辞楚，故讹韵实繁。及张华论韵，谓士衡多楚，文赋亦称知楚不易，可谓衔灵均之声馀，失黄钟之正响也。”

“兮”字的运用是楚辞的重要特色之一。王逸《楚辞章句》中所收录的屈骚25篇及《招魂》《大招》《九辩》，总字数15286个，其中“兮”字出现1038次，大约《楚辞》每十五个字中就有一个“兮”字。[④] 可见“兮”字在楚辞之章句之学上意义重大。对此，《文心雕龙·章句》中有专门论述。《章句》云：“又诗人以兮字入于句限，楚辞用之，字出句外。寻兮字成句，乃语助余声……据事似闲，在用实切。巧者回运，弥缝文体，将令数句之外，得　字之助矣。”刘勰认为，“兮”字属于语气词，运用由来已久，《诗经》多将“兮”字用于

① 刘永济：《十四朝文学要略》，黑龙江人民出版社1984年版，第67页。

② 李金坤：《屈原遇知音〈楚辞〉有妙赏——刘勰〈辨骚〉篇新探》，《镇江师专学报》2001年第2期，第39–47页。

③ （宋）黄伯思：《东观余论》，见姜亮夫：《楚辞书目五种》，上海古籍出版社1993年版，第37页。

④ 周秉高：《新编楚辞索引》，内蒙古大学出版社1999年版。

句内，楚辞将其用法进一步拓展，多用于句外。作为虚词，“兮”字对于诗歌内容表义和说明事理似乎并无具体意义，但对于章句的结构却异常重要，高明的作者加以灵活运用，组合成完整的作品，靠的是虚词的帮助很好地联系起来，它能使作品的篇章结构更加完整和严谨。楚辞作为一种结构严谨圆润，感情充沛的新诗体，与屈原对“兮”字的巧妙运用非常有关。

刘勰的楚辞“兮”字论对后世影响巨大。闻一多先生的“兮”字“虚字”替身说[①]，林庚、汤炳正先生的“兮”字的“音乐”意义说[②]，王延海先生的“兮”字多种功能说[③]，均是对刘勰所论的继承与发展。而郭建勋先生所论堪称对刘勰论“兮”的最佳诠释。他说：“‘兮’字具有特别强烈的咏叹表情色彩、构成诗歌节奏的能力，并兼具多种虚词的文法功能、衍化派生其他句式的造句功能；‘兮（些）’字句作为一种文化存在，反映了荆楚民族的自由浪漫精神和屈原的悲怨愤激情绪。‘兮’‘些’在句中起到了其他虚词无法替代的特殊作用，从而构成一种独特的意味。”因此“‘兮’字句是骚体的本质特征，也是区分屈宋以后作品是否骚体的主要标志。”[④]

五、楚辞背景论

对于楚辞这朵盛开于中国战国时期的文学奇葩，刘勰首次比较全面地探讨了孕育其诞生和成长的土壤。刘勰认为，温柔敦厚儒家经典的熏陶，人才辈出的时代催化和铺张扬厉纵横家文风的浸染，美丽奇山异水自然环境的孕育，以及屈原才华和忠贞刚烈个性品质的定格等综合因素构成楚辞产生的文化背景和充要条件。

1. 温柔敦厚儒家经典的熏陶

刘勰认为，楚辞在思想内容上是《诗经》的直接继承者，完全符合其以“原道”、“征圣”、“宗经”为文学创作与批评思想准则的理念。《事类》：

---

① 闻一多：《怎样读九歌》，《国文月刊》第1卷第5期，1941年1月16日。

② 林庚：《诗人屈原及其作品研究》，上海古籍出版社1981年版；汤炳正：《屈赋语言的旋律美》，《四川师院学报》1982年第4期，第29–38页。

③ 王延海：《楚辞释论》，大连出版社1994年版。

④ 郭建勋：《汉魏六朝骚体文学研究》，湖南教育出版社1997年版，第36–37页。

“观夫屈、宋属篇，号依《诗人》。”《比兴》：“依诗制骚，风兼比兴。”《通变》：“楚之骚文，矩式周人。”楚辞不仅是《诗经》的继承者，同时又是辞赋的开创者，是由《诗经》发展到赋之间至为关键的纽带。《辨骚》云：“《楚辞》者，体宪于三代，而风杂于战国，乃《雅》《颂》之博徒，而词赋之英杰也。”且楚辞和《诗经》同为六言七言诗歌的开创者，而且都善于抓住客观事物的特点，后来善写文章的人都不敢在这上面和它们较量。《章句》：“六言七言杂出诗骚。”《物色》：“且诗骚所标，并据要害，故后进锐笔怯于争锋。”

2. 人才辈出的时代催化和铺张扬厉纵横家文风的浸染

《辨骚》云：“自风雅寝声，莫或抽绪，奇文郁起，其离骚哉！固已轩翥诗人之后，奋飞辞家之前，岂去圣之未远，而楚人之多才乎！”《时序》：“春秋以后……唯齐楚两国，颇有文学，齐开庄衢之第，楚广兰台之宫，孟轲宾馆，荀卿宰邑，故稷下扇其清风，兰陵郁其茂俗……屈平联藻于日月，宋玉交彩于风云。观其艳说，则笼罩《雅》《颂》。故知炜烨之奇意，出于纵横之诡俗也。”刘勰洞察了时代人文因素对屈骚产生的影响。春秋战国时期，楚国的物质文化发达程度远远超过中原地区。这一时期楚国出现了众多的文化精英，诞生了《老子》《山海经》等对中国思想文化影响深远的典籍。这个人才辈出的时代，为屈原和楚辞的诞生提供了千载难逢的文化氛围。

战国时期是一个思想大解放、文化大融合的时代。纵横家们纵横捭阖铺张扬厉的文风是这个时代文学的一个显著特色。具有“博闻强志”之才华而又常与楚王图议国事、数度出使他国的屈原自然而然地受到这种纵横捭阖的战国文风的影响和熏染，因此他开创的作为新诗体的楚辞对这种纵横家文风的吸收是理所当然的，故而刘勰言屈骚云：“体宪于三代，而风杂于战国”，“观其艳说，则笼罩雅颂，故知烨之奇意，出乎纵横之诡俗”。两度出使齐国的屈原肯定对齐国之稷下学派热烈的学术讨论有所借鉴和学习，这对深富哲思和学术见解的《天问》等篇章的创作无疑大有裨益。因之，楚辞这种新诗体的诞生与这一时代的人文环境密切相关。近人刘师培《文说・宗骚篇》亦云：“若屈子之询渔父，宋玉之对楚王，或属寓言，或陈谲说，或即小以寓大，或事隐而言文，其词近于纵横家。”①

---

① 刘师培：《刘师培中古文学论集》，中国社会科学出版社 1997 年版，第 208 页。

3. 楚地美丽自然环境的孕育

《物色》云："若乃山林皋壤，实文思之奥府，略语则阙，详说则繁。然屈平所以能洞监风骚之情者，抑亦江山之助乎！"

刘勰敏锐地发现了地缘因素对文学创作的影响，总结出地域环境因素既是文学创作的源泉之一，也对文学发展和演变起着重要的推动作用，指出自然环境能够激发作家创作的灵感，丰富创作的内容。自然环境不仅仅是文学创作的重要素材，更能激发作者的创作热情，触发人们的创作灵感。是楚地的奇山异水孕育了屈原创作的文思才华，触发了屈原创作的情思，培育了"惊采绝艳，难于并能"的诗坛奇葩——楚辞。《辨骚》之"山川无极，情理实劳"，亦此之谓也。无怪乎纪昀评价此语曰："掩此一尾，烟波不尽。"[①]

广袤的山川河流渺无终极，它孕育了作家伟大而深邃的创作情思。刘勰敏锐地观察到了楚国的美丽山川人物对屈原思想感情的陶冶感染作用，对屈原创作灵感的触发启示作用。这种自然环境对创作影响关系的论述显示了刘勰独到的艺术眼光，也是对楚辞学甚至是文学理论的重要贡献。

4. 屈原才华和忠贞刚烈个性品质的定格

刘勰论骚十分重视才士观念，认为屈原个人的才华学识是其创作成功非常重要的条件。《辨骚》开篇云："自《风》《雅》寝声，莫或抽绪，奇文郁起，其《离骚》哉！固已轩翥诗人之后，奋飞辞家之前，岂去圣之未远，而楚人之多才乎！"此处的"楚人"既可以泛指战国时期楚地之人，也能理解为屈原。刘勰认为，楚辞作为一种新文体的诞生，一方面继承了《诗经》的光荣传统，另一方面又直接影响了汉赋的发展与繁荣，成为中国文学从《诗经》到汉赋之间的纽带，对文学发展起着承前启后的作用，屈原个人的才华学识是非常重要的条件之一。楚辞的出现，固然有其众多的历史社会条件，但作为楚辞开创者屈原"博闻强志，明于治乱，娴于辞令"的才华和智慧，对于南方楚文化和北方中原文化的熟谙和精通的才华是最终促使楚辞诞生的契机。伟大时代如果要产生伟大的作品，才华出众的伟大作家的诞生无疑是最最根本的条件。

在《辨骚》中，刘勰多次赞赏屈原之才。称其"多才""独往之才""惊才"等等。体现了刘勰在《辨骚》篇中对屈原重才、赏才、辨才、论才的文学思想。

---

① 周振甫：《文心雕龙注释》，人民文学出版社 1981 年版，第 495 页。

因屈原“去圣之未远”故能“取熔《经》旨”；又因其“多才”，故能“自铸伟辞”。

《辨骚》结语云：“赞曰：不有屈原，岂见《离骚》。惊才风逸，壮志烟高。山川无极，情理实劳，金相玉式，艳溢锱毫。”

刘勰认为只有屈原才能创作出《离骚》这样的杰作。他卓越的才华像清风那样飘逸奔放，宏大的志向犹如云烟那样高远。山高水长，渺无终极，屈原热烈豪放的思想感情也同样无边无际，他的作品字字句句都闪烁着艳丽的艺术美感，为文学创作树立了很好的榜样。

同时，忠贞刚烈的个性品质也是屈原开创新诗体楚辞的必要因素。

在《辨骚》中，刘勰在肯定楚辞成就的同时，也高度赞扬了屈原其人，指出了屈原伟大的人格是其伟大作品诞生的重要条件。其“赞”曰：“不有屈原，岂见《离骚》？惊才风逸，壮志烟高。”在此，刘勰精辟地分析了屈原之“壮志”与其“惊才”的辩证关系。《明诗》云：“逮楚国讽怨，则《离骚》为刺。”《比兴》云：“楚襄信谗，而三闾忠烈，依诗制骚，讽兼比兴。”指出屈原《离骚》是“忠烈”动机的讽谏之作，充分利用《诗经》的比兴手法进行讽喻和直谏。

《程器》云：“若夫屈贾之忠贞，邹枚之机觉，黄香之淳孝，徐干之沉默，岂曰文士，必其玷欤？”并在“赞”中说：“瞻彼前修，有懿文德，声昭楚南，采功梁北。”刘勰认为，作家的个性品德是文学创作不可或缺的条件之一。看看过去优秀的作家，有美好的文采作品必有美好的个性品德。如果徒有华美的文采而没有高尚的品德，怎能从根本上给人树立起榜样。屈原和贾谊的名声传遍楚地，邹阳和枚乘的文采震动梁国，他们都是兼具高超的文才和优秀的品德的很好范例。从而得出伟大的作品来源于伟大人格的论断，这是文学理论领域“人品”与“文品”关系研究的较早论述。

《程器》是《文心雕龙》第四十九篇，该篇专门论述作家的道德品质与创作的关系，主张德才兼备，反对有文无质的创作。在该文第二部分，列举了司马相如扬雄等十六个作家在品德上的缺陷后，又列举了屈原等六个作家忠君爱国的品质，不仅表达了对屈原忠贞品格的首肯与对屈原其人的钦敬、仰慕，也说明作家应该德才并茂，创作应该有文有质。

《辨骚》云：“观其骨鲠所树，肌肤所附，虽取熔经意，亦自铸伟辞。”这是对“典诰之体”“规讽之旨”“比兴之义”“忠怨之辞”等“同于《风》《雅》者”四事的总结性论断，也是对刘安、司马迁、王逸高度赞扬屈原的人格和个性品格的肯定。“观其骨鲠所树，肌肤所附，虽取熔经意，亦自铸伟辞”云云，是对屈原个性品格的肯定和赞扬，对屈原的个性才华的敬佩和推崇，属于作者批评。可见，刘勰“十分强调‘文德’；但对‘文德’的理解是广义和开放的，并不仅仅局限于道德上，更不仅仅局限于儒家伦理道德和封建正统伦理道德上。他一方面强调作者批评应提倡‘文德’，以‘文’作为‘德’的限定；另一方面强调作者批评的‘文德’重在人格品质和个性创新上。”①

其实，刘勰之所以如此推崇和赞扬屈原忠贞刚烈个性品质与其自身的思想和人生经历也密切相关。张光年先生对此有过经典论述：“刘勰撰写《文心雕龙》，既是他崇高理想的寄托，也是他个人苦闷的象征。他当时胸怀大志（参看《程器》《序志》二篇），而报国无门（《辨骚》云：‘叹君门之九重’），对屈原的人格与文格无限敬仰，对屈原的不幸遭遇无限同情。刘勰尊孔子，爱美文，认为屈原的文章，正是孔夫子提倡的‘情欲信，辞欲巧’的范例。他提倡楚辞，也想借以纠正当时不良的文风。他尊崇五经的文格文风，同时主张‘执正以驭奇’（见《定势》篇）。他赞扬屈原‘虽取熔经意，亦自铸伟辞’，也就是在吸取古代优良文化传统的基础上，努力创新，发挥诗文作者个人的独创性。我以为，这一点是非常重要的。”②

刘勰阐述作家的创作与其个性品德之间的关系，他敏锐地发现了作家的个性品德对其作品的影响。因为屈原有着刚正直谏的个性，忠君爱国的品德，所以才创作出《离骚》这样长篇的自传体政治抒情诗。而整个新诗体楚辞的出现，也与其主要代表作家屈原、宋玉等人的个性品格和人生经历密切相关。这是中国文学批评史上较早的人品与文品关系的论述，丰富了中国古代文学理论的内容。

六、创作范式论

《定势》云：“模经为式者，自入典雅之懿；效骚命篇者，必归艳逸之华。”刘勰论楚辞总体艺术风格，指出《诗经》和楚辞各自代表着不同文学创作风

① 张利群：《“辨骚”与“变乎骚”的批评学意义》，《山西师大学报》2002 年第 4 期，第 87–92 页。

② 张光年：《骈体语译文心雕龙》，上海书店出版社 2001 年版，第 63–64 页。

格范式，《诗经》是雅正文学的楷模，《楚辞》则是美文之典范，并由此总结出文学创作的基本原则，指出了《楚辞》对于文学创作的范式意义。

《辨骚》云：

> 若能凭轼以倚《雅》《颂》，悬辔以驭楚篇，酌奇而不失其贞，玩华而不坠其实；则顾盼可以驱辞力，咳唾可以穷文致，亦不复乞灵于长卿，假宠于子渊矣。

这是《辨骚》的结论，也是刘勰《文心雕龙》理论体系的核心。它规范了文学创作中继承与创新的辩证关系，是文学创作的基本原则，也是文学发展最基本的方向。

在此，刘勰把文学创作比喻为驾车前进。传统经典犹如车轼，凭靠它可使身子坐稳坐正；《楚辞》好比拉车前进的骏马，操纵好缰绳控制好马匹不仅能够保持正确的方向而且能快速前进。这里既是论述文学创作中思想内容和艺术形式相统一的问题，也是论述文学发展过程中继承和创新相结合的问题。以《诗经》为代表的传统经典是为文雅正思想的典范，需要坚定不移地继承与学习，而以屈骚文代表的楚辞则是文学创作中艺术创新的楷模，值得永远效法与发扬。

"酌奇而不失其贞，玩华而不坠其实"是对"凭轼以倚《雅》《颂》，悬辔以驭楚篇"的具体阐释。"贞"是指传统经典经世致用的雅正之道，"奇"则是指文学表现的种种奇思妙想，诸如奇特的想象，大胆的夸张等等。"实"指文学作品中现实的内容和朴实的文风，"华"指文学作品艳丽的词藻和华美的文采。也就是说，文学创作在发挥奇思妙想的同时不能丢掉对社会功用功能的体现，既要充分吸取楚辞华艳的藻饰，又不要抛弃经书质朴实际的传统。

"凭轼以倚《雅》《颂》，悬辔以驭楚篇，酌奇而不失其贞，玩华而不坠其实"作为刘勰文学创作论的基本原则，又被有的楚辞学者和文学理论家称为"执正驭奇"原则。如韩湖初先生云："刘勰《辨骚篇》所总结的'执正驭奇'，正是屈原成功地把我国古代北方的史官文化（主要是儒家思想精神）和南方的巫术文化，把儒家的先进社会理想、《诗经》的现实主义和讽谏精神同南方浪漫主义文化交融为一的理论结晶。……如果说，屈原在创作上实现了由正向奇的转变是成功的，那么，刘勰不但慧眼识英雄，从审美上看到了这一点，而且从理论上总结出‘执正驭奇’的原则，其贡献同样是巨大的。”①

刘勰的这种“文质并重”的创作原则，除了《辨骚》专篇论述以外，在《文心雕龙》其他篇目中也屡次被提及。《定势》篇中的“执正以驭奇”;《才略》篇中的“舒华布实”;《章表》篇中的“华实相胜”等等都是刘勰崇尚文采与内容相结合的创作主张的具体体现。刘勰对屈骚作专章论述，且置之于《文心雕龙》总论的“文之枢纽”部分，并不是仅仅是为了辨明楚辞与经书的异同，更不是如“论文叙笔”部分要辨明一种体裁的特点和写作要求，而是在于通过将楚辞与传统经书的比较，指出楚辞是变化创新的榜样，探讨出一条文学创作思想内容和艺术审美表现完美统一的发展道路。

《文心雕龙》的创作目的之一，是为了匡正南朝形式主义文风。《明诗》云：“宋初文咏，体有因革，庄老告退，而山水方滋。俪采百字之偶，争价一句之奇，情必极貌以写物，辞必究力而追新。”《物色》云：“自近代以来，文贵形似，窥情风景之上，钻貌草木之中。”刘勰认为，虽然南朝不良文风的形成原因是多方面的，但其中重要的一点就是对楚辞艺术形式的片面追求，过分注重句式的公正和遣词造句的新奇和对山水景物的描摹刻画。《宗经》云：“建言修辞，鲜克宗经，是以楚艳汉侈，流弊不还。”这也正是刘勰把《辨骚》置于《文心雕龙》总论的“文之枢纽”部分的原因所在。

针对当时日趋浮诡雕饰的形式主义文风，刘勰认为提出创作的根本原则是：“凭轼以倚《雅》《颂》，悬辔以驭楚篇，酌奇而不失其贞，玩华而不坠其实。”也就是说，以《诗经》为文学创作思想内容的旨归，以楚辞华美浪漫为艺术的典范，写出思想内容和艺术形式完美统一的文质彬彬的文学作品。“酌奇而不失其真，玩华而不坠其实”是对“凭轼以倚《雅》《颂》，悬辔以驭楚篇”的进一步诠释，做到创作“奇”与“贞”的结合、“华”与“实”的统一，也就文学创作应该做到是浪漫和现实的和谐统一，思想内容和艺术表现的完美统一，讲究艺术和生活的完美结合，追求不脱离现实基础的奇幻和有真实内涵的华美文采的文学作品。即使在今天，刘勰总结出的创作原则仍然具有强烈的借鉴意义。

不可否认，刘勰的创作论在很大程度上受到了儒家宗经思想的局限，但这种奇贞结合、华实相彰的创作理论能够对文学创作思想内容和表现艺术之

---

① 韩湖初：《文心雕龙美学思想体系初探》，暨南大学出版社 1993 年版，第 117 页。

间的关系进行辩证地分析，对文学创作具有普遍意义，即使对当今的文学理论和实践仍然具有很好的指导和借鉴作用。

七、楚辞影响论

在《文心雕龙》中，刘勰还对《楚辞》在文学史上的影响作出精辟的论述。主要包括如下内容。

1. 楚辞对汉赋的影响

楚辞对中国文学的影响是巨大而深远的，其影响最大也最直接的当为汉赋。《文心雕龙》中相关论述甚多。例如，《诠赋》云："赋也者，受命于诗人，拓宇于《楚辞》也。于是荀况《礼》《智》，宋玉《风》《钓》，爰锡名号，与诗画境，六义附庸，蔚成大国。"《通变》云："汉之赋颂，影写楚世。"《时序》云："爰自汉室，乞至成哀，虽世渐百龄，辞人九变，而大抵所归，祖述《楚辞》，灵均余影，于是乎在。"《诠赋》云："讨其源流，信兴楚而盛汉矣。"等等。

首先，汉赋是在《楚辞》直接影响下形成和发展的。由于赋的发展与《楚辞》有着密切关系，所以汉代往往把辞赋连称。

刘勰认为，赋虽然起源于《诗经》，但是通过学习楚辞才发展壮大的。到了荀况的《礼》《智》以及宋玉的《风》《钓》等赋，才正式给这种作品命名为"赋"。汉代的辞赋和颂，都是模仿和学习《楚辞》而创作的。从汉代开国到成帝哀帝，虽然超过了一百年，作家也有了很多变化，但都学习《楚辞》，屈原对汉赋的影响，显然是存在的。探讨赋的起源和演变，可以看出它的确兴起于楚国而繁盛于汉代的。

其次，刘勰认为，汉赋不仅在内容名称上来源于《楚辞》。在形式和艺术表现方法上也深受《楚辞》的影响，对其有很大的继承关系。《诠赋》云："遂客主以首引，极声貌以穷文；斯盖别诗之原始，命赋之厥初也。""夫京殿苑猎，述行序志，并体国经野义尚光大；既履端于倡序，亦归余于总乱。序以建言，首引情本；乱以理篇，迭致文契。"这里讲的是赋体的主客问答形式以及序言和乱辞。刘勰虽然没有明确指出赋的这些形式特点的渊源所自，但在《楚辞》中却都能找到它们的痕迹。如《卜居》《渔父》的问答体，《离骚》《涉江》《哀郢》等篇目结尾的乱辞等都为汉赋所继承。

再次，汉大赋中排比铺陈的艺术表现方法也和《楚辞》密切相关。《楚辞·九歌·湘夫人》中对水中华堂的细腻全面的铺陈刻画，《招魂》中对楚国宫殿带有夸张色彩的铺陈描写都对汉赋影响至深。如枚乘《七发》中描写音乐的美妙、饮食的甘美、车马的名贵、漫游的欢乐、田猎的盛况和江涛的壮观无不受其影响。西汉初年出现的在体制和表现方法上和楚辞很接近的赋甚至被称作“骚体赋”。

2. 楚辞对诗歌体式的影响

刘勰还论述了楚辞对六言、七言诗歌形成的开创性作用。对于诗体的演变，《文心雕龙·章句》云：“二言肇于黄世……；三言兴于虞时……；四言广于夏年……；五言见于周代……；六言七言杂出诗骚，两体之篇，成于两汉。”虽然整篇六言或七言的诗歌到两汉时期才得以完成，但在楚辞中已掺杂很多六、七言的句子，这是六、七言诗歌的先河。此说对后世影响极大，不少学者都认为楚辞与七言诗的演变有着必然的内在联系。如梁启超云：“七言诗的发达，实际上比五言诗为更早。而初期的七言，大率皆每句押韵。如《楚辞》的《招魂》，自‘魂兮归来入修门些’以下，若每句将‘些’删去，便是一七言长篇。”[①] 逯钦立也说：“夫楚声之含有兮字，乃其体格之当然。故此兮字有时可省，然必省之而无伤其体，楚声之变为七言是也。”[②]

3. 楚辞对后世文学创作的影响

刘勰认为，楚辞对文学的影响是巨大而且深远的。不同时代不同风格的作家，不同层次的文人都能从楚辞中有所汲取。楚辞这种文体，从其诞生之日起就代有所逐，经久不衰。

《辨骚》云：

> 自《九怀》以下，遽蹑其迹，而屈宋逸步，莫之能追。
>
> 是以枚贾追风以入丽，马扬沿波而得奇，其衣被词人，非一代也。才高者菀其鸿裁，中巧者猎其艳辞，吟讽者衔其山川，童蒙者拾其香草。

楚辞诞生后，在当时及后世文坛上产生了巨大影响，成为千载流传不衰的文体，更成为后世文人学习效法的榜样。它对不同年龄、不同层次的文人

---

① 梁启超：《中国之美文及其历史》，东方出版社 1996 年版，第 98 页。

② 逯钦立：《汉魏六朝文学论集》，陕西人民出版社 1989 年版，第 57 页。

学者均产生不同程度的影响。屈骚艳丽华美的表现形式、哀婉感伤的情感表达以及准确逼真的艺术表现使之永远成为后人文学创作的楷模，成为不同时代、不同层次的文士从事文学创作的典范。它同时又是一座文学创作的巅峰，只可仰视，却难以超越。人们从中或得其艳丽，或得其奇谲，或得其体式，或得其佳句。效法学习者只能效其外形，难以得其精髓，只能学其词采，难以得其气骨，只能得其皮毛，而未能得其内核，只能各执一端而无法得其全部，这使得屈骚成为后世文人永远无法逾越的文学艺术高峰。对此，鲁迅先生有过经典的评价，他说："（后世仿骚习骚）皆著意外形，不涉内质，孤伟自死，社会依然，四语之中，函深哀焉。"①

刘勰不仅归纳屈骚的总体艺术特征是"惊采绝艳"，更看到了这种华美的文采对后世文学的影响，并用全面论、两点论观点进行评价，称道仿效楚辞的作品必有美好非凡的华彩。如《定势》云："是以模经为式者，自入典雅之懿；效骚命篇者，必归艳逸之华。"批评后世某些文人只是片面追求楚辞华美的形式而未得其经世致用的典雅精神内核。《宗经》云："建言修辞，鲜克宗经，是以楚艳汉侈，流弊不还。"

第三节　刘勰楚辞研究的特色及意义

刘勰独具特色的楚辞学研究成为中国楚辞学史上的一座重要的里程碑。

戴志钧先生认为，较之两汉楚辞学，刘勰的楚辞学说具有两个重要的特色。

其一，刘勰论骚具有宏观意识和历史发展眼光。他不仅从横向角度对楚辞的内容和形式、思想与艺术、句式乃至风格都有所论及，更为重要的是从纵向的角度，把楚辞放在文学发展过程中考察，揭示其承前启后的历史作用。他在充分吸收刘安、司马迁、班固和王逸等两汉楚辞学大家研究成果的基础之上，指出楚辞是打破《诗经》后二三百年文坛沉寂而郁勃兴起的"奇文"，它的产生标志着文学的新变。这种从文学流变角度的论述从更高层次上肯定了楚辞的文学史地位，把楚辞在文学史上的地位阐述得更加深入。

---

① 鲁迅：《鲁迅全集》第一卷，人民文学出版社 1981 年版，第 69 页。

其二，刘勰对楚辞精当的艺术品鉴具备强烈的理论色彩。刘勰论骚，既不同于刘安的诸子鉴赏论文，又不同于司马迁、班固的史家论文，也不同于王逸的笺注家论文，而显示出理论家论文的独特风貌。刘勰以前学者论楚辞，主要侧重于屈原生平遭遇的叙述和思想人格的鉴衡。对楚辞的艺术分析大都没有给予足够的重视。即使偶有涉及楚辞艺术品鉴，也主要限于《离骚》一篇，同时又或语焉不详，或鉴而弗精，缺乏足够的美学高度。刘勰站在文学理论家高度论楚辞，不但有系统鉴赏理论做指导，具备完整思想体系，高度理论概括，而且还以相当深厚艺术修养作基础，从而作出深刻透辟的分析，精要的艺术品鉴，从美学高度对楚辞艺术奥秘作独具匠心的阐发。艺术特征的分析挖掘、评论概括则是刘勰楚辞学说最突出的成就，亦即其闪光之点。需要特别值得提出的，刘勰以文学理论家的目光，通过精当的鉴赏和透辟入微的分析，并提到艺术哲学的高度，深刻论述了楚辞的艺术成就，在楚辞学史上做出了新贡献。①

王开元先生认为，刘勰评骚具有系统性、完整性和深刻性特色。此前之前的文人学者评论“楚辞”，多属一点一面、一鳞半爪。刘勰则集前人之大成，对“楚辞”进行了系统、完整的评论，对于“楚辞”的思想意义、“楚辞”的艺术特色、“楚辞”产生的条件、“楚辞”在文学发展史上的地位与影响等各个方面作了全面的分析评价。其二是深刻性。刘勰对于前人的“楚辞”评论，进行鉴别爬梳，品评其优劣，并加以进一步的发掘、探索，提出了许多有价值的见解。他的一些论述，直到今天，仍有其生命力，值得我们学习和借鉴。②

此外，刘勰楚辞观还有一个重要的特色，那就是辩证观。辨证统一是刘勰论文学创作的重要观点之一。刘勰将这一辩证法哲学概念引入文论中，使其文论的理论深度达到了前所未有的层次。

《文心雕龙》称屈原作品专论为《辨骚》，而在其《序志》中又云：“盖《文心》之作也，本乎道，师乎圣，体乎经，酌乎纬，变乎骚。”“‘辨’‘变’二字，不可小视，它们就像《辨骚》篇的眉眼，也是刘勰交给我们揭示本篇奥秘的两把钥匙。而弄清楚‘辨’是什么，显然是问题的关键；然后才能抓住‘变’

① 戴志钧：《论刘勰的楚辞学说》，《学术交流》1991 年第 1 期，第 113–118 页。

② 王开元：《刘勰论“楚辞”》，《新疆大学学报》1990 年第 3 期，第 67–73 页。

什么，而最终探得刘勰将本篇列入论文枢纽的真意。”[①]“辨骚”讲的是文学批评的根本原则，即运用辨证的眼光对屈原及其作品进行实事求是的客观分析，是对两汉时期“褒贬任声，抑扬过实，可谓鉴而弗精，玩而未核”等片面肤浅的楚辞批评的纠正。而“变乎骚”是讲文学创作不仅要“宗经”、“征圣”，使得作品符合传统经学规范，具有经世致用的思想内容，更要像屈原作品那样具有鲜明的文学性和艺术的创造性，使文学作品的思想性和艺术性达到完美统一。

《辨骚》云：“若能凭轼以倚《雅》《颂》，悬辔以驭楚篇，酌奇而不失其贞，玩华而不坠其实，则顾盼可以驱辞力，咳唾可以穷文致，亦不复乞灵于长卿，假宠于子渊矣。”

刘勰以《诗》、骚为范式，论文学创作方法，确立了文学创作“执正驭奇”（《定势》）总的原则。楚辞是符合“酌奇而不失其贞，玩华而不坠其实”的文学典范，“奇”是楚辞艺术风格之主导，“正（贞）”则是楚辞细想内容的精核。正是这种“奇与正”“华与实”完美统一使得楚辞成为文学创作的范式。《定势》云：“然渊乎文者，并总群势；奇正虽反，必兼解以俱通，刚柔虽殊，必随时而适用。若爱典而恶华，则兼通之理偏……”《体性》亦云：“雅与奇反，奥与显殊，繁与约舛，壮与轻乖。文辞根叶，苑囿其中矣。”

内容与形式完美统一是《文心雕龙》一个重要的理论观点，也是刘勰论骚赞骚和赏骚的一个极其重要的观点。《征圣》有“衔华而佩实”之语，《才略》有“文质相称”、“华实相扶”之论。他主张文学创作要“酌乎文质之间”。因此刘勰对屈骚完美的思想内容和艺术形式的统一予以高度赞赏，而对宋玉作品及汉赋中片面追求形式华美予以批评。《宗经》云：“楚艳汉侈，流弊不还。”这句包含两层意思。其一，批评楚辞作家宋玉等的作品过分艳丽。因为在《文心雕龙》全书中，刘勰对屈原及其作品评价很高，而对宋玉是时有指责的。如《诠赋》云：“宋发巧谈，实始淫丽。”其二，批评后世文人学习楚辞过分追求藻饰，轻视内容，走向极端。

在《辨骚》将屈骚和《诗经》之“四同”“四异”的比照分析中，可以看出刘勰辨证全面的理论眼光和重继承求新变的文学观点。这比刘安、司马迁

① 石家宜：《文心雕龙系统观》，江苏古籍出版社 2001 年版，第 122 页。

以经比骚单纯推崇屈骚思想和班固以经比骚单纯否定的思想倾向更有积极意义；较之王逸全面肯定屈骚合乎儒家经典的论述，刘勰的论断也显得更加符合实际，他把对楚辞内容和形式的认识和研究引向更加深入和具体客观的层面。

刘勰之辨证楚辞观的另一表现是“通变”。“通变”是其重要的文学理论思想。表现他对文学创作既重视继承又重视发展创新。《文心雕龙》第二十九章设专章《通变》来论述文学艺术中“通”和“变”的辩证关系，也即文学创作中继承和创新的辩证关系，从而强调文学史上承前启后、继承和革新不可偏废的重要理论。《通变》云：“通则久……变则可久，通则不乏。”用在屈骚的理论分析中，“典诰之体”“规讽之旨”“比兴之义”“忠恕之辞”等，同于《风》《雅》“四事”即是“通”，体现了屈骚对传统经典“取熔《经》旨”的继承精神。而“诡异之辞”“谲怪之谈也”“狷狭之志”“荒淫之意”等异乎经典者之“四事”则是“变”，突出了屈骚“自铸伟辞”的文学发展和创新精神。

刘勰《辨骚》之评楚辞，实现了汉代楚辞学向魏晋楚辞学的转变，既传承和发挥了王逸在《楚辞章句序》中肯定屈骚具有符合经义的一面，同时有进一步阐发了屈骚异乎儒家经典的一面，指出其在文学上的独创性。汉人评骚，由于受到宗经思想的局限，仅仅看到楚辞对《诗经》的继承，而忽视其在艺术表现方面的创新。刘勰突破了汉儒单纯依经评骚的局限，转而用以通变发展的眼光来审察屈骚，指出了屈骚“异乎经典”的“四异”，充分肯定《离骚》的浪漫主义美学特色，对楚辞学建功巨伟。虽然从宽泛的意义上讲，刘勰仍以一种经学思维方式论骚，但刘勰对楚辞艺术表现的论述和推崇，客观上突破了经学思维的束缚，实现了评骚由重经到重文的转变，对中国楚辞学贡献巨大。明人许学夷在《诗源辨体》曾这样评价刘勰评骚，他说：“刘勰始折衷，为千古定论，盖屈子本辞赋之宗，不必以圣经列之也。”

刘勰的《辨骚》是中国文学史上第一篇非常深刻而又富有创见的屈骚专论，它全面、精辟而又辩证地论述了以屈原作品为主体的楚辞思想性和艺术性，总结出“凭轼以倚《雅》《颂》，悬辔以驭楚篇，酌奇而不失其贞，玩华而不坠其实”的创作原则，是最早肯定楚辞思想和艺术的高度统一，现实主义和浪漫主义完美结合的文学评论，不仅是中国楚辞学史上的一座重要的里程碑，而且对中国文学理论中的创作论也贡献颇巨。

魏晋时期，文学发展自觉时代的来临，推动了文学理论研究。刘勰论楚辞不是仅仅立足于评价楚辞和屈原，而是为了其完整的文学思想理论体系，因而其论述之立足点之高、视野之广阔，超过前代任何楚辞学者。《文心雕龙》形成了较为全面而系统的楚辞学构架，对于自汉代而始的楚辞研究具有里程碑式意义。

第十二章 “骚类”独立和纯文学的价值定位

——萧统及其《文选》

第一节 萧统的生平及著述

一、萧统的生平

萧统，字德施，小字维摩，南兰陵（今江苏常州西北）人，南朝梁文学家，梁武帝萧衍长子。齐中兴元年（501）九月生于襄阳，梁天监元年（502）十一月立为太子，中大通三年（531）三月，乘船游后池摘芙蓉落水而伤，英年早逝，谥号“昭明”，因其未及即位而卒，故世称昭明太子。萧统事见《梁书》卷八《昭明太子传》和《南史》卷五十三《萧统传》。

萧统天资聪慧，自幼博学强记，才思敏捷。《南史·萧统传》云：“太子生而聪叡，三岁受《孝经》《论语》，五岁遍读《五经》，悉能讽诵。……读书数行并下，过目皆忆。每游宴祖道，赋诗至十数韵。或作剧韵，皆属思便成，无所点易。”①《梁书·昭明太子传》亦云：“三岁受《孝经》《论语》，五岁遍读《五经》，悉能讽诵。”天监八年（509）九月（8岁）即“于寿安殿讲《孝经》，尽通大义。讲毕，亲临释奠于国学”。②

萧纲《昭明太子集序》称萧统具备十四件美德，其第十二德为：“研经博

① （唐）李延寿：《南史》，中华书局1975年版，第1308页。

② （唐）姚思廉：《梁书》，中华书局1973年版，第165-166页。

学，手不释卷，含芳腴于襟抱，扬华绮于心极；韦编三绝，岂直爻象，起先五鼓，非直甲夜；而欹案无休，书幌密倦。”第十三德为：“群玉名记，洛阳素简，西周东观之遗文，刑名儒墨之旨要，莫不殚兹闻见，竭彼绨缃；总括奇异，片求遗逸，命谒者之使，置籝金之赏；惠子五车，方兹无以比，文终所收，形此不能匹。”[①] 足见其勤奋博学。

相对于历代统治者奢靡荒淫的生活趣味，萧统的兴趣更多的是沉浸在浩繁的典籍和佛学山水之间，并且明于政事，关心庶众。《梁书·昭明太子传》言其“尝泛舟后池，番禺侯轨盛称‘此中宜奏女乐’。太子不答，咏左思《招隐诗》曰：‘何必丝与竹，山水有清音。’侯惭而止。居宫二十余年，不畜声乐。少时，敕赐太乐女妓一部，略非所好”[②]，足见其不溺声色。又云他“明于庶事，纤毫必晓，每所奏有谬误及巧妄，皆即就辨析”；“平断法狱，多所全宥，天下皆称仁”；“每霖雨积雪，遣腹心左右，周行闾巷，视贫困家，有流离道路，密加振赐。又出主衣绵帛，多作襦袴，冬月以施贫冻。若死亡无可以敛者，为备棺槥。每闻远近百姓赋役勤苦，辄敛容色”[③]。

南朝统治阶级上层，大多爱好文学，并以此作为门第和身份的一种象征，萧统就是代表人物之一。萧统性情宽和，不恃太子之尊，广交才学之士，切磋学问，所以许多文人都乐意聚结于他的麾下，为其效力，因此在他周围形成了一个蔚为大观的文学集团。萧统经常和他们在一起讨论篇籍，商榷古今，并从事文章著述。《南史·萧统传》云：“（统）性宽和容众，喜愠不形于色，引纳才学之士，赏爱无倦，恒自讨论坟籍。或与学士商榷古今，继以文章著述，率以为常。于时东宫有书几三万卷，名才并集。文学之盛，晋、宋以来，未之有也。”[④]《梁书·昭明太子传》说：“（统）引纳才学之士，赏爱无倦。恒自讨论篇籍，或与学士商榷古今；闲则继以文章著述，率以为常。于是东宫有书几三万卷，名才并集，文学之盛，晋、宋以来未之有也。”[⑤]

---

① （清）纪昀：《四库全书》第 1414 册，上海古籍出版社 1987 年版，第 551–552 页。

② （唐）姚思廉：《梁书》，中华书局 1973 年版，第 168 页。

③ 同②。

④ （唐）李延寿：《南史》，中华书局 1975 年版，第 1310 页。

⑤ 同②，第 167 页。

二、萧统的著述

关于萧统的著作，《梁书》本传云：“所著文集二十卷；又撰古今典诰文言，为《正序》十卷；五言诗之善者，为《文章英华》二十卷；《文选》三十卷。”①《隋书·经籍志》另载有“《古今诗苑英华》十九卷”，且在谢灵运《诗英》下注：“又有《文章英华》三十卷，梁昭明太子撰，亡。”②其中，《正序》十卷，《隋书·经籍志》已不见著录，说明在隋以前早已亡佚。《隋书·经籍志》著录《文章英华》为三十卷，较《梁书》多出十卷，但注明“亡”，说明该书隋代也已亡佚。《隋书·经籍志》所录《古今诗苑英华》十九卷，《旧唐书·经籍志》《新唐书·艺文志》皆著录为二十卷，宋以后亡佚。《昭明太子集》初为刘孝绰所编，《隋书·经籍志》《旧唐书·经籍志》《新唐书·艺文志》皆著录二十卷，与《梁书》记载同，但《宋史·艺文志》著录为五卷，宋以后散失，明代人重辑《昭明太子集》传世至今。该文集在张溥辑《汉魏六朝百三家集》、丁福保辑《汉魏六朝名家集初刻》《四部丛刊》《四部备要》等书中均有收录。《文选》原为三十卷，后经李善注时析为六十卷，今存。

《文选》是萧统编纂的中国最早的一部诗文选集，因萧统谥号“昭明”故又称《昭明文选》。中国古代众多的文学作品赖此得以保存。《昭明文选》问世以后受到普遍的欢迎，对后代文学的影响很大。由于唐代以诗赋取士，因而《文选》成为人们学习诗赋的一种最好的范本，甚至与经传并列。宋初承唐代制度，亦以诗赋取士，《文选》仍然是文人学习文学的首选教材。宋代陆游曾提到民间有“《文选》烂，秀才半”的谚语。随着人们阅读《文选》的需求，不少学者为之作注，出现了一些出色的《文选》注本。其中最著名的当数唐代的李善注本和五臣注本。唐朝显庆年间，李善把《文选》分为六十卷进行了注释，“敷析渊洽，表上之，赐赍颇厚”，为后人研习《文选》保存了宝贵的资料，加速了《文选》的流传和普及。其后，唐朝开元年间，又有吕延济、刘良、张铣、吕向、李周翰五人合注《文选》，称“五臣注”。该注本不失萧统之旧，仍为三十卷本，且着

---

① （唐）姚思廉：《梁书》，中华书局 1973 年版，第 171 页。

② （唐）魏徵：《隋书》，中华书局 1973 年版，第 1084 页。

重解释字句，与李善注有所不同。此后宋代人始将唐人二注合刊为一书，是为《六臣注文选》。从唐初开始就有了“文选学”这一名称，使得《文选》成为一种专门的学问。

《文选》大约成书于南朝梁代普通末至中大通初（526—529年），共收录了从战国至梁初约800年间130余位作者的750余篇作品，使得我国文学的许多名篇得以保存和流传，为后代文学创作与文学批评研究提供了宝贵的参考资料。萧统作为《文选》一书的主编，别裁众著，集古今之英华，通过对《文选》的篇目、门类设置以及《文选序》的论述，将其文学观很好地贯彻在这部选集中，从而奠定了萧统在中国文学史上的崇高地位。

虽然，经后人考证，当时曾参与《文选》编辑工作的人员众多，如著名文士刘孝绰、王筠、殷芸、到洽、张率、王规、殷均、王锡、张缅、张缵、陆襄、何思澄、刘杳，甚至文学理论的集大成者刘勰都参加了《文选》的编辑工作[①]，但以萧统太子之尊的地位和《文选》主编的身份，《文选》在选篇和编辑诸方面毫无疑问地体现了萧统的文学见解和主张。

萧统没有专门文学批评论著，他的文学观和审美趣味通过《文选》得以完整地展示，较之魏晋南北朝众多的文学批评家，萧统的文学理论思想毫不逊色。诚如鲁迅先生所云：“凡选本，往往能比各家的全集或选家自己的文集更流行，更有作用。册数不多，而包罗众作，固然也是一种原因，但还在近则由选者的名位，远则凭古人之威灵，读者想从一个有名的选家窥见许多有名作家的作品。所以自汉至梁的作家的文集，并残本也仅存十余家，《昭明太子集》只剩下一点辑本了，而《文选》却在的……凡是对于文术，自有主张的作家，他所赖以发表和流布自己的主张的手段，倒并不在作文心，文则，诗品，诗话，而在出选本。”[②]

在中国楚辞学术史上，萧统以其《文选》占有重要地位。《文选》一书所蕴含的萧统楚辞学思想，不仅对楚辞的传播和研究产生重要的影响，有更重要的学术史意义。《文选》使得萧统毫无争议地成为南北朝时期楚辞学史上成

---

① 据《梁书·刘勰传》记载，萧统对刘勰“深爱接之”。由此推知，刘勰对《文选》的编纂很可能参加过，或为之提过意见，支持过这一工作。

② 李新宇、周海婴：《鲁迅大全集》第七卷，长江文艺出版社2007年版，第201页。

就卓著的大家。

第二节　别“骚”于“经”，体现“翰藻”文学观

一、悬置经、子、史书，凸显华艳之文

萧统的文学观很好地体现在他的《文选序》中。该文虽然仅千余字，但是一篇系统而丰富的文学专论，内容涉及文学发展趋势及特点、文体的分类、《文选》芟截选文的标准、选作的编次等等，反映了萧统对囊括七代、时跨千年的中国文学独特的审美视角，表现了萧统穷类尽体、去芜求精的甄别精神，体现了萧统遵循文学自身的发展规律，以审美的态度来审视文学作品的进步的文学思想。

《文选序》开宗明义，在简单回顾文学的产生及其发展史后云：

> 若夫椎轮为大辂之始，大辂宁有椎轮之质；增冰为积水所成，积水曾微增冰之凛。何哉？盖踵其事而增华，变其本而加厉；物既有之，文亦宜然。随时变改，难可详悉。[①]

两组比喻，形象生动地说明了世间万物发展遵从“踵其事而增华，变其本而加厉”客观规律，顺理成章地得出了文学发展的规律是由质朴日趋华丽的结论，揭示了文学发展的客观趋势，初步展示了萧统惜采重文的文学观。

其后，《文选序》又云：

> 若夫姬公之籍，孔父之书，与日月俱悬，鬼神争奥，孝敬之准式，人伦之师友，岂可重以芟夷，加之剪截？老庄之作，管孟之流，盖以立意为宗，不以能文为本，今之所撰，又以略诸。若贤人之美辞，忠臣之抗直，谋夫之话，辩士之端，冰释泉涌，金相玉振。所谓坐狙丘，议稷下，仲连之却秦军，食其之下齐国，留侯之发八难，曲逆之吐六奇，盖乃事美一时，语流千载。概见坟籍，旁出子史，若斯之流，又亦繁博，虽传之简牍，而事异篇章，今之所集，亦所不取。至于记事之史，系年之书，

① （南朝梁）萧统：《文选》，上海古籍出版社 1986 年版，第 1 页。

所以褒贬是非，纪别异同，方之篇翰，亦已不同。若其赞论之综缉辞采，序述之错比文华，事出于沈思，义归乎翰藻，故与夫篇什，杂而集之。[①]

本段文字是论选录文章的范围和标准，也是萧统文学观的集中体现。对于《文选》选文的原则，萧统认为儒家宣传道德的圣贤经书虽为“孝敬之准式，人伦之师友”，但因其过分注重思想教化而不可“重以芟夷，加之剪截”，故舍弃不选。以思辨为核心的老、庄、管、孟等诸子之书的主旨都在于发表见解，阐述哲学观点，并非以文章为目的，即“盖以立意为宗，不以能文为本”。由于此类作品不把文学表现放在首位，所以概不录入。至于贤臣谏辞，纵横家之语，谋夫、辩士之辞，虽“金相玉振”“语流千载”，但大多引经据典，繁杂众多，差异纷呈，故不录取。对于以纪事为主的史书，重在“褒贬是非，纪别异同”，这也与《文选》“翰藻”的要求不合，亦不入选。像文采飞扬、事核义重的论赞类、序述类作品，才是《文选》遴选收录的对象。

清人阮元在《隋文选楼记》一文中说：“昭明选例，以沉思翰藻为主，经史子三者皆所不选。”萧统将经、史、子这三部分排除于编选之列，而主要从集部来选录文章，但是史书中那些文学辞藻和风采赞、论、序、述部分，因其能通过深沉的构思，运用美丽的语言，把事实和义理表达出来则在入选之列。诚如朱自清先生所言：“昭明所选，名之曰文，盖必文而后选也。经也、子也、史也，皆不可专名为文也。故昭明《文选序》后三段特明其不选之故，必‘沈思’‘翰藻’，始名为文，始以入选也。”[②]那么，作为《文选》选文的标准的“事出于沈思，义归乎翰藻”到底何义呢？朱自清认为：“‘事出于沈思’的‘事’，实当解作‘事义’‘事类’的事，专指引事引言，并非泛说。”“‘沈思’就是深思”。“‘翰藻’，昭明借为‘辞采’‘辞藻’之意。‘翰藻’当以比类为主”，“而合上下两句浑言之，不外‘善于用事，善于用比’之意”[③]。骆鸿凯认为，“事出于沈思”即“情灵摇荡”，“义归乎翰藻”即“绮縠纷披”[④]。郭绍虞认为，“事出”二句，“上句的事，承上文的‘序述’而言，下句的义，承上文的‘赞论’而言，意谓史传中的‘赞论’和‘序述’，部分，也有沈思和翰藻，故可作为

---

① （南朝梁）萧统：《文选》，上海古籍出版社 1986 年版，第 2–3 页。

② 朱自清：《朱自清古典文学论文集》，上海古籍出版社 1981 年版，第 39–40 页。

③ 同②。

④ 骆鸿凯：《文选学》，中华书局 1989 年版，第 19 页。

文学作品来选录。沈思，指作者深刻的艺术构思。翰藻，指表现于作品的辞采之类。二句互文见义。”① “‘事出于沈思，义归乎翰藻’这两句话，可以看作中国古代对于与一般文章不同的文学作品提出的一个较为完善的陈述。”②

萧统此段论述中所谓辞采、文华、翰藻，都是指美丽的辞藻和富有文采的语言。他认为好文章的特征就是“事出于沈思，义归乎翰藻”，这也是《文选》选文的原则，反映了萧统想划出文学与非文学界限的意向。萧统是把儒家经书、史学著作和哲学著作排除在《文选》大门之外的，而把纯文学作品从其他类型的作品中凸显出来，是以文学性为《文选》选文标尺的。萧统此举似乎是努力想在文学作品和非文学作品之间划出一条界线。“综缉辞采”、“错比文华”、“事出于沈思，义归乎翰藻”体现了萧统文质兼顾而又偏重辞采的唯美主义文学观念。

阮元《书昭明太子〈文选序〉后》云：“昭明所选，名之曰‘文’，盖必文而后选也。经也，子也，史也皆不可专名之为文也。故昭明《文选·序》后三段特明其不选之故。必‘沈思’‘翰藻’，始名为‘文’始以入选也。”他在《隋文选楼记》一文中说，“昭明选例，以沈思翰藻为主，经史子三者皆所不选”。萧统的高明之处在于“看到了文学作品的审美的意义和价值”③，开始思考“文”与非文的界限问题。而“事出于沈思，义归乎翰藻”就是萧统心目中“文”的标准。

通过以上分析表明，萧统选录文章的一个重要标准，即“以能文为本”，且注重辞采翰藻。他正是依据这一标准，将文学作品与哲理论著、历史记述区分开来，划出了“文”与“非文”的界线。他揭示文学的本质，十分强调“文”的重要性，把“文”提高到了本体的地位。惜采重文，对文学创作来说就是重文学自身的规律。④ “尽管他的文学标准和近代的文学观念之间还存在较大距离，他尚未意识到文学的特质是以形象反映社会生活，表现人的思想性格，但是能够提出一些有关文学的理论，并能以此指导自己的编辑实践，从而主持编纂出《文选》这样一部大型纯文学集子，这对于一个生活在公元六世纪

---

① 郭绍虞：《中国历代文论选》第一册，上海古籍出版社 1979 年版，第 333 页。

② 李泽厚：《中国美学史》，中国社会科学出版社 1987 年版，第 565 页。

③ 同②。

④ 杨德才：《刘勰和萧统的楚辞观》，《荆州师专学报》1998 年第 1 期，第 64–68 页。

的年轻编辑家来说，着实是很了不起的。”[①]

萧统的文学观虽然有浓郁的儒家色彩，认为文学应既典且丽，不野不浮，文质兼顾，但相对而言他对“丽”的要求似乎更强烈些，因此他更重视文章语言辞采的华美，也注重文学艺术抒情写志的本质特征。他认为由质朴趋向藻饰是文学艺术发展的必然趋势，他将构思和形式的华美看成为“文”的必要条件，较之同时代的文学批评家显得更加进步。

从《文心雕龙》论述看来，刘勰是不加分别地将经史子集统统归之于文学，而从萧统的《文选序》的论述和《文选》选文来看，萧统已将文学与经学、哲学、史学区分开来，就此而言，萧统的文学理论较之刘勰更加精细和深刻。刘勰厚古薄今，认为文学史变迁的大势是“从质及讹，弥近弥澹”（《文心雕龙·通变》），近代以来文学日趋衰落，于是反复号召复古；而萧统以为踵事增华，今胜于昔，所以《文选》选文偏详于近代。[②]

萧统按照“事出于沈思，义归乎翰藻”的标准录选文章编著《文选》，经、史、子均被排除在选文之外，开纯文学封域之先河。诚然，如果从当今的文艺观来审视，萧统的文学观也许还确实存在着诸多的不足，但在那个文学刚脱离经史而走向自觉的、独立的时代，萧统的唯美主义文学观无疑是站在时代的最前列的。

萧统文学观对楚辞研究有着十分积极的意义，从其在《文选序》中确立的选录标准看，在先秦文学中只有屈宋之作符合“事出于沈思，义归乎翰藻”的美文原则，才能够称得上真正的“文”。

二、别“骚”于“经”，首视楚辞为纯文学作品

《文选序》论诗赋关系云：

> 尝试论之曰：《诗序》云：“诗有六义焉：一曰风，二曰赋，三曰比，四曰兴，五曰雅，六曰颂。”至于今之作者，异乎古昔古诗之体，今则

① 萧月贤：《南朝梁代杰出的编辑家——萧统》，《郑州大学学报》1993 年第 4 期，第 36–38 页。

② 顾农：《风教与翰藻——萧统的文学趣味和〈文选〉的选文趋向》，《扬州师院学报》1992 年第 3 期，第 40–45 页。

全取赋名。荀宋表之于前，贾马继之于末。自兹以降，源流实繁。述邑居则有“凭虚”、“亡是”之作，戒畋游则有《长杨》《羽猎》之制。若其纪一事，咏一物，风云草木之兴，鱼虫禽兽之流，推而广之，不可胜载矣！

萧统认为：“古诗之体，今则全取赋名。”可见诗赋是一体的，诗是赋的源头，赋是由诗歌派生的。然而，对于骚的产生，萧统则作出了与赋全然不同的论述：

又楚人屈原，含忠履洁，君匪从流，臣进逆耳，深思远虑，遂放湘南。耿介之意既伤，壹郁之怀靡愬。临渊有怀沙之志，吟泽有憔悴之容。骚人之文，自兹而作。

这里的“骚人之文”即指楚辞这种新诗体，包含屈原宋玉等主要楚辞作家的作品和后世代屈原立言的拟骚诗，以及所有以楚辞这种诗体形式而创作的作品。“含忠履洁，君匪从流，臣进逆耳，深思远虑，遂放湘南”是屈原创作楚辞的背景。高洁的情操、忠贞的品格、刚直的个性和超众的才华，不为昏庸的国君和黑暗现实所容而惨遭陷害和迫害，在失意彷徨的流放途中，在身殉汨罗的前夕，屈原独创诗篇来倾吐心中忧愁愤懑的情志，与黑暗时代和邪恶的势力抗争，于是在中国文学史上出现了“代有所逐”的楚辞。“萧统把屈骚看成是抒愤之作，可以说正确地认识到了屈骚的思想内容，脱离了儒家经学的落篱，也摆脱了他以前几百年来研究领域中僵死的思维范式，不失为一位卓越的评论家。”①

在此之前，从汉至魏晋南北朝时期，人们对屈原及楚辞的研究，无不受到儒家思想及由此逐渐形成的思维模式的影响。他们以《诗》论骚，用儒学经典对照屈原作品，把“经义”作为评鉴屈原作品和思想的准绳。此类评骚的思维模式起自刘安，到王逸发展至极致，直至刘勰也未能脱其窠臼。

刘安《离骚传》云：“《国风》好色而不淫，《小雅》怨诽而不乱，若《离骚》者，可谓兼之矣。”刘安认为，《离骚》在思想内容上合乎儒家诗教的要求，兼具《诗经》中《国风》和《小雅》的“好色而不淫”“怨诽而不乱”之特点，强调了《离骚》的讽谏作用，开以诗论骚之先河。

---

① 张斌荣：《屈原研究与萧统》，《烟台师范学院学报》1989 年第 3 期，第 12–19 页。

司马迁在《史记·屈原列传》中完全引述刘安对屈原及其作品的评论。甚至有人认为，司马迁的《史记·屈原列传》就是以《离骚传》为主要材料而予以新的意义的。[①] 可见他在诗骚关系上的观点和刘安是一致的。

虽然扬雄开始重视屈原作品的文学性，但他仍然是以儒家诗教观看待辞赋，着力强调辞赋的讽谏之义。他将楚辞分属“诗人之赋”和“辞人之赋”两类，以“诗人之赋丽以则，辞人之赋丽以淫”[②] 别其异。将宋玉、唐勒、景差、贾谊之流辞赋归入“辞人之赋”之列，“诗人之赋”虽然未落实到具体作品，但显然包括屈原之作。屈原是楚辞的开创者和最杰出代表，因此扬雄的楚辞观仍属儒家诗教观之类。

作为经学家的班固虽然在《离骚序》中批评刘安对屈原的赞誉，但他是用更严格的经学思想来考量屈原及其作品的。他不仅本着忠君不显其过的思想指责屈原“责数怀王，怨恶椒兰”，更批评《离骚》中乘虬龙、登悬圃、叩帝阍等浪漫主义表现方法是“皆非法度之正，经义所载”的“虚无之语”。

以经释骚的评骚观到东汉王逸被发挥到极致。首先，王逸认为《离骚》主旨是依经立义，用以讽谏。王逸《离骚序》云：“离，别也。骚，愁也。经，径也。言以放逐离别，中心愁思，犹陈直径，以风谏君也。”[③] 其《楚辞章句序》又云：“夫《离骚》之文，依托《五经》以立义焉……”[④] “骚”最初是屈原代表作《离骚》的简称。到了王逸最终完成《离骚》经学化历程。他在《楚辞章句》中称《离骚》为“离骚经”，不仅如此，还将他认为是屈原的作品统统都归入“离骚”名下，而将宋玉作品以及汉人代屈原立言的模拟作品都归入“楚辞”目下。王逸《楚辞章句》的做法开创了以“离骚”指称屈原全部作品的先河。

即使是到了“文学的自觉时代”的魏晋南北朝时期，汉人以诗论骚的评骚观仍然深有影响，以“离骚”指称屈原作品的做法也不罕见。比如：

郭璞注《尔雅·释天》“暴雨谓之冻雨”云：“江东乎夏月暴雨为冻雨。《离

---

① 〔日〕谷口洋：《〈史记·屈原列传〉与刘安〈离骚传〉——兼谈及围绕楚辞文学的汉初文化情况》，《云梦学刊》1993 年 1 期，第 8 页。

② 汪荣宝：《法言义疏》，中华书局 1987 年版，第 49 页。

③ 黄灵庚：《楚辞文献丛刊》第 2 册，国家图书馆出版社 2014 年版，第 406 页。

④ 同③，第 471 页。

骚》云：‘使冻雨兮洒尘’是也。冻音东西之东。”[①]

再如，《山海经·海外东经》云：“汤谷上有扶桑，十日所浴，在黑齿北，居水中有大木，九日居下枝，一日居上枝。”郭璞注云：“庄周云：‘昔者十日并出，草木焦枯。’《淮南子》亦云：‘尧乃令羿射十日，中其九日，日中乌尽死。’《离骚》所谓‘羿焉彃日，乌焉落羽？’者也。”[②]

“使冻雨兮洒尘”出自屈原《九歌·大司命》，“羿焉彃日，乌焉落羽？”出自屈原《天问》，郭璞引用均称之为《离骚》，这并不是郭璞引用不确，而是郭璞沿用来王逸《楚辞章句》中以《离骚》指称屈原作品的做法。

刘勰在《文心雕龙》中强调文学创作要“本乎道，师乎圣，体乎经”，体现了正统儒家文学观。《文心雕龙》虽设《辨骚》一篇，专论楚辞的艺术特质及其文学史地位，然而这种对楚辞艺术的肯定是在“征圣”，“宗经”的准绳之下定位的，并且还将楚辞的浪漫主义表现与儒家经典一一对照，得出所谓的“四同”与“四异”。《文心雕龙·辨骚》分类论述屈原作品艺术风格云：“《骚经》《九章》，朗丽以哀志；《九歌》《九辩》，绮靡以伤情；《远游》《天问》，瑰诡而慧巧，《招魂》《大招》，耀艳而采深华；《卜居》标放言之致，《渔父》寄独往之才。故能气往轹古，辞来切今，惊采绝艳，难与并能矣！”可见，刘勰《论骚》虽较之汉人有所突破，但依然没有脱离汉儒以是否合乎儒家经传的标准来评价屈原及其作品的藩篱。

萧统编纂《文选》立“骚”目则更进一层，不仅以“骚”指称所收录的屈原全部作品，而且在“骚”目下还选录了他认为是宋玉的作品《九辩》《招魂》，以及汉代淮南小山的《招隐士》，开创了以“骚”指代“楚辞”的先河。同时，萧统打破了两汉以来时代称屈原《离骚》为“经”的传统，一反前人研究屈原作品的“崇圣”“宗经”态度，别骚于经，第一次真正地把屈原作品当成纯粹的文学作品看待，突出其文体特征、重视其纯文学性，对华丽的文采、浪漫的神话、比兴象征表现方式和哀怨缠绵的情致都给予充分的肯定，反映了萧统对屈原作品的态度和认识及其进步的文学观，对楚辞研究有着十分积极的意义。

---

① （清）纪昀：《四库全书》第1483册，上海古籍出版社1987年版，第108页。

② （晋）郭璞注：《山海经》，上海古籍出版社1989年版，第89页。

第三节　别“骚”于“赋”，展示细腻文体观

一、名“骚”为“赋”与“辞”“赋”并称

楚辞的研习与模拟均兴盛于汉代。虽然自从汉代初年起，屈原及其风格相近的作家作品就得以广泛流传，并有可能被人结集，还逐渐加入汉代一些代屈原立言的拟作，但当时“楚辞”并没有成为一部作品集的名称。清戴震云：“屈赋汉初传其书，不名楚辞。”[①] 汤炳正先生认为，《楚辞》一书是由战国到东汉这一漫长的历史时期中经过很多人的继续编纂增补而成的；最早的编纂者是战国时期的宋玉，汉武帝时期的淮南王刘安也曾编过屈原的作品集。[②] 虽然汤先生此论理据充足，但宋玉、淮南王刘安等编辑的以屈原作品为主的集子之名称也并非叫《楚辞》。只到刘向辑屈宋作品及汉代拟骚诗佳作，才定其集名称为《楚辞》。

《汉书·地理志》云：

> 始楚贤臣屈原被谗放流，作《离骚》诸赋以自伤悼。后有宋玉、唐勒之属慕而述之，皆以显名。汉兴，高祖王兄子濞于吴，招致天下之娱游子弟，枚乘、邹阳、严夫子之徒兴于文、景之际。而淮南王安亦都寿春，招宾客著书。而吴有严助、朱买臣，贵显汉朝，文辞并发，故世传《楚辞》。[③]

不难看出，早在汉初文、景之时，由于众多辞赋名家对以《离骚》为代表的这种诞生于战国中后期楚国的新诗体的仿效，楚辞就开始在中原地区广泛流传，并多为仿效。但这里的“楚辞”却并非是书名，而是对汉代辞赋名家的“拟骚诗”的称呼，而屈原及宋玉等战国时期的作品还被称为“赋”。例如：

司马迁《屈原贾生列传》云“（屈原）乃作《怀沙》之赋”[④]；《报任安书》

---

① （清）戴震：《屈原赋注》，中华书局1999年版，第134页。

② 汤炳正：《〈楚辞〉编纂者及其成书年代的探索》，《江汉学报》1963年第10期，第49–57页。

③ （汉）班固：《汉书》，中华书局1962年版，第1668页。

④ （汉）马迁：《史记》，中华书局1975年版，第2485页。

中说“屈原放逐，乃赋《离骚》”[①]。

《汉书・扬雄传》载扬雄以为“赋莫深于《离骚》”[②]。《汉书・贾谊传》载贾谊称“屈原……作《离骚赋》”[③]。班固自己也称屈作为“贤人失志之赋”[④]，并且在《汉书・艺文志》“诗赋略”中著录屈原赋二十五篇，列于赋类之首。《汉书・地理志》云：“始楚贤臣屈原被谗放流，作《离骚》诸赋以自伤悼。”《艺文志・诗赋略》：“大儒孙卿及楚臣屈原离谗忧国，皆作赋以风，咸有恻隐古诗之义。”对此，许学夷《诗源辩体》也曾说：“屈原诸作，当时皆谓之赋。《汉书・艺文志》所列诗赋一种，而无所谓骚者。”[⑤]

王逸序《招隐士》云：“小山之徒，闵伤屈原……故作《招隐士》之赋，以章其志也。”[⑥]应劭《六国》云：“屈原作《离骚》之赋，自投汨罗。”[⑦]

游国恩先生对此评论道：汉代一般称“楚辞”为赋，这是不十分恰当的。“楚辞”和汉赋，体裁截然不同，前者是诗歌，后者是押韵的散文，它们的句法形式、结构组织、押韵规律都是两种不同的范畴。……由于汉赋是直接受“楚辞”的影响发展起来的文体，在习惯上汉代人多以辞赋并称，把屈、宋之辞与枚乘、司马相如的赋等同起来。于是辞与赋的概念混淆了，从此以后，屈原的作品甚至全部楚辞都被称为赋了。其实它们是两种不同的文体，不应混为一谈。[⑧]

受此影响，即使到了文学自觉时代的魏晋南北朝时期，在萧统之前，屈原作品仍多被称为赋，此时的骚与赋、辞常常混在一起。例如：

皇甫谧《三都赋序》：“至于战国，王道陵迟，风雅寝顿，于是贤人失志，辞赋作焉。是以孙卿屈原之属，遗文炳然，辞义可观。存其所感，咸有古诗之意，皆因文以寄其心，托理以全其制，赋之首也。”[⑨]

挚虞《文章流别论》：“前世为赋者，有孙卿、屈原，尚颇有古诗之义，至

① （清）严可均：《全上古三代秦汉三国六朝文》，中华书局 1958 年版，第 1341 页。
② （汉）班固：《汉书》，中华书局 1962 年版，第 3583 页。
③ 同②，第 2222 页。
④ 同②，第 1756 页。
⑤ 许学夷：《诗源辩体》，人民文学出版社 1987 年版，第 42 页。
⑥ 黄灵庚：《楚辞文献丛刊》第 3 册，国家图书馆出版社 2014 年版，第 274 页。
⑦ （清）纪昀：《四库全书》第 862 册，上海古籍出版社 1987 年版，第 354 页。
⑧ 游国恩：《中国文学史》，人民文学出版社 1963 年版，第 77–78 页。
⑨ （南朝梁）萧统：《文选》，上海古籍出版社 1986 年版，第 2039 页。

于宋玉则多淫浮之病矣。《楚辞》之赋，赋之善者也。故扬子称赋莫深于《离骚》。贾谊之作，则屈原之俦也。”[①]

萧绎《立言》云：“屈原、宋玉、枚乘、长卿之徒，止于辞赋，则谓之文。”[②]

此外尚有曹植《与杨德祖书》“今往仆少小所著辞赋一通相与”；《文心雕龙・诠赋》“凡此十家，并辞赋之英杰也”；吴质《答东阿王书》“此邦之人，闲习辞赋，三事大夫，莫不讽诵，何但小吏之有乎？”鲍照《芙蓉赋》“感衣裳于楚赋”；江淹《莲花赋》“丽咏楚赋”等等。

二、“骚”、“赋”并称，混“骚”于“赋”

《四库全书总目》卷一百四十八“楚辞类”序云：“裒屈、宋诸赋，定名《楚辞》，自刘向始也。后人或谓之《骚》，故刘勰品论《楚辞》，以《辨骚》标目。”[③]《文心雕龙》在设《辨骚》之外又立《诠赋》，后世学者认为其为了别骚于赋，创立骚体者，当属误解。

《文心雕龙》设《辨骚》专篇且置之“文之枢纽”。其《序志》又云：“盖《文心》之作也，本乎道，师乎圣，体乎经，酌乎纬，变乎骚，文之枢纽，亦云极矣。”《辨骚》作为一篇楚辞专论，刘勰通过它来阐明自己的文学观念，“骚”即指楚辞这种独具艺术特色文体。在《文心雕龙》一书中论及楚辞之内容及艺术者数十处，也屡以“骚体”“骚文”“诗骚”“纬骚”“风骚”代指楚辞，似乎刘勰已经别“骚”于“赋”。然而，在《文心雕龙》中，“骚”时而归诗，时而归赋。如《明诗》云：“逮楚国讽怨，则《离骚》为刺。秦皇灭典，亦造仙诗。”《辨骚》云：“文辞雅丽，为词赋之宗。”又云：“固知《楚辞》者，体宪于二代，而讽杂于战国，乃《雅》《颂》之博徒，而词赋之英杰也。”可见，刘勰《文心雕龙》中虽既立《辨骚》，又设《诠赋》，但仍然视楚辞为赋之列，因此，如果说刘勰在《文心雕龙》中已别“骚”于“赋”，理由尚不够充分，《文心雕龙》至多是

---

① 曾永义、何庆明：《两汉魏晋南北朝文学批评资料汇编》，台北编译馆 1978 年，第 198 页。

② （南朝梁）萧绎撰，许逸民校笺：《金楼子校笺》，中华书局 2011 年版，第 966 页。

③ （清）永瑢等：《四库全书总目》，中华书局 1997 年版，第 1974 页。

准别“骚”于“赋”。[①]《辨骚》又云：“自《九怀》以下，遽蹑其迹；而屈宋逸步，莫之能追。故其叙情怨，则郁伊而易感……是以枚贾追风以入丽，马扬沿波而得奇，其衣被词人，非一代也。”枚乘、贾谊、司马相如与扬雄均是汉代著名辞赋家。刘勰名之为“词人”，论其对楚辞艺术和创作方法的继承，足见刘勰尚未完全别“骚”于“赋”。刘勰在“骚”的文体归属上不十分刻意。《辨骚》有突出屈骚之意，但并未明确其作为文体概念。因此，黄侃先生云：“自彦和论文，别骚于赋，盖欲以尊屈子，使《离骚》上继《诗经》，非谓骚赋有二。观《诠赋》篇云：‘灵均唱骚，始广声貌。’是仍以《离骚》为赋矣……”[②]

值得肯定的是，从《辨骚》所论作品看，刘勰所谓的“骚”涵盖全部《楚辞》作品，除《楚辞章句》所说的屈原全部作品，还包括《楚辞章句》所收的《九辩》《招魂》《大招》《九怀》等拟屈之作。较之王逸《楚辞章句》中仅仅以《离骚》指代屈原的整个作品更进一步，开了后世以“骚”代指全部《楚辞》的先河，亦对萧统独立骚体有明显影响。《文选》受《文心雕龙》的影响是明显的，这已为大多数学者所认同。如骆鸿凯说：“昭明选文，或相商榷。而《刘勰传》载其兼东宫通事舍人，深被昭明爱接；《雕龙》论文之言，又若为《文选》印证，笙磬同音。是不谋而合，抑尝共讨论，故宗旨如一耶。”[③]莫砺锋《从〈文心雕龙〉与〈文选〉之比较看萧统的文学思想》[④]，王运熙《萧统的文学思想和〈文选〉》[⑤]观点与之相类似。

三、别“骚”于“赋”，“骚”“赋”二体

与刘勰称楚辞“乃《雅》《颂》之博徒，而词赋之英杰”（《文心雕龙·辨骚》）“赋也者，受命于诗人，拓宇于楚辞”（《文心雕龙·诠赋》）不同，萧

① 力之：《关于“骚”“赋”之同异问题——兼论吴子良等批评〈文选〉别“骚”于“赋”之得失》，《钦州师范高等专科学校学报》2003 年第 3 期，第 37–41 页。

② 黄侃：《文心雕龙札记》，上海古籍出版社 2000 年版，第 23 页。

③ 骆鸿凯：《文选学》，中华书局 1989 年版，第 10 页。

④ 古代文学理论研究学会：《古代文学理论研究》第十辑，上海古籍出版社 1985 年版，第 168–181 页。

⑤ 王运熙：《中国古代文论管窥》，齐鲁书社 1987 年版，第 124–136 页。

统将赋与骚明确区分开来，将荀卿、宋玉的作品作为赋之开始，而将屈原作品另立类别——骚类。《文选》于赋体之外，又立骚目，以之与赋相区别，反映出萧统更细密的文体辨析意识，具有重要的首创意义，对后世影响极大。

萧统《文选》在文体分类上首创“骚类”，后人评价甚高。

刘师培《论文杂记》说：“观班《志》之分析诗赋，可以知诗歌之体，与赋不同，而骚体则同于赋体。至《文选》析赋、骚为二，则与班《志》之义迥殊矣。”[①] 刘氏认为，萧统之文体分类，较之班固《汉书·艺文志》更进一步。班固只是别赋于诗，萧统则是别骚于赋，在文体分类上可谓更上一层楼，在文体观念上则更为进步和成熟，对后世影响更为深远。萧统所开创的文学选集的编次原则、选录标准、编排体例及有关编辑方面的经验等，对后世的编辑工作，都有不容忽视的借鉴意义。[②] 其后诸多总集和有关文体分类的论著均效法《文选》而将骚赋各自单独立类。如《文章缘起》《七录》《文苑英华》《唐文粹》《宋文鉴》《元文类》《明文衡》《明文在》《文体明辨》《文体论》等等。《四库全书总目》也专门设“楚辞类”，并明确肯定称之为“骚”的价值意义。《四库全书总目》卷一百四十八“楚辞类”序云：“裒屈、宋诸赋，定名《楚辞》，自刘向始也。后人或谓之‘骚’，故刘勰品论《楚辞》，以《辨骚》标目……他集不与‘楚辞’类，‘楚辞’亦不与他集类。体例既异，理不得不分著也。”[③]

萧统《文选》首创别骚与赋，只是一种在文体分类实践上的操作，后人曾为此补充诸多理论论述。

明代胡应麟认为，虽然骚与赋在用语上没有太大的区别，但却是大相径庭的两种文体。就句法而论，骚体参差错杂，不拘形式；赋类井然有序，整齐华美。就艺术表现而言，骚文崇尚含蓄委婉，内敛蕴藉；赋类力求铺张夸饰、宏富巨制。正如其《诗薮》云：“骚与赋句语无甚相远，体裁则大不同：骚复杂无伦，赋整蔚有序；骚以含蓄深婉为尚，赋以夸张宏巨为工。”[④]

清著名学者程廷祚《骚赋论》用上、中、下三篇极其详尽地论述了骚、赋的起源与异同，对骚、赋二体作出理论上的辨析。他认为，在起源上，“赋

---

① 刘师培：《论文杂记》，人民文学出版社 1998 年版，第 115 页。

② 萧月贤：《南朝梁代杰出的编辑家——萧统》，《郑州大学学报》1993 年第 4 期，第 36–38 页。

③ （清）永瑢等：《四库全书总目》，中华书局 1997 年版，第 1973 页。

④ （明）胡应麟：《诗薮》，中华书局 1962 年版，第 4 页。

与骚虽异体，而皆原于诗"，明确提出赋与骚是两种不同的文体，屈原和宋玉分别是骚和赋的第一位作家，即所谓"骚作于屈原"、"赋始乎宋玉"；在文体特征方面，骚主于陈情，赋主于体物，"骚长于言幽怨之情，而不可以登清庙。赋则能体万物之情状，而比兴之义缺焉"，从而对历来骚、赋不分的看法作了必要的澄清。①

刘熙载《艺概·赋概》亦云："问楚辞、汉赋之别，曰：楚辞按之而愈深，汉赋恢之而弥广。楚辞尚神理，汉赋尚事实。"② 刘氏所言之楚辞与汉赋之别，实则即骚赋之异也，就其立意和表现方法而言也颇中肯。

褚斌杰先生《中国古代文体概论》云："汉人把楚辞体诗歌归于赋类，魏晋沿袭，亦未加区辨。《文选》则于诗、赋之外，另立'骚'体一类，从而纠正了前人混淆两种文体的错误。"③ 他还说："刘勰在《文心雕龙》一书中，除《诠赋》篇外，另立有《辨骚》一篇。萧统在《昭明文选》中，也把'赋'和'骚'分为两门。他们都把屈原'楚辞'中的代表作《离骚》突出出来，作为'楚辞'体文学的代称。这样，不仅把辞、赋两种体裁的作品区分开来，而且也不至于跟作为书名的《楚辞》相混淆。从此以后，在文体分类上，就有了'骚体'这一名称。"④

金开诚在《屈原辞研究》中认为：最早意识到辞赋之别的，应该说是六朝人。如萧统《文选》选了一些楚辞，却不归入"赋"类，而别列一类称为"骚"，置于"诗"类之后；刘勰《文心雕龙》在《诠赋》之外别有《辨骚》。这都说明他们在严于文体之分的时代气氛中意识到了辞、赋之别。⑤

然而，萧统在《文选》中独立"骚"类，别"骚"于"赋"的做法，后世持不同见解的学者不乏其人，也曾遭到颇多的批评。如宋人吴子良《林下偶谈》卷二"《离骚》名义"条云："太史公言'离骚'者，遭忧也。离训遭，骚训忧，屈原以此命名，其文则赋也。故班固《艺文志》有《屈原赋》25 篇。

---

① （清）程廷祚：《骚赋论》，见郭绍虞：《中国历代文论选》，上海古籍出版社 1979 年版，第 145 页。

② （清）刘熙载：《艺概》，上海古籍出版社 1982 年版，第 86 页。

③ 褚斌杰：《中国古代文体概论》，北京大学出版社 1990 年版，第 23 页。

④ 同③，第 58 页。

⑤ 金开诚：《屈原辞研究》，江苏古籍出版社 1992 年版，第 5 页。

梁昭明集《文选》，不并归赋门，而别名之曰骚。后人沿袭，皆以骚称，可谓无义。篇题名义且不知，况文乎？”① 近代刘师培《汉书艺文志书后》云：“……班《志》所析，盖本二刘，自《昭明文选》析‘赋’‘骚’为二体，所选之赋，缘题标类，迥非孟坚之旨也。”② 著名语言学家黄侃亦云：“惟昭明选文，以《楚辞》所录为骚，斯为大失，后之览者，宜悉其违戾焉（原注：《楚辞》是赋，不可别名为骚，《离骚》二字，亦不可截去一字。纪评至谛）。”③

对此，近代著名文选学家高步瀛先生疏《文选序》“骚人之文，自兹而作”引罗日章的“赋之源虽本于诗，而实始于骚。屈原为辞赋之祖，故另叙入，但名骚，不名赋。后人所以有拟骚诸作，是‘骚’于‘赋’究自为一类”说后，案云：“《汉书·艺文志》有屈原赋25篇。骚即赋也。昭明析而二之，颇为后人所讥。然观此序，则骚赋同体，昭明非不知之。特以当时骚赋已分，故聊从众耳。”④

近代著名楚辞学家骆鸿凯也认为：“吴（子良）、姚（鼐）两氏以《汉志屈原赋》25篇，《宋玉赋》16篇，《淮南王群臣赋》44篇皆列于赋家。《离骚》特25篇之一，《招魂》亦16篇之一，《招隐士》亦44篇之一。昭明乃以骚名三家之赋；而又与赋别为一体，疑有未当。不知赋出于骚，骚为赋之祖，究可自为一类。彦和析论文体，以《辨骚》与《诠赋》分篇，是亦别骚于赋矣。《隋经籍志》集部特立《楚辞》一类，后世仍之，尤见推崇骚体，不与其他文辞同列之意。审是，可无疑于昭明之失当疑矣。”⑤

游国恩《中国文学史》则采取相对折中的态度。他认为：汉代一般称“楚辞”为赋，这是不十分恰当的。“楚辞”和汉赋，体裁截然不同，前者是诗歌，后者是押韵的散文，它们的句法形式、结构组织、押韵规律都是两种不同的范畴。……由于汉赋是直接受“楚辞”的影响发展起来的文体，在习惯上汉代人多以辞赋并称，把屈、宋之辞与枚乘、司马相如的赋等同起来。于是辞与赋的概念混淆了，从此以后，屈原的作品甚至全部楚辞都称之为赋了。其实它们是两种不同的文体，不应混为一谈。同时，游先生又说：“至于后人以《离骚》

---

① 吴子良：《林下偶谈》卷二，商务印书馆1936年版。

② 刘师培：《刘申叔遗书》下册，江苏古籍出版社1997年版，第1284页。

③ 黄侃：《文心雕龙札记》，上海古籍出版社2000年版，第23页。

④ 高步瀛：《文选李注义疏》，中华书局1985年版，第13–14页。

⑤ 骆鸿凯：《文选学》，中华书局1937年版，第26–27页。

代表《楚辞》而称之为‘骚’，如《文心雕龙》有《辨骚》篇,《文选》有‘骚’类等。……虽然名实不符，都是有意把楚辞和汉赋两种文体区别开来。”[①]

其实，萧统在《文选》中的别骚于赋也是有所本的。据《隋书·经籍志》集部总集类载，孔逭有《文苑》百卷。虽然该书今佚，但《中兴书目》对其情况有所记载云："孔逭集汉以后诸儒文章，今存十九卷，赋、颂、骚、铭、诔、吊、典、书、表、论，凡十属目录。"[②]可见，骚与赋在孔逭所编的总集中是分属于不同文体的。据此记载可知，南朝宋齐之间的孔逭是视骚、赋为不同文体的最早的学者。[③]只不过他的《文苑》未录屈原作品。萧统将骚赋分立二体，别骚于赋，或许是受孔逭《文苑》之影响，但其以骚指称全部楚辞，当为首创。可见，从汉至魏晋南北朝时期，"骚"与"赋"区分的文体独立观念始终没有明确提出来。南朝宋齐之际的孔逭是第一个将骚、赋分体独立标目的学者，而萧统则是第一个明确将楚辞称骚且将其与赋分体的学者，并将他的这种观念明确地表现在《文选》选文的文体分类中。在《文选》所分的三十九类文体中，赋居第一，骚居第三，它们是各自独立的文体。

"如果说，由宋玉到刘歆、班固反映了古人‘辞合于赋’文体观形成的过程，那么，从汉初司马迁等为‘楚辞’立名表现出朦胧的区分意向，到南朝宋骚与辞并而独立‘楚辞’部等，则显示了汉晋南朝人骚、辞与赋朦胧区分的艰难历程，其演进之迹虽复杂而线索尚可清理。"[④]而到萧统在《文选》中独立"骚"目，用以指称屈原全部作品及后世相关拟作，实现了以"骚"代称楚辞的又一突破，在楚辞学史上具有重大的意义。

四、"赋""骚""诗"与"赋""诗""骚"

还有一个值得讨论的现象就是，萧统打破了按文学体裁产生的先后也即诗、骚、赋的顺序来论述和安排选文，而且《文选序》与《文选》在诗骚赋

---

① 游国恩:《中国文学史》一，人民文学出版社 1963 年版，第 77–78 页。

② （清）纪昀:《四库全书》第 944 册，上海古籍出版社 1987 年版，第 436 页。

③ 力之:《〈楚辞〉与中古文献考说》，巴蜀书社 2005 年版，第 218 页。

④ 韩晖:《从〈文选〉分类看萧统对赋体的体认》,《广西师范大学学报》2008 年第 4 期，第 31–38 页。

三种文体排列上也是不同的。骚在《文选序》中是置于赋后诗前的，而《文选》却将骚置于赋和诗之后。对此，清人章学诚就曾对《文选》冠赋为首提出疑义：“每怪萧统《文选》赋冠诗前，绝无义理，而后人竟效法之，为不可解。”① 他还曾说：“赋先于诗，骚别于赋，赋有问答发端，误为赋序，前人之议《文选》，其显然者也。”② 今人徐复观先生则认为，从文学发展的历史而论，应该是诗歌发生最前，然后是楚辞，赋更是在诗和楚辞之后。《文选》赋、诗、骚的排列顺序，不仅对文体发展流变史混淆不清，而且重赋而轻骚，遮掩了楚辞在两汉文学史上的地位与价值。他在《〈文选〉对西汉文学把握的障蔽》一文中说：“对西汉文学的误解实始于《昭明文选》。萧统以统治者的地位，主持文章铨衡，他会不知不觉地以统治者对文章的要求作铨衡的尺度，而偏向汉赋两大系列中表现‘才智深美’的系列，即他所标举的‘义归乎翰藻’。同时，他把赋与骚完全分开，一开始是由‘赋甲’到‘赋癸’，分赋为十类。接着便是‘诗甲’到‘诗庚’，分诗为七类，再接着才是‘骚上’与‘骚下’。这样一来，不仅是时代错乱，文章发展的流变不明；并且很显明地是重赋而轻骚，贬损了《楚辞》对西汉文学家所发生的感召作用，因而隐没了《楚辞》这一系列在汉代文学中的实质的意义。”③ 傅刚则认为：“这一差别，似乎表明萧统并没有参加《文选》的实际编辑工作。”④

其实，萧统《文选》以“赋”为首以及《文选序》和实际编排中“骚”与“诗”位置易动是由他的文学观决定的，也和那个时代文学的发展状况以及文本编排的实际情况有关。

赋体文学在西汉兴起之后，很快由诗的附庸演变为大国。“赋”对政教的摆脱与游离使它更大程度地获得了自由抒写的个性，赋的宏侈巨衍，辞采靡丽的特点集中体现了南北朝时期华彩和藻饰的文学观念。《文选》选文则是对南北朝时期唯美主义集中体现。赋居诗前，这反映了时人及萧统以赋作为文学正宗的观念，“是对传统的‘思无邪’‘上以风化下，下以风刺上’的传统

---

① （清）章学诚撰，叶瑛校注：《文史通义校注》，中华书局 1985 年版，第 1065 页。

② （清）章学诚：《文史通义》，中华书局 2012 年版，第 123 页。

③ 徐复观：《中国文学论集》，台湾学生书局 1985 年版。

④ 傅刚：《从〈文选〉选赋看萧统的赋文学观》，《北京大学学报》2000 年 1 期，第 82–93 页。

的突破，是对文学自身理念的表达。”①《文选序》云：“《诗序》云：《诗》有六义焉：一曰风，二曰赋，三曰比，四曰兴，五曰雅，六曰颂。今之作者异乎古昔，古诗之体，今全取赋名。”② 由此可知，在魏晋南北朝时期，表现“诗六义”内涵的文体都称之为赋，也就是说，在这个时期赋在内容和艺术表现上取代了诗的地位，成为通行的代表性文体。

汉魏六朝时期，赋具有独特的地位，人们特别看重它，把它视作鉴别一个人是否有才能的标志。几乎每一个作家都写过赋，以证明自己的才力。③ 因此，刘歆《七略》、班固《汉书·艺文志》都是以赋居诗前的。由于《七略》、班《志》的影响以及赋在当时是检验文人才情标志，赋的地位大大提高。尽管汉魏六朝时期的文体观念在诗赋连称的时候仍是诗居赋先，但目录学和编辑体例却以赋居篇首，这在当时已成为一个习惯。④ 因此，《文选》以赋为首是以文体的时代性考量的。

其次，《文选序》中赋、骚、诗的排列顺序很好地反映了萧统的文学观。

萧统为梁武帝长子，与其弟萧纲、萧绎一起倡导文学，是为当时文坛之领袖。三人皆持“文学进化”之说。作为《文选》一书的序言，《文选序》论述了产生与进化、各类文体的区分、芟截选文的标准、选作的编次等，是萧统文学观的集中体现。“事出于沈思，义归乎翰藻”作为《文选》的选文标准，体现了萧统虽然讲究文质并重，但特别偏重于以审美的态度来审视文学，把精巧的艺术表现和华美的辞采藻饰看成文学本质的文学鉴赏态度。从这个角度来说，无疑是赋优于骚，而骚又优于诗。所以《文选序》的赋、骚、诗排列顺序和萧统惜采重文的文学观是吻合无隙的。那么为什么在《文选》正文中又将诗提到楚辞的前面呢？这可能由于两方面的原因。其一，《文选序》所论之“诗”与《文选》所选之“诗”在概念上是有区别的。《文选序》所论之“诗”是以《诗经》为主体广义的诗歌，论“诗六义”以见赋诗一体，体同而名异；论诗之产生以彰其内容特色和教化功能，故所选篇目例证全部出自《诗经》。而《文选》诗类入选篇目共计四百三十多首，除了极少数出自汉人之手

① 吴茹：《从〈文选〉选文标准看萧统的文学观》，《广西社会科学》2003 年第 7 期，第 109–111 页。
② （南朝梁）萧统：《文选》，上海古籍出版社 1986 年版，第 1 页。
③ 傅刚：《从〈文选〉选赋看萧统的赋文学观》，《北京大学学报》2000 年 1 期，第 82–93 页。
④ 同③。

以外，其他都是魏晋南北朝时期的诗歌。由于时代风尚的影响，这一时期的诗歌艺术表现上与《诗经》已有所不同，而是深受辞赋和骈文的影响，注重构思和藻饰。入选之诗歌更是“沈思”“翰藻”的精品。其次，就其入选篇目总数来看，《文选》入选诗歌共计四百三十首之多，而楚辞总数只有十三首，也许萧统是为了避免头重脚轻之嫌，故而将总量是楚辞数十倍的诗歌类作品放在骚类作品之前。

第四节 楚辞类型特征的准确把握

《文选》“骚”目之下共选录十三篇作品。其中屈原作品十篇：《离骚》《九歌》六篇（《东皇太一》《云中君》《湘君》《湘夫人》《少司命》《山鬼》）、《九章》一篇（《涉江》）、《卜居》《渔父》；宋玉作品二篇：《九辩》（后略三十二句）、《招魂》；刘安作品一篇：《招隐士》。可见，《文选》选骚是在顾及楚辞整体基础之上而侧重屈宋作品的。

然而，南宋洪兴祖对萧统《文选》选录屈原作品颇有异议，他在《楚辞补注》中说：

> 《艺文志》云：《屈原赋》二十五篇。然则自《骚经》至《渔父》，皆赋也。后之作者苟得其一体，可以名家矣。而梁萧统作《文选》，自《骚经》《卜居》《渔父》之外，《九歌》去其五，《九章》去其八。然司马相如《大人赋》率用《远游》之语，《史记·屈原传》独载《怀沙》之赋，扬雄作《伴牢愁》，亦旁《惜诵》至《怀沙》。统所去取，未必当也。自汉以来，靡丽之赋，劝百而讽一，无复恻隐古诗之义。故子云有曲终奏雅之讥，而统乃以屈子与后世词人同日而论，其识如此，则其文可知矣。①

洪兴祖认为，屈原作品二十五篇均是佳作精品，对后世文人影响极大，《文选》只选录其中之十篇，取舍不够恰当。以洪兴祖之意，似乎屈骚二十五篇全部入选《文选》方才合理。其次，洪兴祖认为萧统过分抬高了自汉大赋而始的崇尚雕琢、渐失诗教的赋体文学的地位，《文选序》将屈原与其后赋家放

---

① （宋）洪兴祖：《楚辞补注》，中华书局 1983 年版，第 181 页。

在同等地位并列论述，显示了萧统文学观的不足。洪氏之论，带有明显的尊屈倾向，其个人情绪性是非常明显的，应该说是对萧统的文学理念和《文选》的选文原则没有完全领悟而导致的。那么，洪兴祖的指责是否有道理呢？

首先，作为一部囊括八代、跨越千年的文学选集，《文选》自然不能录屈原的全部作品而成为屈骚总集。《文选》选录了屈原十篇作品，占其全部二十五篇作品的百分之四十。而《文选》所选录汉魏六朝作品，汉代选篇较多的是：司马相如七篇、扬雄六篇、班固九篇、张衡九篇；建安作家入选作品最多四家是：曹植三十二篇、王粲十四篇、刘祯十篇、曹丕九篇；正始作家中阮籍十九篇、嵇康九篇；太康作家中陆机六十一篇（《演连珠》五十首作一篇计）、潘岳二十二篇；刘宋时代，谢灵运三十九篇、颜延之二十七篇、鲍照二十篇；南齐作家，谢朓二十四篇、任昉二十一篇、沈约十七篇。考量以上诸作家现存作品总量，屈原入选《文选》篇目占其全部作品的百分之四十，其入选比例之高，历代作家是无人能比的。如果从篇幅上考量，屈原之《离骚》有洋洋数千言，虽然只有十篇品入选，但在整部《文选》中所占的分量也为其他作家难于匹敌。同时，较之以复古思想的基本理念，倡导祖述经书，论述也是详古略今的《文心雕龙》，《文选》是以文学发展观为立足点，详今略古，多数撰录的是宋、齐、梁代的作品。在此情况之下尚且收录如此众多的屈原之作，足见萧统对屈原作品的肯定。

“事出于沈思，义归乎瀚藻”是《文选》的选录标准，代表了萧统的艺术取向，表明萧统非常注重艺术情感的审美价值。《文选》的具体选文表明萧统感受到这些抒情性诗赋独有的艺术特征与审美意义，对艺术情感具有比较理性的认识。《文选》所选录《离骚》《湘君》《湘夫人》《九辩》《招魂》《招隐士》等均是具有代表性的楚辞作品，可见他对楚辞的特点及众多的楚辞作品在艺术上的高低都有明确的认识。

《离骚》是我国文学史上最长的自传体政治抒情诗，是屈原的代表作品，更是浪漫主义诗歌的杰出代表，其艺术表现和语言辞采都堪称杰作，这符合萧统“事出于沈思，义归乎翰藻”的选文标准，故《文选》录之为骚类第一。

《九章》在屈原的作品中和《离骚》同类，都属于自传体政治抒情诗。“这九篇作品，在屈原的创作中，显然属于《离骚》的一个类型，和《九歌》《天问》《招魂》等篇是不同性质的。《离骚》为屈原综合性质的自叙传，《九章》则是更具体的片段生活记录和心情反映。它们环绕在《离骚》的周围，某些篇是旁出的支流，某些篇是叙次的延续。”[①] 既然《文选》已全文照录屈原之代表作《离骚》，《九章》自然应该从略，而由于《九章》在屈原作品中自成一体，故而录其中之一作为代表。

“萧统的情感观念以及由此构成的审美机制存在着三个层面的内容。首先，在对文学本质特征的理性认识上，他能够抓住文学的美感本源，以情论文，突出了艺术情感在文学作品中的中心地位。其次，在对艺术情感的价值判断上，他更肯定悲剧型情感的美感价值，尤重悲伤之情对审美心理的感染力度。再次，在对艺术情感的具体构造与题材选择上，他又从个性化的审美趣味出发，独重儿女艳悲之情”[②]，因此“绮靡以伤情”尤其契合萧统的美学观念。《九歌》在人神恋爱的面纱背后，蕴含着深刻的悲剧情结。《湘君》情调柔婉凄迷，《湘夫人》的缠绵悱恻，《山鬼》的美丽多情等女性化的文化气质都代表了楚辞尚悲重丽的艺术风格，故《九歌》入选之作也都是极具代表性。

由于《天问》的行文方式很独特，号称“千古奇文”。它站在理智的高度，反复诘问天地自然和人世之理，从而激发人们用理性的方式去追寻科学的答案，反映了屈原的学术思想和科学的精神，显示了较高历史文化价值而非文学审美特质。《天问》虽然有着丰富的思想内容，符合“事出于沈思”之则，但作为长篇哲理诗，这显然与“义归乎翰藻”选文标准不大吻合，因此《文选》未选该篇是情理之中的事情。

可见，《文选》入选屈原作品既是其代表作又符合萧统重辞采的唯美主义文学观念，体现了萧统对屈原作品类型特征的准确把握和审美价值的独到认识。

第五节　宋玉文学成就地位的肯定与确立

在经学笼罩下的两汉时代，楚辞主要代表作家宋玉是饱受批评的。司马

① 马茂元：《楚辞选》，人民文学出版社 1958 年版，第 117 页。

② 查屏球：《由〈文选〉诗赋立目看萧统情感意识及宫体诗审美机制》，《江海学刊》1994 年第 4 期，第 152–158 页。

迁《史记·屈原列传》中评价云："屈原既死之后，楚有宋玉、唐勒、景差之徒者，皆好辞而以赋见称；然皆祖屈原之从容辞令，终莫敢直谏。其后楚日以削，数十年竟为秦所灭。"[①] 显然，司马迁对宋玉是持批评态度的，认为宋玉作品形式华丽有余但其内容关注现实不足。其后扬雄称宋玉赋是"丽以淫"的"辞人之赋"。班固《汉书·艺文志·诗赋略》云："大儒孙卿及楚臣屈原离谗忧国，皆作赋以风，咸有恻隐古诗之义。其后宋玉、唐勒，汉兴枚乘、司马相如，下及扬子云，竟为奢丽闳衍之词，没其风喻之义。是以扬子悔之，曰：'诗人之赋丽以则，辞人之赋丽以淫。'"[②] 魏晋时期贬宋观点仍然存在。挚虞《文章流别论》云："前世为赋者，有孙卿、屈原，尚颇有古诗之义，至宋玉则多淫浮之病矣。"[③]

与自汉开始数百年来褒屈贬宋的传统观点不同，萧统在《文选》中从理论论述到作品选录都对宋玉作了极大的肯定。《文选序》云：

> 至于今之作者，异乎古昔。古诗之体，今则全取赋名。荀宋表之于前，贾马继之于末。自兹以降，源流实繁。述邑居则有"凭虚""亡是"之作，戒畋游则有《长杨》《羽猎》之制。若其纪一事，咏一物，风云草木之兴，鱼虫禽兽之流，推而广之，不可胜载矣！[④]

萧统认为宋玉和荀况同是赋体文学的开创者，故将宋玉的作品与荀卿并列，同居赋源，同时，将屈原宋玉分开论述，以屈原创骚而宋玉创赋，将宋玉的文学史地位抬高到史无前例的高度。"这种认知不仅比传统的辞、赋不分的赋体文学起源说更为科学，而且对荀、宋开创赋体文学的价值有所区别，更显得深入细密。"[⑤] 钱穆先生也高度评价说："宋玉与荀卿并举，列之在前，故独以骚体归之屈子，不与荀宋为伍，此一分辨，直探文心，有阐微导正之功矣。"[⑥] 这和同时代的刘勰的见解颇为一致。刘勰《文心雕龙·诠赋》说："然

---

① （汉）司马迁：《史记》，中华书局 1956 年版，第 2491 页。

② （汉）班固：《汉书》，中华书局 1962 年版，第 1756 页。

③ 曾永义，何庆明：《两汉魏晋南北朝文学批评资料汇编》，台北编译馆 1978 年版，第 198 页。

④ （南朝梁）萧统：《文选》，上海古籍出版社 1986 年版，第 2 页。

⑤ 刘刚：《关于〈文选〉对宋玉辞赋著录所反映的宋玉批评问题》，《鞍山师范学院学报》2009 年第 3 期，第 20–25 页。

⑥ 钱穆：《中国学术思想史论丛》，东大图书有限公司 1985 年版，第 118 页。

赋也者，受命于诗人，拓宇于楚辞也。于是荀况《礼》《智》，宋玉《风》《钓》，爰锡名号，与诗画境，六义附庸，蔚成大国。”宋玉作为赋体文学的开创者的地位由此得以明确地提出。稍早于萧统的任昉在《文章缘起》中也曾说：“赋，楚大夫宋作。”萧统论宋赋与刘勰任昉之论可谓相得益彰。

在具体作品收录上，《文选》更体现出对宋玉文学创作的全面肯定。《文选》收先秦作家作品，首推屈原，共十篇，明确标明著作权属于宋玉作品则有七篇，分别是：骚类的《招魂》《九辩》；赋类的《风赋》《高唐赋》《神女赋》《登徒子好色赋》；对问类的《对楚王问》。此外，江柳先生考证，《文选》赋类署名为傅武仲的《舞赋》其实也是宋玉所作。理由是：据《古文苑》所录署名宋玉的《舞赋》之全文二百六十六字几乎全部包含在《文选》所录署名傅武仲的《舞赋》中，以及“从审美观而论，傅武仲所持的是儒家审美观，在情感上他是否定和排斥‘郑卫之音’的，而《文选·舞赋》却是热情赞美‘郑舞’的，因此从创作主体意识上讲，傅武仲创作《舞赋》是绝不可能的。再从才情而论，傅武仲艺术才情平庸，文笔笨拙，他也不可能创作《舞赋》。《文选·舞赋》在行文格式及语言风格上与宋玉的其他作品是相同的”。由此得出结论：《文选》所录署名傅武仲的《舞赋》亦系宋玉所作。[①] 若果如其然，则《文选》共收录宋玉作品八篇。宋玉的传世作品有《楚辞章句》所收的《九辩》《招魂》；《文选》所收的《风赋》《高唐赋》《神女赋》《登徒子好色赋》《对楚王问》；《古文苑》所收的《笛赋》《大言赋》《小言赋》《风赋》《钓赋》《舞赋》；《文选补遗》所收的《微咏赋》，共十四篇。《汉书·艺文志》言“宋玉赋十六篇”，即使以《汉书·艺文志》为是，《文选》收录宋玉作品也占其全部作品的百分之五十，而占其现存作品的百分之五十七。入选作品比例之大，种类之全面，在详今略古的《文选》中，在数量上紧追屈原，在所占个人全部作品比例上甚至有所超过，可见萧统对其作品的肯定以及对其文学史地位的认同感是多么的强烈。

《文选》所收之赋是按类分别，共十五类，收录先秦、两汉、魏、两晋、宋、梁三十一家五十二篇作品。其中先秦作家一人（宋玉），作品四篇；西汉作家四人，作品八篇；东汉作家八人，作品十二篇；魏作家四人，作品四篇；西晋

① 江柳：《〈文选〉所录〈舞赋〉系宋玉所作考论》，《湖北大学学报》2011 年第 5 期，第 42–46 页。

作家七人，作品十五篇；东晋作家二人，作品二篇；宋作家四人，作品五篇；梁作一人，作品二篇。

《文选》在赋目下选了宋玉《高唐赋》《神女赋》《登徒子好色赋》《风赋》，加之误为傅武仲的《舞赋》共五篇，数量甚多，比例甚高。《文选》对所收录的三十一位作家五十二篇赋作，突破传统赋体分类方法，按照题材将其分为京都、郊祀、耕籍、畋猎、纪行、游览、宫殿、江海、物色、鸟兽、志、哀伤、论文、音乐、情等十五类。值得注意的是《文选》特设“物色”“情”赋两类。“物色赋”选有宋玉《风赋》、潘安仁《秋兴赋》、谢惠莲《雪赋》及谢希逸《月赋》；“情赋”类选有宋玉的《高唐赋》《神女赋》《登徒子好色赋》和曹植的《洛神赋》。萧统将表现这种儿女之情的赋单列一类并冠之以“情”名，正说明在他的审美思维中这类艺术情感最富有艺术感染力，故视为情的正宗。[①]对于“物色赋”类目首选宋玉的《风赋》，而“情赋”类选宋玉赋三篇，曹植《洛神赋》亦为效宋玉之《高唐赋》《神女赋》而作，此种编排是对宋玉文学成就及其文学史地位的极大肯定，对两汉以来以宋玉辞赋藻丽浮华而贬低之的学术潮流的矫正。对此，刘刚先生评论云：“在‘物色’类目中，《文选》首选宋玉的《风赋》以之为范文，这无疑是认同宋玉《风赋》是‘丽而不浮’‘典而不野’的典型范文，这对于汉人宋玉赋‘必也淫’的评价是一种实践性的纠正……在‘缘情’观念的引领下，为男女之情立目，并一连选录了宋玉的三篇作品，体现了他们对宋玉及其作品的重新认知和充分肯定，同时也是对汉人关于‘没其讽喻之意’的宋玉批评标准的实践性驳议。”[②]足见萧统对宋玉文学史地位的重视与肯定。萧统对宋玉的这种定位无疑是比较中肯的，对楚辞学的意义是巨大而深远的。

《文选》载宋玉的作品赋类居多而骚类较少，这正是宋玉的文学创作。《文选》所载宋玉赋不仅在形式上属首创，内容也有所开拓，并且在讽谏意义上和屈原诸作有相通之处。欧阳修《宋诗话辑佚·陈辅之诗话》云：“宋玉诗比

① 查屏球：《由〈文选〉诗赋立目看萧统情感意识及宫体诗审美机制》，《江海学刊》1994年第4期，第152–158页。

② 刘刚：《关于〈文选〉对宋玉辞赋著录所反映的宋玉批评问题》，《鞍山师范学院学报》2009年第3期，第20–25页。

屈原，时有出蓝之色。”① 对于《文选》所录宋玉诸赋作，均具讽谏意义，前人已有所论。刘勰《文心雕龙·谐隐》云：“宋玉赋《好色》，意在微讽，有足观者。”《文选》李善注转引《汉书》注云：“（《高唐赋》）盖假设其事，风谏淫惑也。”②《登徒子好色赋》乃“假以为辞，讽于淫也”③。《文选》吕向注《风赋》云：“时襄王骄奢，故宋玉作此赋以讽之。”④ 诚如邓元煊先生所言：“宋玉的斗争精神和思想境界有不及屈原之处，但就其本质来看是一致的，而且在某些方面还有所发展。如《对楚王问》中提出‘曲高和寡’的问题，《登徒子好色赋》之着意区别‘好色’与‘好淫’，《高唐赋》《神女赋》对富有理想光辉的神女形象的塑造，以及《风赋》的以物寓志等等，或发前人所未发，或进一步发挥了前人的思想，皆弥足珍贵。”⑤

虽然《文选序》荀、宋并提，但《文选》只选了宋玉赋，而未选荀子赋。⑥其因可能有二：其一，从《文选》义归乎翰藻、凸显华艳之文的选文原则来看，宋玉之赋作在辞采上确实远甚于荀况。其二，从对汉赋的影响来看，宋玉的影响的确比荀况要大得多。宋玉开创的散体赋影响极大，仿作甚多，最终成为汉赋的主流；而荀子开创的四言赋的影响要小得多，仿作寥寥，只是汉赋的支流而已。因此《文选》所入选的赋作就其源流来讲都是源于宋玉赋，而非源于荀子赋。

此外，《文选》骚类（楚辞类）选录宋玉《九辩》五首（即前五段）、《招魂》一首。从《文选》骚类选文整体来开，屈原十篇，选宋玉二篇，刘安一篇，这是对宋玉作为骚体文学代表作家的地位紧随屈原的认同。从入选比例看，屈原传世作品二十五篇入选十篇，占百分之四十，宋玉传世骚作二篇入选一篇半，占百分之七十五，这也是对宋玉骚作质量极大肯定。《文选》设有

---

① （清）纪昀：《四库全书》第873册，上海古籍出版社1987年版，第996页。

② （南朝梁）萧统：《文选》，上海古籍出版社1986年版，第875页。

③ 同②，第892页。

④ （南朝梁）萧统编，（唐）李善等注：《六臣注文选》，中华书局2012年版，第246页。

⑤ 邓元煊：《〈文选〉载宋玉赋内容新论》，《四川师范大学学报》1990年第2期，第28–34页。

⑥ 《文选》赋类共选录三十一位作家五十二篇赋作，其中标明宋玉赋共四篇，仅次于入选七篇的潘岳和入选五篇的张衡。

"对问"一体，类目下只收录宋玉《对楚王问》一篇[①]，表明《对楚王问》既是该文体的开体之作，也是代表之作。

也许有人认为，萧统之所以如此看重宋玉的作品，对他的文学史地位给予前所未有的高度评价和定位，是过分重视文学的审美表现形式，而忽略作品的思想内容。"齐、梁文学讲究'新变'，诗人的观念如萧子显所言'若无新变，不能代雄'，这一新变具体表现为文人诗逐渐脱去典雅的文化面具而全面接受了南朝吴歌西曲的庸俗情调。因为南朝乐府与文人自身的楚辞化的艺术模式在女性化的艺术气质与重悲尚艳的审美取向上是重合的，具有文化上的血缘关系，它更加迎合文人心理底层中放纵情欲的文化心态"[②]，其实不然。出生于帝王之家的萧统受过严格的儒家正统教育，但又深受时代的影响，思想活泼，在东宫聚集着众多的文学名士，致力于文学创作、校勘和编纂。他"重风教但不排斥斯文，重自然之情而不放纵欲念，重翰藻又求沈思，体现出一种雅正的文学趣味"[③]。萧统虽然把"辞采""文华""翰藻"等形式美作为选录作品的一个重要标准，但这种形式美不同于南朝一些文人追逐的奢靡华美、浮艳轻佻的文风。萧统同时也很注重入选作品的雅正。认为作者必须有良好的道德修养。《南史·萧统传》载："尝泛舟后池，番禺侯轨盛称此中宜奏女乐，太子不答，咏左思《招隐诗》云：'何必丝与竹，山水有清音。'轨惭而止。出宫二十余年，不畜音声。"[④]因此《文选》对南朝文人中描写男女之情，风格比较轻艳的宫体诗，以及内容仅仅局限于着重咏物的作品一概不选。萧统对文学作品的要求表现在他的《答湘东王求文集及〈诗苑英华〉书》中，他说："夫文典则累野，丽则伤浮，能丽而不浮，典而不野，文质彬彬，有君子之致。吾尝欲为之，但恨未逮耳。"[⑤]刘孝绰在给萧统的文集作序时也称："深乎文者，兼而善之，能使典而不野，远而不放，丽而不淫，约而不俭，独擅众美，斯

---

① 《文选》"对问"类文体的设立当源于刘勰的《文心雕龙》。《文心雕龙·杂文》云："宋玉含才，颇亦负俗，始造对问，以申其志，放怀寥廓，气实使之。"

② 查屏球：《由〈文选〉诗赋立目看萧统情感意识及宫体诗审美机制》，《江海学刊》1994年第4期，第152–158页。

③ 杨德才：《刘勰和萧统的楚辞观》，《荆州师专学报》1998年第1期，第64–68页。

④ （唐）李延寿：《南史》，中华书局1975年版，第1310页。

⑤ （清）纪昀：《四库全书》第1414册，上海古籍出版社1987年版，第484页。

文在斯。”[①] 萧统本人反对声色，重视立身之道以及文章的教化作用，按照其选录标准——雅正，他完全做到了这一点。[②]

《文选》“事出于沈思，义归乎翰藻”选文宗旨本身就反映了萧统文质并重的文学观，说明萧统在重视文章形式美的同时，并没有忽视文章的内容。“出于沈思”，“归乎翰藻”。也就是说，通过精心的艺术构思，使文章所用的材料能够很好地为表现主题服务，主题所表达的中心内容和思想倾同也与材料本身相一致，做到材料与主题的统一，然后选用华丽的语言诉诸文字，从而做到意能称物，文能逮意，使得内容与形式能够完美地结合。[③]

甚至有人认为，“从萧统现存的作品看来，他虽然主张‘丽’和‘典’并重，但其创作似显得典雅有余，而华丽不足。”从《文选》所选作品而来，实是典雅之作多于华靡之作，体现了萧统喜爱偏重于典雅而稍欠华丽的创作风格。[④]

萧统把“事出于沈思，义归乎翰藻”作为《文选》选录作品的标准，提出了经史子不属于文学的选题原则。所以经史子部均不在入选之列。但这一切也并非绝对，因为文采特别好，《汉书》《晋纪》《后汉书》《宋书》中的十多篇赞论序述破例入选。这在《文选序》是有特别说明的：“至于记事之史，系年之书，所以褒贬是非，纪别异同，方之篇翰，亦已不同。若其赞论之综缉辞采，序述之错比文华，事出于沈思，义归乎翰藻，故与夫篇什，杂而集之。”“作为一位大选家，萧统的主张包括两个基本的方面。一方面他接受了儒家正统文学思想，十分重视‘风教’亦即作品的伦理政治教化作用，与其父梁武帝萧衍的崇儒政策完全一致；另一方面是他十分强调‘翰藻’，要求作品有华美的文采。两方面综合起来，即其所谓‘丽而不浮，典而不野，文质彬彬’。”[⑤] 由此不难看出，萧统对宋玉作品是从思想内容到艺术形式是全面肯定的。

萧统对宋玉骚作的评价对后世影响甚大。《文选》对宋玉辞赋的著录提升

---

① （清）纪昀：《四库全书》第1415册，上海古籍出版社1987年版，第364页。

② 梁才：《萧统文学思想的进步性》，《中州学刊》1993年第5期，第139–140页。

③ 马正学：《从〈文选〉看萧统的文学观》，《西北师大学报》1996年第2期，第31–35页。

④ 曹道衡：《萧统的文学观和〈文选〉》，《文学遗产》2004年第4期，第23–34页。

⑤ 顾农：《风教与翰藻：萧统的文学趣味和〈文选〉的选文趋向》，《扬州师院学报》1992年3期，第40–45页。

了宋玉的文学地位，传播了宋玉作品，扩大了宋玉的影响，对于宋玉批评来说，有着积极的意义。可以说，在萧梁时代，《文心雕龙》和《文选》一个在理论上、一个在实践上共同正确地评介了宋玉，共同开辟了欣赏宋玉作品的审美时代。①

第六节　楚辞学研究重要史料的保存

《文选》是现存的继王逸《楚辞章句》之后保存楚辞作品最全面的典籍，加之版本众多，且很早就成了一门专门的学术，因此为后世学楚辞者保存了诸多宝贵的研究资料。

后汉王逸《楚辞章句》是现存最早也是最完整的《楚辞》注本，而宋洪兴祖的《楚辞补注》则是目前最常见的《楚辞章句》本，对《楚辞章句》原貌的保存起着重要的作用。《四库全书总目》卷一百四十八《楚辞补注提要》云："汉人注书，大抵简质，又往往举其训诂而不备列其考据。兴祖是编，列逸注于前，而一一疏通证明补注于后，于逸注多所阐发，又皆以补曰二字别之，使与原文不乱，亦异乎明代诸人妄改古书，恣情损益，于《楚辞》诸注之中，特为善本。"② 根据郭宝军先生研究：洪兴祖《楚辞补注》引及《文选》凡七十三处，引五臣者凡四百二十六处，引及李善者凡二十一处，另有少量地方直接引用《文选》中的某一篇目。《楚辞补注》中引及《文选》与注释的大都是《文选》中收入的《楚辞》篇目，但在未收入《文选》的《楚辞》篇目中亦有引用《文选》与注释的地方。③

再如，日本金泽文库藏唐写本《文选集注》一百二十卷，撰人不详。1918 年，罗振玉先生影印所得者十六卷入《嘉草轩丛书》。因该书多避唐高祖、太宗、高宗之讳，其注除集李善外，尚有《钞》《音决》、五臣、陆善经诸说，

---

① 刘刚：《关于〈文选〉对宋玉辞赋著录所反映的宋玉批评问题》，《鞍山师范学院学报》2009 年第 3 期，第 20–25 页。

② （清）永瑢等：《四库全书总目》，中华书局 1997 年版，第 1975 页。

③ 郭宝军：《论洪兴祖〈楚辞补注〉对〈文选〉及其注释的接受》，《南京师范大学文学院学报》2010 年第 2 期，第 148–153 页。

又有“今案”字样，故推断其书当出于中唐以后。该书虽有一百二十卷之多，但今存者甚寡。其中骚类仅存《离骚》残卷和《招魂》《招隐士》两篇。《离骚》残卷起“序”至“恐导言之不固”，为卷六十三，题为“骚一”;《招魂》《招隐士》两篇为卷六十六，题为“骚四”。据此可知《文选集注》分骚为四卷，其中独自分《离骚》为六十三、六十四两卷。《文选集注》骚类虽为残卷，却保留了不少有关《楚辞》的旧注遗说，其中除公孙罗《音决》、陆善经注语，又引述蓦公、萧该、曹宪诸家音切，有很高的文献价值。其中也有不少新说较胜旧说，能给我们一定的启发。其与楚辞研究价值斐然。王德华先生说：“骚类残卷文字上的校勘价值有被学者誉为‘一字千金’者，不仅为选学界所推重，而且也引起了楚辞学界的足够重视。”[①] 熊良志先生也认为：日本《文选集注》，保存了大量我国今日古籍不见的文献资料。其中骚类残卷，用以校读《文选》各家善本骚类及《楚辞》，倍觉珍贵，可补宋、明刻本之不足，得正历来旧本之衍、误。书中保存的隋唐人关于《楚辞》的音读、训诂、考异，可以补充和丰富我们对于隋唐时期楚辞研究的认识和了解，这在今日隋唐楚辞研究资料甚少的情况下，尤有意义。[②] 足见《文选》对于楚辞学史料保存的重要价值之所在。

此外，对于利用《文选》与《楚辞章句》的互证，也曾引起过关于王逸《楚辞章句》小序真伪的讨论。

现存洪兴祖《楚辞补注》本的《楚辞章句》各篇小序中有矛盾与抵牾之处，除《离骚后序》《天问后序》两序被公认为王逸作之外，细读其他十七篇小序，矛盾丛出，学者多有所论。近人蒋天枢先生疑其非王逸作而是旧本原有；林维纯先生则认为“今存于《楚辞章句》1—15 卷的前序，最有可能出于西汉后期宗室大臣刘向之手”[③]。对此，王德华先生认为：日本金泽文库藏唐写本《文选集注》骚类残卷“《离骚经・小序》引录的各本序文及案语，为我们提供了《文选》本《离骚小序》在唐代变化的一些情况以及《文选》

① 王德华：《日本金泽文库〈文选集注〉骚类残卷〈离骚经・小序〉解辨》，《文献》1999 年第 4 期，第 39–48 页。

② 熊良智：《〈文选集注〉骚类残卷在〈楚辞〉研究中的价值》，《四川师范大学学报》1995 年第 4 期，第 56–61 页。

③ 林维纯：《试论〈楚辞章句〉“序文”的作者问题》，《暨南学报》1986 年第 2 期，第 47–57 页。

原本收录骚类作品八篇小序的一些信息，对我们探究王逸《楚辞章句》《离骚》等八篇小序的原貌具有重要的文献价值”[①]。同时，他还认为:《文选》原本录有王逸《楚辞章句》的八篇小序，尤刻李善注本则基本保留了其原貌的文献价值。从《文选》本骚类作品八篇小序中的研究，可见帮助解决补注本《楚辞章句》的版本问题；补注本《楚辞章句》中矛盾抵牾的原因，主要是多篇小序非出于一人之手，因而，《楚辞章句》成书之后，还存在一个不断增补的问题。[②]

以上是王德华先生依据《文选》不同版本中所载的骚类八篇小序之内容与《楚辞章句》各有不同程度删减而得出的结论。[③]《文选》骚类小序较之《楚辞章句》小序删节情况如下（加着重号内容为删减部分）:

（一）《离骚序》:

①离，别也；骚，愁也；经，径也。言己放逐离别，中心愁思，犹依道径，以风谏君也。

②《离骚》之文，依诗取兴，引类譬喻，故善鸟香草，以配忠贞；恶禽臭物，以比谗佞；灵修美人，以媲于君；宓妃佚女，以譬贤臣；虬龙鸾凤，以托君子；飘风云霓，以为小人。其辞温而雅，其义皎而朗，凡百君子，莫不慕其清高，嘉其文采，哀其不遇，而愍其志焉。

（二）《招魂序》

《招魂》者，宋玉之所作也。招者，召也。以手曰招，以言曰召。魂者，身之精也。宋玉怜哀屈原，忠而斥弃，愁懑山泽，魂魄放佚，厥命将落。故作《招魂》，欲以复其精神，延其年寿，外陈四方之恶，内崇楚国之美，以讽谏怀王，冀其觉悟而还之也。

（三）《招隐士序》

《招隐士》者，淮南小山之所作也。昔淮南王安，博雅好古，招怀天下俊

---

① 王德华:《日本金泽文库〈文选集注〉骚类残卷〈离骚经·小序〉解辨》,《文献》1999 年第 4 期，第 39–48 页。

② 王德华:《〈文选〉本骚类作品八篇小序的文献价值》,《浙江大学学报》2000 年第 1 期，第 59–64 页。

③《文选》共录楚辞类作品十三篇，即《离骚》《九歌》六首、《九章》一首、《卜居》《渔父》《九辩》《招魂》《招隐士》，除《九歌》六首为一篇小序外，其余每篇一序，共有序八篇。

伟之士。自八公之徒，咸慕其德，而归其仁，各竭才智，著作篇章，分造辞赋，以类相从，故或称小山，或称大山。其义犹《诗》有《大雅》《小雅》也。小山之徒，闵伤屈原，又怪其文升天乘云，役使百神，似若仙者，虽身沉没，名德显闻，与隐处山泽无异。故作《招隐士》之赋，以章其志也。

（四）《九章序》

《九章》者，屈原之所作也。屈原放于江南之壄（尤刻本作“野”），思君念国，忧心罔极，故复作《九章》。章者，著也，明也。言己所陈忠信之道，甚著明（尤刻本作“明著”）也。卒不见纳，委命自沈。楚人惜而哀之，世论其词，以相传焉。

（五）《九歌序》

《九歌》者，屈原之所作也。昔楚国南郢之邑，沅、湘之间，其俗信鬼而好祠。其祠，必作歌乐鼓舞以乐诸神。屈原放逐，窜伏其域，怀忧苦毒，愁思沸郁。出见俗人祭祀之礼，歌舞之乐，其词鄙陋，因为作《九歌》之曲，上陈事神之敬，下见己之冤结，论之以风谏，故其文意不同，章句杂错，而广异义焉。

（六）《九辩序》

《九辩》者，楚大夫宋玉之所作也。辩者，变也，谓陈道德以变说君也。九者，阳之数，道之纲纪也。故天有九星，以正机衡；地有九州，以成万邦；人有九窍，以通精明。屈原怀忠贞之性，而被谗邪，伤君暗蔽，国将危亡，乃援天地之数，列人形之要，而作《九歌》《九章》之颂，以讽谏怀王。明己所言，与天地合度，可履而行也。宋玉者，屈原弟子也。闵惜其师，忠而放逐，故作《九辩》，以述其志。至于汉兴，刘向、王褒之徒，咸悲其文，依而作词，故号为‘楚词’。亦采其九以立义焉。

（七）《渔父序》

《渔父》者，屈原之所作也。屈原放逐，在江、湘之间，忧愁叹吟，仪容变易。而渔父避世（尤刻本作“俗”）隐身，钓鱼江滨，欣然自乐。时遇屈原川泽之域，怪而问之，遂相应答。楚人思念屈原，因叙其辞，以相传焉。

（八）《卜居序》

《卜居》者，屈原之所作也。屈原体忠贞之性，而见嫉妒。念谗佞之臣，承君顺非，而蒙富贵。己执忠直，而身放弃，心迷意惑，不知所为。（尤刻本此处仅为“原放弃”三字）乃往至太卜之家，稽问神明，决之蓍龟，卜己居世何所宜行，冀闻异策，以定嫌疑。故曰《卜居》也。

将《楚辞章句》各篇序言和《文选》诸版本对照可以发现：《离骚序》《招魂序》《招隐士序》三篇部分内容在《文选》尤刻本和《文选集注》中李善注有着相同的删减（加着重号部分文字两种《文选》版本皆无），此三篇序言其他部分内容《文选》与《楚辞章句》相同。而《九章序》《九歌序》《九辩序》《渔父序》《卜居序》等五篇在尤刻本中则有不同程度的删减（加着重号部分为尤刻本所无）。王德华先生据《四库全书总目·楚辞章句提要》云：“逸注虽不甚详赅，而去古未远，多传先儒之训诂，故李善注《文选》，全用其文。”①从而认定“《文选》尤刻李善注本保留了王逸《章句》八篇小序原貌”，并得出“从尤刻本到补注本，其间必存在着一个增补问题”的结论。②虽然《四库全书总目》中的“李善注《文选》，全用其文”理应既包括王逸注文也包含其所作各篇序言，但需要辨明的是，“全用其文”当指李善注《文选》对王逸《楚辞章句》内容没有擅自增添或改易。由于《文选》是文学选本，出于萧统文学观和具体选录的需要，对入选楚辞作品的王逸的小序作一定程度的删减也是情理之中的事，应该说并没有违背《四库全书总目》“全用其文”之说。再从具体情况来看，被删减之内容多与《文选》编纂原则或萧统文学观不甚恰合。如《离骚序》中删减了王逸对“离骚经”的具体解释以及论《离骚》对《诗经》比兴手法继承与发展的经典之论，也即后人所谓的“香草美人之喻”两段文字。其中前者向来被看作是王逸对“离骚”标题作出的与司马迁、班固不同的解释，可见，萧统不选取有争议的学术问题，而注重对为世人公认的文学性的认可；后者由于刻意凸显《离骚》“依经立义”的思想而有悖于萧统“事出于沈思，义归乎翰藻”的文学观。《招魂序》《九辩序》《九歌序》均删减了有关强调讽谏意义的内容等等。因此，《文选集注》录载李善注本小序及尤刻李善注本《文选》骚类八篇小序，应为《文选》原本录载之王逸《楚辞章句》小序之原文，但存在不同程度的删减。如果仅以《文选》骚类作品小序与《楚辞章句》小

① （清）永瑢等：《四库全书总目》，中华书局 1997 年版，第 1974 页。

② 王德华：《〈文选〉本骚类作品八篇小序的文献价值》，《浙江大学学报》2000 年第 1 期，第 59–64 页。

序有异而断定《楚辞章句》各篇小序非王逸所作或王逸作序后必然“存在着一个增补问题”，理据似乎尚欠充足。其实，对于《楚辞章句》各篇序文的作者问题，从《隋书·经籍志》到李善《文选注》、张守节《〈史记·屈原列传〉正义》，以及日本金泽文库藏唐写本《文选集注》的集注者等，均认为是王逸，直至宋元明清及民国似乎均无异议。今人力之先生在《〈楚辞章句〉前十五卷的前序刘向作驳议》① 和《〈文选〉骚类李善注引〈楚辞章句〉小序均非原貌辨》② 二文中亦有详论，兹不赘述。

萧统主要是一位选家，他主持编选的《文选》是现存最早的诗文选本，对后世影响极大，同时成就了一门专门学术——文选学。自隋代以来，“文选学”成为一门显学，《文选》也成为名副其实的“不朽”之书。“正是由于其‘与时俱进’的革新思想与‘持留传统’的典正风范，才形成了萧统较为通达公允的文学观，这也正是《文选》选文对后世影响深远的根源所在。”③

萧统更是一位伟大文艺评论家和鉴赏家，从《文选序》看来，萧统认为事物的发展总是“踵其事而增华，变其本而加厉，物既有之，文亦宜然”，这较之他的前辈，如刘勰断言自上古至刘宋的文“从质及讹，弥近弥澹”，主张“矫讹翻浅，还宗经诰”明显要进步许多。④ 他以一位大鉴赏家的犀利眼光和公允评价，在《文选》中独立骚类，对楚辞的文学性作出前所未有的精准评价，对楚辞主要代表作家屈原尤其是宋玉的文学创作给予前所未有的全面而充分的肯定，对其文学史地位给予崇高而恰切的评价。“就研究方法或者说就研究者对屈原作品乃至整个楚辞的理解程度和研究态度而言，萧统都胜于前人，他第一次把屈原作品当成纯文学来理解和研究，在屈原及其作品的研究上做出了重要贡献，对整个楚辞研究史也有积极的影响和意义。”⑤ “从美学原

---

① 力之：《〈楚辞章句〉前十五卷的前序刘向作驳议》，《黄冈师范学院学报》2000 年第 4 期，第 36–40 页。

② 力之：《〈文选〉骚类李善注引〈楚辞章句〉小序均非原貌辨》，《河南师范大学学报》2000 年第 5 期，第 62–66 页。

③ 吴茹：《从〈文选〉选文标准看萧统的文学观》，《广西社会科学》2003 年第 7 期，第 109–111 页。

④ 曹道衡：《萧统的文学观和〈文选〉》，《文学遗产》2004 年第 4 期，第 23–34 页。

⑤ 张斌荣：《屈原研究与萧统》，《烟台师范学院学报》1989 年第 3 期，第 12–19 页。

型上看，齐、梁文学重悲尚艳的审美取向正是对楚辞以悲为美的艺术模式的变形。”[①] 从某种程度上讲，正是萧统楚辞观促进了齐、梁文学重悲尚艳的审美取向的转变。

① 查屏球：《由〈文选〉诗赋立目看萧统情感意识及宫体诗审美机制》，《江海学刊》1994 年第 4 期，第 152–158 页。